REINA DE CORAZONES

Planeta Internacional

JULIE HEILAND

# REINA DE CORAZONES

## Diana, la novela

Traducción de María José Díez Pérez

Obra editada en colaboración con Editorial Planeta – España

Título original: *Diana. Königin der Herzen*

Julie Heiland


Bajo el sello editorial CROSSBOOKS M.R.
Avenida Presidente Masarik núm. 111,
Piso 2, Polanco V Sección, Miguel Hidalgo
C.P. 11560, Ciudad de México
www.planetadelibros.com.mx

Primera edición impresa en España: junio de 2022
ISBN: 978-84-08-25958-9

Primera edición en formato epub en México: agosto de 2022
ISBN: 978-607-07-9070-6

Primera edición impresa en México: agosto de 2022
ISBN: 978-607-07-9049-2



Aunque se basa en hechos reales, esta novela es una narración ficticia de la historia de Diana de Gales. No todas las escenas que se relatan sucedieron realmente. Algunos acontecimientos difieren de la realidad o son una adaptación de la autora. Asimismo, los diálogos, en su mayor parte, son una invención.



Impreso en los talleres de Litográfica Ingramex, S.A. de C.V.
Centeno núm. 162-1, colonia Granjas Esmeralda, Ciudad de México
Impreso en México –*Printed in Mexico*

«Para todas las mujeres maravillosamente sensibles, poco convencionales, cariñosas, rebeldes y apasionadas que hay en el mundo. Todas ustedes llevan una corona».

# PRÓLOGO

*1996*

Qué distinto era Londres por la noche, cuando la metrópoli recobraba poco a poco la tranquilidad tras el largo día. Aquí y allá, algunas personas. Jóvenes que iban camino de un restaurante o de un bar. Una señora que sacaba a pasear al perro. Un hombre de negocios que silbaba para llamar a un taxi. Había llovido un poco. A Diana le encantaba la tenue luz dorada que arrojaban las farolas sobre el asfalto húmedo y el leve susurro que emitía un coche al pasar junto a su limusina. A veces observaba un edificio y veía a personas sentadas delante de la televisión, haciendo deporte, cocinando o fumándose un cigarro asomadas a la ventana abierta. También en los elegantes rascacielos había alguna que otra luz. Sí, a esas horas Londres era mágico.

—Llegaremos dentro de unos dos minutos —informó su chofer.

Diana le dio las gracias y volvió a sumirse en sus pensamientos. ¿Por qué sentía esa fuerte opresión en el pecho, ahora que por fin se había liberado de las ataduras de esos últimos años? Y ¿cómo podía doler tanto algo que había empezado tan bien?

«Es la paradoja de la naturaleza». Así más o menos habría respondido Carlos a esa pregunta.

Diana esbozó una sonrisilla. También lo había amado por eso en su día. Por ese modo de intentar explicar de manera racional incluso los grandes sentimientos.

El matrimonio del siglo se disolvió en menos de tres minutos en una pequeña sala de Somerset House. Qué ironía que el edificio estuviera a menos de tres kilómetros de la catedral de San Pablo, donde años atrás le había dado el sí al príncipe de Gales un inolvidable día de julio.

Eran muchas las cosas que aún le dolían, pero poco a poco las heridas se iban cerrando. Que su sueño ya no se haría realidad era algo que sabía desde hacía tiempo; su vida también había cambiado sustancialmente a lo largo de los últimos años. Pero ese día marcaba un punto final definitivo. Y un nuevo comienzo.

Diana se dirigía a una cena con los integrantes del Ballet Nacional de Inglaterra, y no era ninguna casualidad que ese encuentro se diera precisamente el mismo día en que había firmado el divorcio con Carlos. Diana quería mostrarle al mundo que también podía ser feliz ahora que era una mujer divorciada y que no se iba a quedar en casa amargada y frustrada. Había escogido cuidadosamente su atuendo: un refinado traje de saco y pantalón con el que se sentía elegante y segura. El azul celeste recordaba a un cielo estival infinito.

El vehículo se detuvo.

Dos o tres destellos de flashes relampaguearon tras los cristales polarizados.

—Espere un momento —indicó Diana al chofer.

Nunca se acostumbraría a compartir su vida con el público, pero a esas alturas Diana sabía utilizar la prensa para sus fines. Bajó por el lado izquierdo de la limusina para que los fotógrafos pudieran fotografiarla mejor. Su sonrisa de felicidad se vería en todas las portadas.

Ahora saltaban flashes por todas partes.

«Diana, ¿cómo se siente tras su divorcio?» «¿Qué piensa hacer ahora?» «¡Diana!»

Sostenía la bolsa con la mano izquierda de manera intencionada. De ese modo todos verían que llevaba no solo la alianza, sino también el anillo de compromiso de diamantes y zafiros. De esa forma quería recordar al mundo la promesa que se habían hecho Carlos y ella en la catedral de San Pablo.

Nunca olvidaría ese día de julio de hacía dieciséis años, cuando ella, una novia de veinte años y sonrisa tímida, avanzó con un vaporoso vestido blanco de ensueño hacia su príncipe, que la esperaba en el altar.

Daba lo mismo lo que escribiesen los periódicos, lo que dijera la gente, lo que afirmase Carlos: él la había amado, ella lo había visto en sus ojos. Y ella también lo había amado a él. Con toda su alma. Y a pesar de todo lo que le había hecho Carlos, siempre lo llevaría en su corazón. Eso era algo contra lo que ya no luchaba desde hacía tiempo, con ello solo conseguía infligirse un dolor innecesario. Después de todo, Carlos era el padre de sus hijos. Y ella quería encontrar la paz de una vez por todas. Por eso lo conservaría en el recuerdo como el joven reservado y melancólico que era cuando se conocieron.

# PRIMERA PARTE

# 1

*1977*

—Puede fiarse de mí —aseguró él.

Una única frase y todo un mundo detrás.

Llegó un sábado por la mañana. Sarah había anunciado su visita a los cuatro vientos.

—No te acerques a él —le ordenó su hermana—. Date por satisfecha con que puedas unirte a nosotros en la cena. Y ¿se puede saber de qué vas vestida?

Diana llevaba unas medias blancas tupidas con un maillot negro y un pañuelo de seda ligero como una pluma. La ropa de ballet.

Habría dado cualquier cosa por salir a cabalgar con el príncipe y su hermana. Incluso había suplicado. Pero con ello solo había conseguido confirmarle a Sarah que su hermana pequeña era demasiado infantil para el príncipe. De manera que Diana cocinó una generosa cantidad de natillas para ella y el servicio, y se las comió en la cama mientras leía ensimismada una novela rosa de Barbara Cartland.

«Había tanta ternura en su voz que ella apoyó el rostro en su hombro... Entonces él dijo: "Esta noche, querida mía, aún eres una niña, no una mujer, y por eso me gustaría ser para ti el príncipe de tu corazón, igual que tú eres la reina del mío". "Te amo", musitó ella, y acomodó su cabeza en las mullidas almohadas».

Diana se tumbó boca arriba, dejó *La novia del rey* sobre el vientre y se puso una mano detrás de la cabeza. «Debe de ser maravilloso ser princesa —dijo lanzando un suspiro—. ¿No te parece, señorita Harmony?»

La señorita Harmony era un conejillo de Indias de color rosa que formaba parte de la nutrida familia de peluches de Diana, que casi ocupaba toda la cabecera de la cama.

En las novelas de Barbara Cartland la vida siempre era fácil. Las heroínas eran beldades que estaban un tanto solas, pero entonces conocían al amor de su vida, florecían y, tras algunos altibajos, ambos terminaban juntos y eran felices hasta el fin de sus días.

¿Acaso su vida no se parecía un poco a una de esas telenovelas? O ¿quizá más bien a un cuento triste?

De pronto se escuchó en el pasillo la estridente voz de Raine: «¡Haga el favor de tener más cuidado! Esa es una cómoda de la época georgiana. ¿Tiene idea de lo que vale?».

Raine, la malvada madrastra que reñía al servicio. Y Diana era Cenicienta, una chica de dieciséis años que en realidad tendría que haber sido un chico. Después de dos hijas, la familia Spencer deseaba fervientemente un varón, pero fue Diana la que vino al mundo. Una amarga decepción. Eso fue algo que ni siquiera logró compensar Charles, su hermano pequeño, que nació tres años después. De manera que cuatro años más tarde sus padres se separaron.

Diana se levantó de la cama y miró por la ventana con aire pensativo. «De película», solía decir entusiasmado su padre cuando, al salir a cabalgar, dejaba vagar la vista por el vasto y ondulado paisaje rural. Con la luz otoñal los árboles adquirían una tonalidad rojiza y amarilla. Solo se veían casitas y ovejas en kilómetros a la redonda.

«Ah, y también se puede llevar ese cuadro espantoso para la subasta».

Desde que el padre de Diana se había casado el año anterior con Raine, esta se las daba de dueña y señora de Althorp House. Malvendía en subastas todo lo que caía en sus manos. Sustituía muebles que pertenecían a la familia Spencer desde hacía generaciones por otros brillantes de dudoso gusto. Diana no podía ver a Raine, aunque era hija de Barbara Cartland, su escritora preferida. ¿Cómo había podido su padre hacerles eso a sus hijos? ¿Casarse en secreto con esa mujer estrafalaria y ridícula?

Ahí estaba de nuevo, esa sensación... Como si un frío puño de hierro le atenazase el corazón. Como si no acabase de encontrar su sitio en el mundo. Los luminosos colores otoñales desaparecieron tras la neblina gris que se levantó de los campos medio helados, y el palacio del siglo XVI, con sus 121 habitaciones, se le antojó de una magnitud abrumadora, como una isla solitaria en medio de la nada.

Siempre que la asaltaba esa sensación, Diana se ponía a bailar. Porque, al bailar, se liberaba de todo ese lastre. Y olvidaba a Raine, olvidaba las malas calificaciones del internado, olvidaba incluso que Sarah le había prohibido salir de su habitación bajo pena de muerte. En el interminable pasillo hacía piruetas y, de pura alegría, sacaba la lengua a sus antepasados, que le dirigían miradas severas desde los cuadros. Frances, su madre, nunca se había sentido a gusto en Althorp House, como había confesado en una ocasión a Diana. «Esa casa es como un museo cuando finaliza el horario de apertura», decía.

Su lugar favorito para bailar era Wootton Hall, el impresionante salón de techos altos, cuyo suelo de baldosas blancas y negras recordaba a un tablero de ajedrez. Y le gustaba bailar sobre todo tap, porque el ruido que hacía volvía loca a Raine.

El ronroneo de un motor la hizo parar. Diana se asomó a la ventana ligeramente sin aliento. Dos coches se detuvieron en la entrada: un Jaguar negro y un elegante deportivo. ÉL se bajó.

Diana seguía regularmente en televisión, admirada, sus audaces aventuras en las pistas de esquí, sus saltos en paracaídas y sus triunfos en el polo.

Una fotografía de él colgaba en su habitación del internado, sobre el tocador.

El que probablemente fuera el soltero más codiciado del mundo se estaba bajando del coche delante de la casa de sus padres.

Sarah lo saludó con una coqueta reverencia. «Alteza».

Estaba guapa con su ceñido pantalón de montar y el saco que realzaba su figura, que a decir verdad era demasiado fina para el mes en que estaban, noviembre. Por fin volvía a sentirse mejor. Hacía dos años la había abandonado su novio de manera inesperada y desde entonces apenas comía. Pero ahora volvía a sentirse lo bastante segura para invitar al príncipe de Gales a una partida de caza en la finca de la familia.

Sarah hizo entrar al príncipe y Diana salió sin hacer ruido a la galería contigua.

«Espere en el vestíbulo, por favor —oyó que decía Sarah—. Diré al mozo de cuadra que ensille los caballos».

En lugar de retirarse a su habitación, como le había prometido a su hermana, Diana echó un vistazo. El príncipe ejercía una fuerza de atracción mágica en ella.

Con su chamarra de *tweed*, tenía un aire de hidalgo rural del siglo pasado. Contemplaba con interés los cuadros que adornaban la pared de suelo a techo, todos los cuales mostraban lo mismo: la caza del zorro. Centró su atención en la siguiente obra de arte, de forma que Diana solo le veía el perfil. Sabía que debía irse volando ya, pero no era capaz de hacerlo. Algo en él la retenía. Tal y como estaba, con una mano a la espalda, ante el soberbio óleo en el que un jinete perseguía a un zorro, parecía en cierto modo... solo. Perdido. Incluso triste.

De repente, como si intuyese la presencia de Diana, se volteó hacia ella y la vio.

Como la mirada de sus ojos azules le llegó al alma, como no sabía qué decir y como Sarah la mataría, lo único que se le ocurrió fue salir corriendo. Subió a toda prisa la escalera revestida con una ancha alfombra roja, cuyos escalones crujían más que nunca.

Quizá Diana hubiese podido escapar si se hubiera dado más prisa.

Pero entonces la voz de él la frenó. Una voz que ya había oído cientos de veces en televisión o en el radio, pero que allí y en ese momento parecía mucho más emocionante todavía, aunque solo pronunciara una palabra:

—Hola.

—Solo soy yo —contestó ella—. Diana. La hermana pequeña de Sarah. —No se atrevía a mirarlo, así que bajó la vista a sus zapatillas de ballet; al menos hasta que recordó sobresaltada que ante un miembro de la familia real debía hacer una reverencia—. Alteza. —Él esbozó una sonrisa—. Por favor, haga como si yo no estuviera.

—¿Por qué iba a hacer tal cosa? —preguntó él.

—No se lo puedo decir —replicó ella ladeando ligeramente la cabeza.

—¿Aunque a cambio le devuelva el pañuelo?

Diana se llevó las manos al cuello sin necesidad, porque él sostenía el pañuelo. Quizá incluso lo hubiera perdido intencionadamente, pero eso, como es natural, no lo admitiría nunca.

—¿Y bien? —inquirió él.

—Si se lo cuento, ¿me promete que será nuestro secreto?

—Puede confiar en mí. —Y de pronto su mirada ya no era solitaria y triste, sino tentadora como una pradera rebosante de flores en primavera, en cuya mullida hierba se podía dejar caer uno. Su voz cálida y su mirada transparente la tranquilizaron, de forma que su timidez se esfumó.

—Mi hermana me hizo jurar que no me dejaría ver en todo el día —confesó—. Temía que pudiera espantarlo.

—¿Cómo podría hacer tal cosa? —se sorprendió él.

—Practicando ballet en la galería, por ejemplo. Pero me gusta bailar aquí. O en el vestíbulo. O fuera, en los muros. —A modo de prueba hizo una pirueta que lo hizo reír—. ¿A usted le gusta bailar, señor?

—Cuando oigo música rítmica, me cuesta contenerme —respondió—. Pero por desgracia no me puedo permitir bailar en muros.

—Debería probarlo alguna vez. Es estupendo.

Se miraron y de repente Diana fue consciente de todos sus puntos débiles. Lo infantil que le debía de parecer con las medias y el maillot, con las mejillas rojas.

—Ensayo para una función en el internado —se apresuró a aclarar—. Vamos a representar una obra de Shakespeare.

—Shakespeare es uno de mis dramaturgos preferidos. Y hacer teatro también me ha gustado siempre.

—¿De verdad?

De repente él arqueó la espalda e hizo una mueca horripilante.

—«Y por tanto, puesto que no puedo mostrarme amador, para entretenerme en estos días bien hablados, estoy decidido a mostrarme un canalla» —citó, y a modo de explicación añadió risueño—: En una ocasión encarné en una función escolar al duque de Gloucester, el deforme sucesor al trono del siglo XV. Quizá debiera darme que pensar que el director me asignara ese papel.

Diana, fascinada a más no poder al ver que era capaz de reírse de sí mismo, se tapó la boca con la mano para ocultar la risa.

—¿Qué obra va a interpretar? —se interesó él.

—*Romeo y Julieta.*

—Y seguro que usted hace de Julieta.

¿La estaba lisonjeando? ¿O solo estaba siendo educado? Diana no tenía experiencia con los hombres, pero sentía mariposas en el estómago y las piernas le flaqueaban.

—No, no me gusta estar en primer plano —admitió—. Solo participo en las obras si no tengo que recitar ningún texto. Lo admiro a usted por el aplomo que muestra en público. Siempre parece seguro de sí mismo y tranquilo, como si no le tuviera miedo a nada. —Diana recordó el salto en paracaídas, los arriesgados descensos de pistas y su carrera de jugador de polo. Era la combinación perfecta de príncipe y héroe de acción.

—Bueno, el miedo es lo que limita. Y cuando se ha crecido rodeado del alboroto mediático, no se conoce otra cosa —contestó con modestia. Acto seguido miró a su alrededor—. Pero, dígame, ¿es esta la famosa galería de Althorp House de la que todos hablan maravillas?

Diana asintió.

Carlos subió dos escalones y le dio el pañuelo de seda. Pero cuando Diana lo iba a tomar, él lo retuvo.

—¿Le gustaría enseñarme la galería después de cenar?

«Con mucho gusto», le habría contestado ella, pero no llegó a hacerlo, ya que de pronto vio que su hermana estaba en la habitación. ¿Cómo era posible que Diana no la hubiera oído llegar, con el ruido que hacían las botas de montar en el suelo?

—Conque aquí está, señor. Los caballos... —La sonrisa de Sarah desapareció al ver a Diana—. Podría haberlo imaginado. —Dirigiéndose al príncipe añadió—: Disculpe si mi hermana pequeña lo ha importunado. A veces no sabe dónde están los límites. Se cree que es mejor que los demás, por eso la llamamos la Duquesa.

—No me creo mejor que los demás.

—¿No querías ir a tu habitación a leer una de esas novelas de amor?

Diana idolatraba a su hermana, y al mismo tiempo la respetaba profundamente. Por eso se sorprendió a sí misma cuando alzó la barbilla con orgullo y afirmó:

—El príncipe me ha pedido que le enseñe la galería.

# 2

El domingo por la noche, cuando subió la escalera que conducía a su habitación en el internado femenino West Heath, en el condado de Kent, Diana tenía la ligera sensación de que flotaba.

«Si el número de escalones es par, es que el príncipe Carlos está pensando en mí».

¿O al final todo había sido un sueño?

Veintidós escalones. Diana sonrió.

Entró en la habitación sin llamar. Carolyn estaba sentada en la cama con las piernas cruzadas, rodeada de dulces.

—Tres tabletas de chocolate, una bolsa de ositos de gomita y dos cajas de estos bombones que están muy buenos —enumeró.

—¿Se puede saber qué estás haciendo? —La sonrisa de Diana se ensanchó más aún.

—Se podría llamar inventario. Si los bombones caros me los ha regalado mi madre, ¿significa eso que me quiere más que mi padre? —Carolyn hizo como si pensara seriamente en ello y después abrió la bolsa de gomitas—. O mis padres me quieren engordar o creen de verdad que la batalla que están librando por el divorcio no me afectará si como suficiente chocolate.

Tal vez solo fuera una casualidad que Carolyn compartiese habitación con Diana, pero quizá fuera también que algún pedagogo pensara que se llevarían bien al ser las únicas hijas de padres divorciados del internado. Desde que era amiga de Carolyn, Diana no se sentía como una extraterrestre entre sus compañeras. Carolyn conocía la sensación de estar siempre entre dos frentes; sus padres la colmaban de regalos, como si de esa forma pudieran comprar el amor de su hija.

—Sin embargo, la pregunta de por qué sonríes de oreja a oreja es mucho más importante —añadió Carolyn mientras miraba a Diana entrecerrando los ojos, como si tratase de leerle el pensamiento.

—¡Lo he conocido! —exclamó Diana, y dio una vuelta mientras lanzaba la bolsita de mano a la cama—. Por fin lo he conocido.

Carolyn abrió los ojos muy grandes.

—¿Cómo? ¡Cuéntamelo todo!

Su mirada recayó en la fotografía que las amigas habían recortado de una revista una noche después de atiborrarse de azúcar y habían pegado sobre el tocador blanco lacado. Era una foto del orgulloso príncipe Carlos después de un partido de polo galopando sobre un caballo, el taco en alto como una lanza; una instantánea que tenía una fuerza extraordinaria, masculina y heroica. Debajo se veían dos fotos enmarcadas de los hámsteres de Diana, Little Black Muff y Little Black Puff.

Carolyn casi no se lo podía creer.

—¿De verdad has conocido al príncipe Carlos?

—Sí, por fin. Estaba enfrente de mí. —Diana se sentó con Carolyn en la cama, que, con su floreado armazón blanco, no podía ser más aniñada. Las cortinas, la ropa de cama, incluso el papel pintado, todo era de flores. «Cuidamos de sus hijas», prometía a los padres el mobiliario del internado femenino West Heath, «aquí no se escucha rock and roll, aquí las faldas aún llegan por debajo de la rodilla y aquí las chicas aprenden a preparar un *cordon bleu* jugoso para su futuro marido»—. Y en la cena nos sentamos a la misma mesa. Respiramos el mismo aire. El príncipe... Ni siquiera puedo describir lo estupendo que fue. Irradiaba una luz especial, vamos.

—Yo te puedo decir exactamente lo que irradia —replicó Carolyn con sequedad—: Que es el futuro rey de Gran Bretaña.

—No es eso... —porfió Diana—. En persona es mucho más impresionante aún que en las fotografías de los periódicos y las revistas. Todo en él es impresionante, la verdad.

—¿Hasta sus orejas salientes?

—Son unas orejas salientes perfectas —repuso Diana profiriendo un suspiro mientras Carolyn le pasaba la bolsita de gomitas.

—Vamos a empezar por el principio. A ver, ¿dónde lo conociste? —quiso saber Carolyn, que se había levantado de un salto de la cama y se había metido debajo.

Diana le contó a su amiga que Sarah había invitado al príncipe a un fin de semana de cacería.

—Quería que yo le enseñara la galería, pero Sarah me arruinó el plan. Dijo que era su invitado, así que ella le enseñaría la galería.

—¿Y tú se lo permitiste?

—¿Qué querías que hiciera? Pero no me pude callar y le dije a mi hermana: «Por lo menos deja que te enseñe dónde está el interruptor de la luz».

Diana oyó que Carolyn se reía debajo de la cama.

—Le está bien empleado. Pero no te preocupes. Seguro que Sarah tiene miedo de que el príncipe pueda acabar interesándose en ti. Sabe perfectamente lo guapa que eres. Dentro de nada volverás locos a todos los hombres.

Diana se irguió en la cama, ladeó la cabeza y se miró en el espejo. En comparación con sus bellas, talentosas y divertidas hermanas se sentía el patito feo.

—No pongas esa cara. —Carolyn salió de debajo de la cama con un montón de revistas que guardaba allí—. Mírate bien. Tus ojos azules derriten corazones. Por Dios, lo que yo daría por tener esa piel aterciopelada. Y siempre tienes las mejillas sonrosadas, como si acabaras de venir de dar un paseo. —Se metió debajo por segunda vez suspirando—. ¿Los espiaste al menos cuando Sarah le enseñaba la galería?

Diana no pudo evitar sonreír.

—¡Claro! Ay, Carolyn... El príncipe es tan culto. Conocía a todos los pintores de la galería. Sabía qué cuadro era del tal... Van Dyck o como se llame.

—Cómo no lo va a saber, si te lleva trece años. Mi padre también sabe un montón de cosas.

—Pero en comparación con él soy más tonta que una mata de habas. Mis calificaciones son pésimas.

Diana no era tan trabajadora como su hermana Jane ni tan aplicada como Sarah. En lugar de pasar los días en la sofocante aula, prefería ir con el internado a colaborar en Darenth Park, un hospital para disminuidos psíquicos y físicos.

Carolyn puso otro montón de revistas en la cama y dirigió una mirada expresiva a Diana.

—Que tus calificaciones sean malas no significa que seas tonta. Lo que pasa es que eres vaga. En cambio, has ganado varias copas en natación y tap.

—¿Qué importancia tiene eso?

—¡Mucha! Significa que cuando algo te interesa puedes ser muy ambiciosa. Además, no conozco a nadie que sepa tratar a las personas como tú. —Carolyn se sentó en un extremo de la cama, agarró una de las revistas y empezó a pasar páginas como si buscara algo concreto—. Entonces ¿están juntos Sarah y el príncipe?

La sonrisa de ensoñación de Diana desapareció.

—No lo sé. No lo parecía. Aunque estuvieron flirteando, no parecían enamorados. Sobre todo Carlos. Más bien parecía... —Diana se encogió de hombros— triste.

—¿Triste? Desde luego el príncipe Carlos no es de los que dejan pasar una oportunidad. ¿Acaso no hace mucho lord Mountbatten, su queridísimo tío abuelo, no dijo en una entrevista que su sobrino a lo único que se dedicaba era a ir de cama en cama?

—Aunque sea así, los hombres pueden cambiar —afirmó Diana con poco entusiasmo, ya que lo cierto es que no sabía absolutamente nada de los hombres—. Por cierto, ¿se puede saber qué estás haciendo?

—Ir un paso por delante de ti, me estoy documentando —farfulló Carolyn, que seguía hojeando la revista sumamente concentrada y pasando por alto titulares como «El escándalo envuelve a los Rolling Stones: Keith Richards detenido por posesión de drogas» o «*Mamma mia!* ABBA levanta pasiones en su gira internacional». A veces, cuando las tardes se hacían largas en el internado, Diana y Carolyn se metían juntas en una de las camas a leer revistas del corazón—. Sabía que llegaría el día en que me alegraría de haberlas guardado. Es que está esa... ¿Cómo se llama?

—¿Fiona Watson? —apuntó Diana.

—No... Esa era tonta perdida y dejó que publicaran en una de esas revistas para hombres un reportaje de fotos suyas subidas de tono.

—Es verdad. ¿Y la princesa de Luxemburgo?

—Olvídalo. Es católica. Con esa no se puede casar, no lo permite la ley. La novia tiene que ser protestante. ¡Aquí! —Carolyn señaló una foto del príncipe con equipación de polo y una belleza sobria delante de un árbol con iniciales grabadas en el tronco. Por lo visto la mujer no concedía mucha importancia a la moda, llevaba una sencilla camisa roja y tenía las manos metidas en los bolsillos del pantalón—. Camilla Parker-Bowles —dijo Carolyn.

—Son solo amigos —afirmó Diana—. ¿No está casada? Creo que hasta tiene hijos.

—Ya, ¿y? No olvides que Eduardo VII, tío de Carlos, se empecinó con una mujer casada y sumió a la casa real en una crisis grave. Además, no es ningún secreto que ni el marido de Camilla ni ella misma se toman muy en serio lo de la fidelidad. Y por lo visto ese ha sido el problema desde el principio: Camilla ya tiene experiencia y se ha desfogado, pero la Corona quiere para Carlos una chica que no solo sea joven y guapa, sino también protestante, de cuna ilustre y más virgen que la Virgen María. Le da absolutamente lo mismo que estemos en 1977, que las mujeres no lleven brasier y se pasen las noches bailando en conciertos de los Rolling Stones. La Corona busca una princesa de cuento para el sucesor al trono.

Diana volvió a mirarse al espejo.

# 3

*1979*

En su decimoctavo cumpleaños, Diana dejó caer la bomba. A mediodía, mientras comían el pastel, anunció que quería dejar el internado e instalarse en Londres con sus amigas.

«¡Ni hablar!», vociferó Johnnie Spencer. Después dejó la servilleta en el plato y dio por terminada la discusión y la comida. Diana supuso que reaccionaba con tanta vehemencia porque había suspendido dos veces los cinco exámenes finales, y él temía que acabara en la calle si no la vigilaba. Pero entonces cayó en la cuenta de que si su padre cerró tan deprisa la sombrilla fue para ocultar que tenía lágrimas en los ojos. ¿Tenía miedo de acabar perdiendo también a Diana? Desde que Jane y Sarah vivían en Londres, casi no las veía.

Al final su padre accedió de mala gana. Quizá supiera que Diana no se sentía en casa en Althorp desde que Raine se había apoderado de todo cuanto había en el palacio. O quizá fuese Raine quien lo convenció de que dejara marchar a Diana.

Diana se instaló con sus amigas Carolyn, Virginia y Anne en South Kensington, en un piso señorial propiedad de su madre. El complejo de viviendas tenía ascensores de caoba e incluso había un jardín de uso comunitario. Uniendo fuerzas, las amigas amueblaron el piso con un sencillo estilo rústico y pintaron las paredes de colores pastel. Diana empezó a trabajar de auxiliar de guardería para ganar algún dinero. ¡Cómo le divertía jugar con los pequeños! Los niños no fingían nunca y decían lo que pensaban con absoluta sinceridad. Por la tarde, cuando volvía a casa, lo primero que hacía Diana era poner un disco. A veces sus amigas y ella cocinaban juntas para refrescar lo que les habían enseñado en aburridos cursos de cocina. A Diana la habían apuntado sus padres. A fin de cuentas, una chica decente debía saber cocinar rosbif y pudin de Yorkshire. Diana detestaba esos cursos y no le caían especialmente bien las otras chicas, con sus diademas de terciopelo y su sonrisa falsa. Al final siempre la regañaban porque metía los dedos constantemente en las salsas.

Con sus amigas, Diana se alimentaba casi exclusivamente a base de chocolate y cereales. A menudo se divertían haciendo bromas por teléfono a personas que elegían al azar en el directorio telefónico, pero la mayoría de las veces se ponían cómodas en el sofá y veían comedias románticas como *Grease* o *Fiebre del sábado noche* y bebían los vientos por John Travolta. Entretanto, llegó el otoño y finalmente cayeron los primeros copos de nieve. De vez en cuando salían y a las chicas les robaban el corazón y vivían todos los dramas del primer amor. También Diana tenía admiradores, y en un par de ocasiones incluso salió con uno de ellos. Sin embargo, siempre procuraba demostrar que en realidad no tenía el menor interés.

Pero también a ella le habían robado el corazón y había sido Londres. A Diana le encantaba mezclarse con la gente, sumergirse en el murmullo sonoro del caos de voces, interrumpido de vez en cuando por obras, música callejera o el ronroneo de los autobuses de dos plantas que llevaban a los turistas al Big Ben o al palacio de Buckingham. Adoraba los escaparates con decoración navideña y la última moda. O patinar por los adoquines mojados con sus zapatos planos. Aquí, el fuerte olor del *fish and chips* en un mercado;

allí, el agradable aroma que salía de una perfumería; un poco más allá, el perfume irresistible de un salón de té mezclado con el dulzor de los *scones*, la mermelada y la nata cremosa. Diana adoraba incluso el metro atestado o los claxonazos que daba la gente cuando se veía en un embotellamiento londinense con el pequeño bólido rojo de su madre.

El tiempo pasó volando, la nieve se derritió, en el jardín delantero brotaron las primeras flores y por fin Diana pudo volver a jugar al aire libre con los pequeños en la guardería. Nunca se había sentido tan independiente, tan despreocupada.

De algún modo, acostarse temprano pasó a ser una costumbre. Se ponía la pijama, se acurrucaba en la cama y hojeaba revistas.

Un viernes por la noche, Carolyn llamó a su puerta.

—Queremos salir a tomar algo. Han abierto un bar nuevo. ¿Vienes?

—La próxima vez. —Carolyn se apoyó en el marco de la puerta y cruzó los brazos—. ¿Qué pasa? —preguntó Diana al ver que Carolyn no dejaba de mirarla.

—Tienes un montón de admiradores, pero los ignoras a todos. La verdad es que no entiendo por qué... Tampoco sé...

Diana dejó la revista que tenía en las manos.

—¿Qué?

—A veces tengo la impresión de que te quieres... reservar.

Diana se echó a reír.

—¿Reservarme? ¿Porque prefiero leer por la noche?

Carolyn frunció el ceño. Iba a marcharse, pero se detuvo y dijo:

—¿Es por el príncipe?

—¿Qué quieres decir?

—¿Sigues pensando en Carlos?

—¡No!

—Hojeas todas las revistas que caen en tus manos por él.

A Diana le gustaba verlo en fotografías y descubrir nuevos detalles de él, como por ejemplo que sus mejillas, al igual que las de ella, a menudo se sonrojaban, o lo perfecta que llevaba siempre hecha la raya del pelo. Lo que más le gustaba era cuando lo entrevistaban por televisión y escuchaba su voz profunda, cálida. Escogía cuidadosamente las palabras y, para enfatizarlas, solía entrelazar las manos cuando hablaba y gesticulaba con el dedo índice de la mano derecha.

Pese a ello le dijo a su amiga:

—No es verdad. No tengo ni idea de lo que pasa en su vida.

—¿Ah, no? —Carolyn se sentó a los pies de la cama—. ¿Acaso no está ahora mismo con la tal Sabrina Guinness?

—Qué va, ya hace mucho que no. Probablemente fuera un incordio para los padres de Carlos, porque era seguidora de los Rolling Stones, viajaba con ellos, y tuvo una aventura con Mick Jagger. Y también estuvo con Jack Nicholson y Rod Stewart.

—Sí, es verdad. Quería decir Anna Wallace...

—Se han separado.

También el amorío indefinible que había mantenido su hermana con el príncipe había terminado después de que Sarah afirmara en una entrevista con dos periodistas de prensa sensacionalista que no estaba enamorada del sucesor al trono.

Carolyn enarcó las cejas.

—El disco que está sonando... ¿No es de las Three Degrees?

—Sí, ¿y?

—Que es el grupo que tocó en el trigésimo cumpleaños de Carlos, como tú misma me contaste. Sinceramente, las pruebas contra ti son aplastantes.

Diana casi no se podía creer la suerte que había tenido cuando recibió una invitación para asistir al trigésimo cumpleaños de Carlos. A fin de cuentas, ya hacía un año de su encuentro en

Althorp House. A Sarah, naturalmente, no le había hecho ninguna gracia.

—¿Por qué te ha invitado a ti también?

Diana se encogió de hombros.

—No lo sé, pero me muero de ganas de ir.

—Haz lo que te dé la gana —repuso Sarah despectivamente.

Sin embargo, aparte de la rica comida que se sirvió y de las Three Degrees, con cuya música rockera en directo Diana bailó a más no poder, para ella la fiesta fue un chasco. Carlos estuvo todo el tiempo rodeado de bellezas cuyo rostro podría haber estado en anuncios publicitarios de joyas o perfume. Aparte de «Feliz cumpleaños», no intercambió una sola palabra con el príncipe, y acabó marchándose a casa sintiendo una gran desilusión. ¿Por qué no se le acercó y lo sacó a bailar? Después se pasó dos días enteros en la cama, sin ganas de nada. No quería volver a sentir esa punzada en el pecho, esa sensación de haber fracasado.

—¿Vienes, Carolyn? —preguntó Virginia—. Los chicos nos están esperando abajo.

—Me temo que te tienes que ir —dijo Diana risueña.

—Por esta vez te lo voy a pasar. Pero la próxima no te me escapas. Prométeme que le darás una oportunidad a James Gilbey, lo tienes loquito.

—Te lo prometo —aseguró Diana.

—Bien, porque la verdad es que no entiendo por qué te escondes del mundo.

La propia Diana solo lo entendió cuando lo volvió a ver, un fin de semana de julio de 1980. A su príncipe. Uno de los integrantes de su grupo de amigos londinenses, Philip de Pass, invitó a Diana a pasar un fin de semana en la residencia que tenían los padres de este en New Grove. A un partido de polo. «El príncipe también estará», dijo como de pasada.

Diana se agarraba a la cerca de madera pintada de blanco que delimitaba el campo de juego. Con su pantalón peto amarillo y el saco de punto holgado, desentonaba con las demás señoras, ataviadas con elegantes vestidos de cóctel y extravagantes sombreros. Mientras los caballos galopaban por el vasto césped, en el pabellón se brindaba con champán. Y mientras los jinetes ponían toda su concentración en el partido, la gente reía y charlaba entre bandejas de canapés. Diana quería sentir el sol en el rostro, oler la hierba fresca y la tierra revuelta por los duros cascos. Quería escuchar los gritos de los jinetes y el resoplar de los caballos, no el tintineo de las copas de champán. Nunca un partido de polo le había parecido tan fascinante, y eso que ni siquiera sabía cómo iba. Ella solo tenía ojos para Carlos. Para la tensión que reflejaba su cuerpo. La fuerza de sus movimientos. Cómo guiaba la montura con la mano izquierda, cómo sostenía el taco con la derecha, cómo tomaba impulso y... ¡la multitud prorrumpió en júbilo! ¡Había anotado un tanto! Entusiasmada, Diana dio un salto, al igual que su corazón.

Nada más dejar el campo de juego, Carlos se vio asaltado por la prensa, a la que respondió con simpatía y educación. Parecía sentirse halagado con la atención que recibía.

Diana exhaló un suspiro y se cubrió las manos tirando de las mangas del saco. Era como en la fiesta del trigésimo cumpleaños del príncipe. Se había pasado horas delante del espejo con Carolyn pensando qué ponerse, y al final él apenas le había hecho caso.

Ahora se le ofrecía una segunda oportunidad. En la barbacoa que se celebró a continuación, Carlos se retiró discretamente del barullo y se sentó en una paca de paja algo apartada. Probablemente quería estar tranquilo, pero, de todas formas, no pasarían ni dos minutos sin que lo asediara alguien. Era su oportunidad. Si la volvía a dejar pasar, Diana no se lo perdonaría.

Pero ¿y si ya ni siquiera se acordaba de ella?

Entonces se plantó delante de él.

—Alteza —lo saludó haciendo una reverencia. El corazón le latía en el pecho tan fuerte y con tanto estrépito que apenas podía oír su propia voz—. Como parecía tan solo, he pensado que podía hacerle compañía —continuó.

—Confiaba en ver a alguien aquí —respondió él. Parecía agotado—, pero mis esperanzas no se han cumplido.

Carlos la miró. De arriba abajo. Abrió la boca como para decir algo más, pero guardó silencio.

—Diana —le recordó ella con valentía—. Soy la hermana pequeña de Sarah Spencer. Nos conocimos hace unos tres años, cuando acudió a nuestra casa, en Althorp. Me invitó a su cumpleaños.

—Lo sé —afirmó él—. Es solo que está usted... muy cambiada.

A Diana sus amigas ya le habían dicho unas cuantas veces que había florecido desde que vivía en Londres, pero, cuando se miraba en el espejo, ella no sabía a qué se referían. Solo veía que en sus ojos azules faltaba el brillo de la alegría. Y que le avergonzaban sus mejillas, que solía tener sonrosadas.

—Es que ha pasado mucho tiempo desde la última vez que nos vimos —apuntó ella—. Ha habido algunos cambios. Ahora vivo en Londres, y mis dos hermanas se han casado. El marido de Jane es Robert Fellowes, el...

—... secretario privado adjunto de mi madre. —Carlos terminó la frase por ella—. Un hombre agradable.

—Y su tío abuelo, lord Mountbatten, ha fallecido —observó ella tras un instante de silencio—. Lo acompaño en el sentimiento.

Lord Mountbatten había perdido la vida en un atentado perpetrado por el IRA, la organización terrorista irlandesa. Acababa de salir en su barca de pesca cuando hicieron detonar por control remoto una bomba que se hallaba escondida en la embarcación. También murieron en el acto su nieto de catorce años, Nicholas Knachtbull, ahijado de Carlos, y Paul Maxwell, el grumete, de quince años.

Desde que Diana tenía memoria, Gran Bretaña se veía azotada por la violencia entre católicos irlandeses y protestantes por motivos religiosos. Los católicos anhelaban la unidad de la República de Irlanda, independiente y bajo su control, con Irlanda del Norte, protestante, constituida por seis condados que siguieron en poder del Reino Unido cuando el gobierno británico dividió la isla en 1922.

Carlos se esforzó por ocultar su dolor, pero sus ojos no engañaron a Diana.

—Gracias —contestó él.

Quizá fuese mejor cambiar de tema. Diana no quería entristecerlo, pero le daba mucha pena. Recordaba perfectamente lo sola que se había sentido cuando murió su querida abuela Cynthia, condesa de Spencer, a la que quería por encima de todas las cosas. Fueron muchas las personas que le estrecharon la mano y le dieron el pésame, pero nadie la abrazó con fuerza.

Por eso continuó hablando:

—Sarah me dijo que estaba usted muy unido a su tío abuelo.

Él asintió.

—Sí, era como un padre para mí.

Diana se atrevió a sentarse a su lado.

Tras vacilar un instante, Carlos siguió hablando.

—Yo estaba en Islandia, pescando en mitad de ninguna parte, cuando recibí la noticia.

—Tuvo que ser espantoso para usted. Parecía tan triste según avanzaba por la iglesia el día del entierro. Me conmovió profundamente. —Él la miró y algo en sus ojos le dijo a Diana que continuara—: Verlo así me partió el corazón.

—Y eso que procuré que no trasluciera el dolor que sentía. Si hubiera llorado, no habría hecho sino dar a mi padre una prueba más de mi debilidad de carácter. Con mi tío Dickie podía hablar abiertamente de todo, sin miedo a que me juzgase o se riera de mí.

Durante un instante reinó el silencio entre ellos. Diana le puso una mano en la suya, apretada en un puño. Carlos le miró la mano y después a los ojos.

—Debe de sentirse muy solo. Pienso a menudo en usted. —Diana notó que sus mejillas se teñían de rojo—. Me refiero a que todos lo hacemos.

El príncipe sonrió como si se quitara un peso de encima. Era una sonrisa muy distinta de la que acababa de regalar a los periodistas. Tomó el dije que pendía de la cadena que ella llevaba al cuello y lo observó sumido en sus pensamientos. Era la D de oro que le habían regalado sus amigas por su cumpleaños.

—Diana —dijo volviendo su cara a la de ella y acercándose mucho, casi como si quisiera besarla.

Diana solo era consciente del latir de su corazón.

—Señor.

—¿Tiene que volver a Londres? Me gustaría llevarla en mi coche.

Diana se ruborizó.

—Es muy amable de su parte. Es usted un auténtico caballero.

—Príncipe —corrigió Carlos.

—Príncipe —repitió ella, y esbozó una sonrisa a modo de disculpa mientras se levantaba—. La próxima vez, quizá.

Aunque habría disfrutado de ir con él en su elegante deportivo, no quería que pensase que era una chica fácil. Diana no quería pasar solo una noche en las dependencias reales. Quería más. Quería ganarse el corazón del príncipe de Gales.

—¿Significa eso que habrá una próxima vez? —inquirió él, asimismo poniéndose en pie.

—Si usted quiere.

—¿Cómo la puedo localizar?

—Es usted el futuro rey —replicó Diana, e hizo una amplia reverencia mientras lo miraba respetuosamente. Él abrió la boca y sus ojos se oscurecieron. Por lo visto le gustaba su humildad—. Estoy segura de que encontrará la manera —añadió, y se fue. Pero no sin antes voltear la cabeza para dirigirle una coqueta mirada final.

# 4

Esperar algo que ni siquiera sabía si pasaría y, no obstante, desearlo ardientemente era el mayor tormento que Diana había vivido nunca. Jamás se había sentido tan decaída, tan apática, tan desanimada. Nunca se le había antojado tan interminable una semana. ¿Por qué no la llamaba el príncipe Carlos? ¿Se habría mostrado demasiado inoportuna tras el partido de polo? ¿Es que no era lo bastante guapa? ¿O había complicado en exceso las cosas al no darle su número de teléfono? Pues claro, qué tonta era. Se las había querido dar de misteriosa y lo había vuelto a estropear todo otra vez. Y eso que sabía que, naturalmente, para él no suponía ningún problema averiguar su número...

Cuando su hermana Jane le preguntó si le gustaría pasar unos días con Robert, su marido, y con ella en una acogedora casita de Balmoral, Diana no lo pensó mucho. Jane acababa de tener a su primera hija, y ella estaba como loca por la pequeña Laura. Poner un poco de distancia de por medio le sentaría bien.

El segundo día de su estancia, por la mañana, estaba sentada en el amplio banco de la ventana observando a Jane, que daba el pecho a su pequeña sobrina. Robert le había preparado un té a su mujer, se lo había dejado en la mesa de la terraza y le había añadido una nube de leche mientras le contaba cosas del trabajo y le mencionaba los compromisos que tenía los próximos días con la reina en el castillo de Balmoral. Era bonito ver lo compenetrados que estaban. Eran todo un equipo. Sin embargo, la escena también hizo que Diana sintiera una punzada de dolor. De nuevo, estaba de más. Debería estar en Londres con sus amigas y no de vacaciones con esa familia recién fundada en la que sobraba... Aunque Jane había manifestado expresamente que Robert y ella disfrutaban con su compañía, probablemente solo quería ser amable al sentirse obligada con su hermana pequeña.

Diana contempló la vasta pradera que se extendía tras la casita. Por la noche hacía muchísimo frío, y por eso los primeros rayos de sol matutino se refractaban en una niebla mística que envolvía todo el paisaje.

—Ayer por la tarde llegó al castillo de Balmoral el príncipe de Gales —oyó que decía Robert—. La reina madre estaba como loca de contenta.

Diana clavó la vista en él. ¿Había oído mal?

—¿El príncipe está aquí?

—Pues sí. Está la familia real completa, como todos los años a finales de verano —aclaró Robert.

—Qué bien —comentó ella. Y, mirando la taza de té que tenía entre las manos, no pudo evitar preguntar—: ¿Sabe el príncipe que... que estamos aquí? —Lo que en realidad quería preguntar era: «¿Sabe que estoy YO aquí?».

—Oí que la reina madre le comentaba que me alojo en una casita de Balmoral con mi mujer y Diana, su hermana pequeña.

Era la ocasión perfecta para que Carlos por fin diera señales de vida. Diana bebió un sorbo de su té negro. Le supo amargo.

Contempló el lento deslizarse de las nubes por el cielo, como material a la deriva por un río. Ojalá la corriente se llevara también su fijación y dejara de pensar en Carlos para siempre. De ese modo, Diana sería libre, podría volver a Londres feliz y contenta, y salir con James Gilbey, que parecía interesarse por ella de verdad.

Entonces sonó el teléfono.

Diana espabiló de golpe. Se puso recta.

Robert fue a contestarlo. Su voz llegaba atenuada por la puerta abierta de la terraza.

—Naturalmente, alteza. Espere un momento, voy a buscarla.

Pasos.

Después apareció Robert, que dijo:

—Diana, es para ti. Es el príncipe de Gales.

Diana miró a Robert, luego a Jane. Acto seguido se levantó de un salto y corrió dentro, se frenó para no llegar demasiado sin aliento, respiró hondo y, tras agarrar el teléfono, dijo:

—Alteza.

—Diana —saludó esa voz cálida, grave, encantadora, que habría reconocido entre un centenar. Las rodillas le flaquearon—. Cuánto me alegra oír su voz.

Carlos le preguntó si quería pasar el fin de semana con él en el castillo, y Diana aceptó, cómo no iba a aceptar. Las excursiones que tenía previsto hacer con Jane quedaron olvidadas.

Ese mismo día, un elegante Land Rover fue a recogerla para llevarla al castillo de la familia real. Nada más colgar el teléfono, Diana llamó a su hermana Sarah, pues en su día a ella también la había invitado Carlos al castillo de Balmoral, antes de que la entrevista que ella concedió a la prensa amarilla echara a perder su relación con él.

—Vaya, hermanita. Agárrate, que vienen curvas —le advirtió Sarah con tono sombrío.

—¿No es estupendo? ¿Es que no te alegras por mí?

—Pues claro, pero un fin de semana en Balmoral es una auténtica tortura. La familia real nunca se toma tan en serio el protocolo como en ese sitio. Allí una lo hace todo mal. Espero que hayas metido en la maleta vestidos de noche, de lo contrario lo vas a tener negro.

Diana había llevado consigo un bonito vestido de color rosa con hombreras, cuya falda tenía una preciosa caída que se movía delicadamente al caminar. Sería adecuado ¿o quizá no?

—Y luego está la princesa Ana... —Sarah exhaló un suspiro.

—¿Qué pasa con ella?

—¿Cómo decirlo? Si fueses un caballo, quizá sería agradable contigo.

—No será para tanto...

—¿Ah, no? Créeme, te examinarán con lupa.

—Pero ¿por qué me iban a examinar?

Sarah se rio como si Diana fuese una niña pequeña e ingenua.

—Ay, Diana. ¿De verdad no lo sabes? Quieren averiguar si das la talla como esposa del futuro heredero al trono.

Diana se notó las manos sudorosas de los nervios. Bajó la ventanilla del Land Rover, quizá el aire fresco lograra calmarla. Atravesaron un bosque que no tardó en volverse menos denso y, de pronto, el castillo apareció ante ella en toda su magnificencia. Era una construcción fabulosa, coronada de torres y hastiales. Por los muros grises trepaban enredaderas. Para entonces el sol ya caía inclinado, bañando en una luz dorada el sinfín de ventanas. En el coche se coló un fragante olor a césped recién cortado.

Un mayordomo le dio la bienvenida amablemente.

—Llega usted en el momento perfecto. Su majestad acaba de volver de la cacería con la familia real.

Diana lanzó un suspiro de alivio al ver un rostro conocido ante la alta puerta principal de madera maciza. Su abuela, lady Fermoy. Dama de compañía de la reina madre.

—Hola, abuela —la saludó Diana. Cuánto le habría gustado abrazarla, pero su semblante altanero la frenó. Su abuela también pareció tolerar más que disfrutar que Diana le diera dos besos.

La mujer fue al grano, sin andarse con rodeos.

—He intercedido por ti ante la reina madre. He recalcado que no has salido a Frances, que se fugó con un amante, sino que has heredado la lealtad y la fuerza de tu padre.

Diana ladeó la cabeza y la miró esbozando una sonrisa que quería dar a entender que no creía que ese fuera el momento adecuado para hablar mal de su madre. Aparte de que le dolía hacerlo.

Con expresión imperturbable, la mirada de su abuela bajó por el impermeable abierto de Diana, reparando en el grueso suéter de lana, el pantalón de pana y las recias botas de senderista.

—En Balmoral el protocolo prohíbe que las mujeres lleven pantalones.

—Sarah me ha dicho que la familia real pasa mucho tiempo en el páramo —alegó Diana para justificar su atuendo—. Pensé que sería mejor venir bien equipada.

—Ahora ya es demasiado tarde para cambiarte. Ya se ha anunciado tu llegada —replicó su abuela mientras miraba fijamente a Diana—. Confío en que sepas lo importante que es este fin de semana para ti.

—Pero si solo es una visita corta.

—Es la oportunidad de tu vida —aseguró su abuela. Y dando media vuelta cruzó el umbral del portón.

Entrar en el castillo era como viajar al pasado. La madera oscura que revestía las paredes parecía absorber toda la luz. Aunque era de día, dentro estaban encendidas todas las lámparas de araña. Una hilera de cabezas de ciervo disecadas miraba a Diana con ojos inexpresivos.

—Un mozo llevará el equipaje a tu habitación, las sirvientas lo desharán —prosiguió su abuela, que ya había llegado al otro extremo del vestíbulo. Diana corrió tras ella—. Te han asignado una habitación en la parte posterior del castillo. Debido al posible interés que podrías despertar en la prensa, al príncipe de Gales le ha parecido buena idea. Y no olvides que solo hablarás cuando su majestad te dirija la palabra —advirtió a Diana—. Y solo te levantarás de tu sitio cuando ellos se levanten y den por terminado el té de la tarde. Ni un segundo antes. ¿Entendido?

Diana asintió.

—Entendido.

En su casa nunca se habían interesado especialmente por las formalidades. Solo cuando su padre heredó el título de octavo conde de Spencer y Althorp House, con sus más de cinco mil hectáreas, fueron conscientes ella y su hermano pequeño, Charles, de la privilegiada posición de que disfrutaba su familia. Además, ¿quién habría podido enseñarles el protocolo que se observaba en palacio? A su madre la veían, a lo sumo, los fines de semana, y su padre había preferido dejar su educación en manos de las distintas niñeras que fueron pasando por la casa.

Se oía una conversación animada, como en un salón de té londinense, a decir verdad. Un mayordomo abrió una puerta de dos hojas y acto seguido Diana se vio ante la familia real. Fue como si se quedara en blanco. De no haber pronunciado el mayordomo su nombre en voz alta, ella no habría sido capaz de decirlo. Era como si la hubiesen plantado de un empujón en el escenario de un teatro y se esperase que recitara un texto, solo que ella no sabía cuál era. Su público la miraba con cara expectante. Allí estaba su majestad, la reina Isabel. La reina madre. El príncipe consorte. La princesa Ana. Y ¿quiénes eran los demás? Para colmo, sentía que las miradas sin alma de los animales disecados se clavaban en ella desde todos los rincones.

Diana había imaginado que la reina, pulcramente ataviada, añadía un poco de azúcar cande al té, y que la princesa Ana lucía un magnífico vestido largo hasta los pies que acentuaba la forma de reloj de arena de su cuerpo. Sin embargo, a excepción de la reina madre, todos vestían desenfadada ropa de montar de recio *tweed*. Incluida su majestad. La hermana de Carlos, dos años menor que él, estaba acomodada en una butaca como si fuese a dar una cabezadita, con las mejillas enrojecidas por el aire campestre. Tres corgis ladraban y correteaban alrededor de las piernas de la reina. Aparte del aroma del té y los sándwiches de pepino, olía a tierra, musgo y caballos. ¿No había mencionado el mayordomo de la entrada que la familia real acababa de regresar de la cacería?

—Majestad —logró decir Diana, y por suerte recordó hacer una amplia y respetuosa reverencia.

Carlos le dirigió una sonrisa de aliento que ella devolvió tímidamente. ¿Es que no sabía hasta qué punto la aturdía cuando la miraba así?

Alguien carraspeó y ella recordó que no estaban solos. Sin pensar lo que hacía, y como no podía sustraerse a su mirada, Diana hizo también una reverencia a Carlos.

—Mal —observó la princesa Margarita, hermana de la reina. Dominaba con maestría el arte de sentarse en una butaca con elegancia y desenfado al mismo tiempo—. Segundo intento.

—Disculpe —balbució Diana.

La habitación tenía algo abrumador. La tapicería de los muebles, las cortinas, incluso la moqueta, todo era de cuadros escoceses. Y por todas partes había grandes candeleros, como si en el castillo aún no hubiese electricidad.

Probablemente su titubeo durase demasiado, ya que la princesa Margarita profirió un suspiro teatral y se irguió en su asiento, haciendo tintinear los cubitos de hielo en el vaso de whisky que sostenía.

—Bien, le daremos algunas indicaciones; me gustaría descansar un poco antes de la cena. En primer lugar, ha de hacer una reverencia ante su majestad, la reina, eso debería tenerlo claro; después ante la reina madre y solo entonces ante este joven de aquí. —Señaló con el vaso a Carlos.

Diana obedeció. De haberse abierto delante un agujero en la tierra, habría saltado de buena gana y no habría vuelto a salir.

—Es agradable recibir a otro invitado en el castillo —comentó la reina animadamente. Pese a la ropa de montar, tenía una gran presencia. Llevaba el cabello castaño debidamente ahuecado y se había pintado los labios de un tono discreto, que no le restaba en modo alguno naturalidad. Irradiaba algo sumamente maternal, pero al mismo tiempo parecía una valiosa reliquia de museo intocable. Su mirada era amable pero también vigilante—. ¿Contábamos con ello? —La pregunta iba dirigida a su esposo, el príncipe Felipe, duque de Edimburgo, que estaba apoyado en el antepecho de la ventana con desenfado y a todas luces estaba charlando con algunos invitados.

—Yo no sabía nada —repuso.

—Más bien fue una decisión espontánea —terció el príncipe Carlos—. Pensé que se alegrarían. —Sus palabras lanzaban un mensaje oculto, ni siquiera a Diana se le escapó.

—¿Es que no había más candidatas de tu edad? —preguntó con sorna a su hermano la princesa Ana en voz baja, aunque Diana la oyó.

—Y sin duda nos alegramos —respondió la reina ignorando a Ana, y Diana no supo si lo decía en serio—. Pero, por favor, siéntese.

Que se sentara. Pero ¿dónde? Difícilmente podía acomodarse Diana en el sofá, junto a la reina. La única butaca que quedaba libre estaba un tanto apartada.

Echó a andar hacia ella con resolución, pero un silbido de la princesa Margarita la hizo retroceder en el acto.

—Yo que usted no lo haría. Esa era la silla de la reina Victoria. No la puede utilizar nadie.

—Disculpe —dijo Diana por segunda vez. Empezaba a darse cuenta de lo que le había querido decir Sarah... Con la familia real un simple té era como un campo de minas.

Carlos se levantó de su asiento.

—Siéntese aquí, por favor.

Diana le dio las gracias con una sonrisa y se sentó. Le habría gustado esconderse detrás de él como una niña pequeña.

—Spencer. —La reina repitió su apellido sin que se le borrase de los labios una sonrisa impenetrable, que se asemejaba muchísimo a la de una esfinge—. Entonces es usted hija de Johnnie Spencer, ¿no?

—Así es —respondió Diana risueña, aliviada al tener un tema de conversación satisfactorio.

—Su padre fue escudero del rey Jorge VI, mi esposo, y, tras su muerte, de la reina, mi hija —refirió la reina madre—. Lo tenía en gran estima.

—Si la memoria no me falla, coincidimos en alguna ocasión, cuando todavía vivía usted con su familia en la casa de invitados de Sandringham —apuntó la reina.

—Sí, cuando paseábamos por la propiedad a veces nos tropezábamos con usted si salía a cabalgar. De vez en cuando incluso jugábamos con sus hijos en la casa. Pero después mi abuelo falleció, mi padre heredó su título y nos instalamos en Althorp. Ahora mis dos hermanas ya están casadas y yo me he establecido en Londres.

—¿Y a qué dedica su tiempo en Londres? —quiso saber el príncipe Felipe.

—Trabajo en una guardería.

—Eso está muy bien. ¿Ha cursado los debidos estudios? —se interesó la reina.

—No, pero adoro a los niños. Más adelante me gustaría tener una gran familia. Y también llevo la casa de mi hermana.

—¿De Sarah? —inquirió Carlos—. ¿Le paga bien?

—Una libra la hora.

—¿Es eso mucho? —preguntó la princesa Margarita.

—No. —Diana no pudo evitar esbozar una sonrisilla—. De hecho, es explotación pura y dura.

—Entonces ¿por qué lo hace? —quiso saber ahora la princesa Ana. Era como un interrogatorio cruzado.

Diana se encogió de hombros.

—No me importa. Me gusta echar una mano en la casa. Me tranquiliza verlo todo bonito y ordenado.

—Recuerdo perfectamente la última vez que la vi a usted —comentó la reina madre—. Fue en la boda de su hermana Jane. Estaba usted encantadora con su vestido de color rosa.

—Es evidente que desde entonces su gusto ha cambiado —observó la princesa Margarita, y bebió un sorbito de whisky.

—Tengo entendido que este es un buen lugar para practicar senderismo y quería estar preparada —repuso Diana para justificar su atuendo. Notó que se ruborizaba.

—Una hija de la naturaleza. Es grato saberlo —exclamó la reina—. Mañana por la mañana temprano puede acompañarnos a la cacería, por desgracia las últimas veces no hemos tenido mucho éxito. Sería una oportunidad magnífica para conocernos mejor.

—Me encantaría —contestó Diana mientras sonreía valientemente y apretaba los dientes.

—De todo lo demás hablaremos esta noche, durante la cena. —La reina se levantó. De ese modo finalizaba oficialmente el té de la tarde.

Diana vio con desvalimiento que todos los presentes retomaban las conversaciones que estaban manteniendo antes mientras iban saliendo de la sala poco a poco. Era como si se hubiesen olvidado por completo de ella.

—Ya iba siendo hora de que volviéramos a celebrar una barbacoa en toda regla —oyó que decía el príncipe Felipe.

Carlos fue el único que se quedó. Daba la sensación de estar preparado para replegarse en su caparazón de un momento a otro. La sonrisa que le regaló fue vacilante y no le salió del corazón. Así y todo logró animar un poco a Diana, que no sabía qué decir. Por lo visto, el príncipe tampoco.

—Nos vemos esta noche en la cena —dijo él al cabo.

Y se marchó también, dejando a Diana sola.

# 5

Una llamada a la puerta despertó a Diana.

—Buenos días —dijo una voz de mujer. Acto seguido se abrieron las cortinas.

Diana amusgó los ojos. El sol ni siquiera había salido aún. Le entraron ganas de taparse la cabeza con la sábana, que era sumamente suave y agradable al tacto.

La cama crujió cuando se puso boca arriba. Abrió los ojos. Delante de ella una joven le sonreía con amabilidad.

—Son las cinco. La familia real la espera para salir de cacería.

A medida que el día clareaba y poco a poco empezaban a dibujarse las siluetas del castillo y del bosque colindante, Diana salió al patio del castillo ataviada con un impermeable, pantalones de pana y botas de senderismo.

Ya reinaba una gran animación. Había dos caballos y tres Land Rover listos cargados de provisiones. Amenazaba lluvia. Diana estaba helada. Habría preferido quedarse delante de la chimenea con una taza de té.

—Buenos días —la saludó el príncipe Felipe amablemente—. Espero que haya dormido bien.

—Muy bien, gracias —mintió ella, pero ¿qué le iba a decir? ¿Que se había pasado casi la noche entera pensando en su hijo y por eso apenas había pegado ojo y cuando se había quedado dormida ya era de madrugada? Sin embargo, no estaba cansada, le corría demasiada adrenalina por el cuerpo.

—Nos dividiremos en grupos. Usted vendrá con Ana y conmigo —anunció el príncipe Felipe mientras daba unas palmadas—. Nos vamos.

Diana buscó la mirada de Carlos. Su sonrisa le dijo a Diana que no podía hacer nada. Ella procuró no sentirse muy desilusionada. El príncipe Felipe quizá pareciese severo, sobre todo cuando hablaba con Carlos, pero las arruguillas de sus ojos revelaban un carácter alegre. No sería para tanto, pensó ella, y reprimió las palabras de Sarah, que resonaban en su cabeza: «La familia real te examinará con lupa».

Media hora después estaban en mitad de ninguna parte. A su alrededor no había nada salvo el vasto páramo escocés. Diana se miró las botas, que se habían hundido hasta la mitad en la húmeda tierra poblada de brezos.

—Confío en que no tenga nada en contra de una cacería temprana —observó el príncipe Felipe.

—Nada en absoluto —afirmó Diana procurando parecer lo más animada posible—. A quien madruga Dios le ayuda.

—Dios y todo esto —contestó él guiñándole un ojo mientras sacaba el rifle del maletero—. Será mejor que nos centremos en la caza.

Ni siquiera Ana, que por lo general tenía el gesto desabrido, pudo evitar sonreír. Era muy guapa, en opinión de Diana, sobre todo cuando llevaba suelto el cabello rubio trigueño. Ahora lo llevaba recogido en una práctica cola de caballo. Tenía un rostro de rasgos delicados y armoniosos, la piel de alabastro y labios sensuales.

Un hombre denominado «acechador» los internó en el coto. Se detenían una y otra vez para barrer el terreno con los binoculares. Había corzos y ciervos, el desafío residía en poder acercarse lo bastante a ellos.

En esa zona, las tierras altas eran completamente llanas, lo cual dificultaba la caza, ya que el brezal raso no ofrecía protección ni abrigo. A menudo se veían obligados a avanzar a gatas o incluso reptando. De vez en cuando rodeaban pequeñas elevaciones para que el viento jugase a su favor y los animales no los pudieran oler. Diana no podía evitar hacer ruido al caminar.

—¿Empieza a lamentar su decisión? —preguntó el príncipe Felipe—. Vamos a pasar horas así.

—En absoluto. Soy una chica de campo.

Eso no era del todo cierto, pero Diana quería caer bien a toda costa al príncipe consorte. Él le gustaba. No se escondía tras fórmulas de cortesía frías y forzadas, sino que era él mismo e, incluso de vez en cuando, se permitía contar un chiste más bien inoportuno. Su mirada era valiente, inteligente y franca. Era un hombre muy atractivo para su edad, en el que se podía confiar. El padre perfecto.

—Entonces ¿le gusta a usted cazar? —quiso saber Ana.

—Ahora más le vale no equivocarse al contestar —le advirtió Felipe—. A Ana le encanta cazar, como a todos nosotros.

—¿Qué es lo que le gusta tanto de la caza? —preguntó a su vez Diana evitando responder.

—Me gusta el modo en que la naturaleza agudiza los sentidos —replicó Ana—. El modo en que la cabeza obliga a parar a la mano temblorosa. Hay que estar todo el tiempo muy concentrado y no se puede permitir una ningún error, sobre todo no se puede vacilar o abrigar dudas. No me malinterprete, adoro a los animales y los respeto profundamente. Pero si uno se para a pensar en que está disparando a un ser vivo, está perdido. —Miró atentamente a Diana—. Y bien, ¿qué opina usted de la caza?

—Para ser sincera, prefiero acariciar animales —contestó ella.

—¿Significa eso que se echará a llorar si hoy se nos planta algo delante del rifle? —quiso saber Felipe.

—No se preocupe, he ido muchas veces de caza con mi padre.

—Bien. En ese caso sabrá cuáles son las reglas. Cuando yo se lo diga, sitúese detrás de mí. Estese callada y agáchese todo lo posible. ¿Entendido?

—Entendido. —Diana asintió—. Se ve que ha estado usted en el ejército —se atrevió a decir, desarmando con su encantadora sonrisa el provocador comentario.

Felipe esbozó una sonrisilla.

—En la Marina —la corrigió—. Eran otros tiempos. —Se notaba que estaba reviviendo recuerdos gratos.

—¿Por qué puso fin a su carrera? —se interesó Diana.

—Porque me casé.

—¿Y cómo conoció a su esposa?

—A la reina —la corrigió Ana.

—Naturalmente, disculpe.

—Durante mi instrucción militar —contó Felipe—. Ella solo tenía trece años y yo, dieciocho. —Frenó en seco—. Cuando nos casamos, renuncié a mi carrera en el ejército para respaldar a la reina. Y lo hago con gusto. Todos nosotros hacemos algún sacrificio por la Corona. Ser miembro de la familia real significa poner la vida al servicio de la monarquía. Y eso es algo que requiere tenacidad, paciencia y una lealtad sin límites.

—¿Y amor? —añadió Diana.

—Probablemente también —admitió el príncipe Felipe—. Pero hágame un favor y no se lo cuente a nadie.

Ya habían pasado dos horas cuando el acechador les hizo una señal para que se agacharan. A medio camino de una colina vieron con los binoculares un ciervo tendido entre los brezos que parecía no haberse percatado de su presencia. Solo se le veía la cornamenta.

—Un venado de seis puntas —musitó el príncipe consorte—. Si no se levanta, no podré disparar.

El terreno era muy llano, razón por la cual reptaron por un sendero trillado cuyo borde les proporcionaba un poco de cobertura, avanzando muy despacio. El acechador descubrió un montículo de hierba perfecto para apostarse. Desde allí el ciervo se hallaba a menos de doscientos metros de ellos.

Cuando estuvieron lo bastante cerca, se tumbaron en el suelo, contra el fragante brezo, y se acomodaron a la ondulación del terreno. El príncipe Felipe se dispuso a disparar. Adoptó la posición de tiro. También Ana estaba sumamente concentrada.

Diana notó que Felipe la miraba de soslayo. «¿Disparo?», preguntaba su mirada.

Diana estaba tensa y fascinada al mismo tiempo. Qué vigoroso y noble era el ciervo. Ante ella tenía a un ser vivo al que el príncipe apuntaba. Matarían a ese animal bellísimo solo para colgar su cornamenta y rellenar así un hueco entre los demás trofeos de caza.

Y, sin embargo, Diana hizo un gesto afirmativo. «Dispare».

Felipe sonrió ligeramente, un gesto que Diana devolvió.

En ese preciso instante el ciervo se levantó.

Se escuchó un disparo. El ciervo se tambaleó y cayó al suelo.

Por la tarde, cuando todos habían regresado de la cacería y conversaban en el patio del castillo con el cabello alborotado y las mejillas sonrojadas, reinó una gran agitación cuando se supo que el príncipe consorte, en compañía de Diana, había abatido un ciervo.

—Vaya, han sido muy afortunados —exclamó la reina.

—En efecto —admitió el príncipe Felipe mientras miraba con insistencia a Carlos—. Un final afortunado para una larga cacería.

# 6

A primera hora de la mañana, Carlos llamó por teléfono a Diana a su habitación para preguntarle si le gustaría acompañarlo a pescar salmones al río Dee. Naturalmente que le gustaría, no podía imaginar nada mejor.

Cuando bajaba la escalera, Diana oyó la voz indignada de Carlos.

—No metas a Dickie en esto.

Diana se detuvo.

—Si no me equivoco, fue él quien te aconsejó que te desfogaras —oyó que decía el príncipe Felipe. Al parecer estaban en la sala de recepciones—. No creo que tu tío abuelo, con todos los amoríos que tuvo, fuese un buen modelo para ti, como bien se puede ver ahora. Está casada, Carlos, ¡¿se puede saber en qué estás pensando?! Estás poniendo en peligro no solo tu reputación, sino también la de tus padres.

—Es mi alma gemela.

—Eso no cambia nada. Créeme si te digo que apreciamos la naturalidad y la sencillez de Camilla.

—¿Ah, sí? Ya no la invitan a ningún acto. Ni siquiera le ofrecen el palco real en las carreras de caballos, pero sí a Andrew, el inútil de su marido. ¿Así es como le demuestran su aprecio?

—Deja de comportarte como un niño terco, Carlos. Camilla y su marido siempre han sido bien recibidos aquí. Es solo que pensamos que ahora deberías dedicar tu atención a otra persona.

—Pero quiero que Camilla conozca a Diana. Valoro su opinión. Por eso y solo por eso la he invitado a Balmoral.

—No creo que la opinión de Camilla sea muy relevante cuando tu madre, tu abuela y yo te decimos que nos gusta Diana.

Ahí estaba de nuevo: Camilla Parker-Bowles. La amiga íntima de Carlos.

¿Por qué Diana sentía de pronto esa opresión en el pecho?

Cuando llamó a la puerta, ambos se sobresaltaron. Esbozó una sonrisa especialmente jovial, como si no hubiese oído nada.

—Estoy lista —anunció.

—Y llega en el momento idóneo —la saludó el príncipe consorte—. Estábamos buscando el lugar adecuado para colocar nuestro nuevo trofeo de caza. Tal vez la cornamenta quede mejor en el comedor, con el resto de la colección. ¿Tú qué opinas, Carlos?

—Me temo que a este respecto no tengo mucho que decir —repuso él malhumorado.

No muy lejos del castillo, el río Dee dividía un pintoresco bosque de abedules. «Abedules plateados», corrigió Carlos a Diana. También le contó que en la pesca con mosca el lanzamiento era un arte en sí mismo. La selección y la colocación adecuada de la mosca también revestían una gran importancia. Diana mostró su admiración en los momentos oportunos y dijo «fascinante» de vez en cuando, ya que se había dado cuenta de que al príncipe le gustaba utilizar esa palabra. Por lo demás, apenas se atrevió a abrir la boca para no asustar a los peces.

Mientras Carlos se quedaba absorto en la contemplación del susurrante río, Diana soñaba despierta. Imaginaba que tenía frío y el príncipe le ponía su chamarra sobre los hombros. Al hacerlo, primero se rozaban sus manos y después sus miradas...

—Yo creo que cada árbol, cada seto, cada monte y cada río tienen un carácter especial, casi sagrado —afirmó Carlos.

Ya llevaban un buen rato en silencio, de forma que Diana no sabía si el príncipe quería iniciar una conversación o si solo pensaba en voz alta. Por eso se limitó a asentir. A esas alturas, para ella ese río tenía un carácter más bien tremendamente aburrido. El sol había abandonado su cénit y se dirigía hacia el oeste, sesgado como los nubarrones que se deslizaban por el cielo. Diana frotaba entre sí la punta de las recias botas. Para entonces tenía el cuerpo completamente rígido por el frío y por pasar tanto tiempo sentada en el incómodo asiento plegable.

—Parece muy ensimismado —se atrevió a comentar.

—Perdóneme, es la fuerza de la costumbre. La calma que reina cuando se pesca resulta idónea para pensar.

—¿Lo estoy molestando?

—No... —contestó, y repitió—: No.

—Y ¿en qué está pensando? Dos cabezas piensan más que una.

—Pues en todo un poco. En la política. En la sociedad. En la industrialización, que aparta cada vez más al hombre de la naturaleza. La gran paradoja de la vida.

Diana se preguntó si todos los treintañeros eran tan sabios como el príncipe o si él era algo muy especial.

—Me temo que no lo sigo del todo... —confesó ella.

—Todo entraña su opuesto —explicó Carlos—. Toda ventaja entraña una desventaja; todo éxito, un fracaso. Aquí llevamos una vida privilegiada, pero en África mueren niños de hambre. Lo que más anhela el hombre es el afecto de quienes menos atención le brindan. Dos personas se aman, pero no pueden estar juntas. Es la paradoja de la vida.

—Al final es usted un romántico, ¿no, señor?

—Soy un romántico sin remedio. Un alma sensible, y eso es lo que mi padre siempre verá como la mayor de mis debilidades.

—Pero puede que sea su mayor fuerte.

La mirada del príncipe le dijo que había dado en el blanco.

—Quizá los ciudadanos de Inglaterra anhelen empatía y comprensión. Amor —opinó ella—. ¿Acaso no es eso lo que nos acerca?

—La Corona ha de encarnar la perfección. La infalibilidad —replicó Carlos, de pronto seco—. Los sentimientos nos vuelven débiles y falibles. —Tenía los ojos clavados en la caña—. No sé por qué, pero hoy no pican.

De pronto se escuchó un crujido en la maleza, a sus espaldas. Se dieron la vuelta y vieron a un hombre.

—Esos otra vez, lo que me faltaba —refunfuñó él.

—¿Quiénes son?

—Fotógrafos.

—Y ¿qué se les ha perdido en este sitio?

—Quieren ver quién es la joven belleza que me acompaña —repuso sombrío.

—¿No le resulta halagador? —inquirió ella.

—Me halagaría más si se interesaran por mi trabajo. Intento hacer de buena fe que este sea un lugar mejor, pero a los periodistas lo único que les interesa es la posición privilegiada que ocupo y cuándo y dónde me reúno con qué mujer. —Exhaló un hondo suspiro—. Bien, démosles lo que quieren de nosotros —añadió, y acto seguido esbozó una sonrisa encantadora.

—Mejor arruinémosle los planes —propuso Diana.

Una luz asomó a los ojos de Carlos.

—¿Cómo?

—Confíe en mí —contestó ella con una sonrisa audaz—. Tengo una idea.

Un alegre tintineo de platos y conversaciones alegres inundaban los jardines del castillo de Balmoral.

«¿Por qué no hacemos una parrillada?», sugirió el príncipe Felipe por la tarde, y la propuesta cosechó un entusiasmo generalizado.

Diana no estaba segura de haber oído bien. ¿El príncipe consorte al mando de una parrilla, dando la vuelta a la carne con las pinzas y preguntando a los presentes quién quería más costillas? ¿La reina sirviendo ensalada de papa a sus hijos? Inimaginable. Sobre todo después de la cena formal del día anterior, en la que, precedidos por dos gaiteros, entraron en el comedor en fila y a Diana le asignaron un sitio. Pero ahora, en efecto, se hallaba en una barbacoa, y tuvo la sensación de que la había invitado una familia completamente normal. La reina parecía alegre y accesible, sentada en su silla con su cóctel de ginebra y dubonnet en la mano.

—Les tengo que contar algo —afirmó Carlos.

A decir verdad, Diana habría preferido que hubiese mantenido en secreto el percance que habían sufrido en el río, pero ¿cómo habría podido ser tan cruel de arruinarle la diversión a Carlos? Nunca lo había visto tan relajado, tan distendido. Por nada en el mundo habría echado a perder el momento. De manera que escuchó con suma atención mientras él refería viva y teatralmente la aventura que habían vivido.

—De pronto escuchamos un ruido en el bosque, como si alguien hubiera pisado una rama. —Volteó la cabeza como si hubiera alguien detrás de él—. Eran dos hombres. Fotógrafos camuflados con ropa marrón.

La reina madre se tapó la boca con la mano del susto.

El príncipe Felipe, tras dejar en la mesa una fuente con salchichas, filetes y costillitas asadas, musitó:

—No deberíamos haber permitido que hiciera tanto teatro.

Pero lo dijo sonriendo y después apoyó las manos en los hombros de su esposa.

—Naturalmente, querían ver quién era mi acompañante —prosiguió Carlos—. Pero Diana tuvo una idea genial: se escondió detrás de un árbol y sacó un espejito para ver cómo se acercaban a hurtadillas los dos fotógrafos. Después... —Al príncipe lo acometió un ataque de risa tal que incluso la princesa Ana, que hasta el momento parecía más bien aburrida, tuvo que sonreír.

—¡¿Qué pasó después?! —instó la reina madre, que estaba pendiente de cada palabra que decía Carlos—. Vamos, cuenta.

—Entonces... —Carlos se enjugó las lágrimas de la comisura de los ojos y estalló en una nueva carcajada.

Diana, que hasta el momento había permanecido sentada en su sitio en silencio, con las manos bajo las rodillas y observando embelesada a Carlos, continuó por él:

—Yo quería impedir a toda costa que esos hombres me sacaran una foto. Vi por el espejito que se habían despistado un poco, así que aproveché la oportunidad para salir corriendo lo más deprisa que pude, pero...

—... pero no vio un agujero que había en el suelo —el príncipe volvió a tomar la palabra— y cayó cuan larga es. Cuando la encontré, estaba cubierta de lodo de pies a cabeza.

Todos se divirtieron de lo lindo. Diana también se rio, pero no tanto por el contratiempo como por la dicha que sentía. Formaba parte de una tarde estupenda. El olor a carbón de leña y carne asada que flotaba en el aire les hacía la boca agua, y la reina madre había elogiado lo guapa que estaba con el vestido de mangas de farol que llevaba. Estaban todos sentados a la mesa, charlando, bromeando, riendo, debatiendo. A Diana le estaba permitido formar parte de una familia de verdad. Como la había imaginado desde pequeña.

—Brindo por la astucia de Diana —dijo el príncipe Felipe mientras levantaba la cerveza que sostenía en la mano, y el resto lo imitó.

También Carlos levantó su vaso. La miró y sonrió, y a Diana se le alegró el corazón. No había nada que hacer: para entonces ya se había enamorado perdidamente de ese hombre.

El domingo por la tarde llegó el momento de la despedida. Diana intentó absorberlo todo. La sensación al deslizar la mano por la madera de la barandilla cuando bajó la amplia escalera. El golpeteo de los zapatos en el suelo de piedra. Ver al príncipe, que la esperaba fuera, junto al Land Rover. Esa sonrisa única, encantadora y reservada al mismo tiempo.

La mano izquierda a la espalda, una postura que había adoptado de su padre, como Diana se percató ese fin de semana. También le habría gustado apropiarse de esa peculiaridad. Ojalá fuese posible encerrar en un tarro de mermelada su olor, que tanta seguridad le proporcionaba a ella. Poder vivir de nuevo una barbacoa con esa familia maravillosa, que la reina madre la elogiase de nuevo por ayudar a retirar los platos diligentemente, sentarse de nuevo con todos ellos a la mesa y reírse. Diana habría estado dispuesta incluso a montar a caballo con Ana, aunque no se sentía especialmente cómoda cabalgando. Pero, sobre todo, deseaba pasar más tiempo con Carlos, verlo dotaba de sentido la vida que había llevado hasta entonces. Sonaba muy cursi, pero era así. El destino había decidido que sería de Carlos, lo presentía. Solo por eso había crecido tan pura y protegida, solo por eso le había susurrado una voz interior que los otros hombres no la harían feliz. Diana había estado esperando a que apareciese su príncipe.

—Gracias —consiguió decir—. Ha sido un fin de semana estupendo.

—Los ha cautivado a todos.

«¿Y a ti, Carlos? ¿También te he cautivado?»

El silencio entre ambos se alargó demasiado, ambos rieron cohibidos. Había llegado el momento de marcharse. ¿Sería mucho pedir que le diera un abrazo? Sentir su cuerpo. Absorber el calor con el que la miraba y almacenarlo para siempre bajo su piel. La reina madre había mencionado lo impresionantes que eran sus ojos azul cobalto y ahora Diana intentaba fascinar a Carlos con el atractivo de esos mismos ojos. Vio que él tragaba saliva.

—Me temo que detrás de ese sinfín de ventanas hay muchos ojos puestos en nosotros. Empezando por la familia real en persona —adujo él.

Diana ladeó ligeramente la cabeza.

—Estoy segura de que su familia sabrá cuándo conceder cierta privacidad.

—¿Privacidad? ¿Qué es eso? —bromeó el príncipe.

Los dos rieron con cierta torpeza. Al final él le tendió la mano, que ella estrechó. Procuró no mostrarse muy desilusionada.

Diana esperó un instante y después hizo una reverencia sin dejar de mirarlo a los ojos. Al cabo se subió al coche. El motor arrancó acto seguido y la alejó de él. Diana ya solo pudo ver por el espejo retrovisor que el príncipe, su príncipe, se volvía cada vez más pequeño, hasta acabar desapareciendo.

Su hermana había dado a entender que Balmoral era una prueba.

Ahora debía esperar a conocer el resultado.

# 7

«El príncipe vuelve a estar enamorado. Lady Di es la nueva novia de Carlos», rezaba el titular del periódico *The Sun* del 8 de septiembre.

Diana apenas podía creer su suerte. No sabía que la vida podía ser tan bella. Conque era posible estar en el séptimo cielo... Así era exactamente como se sentía cuando volvía paseando a casa desde su trabajo, en la guardería, o de hacer de niñera, por la calle Old Brompton Road, dejando atrás los amables edificios de ladrillo marrón rojizo... al menos hasta que de pronto se vio rodeada de periodistas como si de un enjambre de moscas se tratara. Los flashes de las cámaras saltaban, le ponían micrófonos delante de la cara. La acribillaban a preguntas, tantas preguntas...

«¿Cómo sigue su relación con el príncipe?»

«¿Cree que le propondrá matrimonio pronto?»

«¿Está enamorada del príncipe?»

Diana mantenía la vista fija en el suelo. «No voy a decir nada», respondía con la mayor educación posible, una y otra vez. En periódicos y revistas no tardaron en llamarla «tímida Di». A veces se atrevía a levantar la vista en la acera, intimidada y encantada al mismo tiempo con la atención que le dispensaban. Era como antes, cuando la fotografiaba su padre. Para ella era una prueba de que no le era indiferente. Ella, la tercera hija no deseada, a la que casi tardaron tres meses en ponerle nombre después de que naciera porque la familia Spencer por completo confiaba en tener un varón.

A finales de agosto, la reina la había invitado a los Juegos de Braemar y desde entonces la prensa se abalanzaba sobre «la novia de Carlos». Su espectacular huida de los fotógrafos en el río Dee solo había logrado aplazar el asedio. Pero ¿a qué venía tanto interés en su persona? No había hecho nada extraordinario, tan solo tenía la suerte de que, al parecer, le gustaba a Carlos. En cualquier caso, lo único importante era que su padre hojease el periódico, viese una foto de ella y los ojos se le iluminaran de orgullo. Y quizá, si de verdad Diana acabara casándose con el futuro rey, su madre por fin volviera a casa de su exilio en Australia, adonde había emigrado con su nuevo marido, Peter Shand Kydd. Tendría que ayudar a Diana a renovar el armario y llenarlo de prendas elegantes, dignas de la esposa del sucesor al trono.

«¿Cuándo volverá a ver al príncipe Carlos?»

¿Cómo iba a saberlo ella? Con suerte esperaba volver a verlo, a fin de cuentas ya era finales de septiembre y hacía casi un mes que no sabía nada de él. ¿Habría perdido el interés en ella? No, era solo que tenía mucho que hacer. Sobre todo con su fundación, la Prince's Trust, que brindaba ayuda a personas jóvenes. Además, era coronel honorario de cinco regimientos del ejército y ostentaba el cargo de presidente de honor de United World Colleges, una red de colegios que ofrecían formación especializada a alumnos del mundo entero. Teniendo esto en cuenta, era lógico que no pudiera llamarla a menudo, ¿no?

En una ocasión, un periodista del *Evening Standard* llamó a la puerta de la guardería New England. «Solo una foto y desaparezco», prometió, y Diana cedió, pues se dio cuenta de que algunos niños se sentían intimidados por el desconocido. Cuanto antes se fuera, mejor.

Para la foto Diana tomó en brazos a una niñita y de la mano a otra.

—¿Tiene lo que quería? —preguntó al reportero. «Ya basta, ahora váyase, por favor».

—Oh, sí. Es más de lo que esperaba —contestó risueño el hombre.

A la mañana siguiente, cuando oyó que introducían la llave en la puerta de casa, Diana salió corriendo al pasillo. Había enviado a Carolyn a comprar el *Evening Standard*.

—¿Y bien?

La cara de Carolyn lo decía todo. Diana le arrebató el periódico de las manos para buscar el artículo.

—Pues estás muy bien, con tu blusa, el chaleco de lana azul claro y la... —Carolyn se mordió los labios—... la falda —terminó la frase.

—¡Dios mío! —exclamó Diana. Era evidente que justo cuando el fotógrafo disparaba había salido el sol, y su ligera falda de algodón se transparentaba por completo a contraluz, dejando entrever sus piernas en toda su longitud—. Se acabó —sollozó—. Cuando vea esta foto, Carlos me apartará de su lado. No tendrá más remedio. La casa real...

—Si hace eso es que es tonto —la cortó Carolyn—. Sinceramente, en esta foto pareces Marilyn Monroe, solo que con una niña en brazos. Irradia pudor y también amor a los niños, pero además resulta de lo más seductora. Carlos también es un hombre, ¿qué más podría querer?

En efecto, Carlos la llamó ese mismo día.

—Sabía que tenías las piernas bonitas, pero no que fuesen tan irresistibles —la halagó.

Olvidado quedaba el tiempo que hacía que no la llamaba.

—Siento que la prensa te incomode también en la guardería —se disculpó—. Conmigo nunca han ido tan lejos. Da la impresión de que cada vez despiertas más revuelo mediático. Imagino que será agotador, ¿no?

—Me las arreglo —repuso ella—. Es solo que no estoy acostumbrada.

Le vinieron a la cabeza periodistas fastidiosos que llamaban al timbre por la noche, e incluso a sus vecinos. Otros llamaban por teléfono a las dos de la madrugada, contaban algo relacionado con ella y después preguntaban: «¿Podría confirmarlo o desmentirlo?».

—Esos buitres —rezongó Carlos—. Acosan incluso a la pobre Camilla. Esta mañana tenía a cuatro periodistas delante de su casa.

«¿Cuatro?», pensó Diana mientras miraba la calle por la ventana. Allí había treinta y cuatro, los había contado.

Ahí estaba de nuevo, la punzada de dolor en el pecho. «¿La has llamado por teléfono? —le entraron ganas de preguntarle—. ¿La has llamado a ella antes que a mí?» Sin embargo, no dijo nada. En su segunda visita al castillo de Balmoral, Diana había conocido en persona a Camilla. Era una mujer sencilla y con un sentido del humor burdo. La clase de mujer con la que se podía contar para todo. Saltaba a la vista que Carlos y ella eran amigos desde hacía tiempo, se trataban con espontaneidad y confianza. «Dale tiempo —le aconsejó Camilla mientras daban un paseo—. No le metas prisa. Si lo haces, se replegará».

De manera que sufrió en silencio mientras veía que Carolyn quitaba del calendario y tiraba a la basura primero el mes de octubre y después noviembre.

Su amiga era un gran apoyo para ella. «Si no me pide que me case con él, no lo soportaré», le confesó Diana una tarde entre lágrimas.

Lo que quería decir en realidad era «Me da miedo que un periodista haya alquilado el piso de enfrente. Desde allí ve directamente mi habitación. Me da miedo que hoy un coche lleno de fotógrafos haya frenado delante haciendo una maniobra peligrosa. Me siento fatal por ser tan susceptible y que me desmoralice el continuo asedio de la prensa. Me siento sola porque ya casi no me atrevo a salir a la calle, porque no puedo hablar con nadie de esto, porque incluso el departamento de prensa del palacio de Buckingham ha dicho: "Tendrá que arreglárselas usted sola, a ese respecto nosotros no podemos hacer nada"».

¿Y si el infierno por el que estaba pasando era en vano? ¿Y si Carlos la dejaba en la estacada y la prensa la hacía pedazos?

Ni siquiera podía confiar sus miedos a Carlos. Cuando estaban juntos, quería reírse con él y hablar de cosas agradables, no agobiarlo con sus preocupaciones. Quería que él pensara que lo controlaba todo sin problema y que estaba hecha para llegar a formar parte de la familia real. Y, de todas formas, cuando Carlos le sonreía, nada de eso era para tanto. Entonces ella le contaba cómo había conseguido dar esquinazo a los reporteros para encontrarse con él sin que los vieran: con ayuda de sus amigas se había descolgado por una sábana desde la ventana de la cocina, que daba a una calle lateral.

Llegó el invierno. Los árboles de hoja caduca de Hyde Park se desprendieron de su follaje. Parejitas agarradas de la mano resbalaban por los adoquines cubiertos de nieve y se besaban bajo el muérdago que adornaba la entrada de las coloridas casas de Notting Hill. Por la tarde, cuando oscurecía temprano, se podía ver a familias felices en las casas y, literalmente, oler las galletitas que salían del horno. Diana se reflejaba en los escaparates decorados con nieve artificial, hilos dorados y plateados y estrellas de paja, y pensaba que Carlos no podía vivir esa magia con ella porque estaba en algún lugar de la India. Tan inalcanzable y lejos de ella...

Y llegó la víspera de año nuevo. Carolyn quería quedarse en casa con Diana, pero un chico de su grupo de amigos daba la fiesta del año, y Diana insistió en que su amiga fuera a divertirse. «Estaré bien», aseguró, y consiguió esbozar una sonrisa.

Sentada en el banco de la ventana de su habitación, esperaba a que estallaran los fuegos artificiales. Su aliento empañaba el frío cristal. Con el dedo índice dibujó un corazón en el vaho gris blanquecino y vio cómo iba desapareciendo poco a poco. Entonces descubrió al hombre que estaba en la acera, pasando frío, cambiando el peso del cuerpo de un pie al otro mientras fumaba un cigarro. Ken Lennox. Para entonces ya sabía cómo se llamaba la mayoría de los reporteros y fotógrafos. Eso hacía que la situación le resultara más llevadera, ya que de esa forma al menos se podía convencer de que estaba rodeada de viejos conocidos. Para Carlos, en cambio, los miembros de la prensa eran los «enemigos».

¿Pensaba el señor Lennox volver a pasar otra noche en el coche? ¿En víspera de año nuevo? ¿Solo para conseguir sacarle una foto? Diana se puso un albornoz sobre la pijama, preparó un chocolate caliente y se lo llevó.

—Que tenga una feliz entrada de año —le deseó. Y le dio la taza.

El hombre, de cierta edad y menudo, con el cabello ralo y los ojos de topo con mirada afectuosa, se quedó tan sorprendido que incluso se olvidó de darle las gracias. Dejó caer deprisa la colilla del cigarro y la pisoteó.

—Una mala costumbre —admitió.

—Gracias de nuevo por ayudarme a deshacerme del francés.

El periodista francés era un auténtico pesado. Solía perseguirla subido a una moto y no había forma de quitárselo de encima.

—Tengo dos hijas de su edad, ¿sabe? Y se me partió el corazón al verla a usted tan rota. No pude evitar intervenir.

El señor Lennox interceptó al francés con su coche sin vacilar. De ese modo, ella al menos pudo ir a ver a Ruth Fermoy, su abuela, sin que nadie la atosigara.

—Disculpe la pregunta —añadió el fotógrafo con aire vacilante—, pero ¿cómo es posible que la chica más fotografiada de Inglaterra, bah, pero qué digo, probablemente del mundo entero, no tenga planes para pasar la víspera de año nuevo?

«Porque durante todo este tiempo he estado confiando en que Carlos me preguntara si quería pasar la velada con él y por eso no he hecho otros planes. Pero no me lo ha propuesto. Porque, para empezar, no está aquí, sino en la India, a miles de kilómetros de mí... Y confiaba en que al menos llamase».

—¿Por eso está esperando usted en la puerta de mi casa? —preguntó Diana a su vez—. ¿Espera que vaya a aparecer alguien?

—Bueno, es usted una chica joven y guapa que vive en el centro de Londres. No sería ninguna sorpresa que llamase a su puerta un amante desconocido hasta el momento con un ramo de rosas. O podría volver usted a casa borracha. Podría incluso tomar drogas. Vivimos en tiempos de Sid Vicious, todo es posible. Pero tiene usted las manos tan limpias que mis compañeros y yo empezamos a preguntarnos si no pertenecerá a alguna sociedad religiosa secreta.

Diana hizo un esfuerzo por sonreír.

—Nunca entenderé por qué se interesan tanto por mí.

—Porque este país necesita un cuento de hadas. Es usted tan natural. Por eso estoy esperando aquí: porque quiero sacar una foto que capture precisamente eso, esa naturalidad. Quiero algo más que una imagen pasajera en la que tenga usted la mirada de un corzo tímido. Quiero un primer plano de su bello rostro. La fotografía perfecta, que cautive a Inglaterra entera cuando se dé a conocer el compromiso.

—No sé nada de un compromiso —replicó ella—. Bueno, me voy dentro.

El señor Lennox se rio.

—Y yo que pensaba que quizá me invitaba a pasar.

—¿Para que mañana por la mañana lea en el periódico una descripción precisa de mi casa? ¿Me toma por tonta, señor Lennox?

—Al contrario —afirmó él mientras la observaba fascinado—. Creo incluso que ha comprendido usted algo decisivo.

—¿Qué?

—En fin, le trae un chocolate caliente a un periodista en víspera de año nuevo. Siempre es amable y atenta con nosotros, y nunca nos ha mentido. —Diana no acababa de entender adónde quería llegar, de modo que él se lo aclaró—: Si la prensa la adora, toda Inglaterra la adorará. Eso es algo que su príncipe nunca ha entendido del todo. Siga así y él no tendrá más remedio que casarse con usted.

Guardaron silencio un instante y Diana se quedó pensando en lo que le había dicho el hombre.

—Ahora sí que debería entrar —dijo ella al cabo regalándole una sonrisa cómplice—. Mañana a las siete en punto tengo que salir de casa y debería estar guapa. —Le guiñó un ojo—. Buenas noches, señor Lennox.

Guirnaldas de luces y estrellas de paja dieron paso en los escaparates a toda clase de corazones y ramos de rosas que anunciaban el Día de San Valentín. Al ver todas las maravillosas cursilerías románticas, Diana sintió que algo empezaba a bullir en su interior. ¿Cuánto más iba a seguir pensándose Carlos si ella era la mujer de su vida? Y ¿cómo lo iba a averiguar si casi no se veían? Y cuando lo hacían no querían que la prensa supiera nada o estaban rodeados de los amigos de él, entre los que se encontraba Camilla, que siempre lo absorbía por completo. Ahora él se estaba divirtiendo en Suiza, esquiando en Klosters, mientras ella estaba en ascuas en Londres.

Ahora sí que había terminado todo. Esa tarde Diana quitó el disco de las Three Degrees que había sonado sin parar durante los últimos meses, y puso el nuevo álbum de los Sex Pistols. Agarró de las manos a Carolyn y se puso a bailar con ella y sus amigas por toda la casa. Por fin se volvía a respirar un poco mejor.

Entonces sonó el teléfono y Carolyn lo contestó.

—Diana, es para ti —anunció a voz en grito para hacerse oír con la música.

De pronto el corazón de Diana dio brincos. Era como si supiese algo que su cabeza aún desconocía.

Era Carlos.

—Diana —dijo—. Si dispones de tiempo, ¿podemos vernos? Me gustaría preguntarte algo.

# 8

No sabía cómo había logrado sobrevivir a los cuatro últimos días, porque estaba segura de que moriría del nerviosismo. No había podido pensar en otra cosa que no fuera cuál podría ser la pregunta que quería hacerle Carlos.

Y ahora, por fin, se encontraba en la elegante limusina negra que la llevaría al castillo de Windsor. En ese momento recorrían la kilométrica avenida festoneada de castaños que conducía a ese castillo de cuento de hadas. En esa época del año, las ramas estaban ya casi desnudas. Costaba creer que esa enorme fortaleza de piedra fuese la residencia de fin de semana de la reina y, por tanto, algo así como la vivienda privada de Isabel. ¿Cuántos años le había dicho su abuela Ruth que tenía el castillo? Más de novecientos, si mal no recordaba. En cualquier caso, probablemente fuese el castillo habitado más antiguo y grande del mundo. Quién sabe cuántas habitaciones tenía. Seguro que rondaría las mil.

No obstante, por impresionante que fuese esa gigantesca construcción centenaria, también amedrentaba en la misma medida. Era como si le sonriese con frialdad y le dijera: «¿Tú quién eres? Yo estoy aquí desde hace más de novecientos años. He sobrevivido a guerras y levantamientos. Tú solo eres efímera».

¿O acaso era más que un insecto efímero? Tal vez Diana pronto pasaría allí también sus fines de semana, se atrevió a soñar.

A Diana le llamó la atención lo sumamente cuidados que estaban los jardines. No había ni una sola hoja en el suelo, ni una brizna de hierba se salía de su sitio. Incluso el venado que cruzó la carretera delante de ellos lo hizo en formación.

La avenida parecía no tener fin. El corazón de Diana latía con fuerza. Se frotó las manos húmedas. Desde hacía días se sentía muy inquieta y notaba una opresión en el estómago, pero seguro que solo eran los nervios. Quizá fuese de ayuda que le diera un poco el aire en la cara, se dijo, y bajó la ventanilla polarizada.

Por fin llegaron al portón principal. Ante ella un soldado con casaca roja y pantalón negro, el uniforme de gala, iba de un lado a otro. Con su sombrero de piel de oso tenía un aspecto de lo más cómico, pero a la guardia de la reina, como se conocía a esos soldados, no había que subestimarla, sus miembros contaban con la mejor formación e incluso tenían experiencia en combate. Tras echar un vistazo a la limusina los dejó pasar.

De pronto todo sucedió muy deprisa. Se detuvieron ante el ala que albergaba las dependencias privadas de la familia real. Un lacayo abrió la portezuela del coche y ella oyó que alguien decía: «Su alteza real, el príncipe de Gales, la está esperando».

Ver el vestíbulo de altos techos con las soberbias lámparas de araña y los muebles tapizados en tonos dorados, en los que probablemente nunca se hubiera sentado nadie, le cortó la respiración. ¿O acaso era solo el apretado cuello del cerrado vestido que llevaba, al que además había añadido una cinta amarilla que había atado en un lazo? Quería parecer especialmente buena y formal, por eso se había decidido por un sencillo vestido de lunares. Había visto uno parecido no hacía mucho en una revista de moda, pero, como es natural, a la delgadísima y bellísima modelo le quedaba mejor que a ella.

En algún lugar del sinfín de habitaciones un reloj dio las cinco. Y de pronto Carlos estaba delante de ella. Con las manos a la espalda, una tímida sonrisa en los labios.

—Alteza. —Diana hizo una amplia reverencia y durante un instante temió que las inestables piernas le flaquearan.

—Diana. —Daba la impresión de que Carlos no sabía muy bien qué decir. Al final logró añadir—: Estás preciosa.

A ella le pareció de lo más encantador.

—Gracias. —Bajó la barbilla y clavó la vista en el suelo de mármol, porque seguro que se había puesto roja.

—Como mencioné por teléfono, te he pedido que vengas por un motivo concreto —empezó él—. Pero primero ven conmigo.

Ciertamente en ese castillo todo era dorado: los ornamentos de las paredes, las mesas, las sillas, incluso el aire parecía ligeramente dorado con tanta opulencia. Como un cofre del tesoro. Costaba creer que de verdad alguien viviera allí. Imaginó a la reina Victoria con un vestido de baile irisado y un corsé ceñido debajo avanzando por los largos pasillos. Pero le resultaba más difícil visualizar a la reina Isabel con su ropa sencilla y rodeada de infinidad de corgis, sus queridos perros. Mejor no pensar en lo fuera de lugar que debía de estar ella con su vestido de lunares. Tendría que haber lustrado los flats antes de ir. No es que estuvieran sucios, pero, a pesar de todo, Diana tenía la sensación de que no estaban lo bastante limpios para la inmaculada alfombra roja que amortiguaba sus pasos.

Pasaron por delante de un sinfín de cuadros tanto de hombres como de mujeres que parecían mirarla con arrogancia. Los únicos a los que reconoció Diana fueron la reina Victoria y su esposo, el príncipe Alberto, ya que su historia de amor era romántica a más no poder.

Diana era absolutamente consciente de todo: cómo le rozaba las piernas el bajo del vestido con cada paso que daba. El olor a cera derretida, ya que había velas por todas partes. ¿Quién las encendería? Probablemente fuese un trabajo específico: encendedor de velas en el castillo de Windsor. Diana se mordió los labios para no soltar una risita. Estaba acelerada, pero eran solo los tremendos nervios y que no había pegado ojo en toda la noche.

Finalmente, Carlos se detuvo delante de una de las muchas puertas. Ella entró... y no se pudo callar. La habitación estaba llena de animales de peluche, mantitas y libros infantiles.

—¿Querías enseñarme la habitación de los niños?

No era ninguna broma, aquello iba en serio, ya que a Carlos se le pusieron las orejas rojas como un jitomate.

—Me he estado devanando los sesos para elegir una habitación con cierto simbolismo, y esta me ha parecido la más indicada.

—Sí, claro. —«Domínate. Piensa en algo triste. En el fin de semana que volviste a casa del internado y te encontraste muerto en la jaula a uno de tus conejillos de Indias».

Carlos carraspeó.

—Te he echado mucho de menos.

Ella estaba perpleja. Casi no la había llamado... ¿y ahora le decía que la había extrañado?

—Sí, está bien —se oyó balbucir, y le habría gustado hundir la cabeza entre los ositos de peluche. «¡¿Sí, está bien?!» ¿Es que no se le ocurría otra cosa?

Carlos se acercó a ella y le agarró las manos. Diana notó que él también temblaba ligeramente. Se le subió y bajó la nuez varias veces. Después dijo algo que a ella le llegó como retardado, instantes después.

—Diana, ¿quieres casarte conmigo?

Ella pensó: «¿Por qué no se arrodilla?».

«Porque es el príncipe de Gales, el futuro rey de Gran Bretaña. Porque está por encima de ti».

—Sí —logró responder ella, pero fue como si su boca tuviese vida propia, como si ella no pudiera hablar.

—¿Eres consciente de que un día serás reina? —añadió él mirándola con tanta seriedad que Diana de pronto se quedó helada.

—Sí.

Ahí estaba de pronto esa voz de advertencia que le susurraba: «No serás reina, pero tendrás que cumplir un difícil papel».

«¿Se puede saber qué estás pensando? ¿Es que has perdido la cabeza? Delante tienes al hombre más codiciado de Inglaterra, pero, qué digo, del mundo entero. El hombre que te hará feliz. Así que deja de pensar en esas tonterías».

—Sí, quiero —repitió, ahora con más determinación, y a su rostro asomó una sonrisa radiante—. Te quiero con toda mi alma.

La inundó una grata, cálida sensación. Carlos cuidaría de ella. La haría feliz. Sí, no cabía duda, ese hombre era el amor de su vida.

Esa noche Diana condujo por Londres con sus amigas. Se sentía como embriagada. Iba en el asiento del acompañante, con la cabeza asomada por la ventanilla mientras pensaba: «Así que esto es ser feliz. Sentirse vivo».

Carolyn subió el volumen de la música y todas rieron, cantaron e imaginaron que a partir de entonces a Diana le servirían todas las mañanas cuernitos de mantequilla con mermelada en la cama.

Entraron en un túnel, la animada charla de sus amigas y el ruido del coche pasaron a un segundo plano, y de pronto Diana no supo con seguridad si las lágrimas que tenía en los ojos eran del aire que le daba en la cara. Las luces se deslizaban a toda velocidad y al final del túnel la ciudad dorada centelleaba. Esa noche todo se le antojaba inmenso. Sí, se sentía inmensamente feliz.

# 9

—¿Qué te parece esta blusa? —preguntó Diana.

—Pues normal... —musitó su madre, Frances, que sostenía delante un llamativo vestido estampado azul y malva con mangas de farol para ver cómo le sentaba.

«Normal...» Todo en Diana era únicamente normal.

Su cara era normal.

Su sentido de la moda era normal.

Que ella existiera era normal.

Pero eso cambiaría pronto, ya que entroncaría con la familia real y todo en su vida sería perfecto.

—Y esto ¿cómo me queda? —quiso saber.

—Bien —repuso su madre, que seguía mirándose en el espejo y escudriñaba su cabello rubio claro.

—Mamá, pero ¡si ni siquiera me has mirado! —Y es que Diana se había anudado en la cabeza un pañuelo de seda con el que se parecía a las agricultoras de antaño en el campo.

—Perdona, cariño, ahora mismo estoy contigo. —Colgó en el probador el vestido azul y malva para probárselo y, acto seguido, se acomodó con elegancia en el canapé y cruzó las largas piernas, para su edad aún de bastante buen ver—. Es que todavía no me lo puedo creer. Pero como tú tampoco cuentas nada. Así que, vamos, habla. ¿Cómo te pidió que te casaras con él? Quiero saber hasta el más mínimo detalle.

—Chisss —le advirtió Diana mirando a su alrededor.

Los ojos de la dependienta se abrieron como platos cuando Diana se dirigió a ella. Naturalmente, se había expresado con vaguedad y había dicho que buscaba algo para una ocasión solemne. La señora salió corriendo con el pretexto de ir a buscar un vestido, pero Diana juraría que en ese preciso instante les estaba contando a sus compañeras atropelladamente que la «novia de Carlos» se estaba dejando aconsejar por ella.

Estaban en Harrods, en el departamento de moda. Necesitaba conseguir el guardarropa adecuado, concretamente uno con el que pareciese la futura esposa del príncipe de Gales. Al cabo de unos días se daría a conocer oficialmente el compromiso. Quería estar guapa para Carlos, pero también adaptarse al estilo elegante y sencillo de la reina.

—¡¿Es que quieres seguir torturando un poco más a tu pobre madre?!

—Está bien. Pero deprisa, antes de que vuelva la dependienta —accedió Diana bajando la voz—. Carlos me invitó al castillo de Windsor. Una vez allí me llevó a la habitación de los niños y...

—¿A la habitación de los niños? —Su madre frunció el ceño, aunque siempre la sermoneaba a ella diciendo que así solo se conseguía que salieran arrugas—. ¿Se puede saber en qué demonios estaba pensando?

—No sé, a mí me pareció entrañable. —Diana ladeó la cabeza, esbozó una sonrisa embelesada y estaba a punto de abandonarse al recuerdo de esa tarde fabulosa cuando la voz aguda de la dependienta la devolvió al presente.

—Ya estoy aquí. —Sostenía en sus manos un conjunto azul azafata como lo haría una madre con un niño de pecho—. Mire qué preciosidad he encontrado para usted. Es de Cojana London. El color no podría irle mejor a sus bonitos ojos azules, ¿no le parece? Añádale una blusa elegante y estará usted arrebatadora.

—Muchas gracias —dijo la madre de Diana mientras se metía con ella en el probador—. ¿Le importaría dejarnos un momento a solas? —Y sin esperar a que la mujer contestara, echó la cortina.

Diana estaba confundida.

—Mamá, ¿se puede saber qué significa esto? ¿Por qué pones esa cara?

Su madre tenía una mirada de determinación muy propia de ella. Una mirada que era tan penetrante que daba la sensación de que podía asomarse al fondo del alma de una y averiguar todos sus secretos. Aunque lo negara con vehemencia, la había heredado sin lugar a dudas de su madre, Ruth Fermoy.

—Dime la verdad, ¿está la arpía detrás del compromiso? ¿Te ha convencido de que te cases con Carlos?

—La abuela Ruth no tiene nada que ver con esto.

—No me digas que no está inmiscuida. A esa amargada lo único que le importa son los títulos y la reputación de la familia. En su día incluso me sacrificó a mí, su propia hija. Solo por miedo de que se echara a perder su fama con la familia real.

La abuela Ruth se había puesto de parte de Johnnie cuando se divorciaron. Había declarado que Frances no estaba capacitada para ocuparse de los niños. Así, el padre de Diana obtuvo la custodia.

—Mamá —dijo Diana con suavidad—. Conmigo es distinto. La abuela Ruth incluso ha sido sincera y me ha confesado que no está segura de que encaje en la familia real. Lo que quería decir es que las personas del palacio de Buckingham eran distintas, ya solo su sentido del humor y la forma de tratarse eran otras. Si acaso, a lo sumo ha intercedido por mí ante la reina madre.

—¡Ajá! Ahí lo tienes.

Diana se quitó la falda y el suéter.

—Aunque lo hubiera tramado ella, difícilmente creo que pueda influir en lo que siento por Carlos, así que no te preocupes.

—Soy tu madre, naturalmente que me preocupo.

—Pero ¿por qué? Me voy a casar con el príncipe de Gales. El que probablemente sea el hombre más galante, inteligente y deseado del planeta.

—Precisamente por eso. —Frances le tendió la falda del traje y Diana se la puso—. Mi madre también me convenció en su día de que tu padre era un buen partido. Yo tenía quince años, así que le hice caso, como es natural.

—Y yo tengo casi veinte.

—Ay, hija, ¿qué sabe una cuando es joven?

Ella sabía que Carlos tenía un sentido del humor peculiar. Sabía que las orejas se le ponían rojas cuando algo no le gustaba. Sabía lo que era sentir una descarga eléctrica, pues era lo que la recorría a ella cuando Carlos le ponía la mano en la espalda. No le hacía falta saber más.

—Cuando estábamos casados, tu padre, debido a su título, tenía infinidad de obligaciones y poco tiempo para mí —prosiguió su madre—. No creo que con el príncipe la cosa vaya a ser distinta.

Ya era así ahora. Pero, cuando estuviesen casados, el interés de la prensa no tardaría en decaer. Y no tendrían que verse a escondidas y dispondrían de más tiempo para ellos, podrían ver películas por las noches y pasar las mañanas en la cama y ser, sencillamente, un matrimonio.

—A mi madre le daba lo mismo que Johnnie y yo apenas tuviésemos intereses comunes. Dime, ¿tienen Carlos y tú aficiones en común?

—Sí, claro —repuso Diana con vehemencia—. A los dos nos gusta mucho bailar y leer y... ¿Me pasas la blusa, por favor?

Ahora la mirada de su madre era compasiva.

—Diana, te lo suplico, no cometas el mismo error que cometí yo.

Su madre olvidaba una cuestión decisiva: ella nunca se separaría de Carlos, jamás. Carlos era el futuro rey. La casa real no se podía permitir un escándalo así. Si tenían problemas, encontrarían una solución juntos. Ella nunca haría las maletas, se subiría a un taxi y se iría para no volver.

—Mamá, quiero que entiendas que lo amo —contestó ella.

—¿Lo amas o amas lo que representa?

—¿Cuál es la diferencia?

Su madre le acarició la mejilla.

—Si no sabes eso, tampoco sabes lo que es el amor.

Fue como si le clavaran un cuchillo en el vientre, pero no permitiría que arruinaran su sueño.

—Todo irá bien —aseguró mientras se pasaba las manos por el traje: le quedaba perfecto.

—No nos olvides —pidió Carolyn.

Diana levantó la mirada hacia sus tres amigas, que estaban inclinadas sobre la barandilla de la escalera.

—¿Cómo podría olvidarlas? Además, seguiré necesitando su apoyo.

Miró hacia otro lado deprisa para no llorar. Fuera la esperaba una limusina negra con un guardaespaldas que la llevaría a Clarence House, la residencia de la reina madre. Al día siguiente se anunciaría oficialmente el compromiso y después ella se instalaría en el palacio de Buckingham. Todo un alivio. Por fin estaría a salvo de los molestos *paparazzi*.

Por suerte ya no era hora pico y atravesaron la ciudad a buen ritmo. La verja de hierro forjado se cerró con un leve traqueteo cuando pasó la limusina. Entraron en el recinto real. Franquearon el cordón de seguridad, pasaron por delante del palacio de St. James y al final se detuvieron ante un edificio revestido de estuco blanco: Clarence House. Dentro parecía desierto. El guardaespaldas la acompañó a su habitación, en el primer piso. Le dijo algo, pero ella apenas lo oyó, sencillamente la asaltaban muchas sensaciones abrumadoras. Pensó: «Qué locura, son huevos de Fabergé auténticos, espero no romper ninguno». Solo entonces cayó en la cuenta de lo que le había dicho el hombre: «Es la última noche que gozará de libertad, sáquele el máximo partido».

Pero la puerta ya se había cerrado y ella estaba sola. Se volteó y vio que en la cama había una carta. ¿Unas palabras de ánimo de Carlos? ¿Quizá incluso de la reina, su futura suegra?

En el sobre ponía: «Camilla Parker-Bowles».

«Gran noticia, este compromiso —escribía—. Comamos juntas cuando el príncipe de Gales viaje a Australia y Nueva Zelanda. Me encantaría ver el anillo. Afectuosamente, Camilla».

La carta estaba fechada hacía dos días, es decir, cuando aún era un secreto absoluto que el anuncio del compromiso era inminente, por no hablar del hecho de que Diana se alojaría en Clarence House. Era evidente que Carlos se lo había contado. Pero ¿por qué?

# 10

—Con Carlos a mi lado es imposible que dé un paso en falso —declaró Diana. El reportero de la BBC le había preguntado si no tenía miedo de los desafíos a los que tendría que enfrentarse en su nueva vida. Ella, una auxiliar de guardería de diecinueve años—. Cuento con el respaldo de Carlos.

Su hermana Sarah ahora coquetearía debidamente con la cámara. Los haría reír a todos con su ingenio. Diana, en cambio, se agarraba con fuerza a Carlos y apenas se atrevía a levantar la mirada por todas las cámaras que la apuntaban ininterrumpidamente desde primera hora de la mañana.

—¿Cuál fue la primera impresión que le causó Diana? —preguntó el periodista a Carlos.

—Pensé que era una chica alegre, divertida y atractiva —contestó.

Diana notó que se ponía roja. ¡Cómo dominaba Carlos la entrevista! Sus respuestas eran meditadas, amables e ingeniosas.

—¿Fue una decisión difícil dar el sí al príncipe? —El periodista volvió a centrarse en ella.

—Casarme con Carlos es lo que quería —repuso—. Lo que quiero.

Carlos le acarició la mano y ella se tranquilizó.

—Para concluir, una pregunta para ambos: ¿cómo se sienten hoy?

—Muy contento y, sinceramente, sorprendido de que Diana quiera probar suerte conmigo —bromeó Carlos.

—Y enamorado, me figuro —añadió el periodista.

—Naturalmente —afirmó Diana sintiéndose cohibida en el acto.

—Signifique eso lo que signifique —observó Carlos. Reinó un momento de silencio incómodo—. Interprételo como usted quiera —agregó al cabo.

—Has aguantado bien —dijo Carlos a Diana cuando la entrevista hubo terminado y ellos iban por el pasillo.

—Gracias. —Diana asía con fuerza su bolsa.

No se le ocurría nada inteligente o divertido que decir, sencillamente estaba demasiado abatida. Y Carlos también tenía la cabeza en otra parte, no estaba con ella, no estaba allí, en el palacio de Buckingham, ya que tardó un instante en darse cuenta de que habían llegado a la escalera.

—Deseo que pases una buena noche en tu nuevo hogar —dijo.

—¿Es que hoy no te quedas aquí? —le preguntó Diana.

—No, me voy a Highgrove —respondió él.

—Es solo que pensaba... —«Que este día especial también haríamos algo especial juntos. Que quizá me sorprendieras con una cena romántica. O que nos haríamos mimos en el sofá y hablaríamos durante horas. O veríamos una película romántica juntos»—. Pronto estarás fuera seis semanas —prefirió decir.

—Sí, mi viaje a Australia y Nueva Zelanda es inminente. No puedo negarme.

—Ni yo te pido que lo hagas. —Diana apretó los labios como si diera un beso—. Pero por eso estaría bien poder pasar algo de tiempo contigo antes.

—No te preocupes, lady Hussey cuidará de ti y te pondrá al tanto del protocolo. Y antes de que puedas darte cuenta, habré vuelto.

—¿Lady Hussey? —repitió ella, pues era la primera vez que oía ese nombre—. Confiaba en que... —empezó, pero después se mordió deprisa el labio inferior.

—¿Qué pensabas?

—Bueno, confiaba en que quizá me ayudaras... tú o tu tía Margarita o tu madre.

—¿La reina? —Carlos se rio—. Si ni siquiera crio a sus propios hijos. No pongas esa cara triste, el día es demasiado bonito.

Diana deseaba fervientemente que la besara, que la besara de verdad, para sentir vértigo y que el cuerpo entero le hormiguease. Sin embargo Carlos solo le rozó la mejilla con los labios, no se atrevió a más.

Lo siguió con la mirada mientras bajaba la escalera. Las despedidas eran horribles. Ella siempre tenía la sensación de perder algo.

De pronto percibió un movimiento a sus espaldas. Volteó la cabeza y tuvo la sensación de que había cometido un error, al menos eso dio a entender la expresión severa de la mujer que alzó el mentón tras ella. Debía de ser lady Hussey.

—Le exigen tanto a Carlos —comentó Diana mientras enfilaba junto a lady Hussey uno de los muchos pasillos. Intentaba memorizar el camino a sus habitaciones, pero siempre se despistaba con un cuadro, algún mueble dorado o los exuberantes ramos de flores. Tardaría años en orientarse en ese palacio, que, con sus seiscientas habitaciones, era un auténtico laberinto.

Avanzando delante a buen paso y sin prestar atención a Diana, lady Hussey proseguía con sus explicaciones sobre el palacio.

—El palacio alberga los despachos de los funcionarios, secretarios, contables y escuderos reales, así como todos los lacayos, mayordomos y doncellas. Además de una comisaría de policía y un cuerpo de bomberos propios, una oficina de correos, un consultorio médico, una lavandería, una capilla con su capellán, electricistas, carpinteros, doradores y un plomero.

Diana miró a su alrededor con perplejidad. Aparte de los periodistas y de la familia real todavía no se había cruzado con nadie en el palacio.

—¿Es que hoy no hay nadie?

Lady Hussey la miró como si Diana hubiese preguntado si allí también vivía Santa Claus.

—Naturalmente que no. Trabajan donde no se los ve, en habitaciones que se comunican entre sí mediante pasadizos subterráneos. Por encima del suelo rara vez se ve a alguien.

—¿Y la familia real? —quiso saber—. ¿También viven aquí la princesa Ana o los hermanos de Carlos, los príncipes Andrés y Eduardo? —Quizá pudiera hacer allí algo de vez en cuando con sus hermanos.

—Cada miembro de la familia tiene sus propias dependencias y dispone de su propio servicio, pero la princesa Ana y su esposo, Mark Phillips, solo se quedan de vez en cuando en el palacio. Prefieren su casa de campo. El príncipe Andrés está en la Marina Real, es su segundo año, y pasa la mayor parte del tiempo en el mar. Y el menor, el príncipe Eduardo, está en el internado en Gordonstoun.

Diana intentó no dejar traslucir en exceso su decepción.

—Sus dependencias se encuentran en la misma planta que las del príncipe de Gales —continuó lady Hussey—. Solo que en el otro lado. Bueno, ya hemos llegado. Mañana daremos comienzo a las clases. He pensado que podemos dividir las horas en política, conversación e historia. Empezaremos a las nueve. Valoro mucho la puntualidad.

—¿Qué acabo de decir? —A Diana le llegó la voz de lady Hussey como si estuviese lejos.

—Lo siento, no... —Diana sonrió a modo de disculpa—. Creo que tenía la cabeza en otra parte.

—Estaba mirando por la ventana. —Lady Hussey dejó entrever con claridad su desaprobación—. ¿Es así como se comporta una dama joven y educada?

—No. —Diana procuró poner cara de arrepentimiento.

—Y veo que tampoco ha tomado ninguna nota. ¿Significa esto que será capaz de retener a la primera toda la información que tanto me esfuerzo en intentar enseñarle?

Diana anotó obedientemente en la libreta cómo debía sostener la bolsa de mano. Había reglas para todo, absolutamente todo, como por ejemplo que una no se podía dirigir sin más a Isabel, sino que era su majestad quien siempre iniciaba la conversación.

Desde hacía dos semanas recibía clases de lady Hussey con regularidad. La última media hora habían estado practicando la reverencia perfecta ante la reina. El sol brillaba mientras Diana se pasaba el día metida en esa sala sofocante que olía a abrillantador de madera. ¿Qué estarían haciendo sus amigas en ese momento? Era sábado, quizá hubiesen ido juntas a un mercadillo o de compras.

—Ocupémonos de nuevo de su postura —decidió lady Hussey.

Diana profirió un suspiro. Tendía a echar los hombros hacia delante por inseguridad, razón por la cual ahora debía caminar por la habitación con dos pesados diccionarios enciclopédicos en la cabeza. Lo cierto es que ella pensaba que esa clase de ejercicios solo era propia de películas históricas.

—Pecho fuera, vientre dentro —indicaba lady Hussey—. Hombros hacia los bolsillos del pantalón. Cabeza alta. Y siempre con una sonrisa. No excesiva. El paso elegante. Y ahora imagine que su majestad, la reina, la persona que dirige este país desde hace casi treinta años, está delante de usted. Su reverencia ha de expresar humildad absoluta. Santo cielo, sujete los libros cuando baja la cabeza.

Demasiado tarde, los dos mamotretos fueron a parar al suelo.

—Perdón —se disculpó Diana. Estaba cansada, tenía hambre y la cabeza le daba vueltas con todo lo que le había enseñado ese día lady Hussey.

—Perdonada, y ahora concéntrese de una vez. El tiempo vuela. La semana que viene tendrá su primera aparición pública como prometida del príncipe de Gales. Y todavía tiene mucho que aprender para poder relacionarse en sociedad. —Lady Hussey bajó la barbilla, se subió los pequeños lentes por la nariz y frunció la boca—. Hablando de relacionarse. Ha llegado a mis oídos que ha intentado entablar relación con el personal. En la cocina. ¿Es así?

Diana recordó con cariño la tarde en cuestión... Era domingo, el palacio parecía desierto y ella se aburría mortalmente. En casa se pondría las zapatillas de ballet y bailaría, limpiaría la jaula de los conejillos de Indias o charlaría con los empleados en la cocina... ¡Muy buena idea! Ya iba siendo hora de conocer mejor a algunas de las personas que trabajaban en palacio. Ni corta ni perezosa dejó sus habitaciones del segundo piso y bajó a la cocina. En un primer momento, los empleados casi ni se fijaron en ella, probablemente porque con los jeans y el sencillo suéter de lana que llevaba no parecía un miembro de la familia real.

—¡Señora! —exclamó de pronto el jefe de cocina con asombro mientras se secaba las manos mojadas en el delantal. Poco a poco las conversaciones enmudecieron—. ¿En qué podemos ayudarla? ¿Tiene hambre? Pero ¡si va descalza! Y aquí el suelo es de piedra, muy frío. ¿Sería alguien tan amable de traerle unas zapatillas a la futura princesa de Gales?

—No se moleste —repuso alegremente Diana, y se sentó en la encimera y echó un vistazo a las cazuelas—. Para ser sincera, sí tengo un poco de hambre. ¿Ustedes ya han comido?

—Todavía no —replicó el jefe de cocina con aire vacilante.

Comprensiva, Diana asintió:

—Hoy ha sido la recepción de la orquesta de instrumentos de viento, ¿no es así? Seguro que no han parado.

—Un poco de estrés no le hace daño a nadie —afirmó el hombre. Diana notó que se sentía incómodo. Y eso que no había ningún motivo para ello.

—Seguro que un pequeño descanso tampoco. Comamos juntos un tentempié. —Guiñándole un ojo, Diana se bajó de un salto de la encimera y abrió uno de los enormes frigoríficos—. ¿Le gustaría una tostada con mantequilla? Un bocado sencillo, pero para chuparse los dedos. —Y antes de que el hombre pudiera darse cuenta, Diana ya había introducido dos rebanadas de pan en la tostadora—. Yo soy Diana, ¿y usted?

—David —musitó él mirándola como si no estuviese seguro de estar soñándolo todo—. David Adams.

Una joven ayudante le llevó unos tenis a Diana, que los agarró y le dio las gracias.

—Aquí no hay nada que ver —dijo David a los ayudantes—. Todo el mundo a trabajar para que la cena esté a su hora en la mesa.

En la cocina volvió a reinar un gran ajetreo, pero a Diana no se le escapó que tanto hombres como mujeres la miraban de soslayo una y otra vez. Confiaba en que ninguno se cortara un dedo.

—¿Tiene usted familia, David? —preguntó al cocinero, que tendría unos cincuenta años.

—Sí, mujer y dos hijos, Tom y Janine.

—Me imagino que será bastante duro ser jefe de cocina en palacio, con todas esas cenas y grandes recepciones. Seguro que trabaja usted mucho, incluso los fines de semana. ¿No lo echa de menos su familia?

—Sí, pero mis hijos están muy orgullosos de que trabaje para la reina. Y con los tiempos que corren, hay que alegrarse de tener trabajo.

Diana no estaba muy al tanto de la situación económica o política en la que se hallaba Inglaterra en ese momento. Carlos había mencionado en una ocasión que el número de desempleados había aumentado vertiginosamente desde que Margaret Thatcher era primera ministra.

El pan saltó de la tostadora, y Diana untó generosamente con mantequilla las dos rebanadas, las puso en un plato y se lo ofreció a David.

—Buen provecho.

Esa fue la primera tarde que Diana se sintió a gusto en palacio. Averiguó que la ayudante de cocina que le dio los tenis se llamaba Kate, y dedujo que estaba enamorada del príncipe Andrés, ya que sabía cosas como que el príncipe no soportaba que en las natillas se formase una telilla y que prefería el filete muy poco hecho. Y ciertamente Andrés tenía muy buena presencia, ¿quién se lo iba a reprochar?

—Otra vez soñando despierta. —Lady Hussey devolvió al presente a Diana—. Debo advertirle que tomarse confianzas con el personal se considera una infracción. Será mejor que lo anote de inmediato.

«Regla número uno —escribió Diana para sus adentros—: no soñar despierta».

«Regla número dos: nada de diversiones».

—Si los empleados se acaban acostumbrando a tener una relación relajada o incluso cordial con miembros de la familia real, el castigo que recibirán será el despido —explicó lady Hussey con severidad.

—¡No! —exclamó Diana—. Fui yo quien buscó el contacto.

—Pues absténgase de hacer tal cosa en el futuro. Imagine lo que pasaría. El cocinero acabaría saliendo de la cocina para subir a desear buen provecho a su majestad.

A Diana le gustó, y mucho, la idea, pero prefirió guardárselo para sí.

## 11

Diana se encontraba en lo alto de la gran escalera, que parecía hecha para bajarla con un vestido de noche. Todo a su alrededor brillaba y relucía. La barandilla dorada. Los ornamentos de la pared. Las soberbias lámparas de araña. Recordó las advertencias de lady Hussey: espalda recta, pecho fuera, hombros abajo. Y siempre una sonrisa.

Esa iba a ser su primera aparición pública. Acompañaría a Carlos a un baile en el londinense Goldsmiths' Hall, una función benéfica para la Royal Opera House.

«¿Eres consciente de que todos los ojos estarán puestos en ti? —le había dicho Carlos—. En ti, la mujer que me acompaña, la que muy pronto será la princesa de Gales, la futura reina de Inglaterra».

Después, por la noche, Diana tuvo la sensación de que la miraban. No pudo pegar ojo.

Respiró hondo, se alisó el vestido con una mano, apoyó la otra en la barandilla y se puso en marcha. Era exactamente como lo había imaginado. Carlos la esperaba al pie de la escalera. Se quedó mudo cuando la vio... pero no de entusiasmo, como se dio perfecta cuenta ella de pronto, sino más bien de espanto.

—¿Qué vestido es ese? —fue lo primero que comentó cuando recuperó el habla.

—El de noche —replicó ella insegura—. ¿Es que no te gusta?

—Es negro.

—¿No es un buen color? —Para ella el negro era el color más elegante. Un color que vestían los adultos.

—¿Alguna vez has visto a mi madre, mi tía o mi hermana vestidas de negro en una velada? No. Y por un buen motivo. El negro es el color del luto. Se lleva en los entierros. —Diana se puso roja—. Y por lo visto nadie te ha enseñado que los encantos no se exhiben.

El vestido dejaba los hombros al descubierto, mostrando en exceso su voluptuoso escote, que era precisamente lo que a ella le resultaba excitante. Y pensó que a Carlos también se lo parecería. Pero era evidente que se había equivocado.

—¿Has asistido alguna vez a una cena de gala? —preguntó Carlos, y él mismo respondió su pregunta—: Probablemente no. De lo contrario sabrías que con vestidos con los hombros al aire la gente casi siempre parece que está sentada tomando un baño. ¿No te dijo nada lady Hussey sobre lo que se considera una vestimenta adecuada?

—No... —O quizá sí, y una vez más solo había escuchado a medias. Notó que se le saltaban las lágrimas—. Pero solo tengo este vestido.

Carlos profirió un suspiro y se frotó los ojos. Cuando la miró de nuevo, en ellos había algo casi pícaro.

—Qué se le va a hacer, pero no te quejes si luego los hombres no pueden dejar de mirarte. Y ahora andando. Saquemos el mayor partido a la situación.

Durante toda la noche Diana se sintió sumamente a disgusto, excluida y ridícula. Pero ¿acaso no daba lo mismo cómo se sentía? Lo único importante era la idea que se harían de ella las personas que la rodeaban y las que estaban fuera. Si sonreía, pensarían que estaba dominando la velada con facilidad. De manera que sonrió, y sobrevivió a la noche como por arte de magia sin más incidentes. Ni tropezó con el vestido largo, ni dejó que se le notara lo intimidada que estaba con la tormenta de flashes, ni dijo ninguna tontería. Lo que también pudo deberse a que pasó la mayor parte del tiempo callada.

Al día siguiente estaba impaciente por que le llevaran los periódicos. Ya el primero publicaba en primera plana una gran fotografía de ella con el vestido negro y solo una pequeña imagen de Carlos y ella juntos. «Audaz Diana, osada Diana —rezaba el titular—. Atrevida y bella, da la espalda a la tradición con su vestido».

Diana casi no se lo podía creer. Tenía que enseñarle el artículo a Carlos cuanto antes, ya mismo, confiaba en que no lo hubiese leído aún. Quería ver cómo reaccionaba con sus propios ojos.

Corrió por el pasillo descalza. Un grupo de lacayos se dispersó como gallinas asustadas. Hicieron una reverencia y después pegaron la espalda a la pared.

—Muy buenos días —saludó Diana, rebosante de entusiasmo, y siguió corriendo.

Al llegar a la puerta de las dependencias de Carlos, levantó el puño, dispuesta a aporrearla, cuando oyó su voz amortiguada:

—¿Cómo me puedes preguntar eso en serio? Pues claro que aún siento algo por ti.

De pronto Diana fue consciente del frío que hacía en el pasillo y de lo fino que era el vestido que llevaba.

Dejó caer la mano.

¿Con quién hablaba Carlos? ¿Con Camilla?

¿Habría oído mal?

¿Y si pedía cuentas a Carlos?

Pero entonces él pensaría que lo estaba espiando...

Dio media vuelta maquinalmente y se fue a su habitación. Tiró el artículo a la basura y se tumbó en la cama, donde permaneció inmóvil mirando al techo.

A mediodía un mayordomo llamó a su puerta para anunciar que estaba lista la limusina que llevaría a Carlos al aeropuerto. Diana consiguió levantarse, bajar y subir al coche. Llovía a mares. Las gotas zigzagueaban por el cristal. Carlos dijo que tenía ganas de disfrutar del sol en Australia y ella solo pudo pensar: «¿Cómo has podido hacerme esto? ¿Qué voy a hacer yo ahora? ¿Cómo voy a olvidar lo que he oído?».

A sus amigas probablemente les pareciese de lo más emocionante que la comitiva de limusinas y vehículos negros franqueara la elevada puerta de seguridad del aeropuerto y se detuviese delante del avión real. Era un poco como de película de la mafia. Con todo, Diana estaba como aturdida.

Bajar. Despedirse.

La lluvia acribillaba ruidosamente el asfalto, las alas del aparato, el techo de la limusina y el paraguas que sostenían sobre ella.

—¿Eso que tienes en la cara es agua o es que estás llorando? —preguntó Carlos sorprendido cuando se situó delante de ella—. ¿Es para tanto que te deje sola?

Diana asintió en silencio. Le horrorizaba el tiempo que tendría que pasar sin él en ese palacio demasiado grande. De pronto volvía a tener siete años y estaba sentada en la escalera de piedra de su casa, viendo cómo metían maletas en un taxi. Su madre estaba junto a la puerta del coche, con lágrimas corriéndole por la cara, y sin embargo se subió al taxi, rumbo a una vida nueva con un marido nuevo, dejando a Diana sola con su padre y sus hermanas. Antes o después, todo lo bueno y lo bonito de la vida se hacía añicos. Esa era una lección que ya había tenido que aprender.

—¿Has hablado antes por teléfono con Camilla? —quiso saber.

Durante una décima de segundo a los ojos de Carlos asomó algo que podía ser sensación de culpa, pero quizá solo fueran imaginaciones suyas.

—Sí, le he pedido que en mi ausencia se ocupe un poco de ti. La verdad es que es la persona más divertida que conozco.

Diana hizo una mueca.

Carlos le dio dos besos y le pellizcó la cadera con aire juguetón.

—Mmm —dijo asombrado—. Te noto un poco rellenita.

De repente Diana notó un sabor amargo en la boca. «La regla más importante de todas: ser perfecta».

Esa noche, cuando Diana llegó a sus dependencias en el palacio de Buckingham, ya había oscurecido. No era capaz de nada. Tenía la sensación de flotar unos centímetros por encima del suelo. Pero no como se sentían las personas enamoradas, sino más bien como si fuese a precipitarse de un momento a otro. Temblaba ligeramente. Un sirviente le preguntó si tenía hambre. No, gracias, no se encontraba bien. Otra comida que tomaba sola. En su casa, en Althorp, también comía sola a menudo, porque su padre no tenía tiempo. La mayoría de las veces abría el refrigerador sin más y se servía.

Justo eso era lo que necesitaba ahora. Quería atiborrarse de comida, limpiar con el dedo una cazuela, pasarle la lengua al plato, sentirse libre en ese palacio enorme donde había reglas para todo. Quizá así incluso se sintiera un poco como en casa.

El palacio dormía. La mullida alfombra del pasillo amortiguaba sus pasos. Diana bajó la escalera de caracol hasta la zona inferior. Al final de la cocina había una hilera de refrigeradores altos que le ofrecieron un millar de exquisiteces. Desde distintos patés hasta buñuelos de viento rellenos, pasando por fiambres. Diana agarró una de las tartitas primorosamente decoradas y le hincó el diente. Cerró los ojos. Era como si con ese mordisco se quitara un peso de encima. Como si tragara una parte del dolor que le atenazaba el pecho. Necesitaba más.

Bajo las tartaletas había varias copas de natillas. Apenas saboreó el postre, de la forma en que lo engulló. Una segunda copa. Era gula pura y dura, rabia pura y dura, una ebriedad demasiado intensa para parar. Era como dejarse caer, respirar hondo.

Hasta que se encontró mal. Y después llegaron los remordimientos de conciencia. ¿Cómo había podido perder el control de esa manera?

«Te noto un poco rellenita».

Debía librarse de todo ese azúcar. Ya en su habitación, se arrodilló delante del inodoro y se introdujo los dedos índice y corazón en la boca. Todo su cuerpo se estremeció, se resistió, hasta que las tartaletas y las natillas acabaron subiendo y ella vomitó. Era repugnante y le causaba dolor, pero también suponía un auténtico alivio, una prueba de su control. Un triunfo que fue embriagador hasta que se vio tendida en el suelo, demasiado agotada para sentir o tan siquiera pensar algo.

## 12

—Me muero de ganas de verte con el vestido de novia —afirmó Carolyn por teléfono exhalando un suspiro—. Seguro que es de ensueño.

—Como sacado de un cuento —respondió Diana.

Estaba sentada con el teléfono en el amplio banco de la ventana, contemplando el cielo gris. Escuchar la voz de sus amigas le dolía.

—¿Te acompaña la reina a las pruebas? —quiso saber Virginia, que estaba pegada a Carolyn—. ¿O la princesa Ana?

—Bueno, hasta ahora la verdad es que siempre he ido sola —confesó—. Pero no pasa nada.

—Oye, ¿es verdad que hay pasadizos secretos que van del palacio de Buckingham a las Casas del Parlamento y a Clarence House? —preguntó Virginia—. ¿Y que hay un túnel que une el palacio con una de las estaciones del metro?

Diana se rio.

—Mantendré los ojos abiertos. —De fondo se oía música; no cabía duda: eran los primeros compases de *Tainted Love*, de Soft Cell—. ¿Van a salir hoy? —inquirió.

—Sí. En Brick Lane han abierto un bar nuevo al que queremos ir.

—Suena genial. —Cómo envidiaba Diana a sus amigas. Ella ya no podía pasear por la calle sin que la asediaran fotógrafos o transeúntes—. Ay, cuánto las echo de menos. —Se abrazó las rodillas con el brazo que tenía libre.

Echaba de menos hacer tonterías con sus compañeras de piso. Intercambiarse ropa con ellas, pintarse las uñas de vivos colores con ellas mientras ponían verdes a los chicos, comer cereales con chocolate, pasarse el domingo entero en pijama, hacer bromas por teléfono o sencillamente deambular por Londres, escuchar el ruido que hacían los coches a su lado cuando las calles estaban húmedas tras haber llovido e irradiaban un brillo plateado con la luz del sol poniente. Pero eso no se lo podía contar a sus amigas. Ni tampoco que siempre tenía la sensación de hacer algo mal. De no ser lo bastante buena. ¿Cuántas chicas soñaban con vivir en el palacio de Buckingham? Y allí estaba ella, sentada junto a la ventana, triste.

—Nosotras también a ti —aseguró Carolyn—. Pronto te haremos otra visita.

—Me encantaría. —Sin embargo, la vaga sensación que le oprimía el pecho le dijo que sus amigas no cumplirían su promesa tan deprisa.

Al principio se morían de ganas de ir a verla. «Madre mía, de verdad estamos en el palacio de Buckingham. Podríamos tropezarnos con la reina». Pero no tardaron en darse cuenta de que, en general, apenas se veía a la reina o a la familia real. En cambio, de fondo siempre había algún lacayo de mirada severa. Y, como es natural, sus amigas no se atrevían a bromear.

—Por cierto, la vecina te manda saludos. Su hija te ha dibujado, su princesa preferida —contó Carolyn.

—Salúdala de mi parte.

Diana había tenido más relación con los vecinos del piso en el que vivía de alquiler que con sus futuros suegros. Pero ¿qué esperaba? Esa no era una familia normal, que por la noche se sentaba a comer hambrienta y servía lasaña en los platos mientras todo el mundo hablaba a la vez y después se peleaba por el mejor sitio delante de la televisión. Si Carlos sentía el deseo de comer con su madre, hacía que un paje le transmitiera el correspondiente mensaje y la reina enviaba su respuesta de igual modo. Y el mismo procedimiento contaba para el resto de la familia.

—Seguro que hoy aún tienes obligaciones importantes o quieres responder a las cartas que escriben tus admiradores —aventuró Carolyn—. Bueno, nosotras tenemos que irnos, los chicos nos están esperando.

Se prometieron volver a hablar por teléfono pronto y Carolyn colgó. Diana apoyó el mentón en las rodillas. Ciertamente imaginaba su vida muy distinta en el palacio como prometida del futuro rey. Pero dentro de poco todo mejoraría, cuando por fin estuviera casada con Carlos y, de ese modo, fuese un miembro de pleno derecho de la familia real. Carlos y ella se instalarían juntos en el palacio de Kensington, y Diana construiría allí un nidito agradable para ellos dos.

Se dio cuenta de que acababan de izar el estandarte real con el escudo de armas de Gales, Irlanda del Norte e Inglaterra, señal de que la reina estaba en el palacio de Buckingham. En efecto, acto seguido llegó una limusina. Isabel se bajó, se alisó el pulcro traje y empezó a subir resuelta la escalera de piedra con sus zapatos de tacón bajo.

Quizá su futura suegra tuviese tiempo para tomar una taza de té. Nuevamente Diana descolgó el teléfono y marcó el número de su secretario privado.

—Hola, soy Diana. Me gustaría hablar con su majestad, la reina.

—Espere un momento, se lo ruego. Ahora mismo le paso la llamada. —Se escuchó un breve clic—. La reina no está disponible en este momento. ¿Puedo hacer algo más por usted?

Diana se paró a pensar.

—¿Por casualidad se encuentra en el palacio la princesa Margarita?

—Permita que lo averigüe. —De nuevo el clic, y después—: Por desgracia no. ¿Quiere que le dé algún mensaje?

—No, gracias. —Diana dejó caer el auricular.

Se quedó pensativa contemplando la lluvia que se estrellaba contra los adoquines. Finalmente marcó de nuevo el número de su secretario privado.

—Me gustaría que me diese el número de teléfono de la señora Parker-Bowles.

Camilla llegó unos minutos tarde. Diana ya estaba esperando sentada a una de las mesas del patio interior del restaurante francés. Se había acomodado en el patio intencionadamente, ya que dentro olía a tabaco. Allí todo era muy distinguido: la maestría con que tocaba el pianista, el impresionante techo de cristal de colores que cubría el patio, las exóticas palmeras, los juguetones ornamentos modernistas de la pared. La fuente con la curvilínea Afrodita en el centro. «Te noto un poco rellenita», recordó de pronto las palabras de Carlos.

Unió las manos sobre el regazo mientras escuchaba el tranquilizador murmullo del agua.

Cuando vio a Camilla a la entrada del restaurante, se levantó. Camilla apagó allí mismo el cigarro que estaba fumando y fue directa a ella abriendo los brazos, como si ambas fuesen viejas amigas. Llevaba un traje sencillo, cuyo verde oscuro recordaba al color del brezo escocés. Después de cambiarse tres veces, Diana se había decidido por un vestido de color crema y elegante corte con un bolero a juego. Pero no había ido allí a compararse con Camilla. Había ido porque Carlos la tenía en gran estima y había encomiado su optimismo y su incomparable sentido del humor. Quizá pudiera encontrar en ella a una buena amiga que la apoyase.

—Me alegro de que hayamos podido vernos —la saludó Camilla. Un beso en la mejilla izquierda y otro en la derecha—. Disculpe el retraso, pero mis hijos... —Lanzó un suspiro.

Diana sabía por Carlos que Camilla tenía dos hijos. Un niño llamado Thomas, de siete años, y una niña de tres, Laura. Ella tenía treinta y cuatro años.

—Pero, bueno, me muero de ganas de ver el anillo de compromiso.

Henchida de orgullo, Diana le enseñó el anillo: un gran zafiro en el centro rodeado de dieciocho diamantes y montado en oro de dieciocho quilates. Con un precio de casi veintinueve mil libras, era la joya más cara, pero la que más le había gustado.

Nada más sentarse, el mesero les ofreció la carta. Diana tuvo que leer los platos tres veces para intuir qué escondían: «*Foie gras de canard* con *confit de citron*. *Velouté* de bogavante con ostras de pollo glaseadas. *Chateaubriand* con *mousseline* de apio y avellana...».

—Confío en que le guste L'Escargot —escuchó que decía Camilla.

—Es la primera vez que vengo —confesó Diana.

—Bueno, pues ya era hora. Como también es hora de que por fin nos conozcamos mejor. Ya ha pasado mucho tiempo desde la última vez que nos vimos. Fue en Wiltshire, donde vivimos nosotros, ¿no?

—Sí, cuando Carlos me llevó a ver su residencia de Highgrove.

—Ah, sí. A ver si lo adivino. Aquella vez no pasaron por delante del vetusto cedro de doscientos años con el que está fascinado.

—Cierto. —La naturalidad de Camilla hizo que Diana perdiera un tanto su timidez, y se permitió reír.

—Fui yo la que le aconsejó en su momento que comprase Highgrove —añadió Camilla.

—¿Ah, sí?

—Sí, la extensa finca es idónea para los experimentos agrícolas de Carlos. Allí puede cultivar fruta y verdura ecológicas sin que nadie lo moleste.

—Antes de que nos prometiéramos, Carlos me pidió que me ocupara de decorar la casa —contó Diana. ¿Por qué sentía que tenía que destacarse con eso?—. Dice que tengo muy buen gusto.

Se sonrieron.

—A todas luces su primera aparición como prometida de Carlos fue todo un éxito. —Camilla cambió de tema—. Su bello rostro apareció prácticamente en todos los periódicos o revistas... y el atrevido escote.

El mesero volvió para preguntar si las señoras ya sabían lo que querían. Camilla pidió el *civet de lièvre.*

—Oh, pero usted todavía está indecisa, ¿no? —preguntó a Diana.

—Tomaré lo mismo —decidió ella apretando la mandíbula.

—Probablemente tengamos el mismo gusto. ¿Le gusta el conejo?

En ese momento Diana lamentó no haber prestado más atención en clase de francés o en los cursos de cocina a los que la había apuntado su madre.

—Sí —afirmó con sequedad.

—Los conejos son bonitos y apachurrables, pero ello no les impide comerse el grano, ¿no es verdad? —De tanto fumar Camilla tenía la voz ligeramente ronca—. Y eso que Carlos pasó por una fase en la que se negaba a cazarlos.

—¿Ah, sí?

—Se lo aconsejó uno de sus gurús espirituales. Una gurú. Zoe Sallis. Por ella incluso se hizo vegetariano durante un breve periodo y dejó de cazar. Seguro que le habrá hablado de ella.

—No, todavía no.

—¿En serio? Los presentó su viejo amigo Van der Post, Carlos ha conocido prácticamente a todos sus gurús a través de él. Tiene ese lado filosófico, espiritual...

—Es mucho más inteligente que las personas de su edad —opinó Diana.

—Y le gusta darle muchas vueltas a todo, aunque luego se deprime. Y cuando pasa eso, a menudo cuesta volver a animarlo. No soporta que los medios lo presenten únicamente como héroe de acción y casanova. Bueno, si algo bueno tienen estos gurús... —Sacó una cigarrera de la bolsa de mano, la abrió y sacó un cigarro—. Carlos por fin me ha perdonado que fume. En realidad le tenía aversión, pero entonces uno de esos gurús lo hizo creer que fumando se enciende la llama, el símbolo del espíritu. —De manera simbólica, Camilla encendió el cigarro y le guiñó un ojo a Diana. Durante un instante esta estuvo tentada de decirle que no soportaba el tabaco, sobre todo en las comidas, pero Camilla continuó—: Carlos se muestra receptivo a toda esa charlatanería. Pero entretanto los guardabosques de Gloucestershire le explicaron que la propiedad no puede prescindir de los ingresos de la caza, y Carlos se resignó. En cualquier caso, a veces tengo la sensación de que se entiende mejor con personas de más edad que con las de la suya. Basta con ver a las señoras que lo ayudan a cuidar de los jardines de Highgrove. El *cottage garden*, el jardín de las rosas...

—El huerto —añadió Diana.

Camilla sonrió.

—Están Mollie Salisbury, la esposa de sesenta años del sexto marqués de Salisbury; Rosemary Verey, sesenta y dos, su vecina, o Miriam Rothschild, de setenta y tres años, que lleva vestidos de vuelo con pañuelos en la cabeza a juego y siempre está rodeada de sus collies. A Carlos le agradan las mujeres con experiencia. —Ahora su sonrisa tenía algo frívolo—. ¿Tiene pensado salir de caza cuando esté en Highgrove?

—No. ¿Por qué lo pregunta?

Camilla se encogió de hombros.

—Solo por curiosidad.

—Qué práctico que la finca de mi prometido en Gloucestershire solo esté a quince minutos de Wiltshire, donde vive usted, ¿no? —planteó Diana—. Sin duda ese también sería un motivo para aconsejarle que comprara Highgrove, ¿verdad?

Camilla se retrepó en su silla, dio una fumada al cigarro y se sopló un mechón del llamativo flequillo para quitárselo de la cara. El cabello, que le llegaba a la altura de los hombros, era castaño claro con mechas rubias.

—Sí, ese también fue un motivo.

Camilla no era lo que se dice una belleza. Era del montón, delgada y con un pecho abundante, con el que, sin embargo, Diana podía competir. Lo que la hacía tan atractiva era más bien su forma de ser. Todo en ella, su forma de cruzar las piernas con desenvoltura y de dirigirse a Diana como si no estuvieran en un restaurante distinguido, sino en una coctelería; su manera de echar la ceniza en el cenicero o de bromear con el mesero como si fuesen viejos conocidos... Todo ello irradiaba *sex appeal.* A su lado Diana se sentía como una niña pequeña.

Les sirvieron el guiso de conejo.

—Y ¿cómo le va a su prometido en su viaje?

—Todavía no he sabido nada de él. —Diana agarró los cubiertos. No tenía nada de apetito.

—Bueno, probablemente esté sentado al sol, pintando paisajes marinos y escenas de playa.

—¿Carlos pinta?

—Sí, lo ayuda a desconectar. Una vez estuvimos pintando juntos a orillas del río Dee...

—¿Usted también pinta?

—Sí, antes pintaba cuadros abstractos, pero gracias a Carlos conocí el paisajismo.

—Vaya, cuántas cosas tiene en común con mi prometido. —Incluso ella misma fue consciente de la amargura que destilaba.

—Bueno, nos conocemos desde hace tiempo. Unos diez años. Nos presentó una amiga común, Lucía Santa Cruz. Yo alquilaba en el mismo edificio que ella. Un día Carlos fue a tomar una copa a su casa y Lucía me preguntó si quería sumarme. Carlos y yo congeniamos desde el primer momento. Después no paramos de coincidir, aunque solo fuera porque él juega al polo con regularidad.

—Como su marido, ¿no? —apuntó Diana.

Camilla sonrió, pero a Diana no se le escapó que su mirada se ensombreció un tanto.

—Sí, como Andrew.

Diana apenas consiguió probar bocado, y sintió alivio cuando por fin retiraron los platos. Solo quería irse a casa, meterse en la cama y taparse la cabeza con la sábana.

Pero todavía faltaba el postre... *Crème brûlée.*

—Estoy segura de que dará señales de vida pronto —aventuró Camilla con falsa amabilidad—. Sin duda tendrá mucho que hacer y, además de sus obligaciones, irá a ver a viejos conocidos. Es lo que pasa cuando se vive algún tiempo en un país.

—¿Carlos ha vivido en Australia?

—Sí, estudió allí durante un tiempo. Cielo santo, querida, ¿se puede saber de qué habla con su futuro esposo?

—Pensaba que había estudiado en Escocia. En Gordonstoun. —Diana rompió la costra de azúcar caramelizada de la crema con la cuchara.

—También. Por cierto, que del tiempo que pasó allí le quedó la manía de bañarse con agua fría por la mañana. Además del baño caliente que le prepara un sirviente, claro está.

Diana hizo una pausa para tomar aire y después dijo:

—Puesto que todavía no he pasado ninguna noche con Carlos, no sé si se baña con agua fría por la mañana. A decir verdad, casi no lo he visto desde que nos prometimos, lo cual, entre otras cosas, tiene que ver con que va a Highgrove siempre que le es posible.

Diana estaba en ebullición. Debía mirar a Camilla a los ojos y decirle que lo suyo con Carlos había terminado. Dejarle claro que a partir de ese momento ella sería la mujer que estaría junto al príncipe. Pero no dijo nada. En el internado la habían preparado para ser una esposa modelo. Todas las revistas le habían enseñado a peinarse debidamente y saber qué ropa llevar. Su padre le había enseñado a sonreír a la cámara. Ella había aprendido a no dejar ver a nadie lo mucho que le entristecía que hubiesen desterrado a su madre de casa y lo sola que se sentía. No había aprendido a hacer frente a sus emociones. Tan solo a reprimirlas. Por eso tomó una gran cucharada de *crème brûlée* y con ella se tragó sus sentimientos. Cucharada tras cucharada, hasta que no quedó nada.

Después dijo a Camilla con toda la amabilidad que pudo:

—Si me disculpa. —Y fue al baño a vomitarlo todo.

El miedo, la rabia, la amargura que le provocaba la amiga de Carlos.

El abominable protocolo real, que la encerraba en una jaula de oro.

Y Carlos, al que le importaba un comino cómo estaba ella.

Vomitó incluso los comentarios de su modista, Elizabeth Emanuel: «Solo cincuenta y ocho centímetros. Ha vuelto a perder cintura. No puedo estar estrechando el vestido continuamente.

No es posible. Hasta poco antes de la fecha de la boda no efectuaré más modificaciones de las medidas».

Después de lavarse y secarse la cara, Diana se miró en el espejo. Camilla no quería verla para hacerse amiga suya. Solo quería tener la oportunidad de averiguar si Diana era una rival.

—Espera y verás, Camilla —dijo Diana—. Tú solo eres una mujer con pasado. Yo, en cambio, seré la mujer que Carlos llevará al altar. Seré la mujer a la que ponga el anillo en el dedo.

## 13

Llegó el verano. Los arriates del palacio de Buckingham desprendían un embriagador perfume gracias a los coloridos tulipanes y las caléndulas. Diana empezaba a temerse que no viviría ningún otro, porque se moriría antes de aburrimiento en palacio. Y eso que incluso había invitado a la que era su profesora de ballet, la señorita Mitchell, a que acudiera asiduamente para ocupar su tiempo haciendo algo productivo. ¡Cuánto le gustaba bailar! Qué bien se sentía abandonándose a la música, dejándose llevar por la melodía.

De vez en cuando se escapaba a ver al señor Colborne, el secretario privado de Carlos. A Diana le caía bien. El hombre se había ganado su corazón cuando, con una sonrisa pícara, le dijo: «Cuando esté casada con el príncipe de Gales, se volverá caprichosa. Si quiere seis paraguas, tendrá seis paraguas». Prefería mil veces esa franqueza un tanto seca al frío encanto de las demás personas del palacio.

En ese momento al pobre hombre le habían encomendado ocuparse del aluvión de regalos de boda que llegaba a diario. Quizá Diana pudiera echarle una mano y de ese modo entretenerse un poco.

Diana llamó a la puerta con cautela. Lo último que quería era molestar. Ser una carga.

—Adelante —contestó encantado el señor Colborne—.

Feliz cumpleaños con retraso. Cumple años el 1 de julio, ¿no es verdad?

—Bueno, de eso hace ya dos semanas —repuso ella quitándole importancia.

—Confío en que lo festejara como merece.

—Sí —mintió Diana. Carlos había asistido a una exposición sobre enseñanza escolar con discapacitados en Newcastle-upon-Tyne. Después había acudido a un baile benéfico en París y a continuación había volado a Cardiff, en Gales, por un proyecto medioambiental. En ese momento se encontraba en Nueva York.

Cuando se ofreció a echar una mano con los regalos, el señor Colborne accedió con gusto. Del primer paquetito sacó un óleo horrendo a más no poder de una cacería.

—¿En qué estará pensando la gente? —comentó ella entre risas.

También el señor Colborne esbozó una sonrisilla, no se permitió más.

—Cuénteme más cosas del tiempo que pasó con Carlos en la Marina —pidió Diana.

—¿No empieza a estar hasta el gorro de mis batallitas?

—De ninguna manera. Carlos casi no me cuenta nada. —Lo cual se debía principalmente a que apenas se veían—. Me gustaría mucho saber más cosas de su pasado.

—Bien. Como cualquier otro oficial joven, el príncipe de Gales también debía llevar un diario mientras estaba en la Marina, pero, en lugar de limitarse a anotar datos puros y duros, él llenaba las hojas con floridas descripciones de acontecimientos, cavilaciones e incluso comentarios mordaces. Escribía en ese diario de manera directamente obsesiva.

—Le atinó. Siempre está ensimismado.

—Si le soy sincero, no sé cómo pudo sobrevivir en la Marina

—se atrevió a decir el señor Colborne—. Le costaba amoldarse al espíritu militar. Su personalidad es muy fuerte.

Diana asintió.

—Es verdad. —Entonces le llamó la atención un estuche de joyas que no estaba envuelto—. ¿Qué es eso?

—Bueno... pues... —El señor Colborne se puso nervioso, algo poco habitual—. Es...

Diana tomó el estuche.

—¿Sí?

—... es mejor que no lo vea —fue todo cuanto pudo decir el señor Colborne.

De pronto le vinieron a la cabeza las palabras de su madre: «No cometas el error que cometí yo».

—Bien. Siendo así, tendré que verlo. —Diana abrió el estuche. Dentro había un brazalete de oro con un dije de esmalte azul en el que se distinguían dos iniciales grabadas entrelazadas: F y G. Fue como si el mundo se tambaleara. «No puede ser. No. Por favor, no.»—. Fred y Gladys —dijo Diana en voz queda. Los apodos cariñosos por los que se llamaban Camilla y Carlos. Diana se había enterado de la pequeña broma cuando, tiempo atrás, Carlos envió a su amiga flores cuando esta estaba en el hospital. Los nombres los sacaron de la comedia radiofónica *The Goon Show*, que tanto gustaba a Carlos, según le contó a Diana de mala gana—. ¿Cuándo piensa dárselo? —quiso saber.

Contuvo la respiración cuando el secretario repuso:

—Esta noche, tengo entendido.

Cuando volvió a tomar aire, lo veía todo borroso.

Cerró el estuche. Ahí estaba de nuevo, ese puño helado que le atenazaba el corazón. Esa sensación de que antes o después todo se haría pedazos.

—¿Se encuentra bien? —preguntó preocupado el señor Colborne—. Está usted muy pálida.

Diana intentó saber qué sentía: ¿vacío?, ¿miedo?, ¿rabia?

No: vergüenza. Se avergonzaba. ¿Por qué se avergonzaba? Si no había hecho nada.

—Estoy bien —contestó maquinalmente—. Muchas gracias, señor Colborne.

Diana obligó a la adrenalina a que la sacara de la habitación, del palacio, para que le diese el aire. Echó a andar sin más, sin rumbo. Sus sentimientos la habían tomado desprevenida. Era como sentir el retumbar del trueno justo debajo de la piel. Un retumbar de ira llameante, de amarga desesperación, de miedo cerval y dolor abrasador.

Lo que le estaba pasando en ese momento le daba miedo. Era lo bastante fuerte para acabar con la vida de fábula que estaba empezando a construir. Tenía la fuerza necesaria para desencajar todo su mundo.

¿Qué podía hacer?

¿Tener bajo llave sus sentimientos, como le habían enseñado a hacer, o dar rienda suelta al trueno y provocar una tormenta?

Un día después la familia real, a excepción de los príncipes Andrés y Eduardo, se hallaba reunida para el ensayo nupcial bajo la imponente cúpula de la catedral de San Pablo.

—Carlos ha hecho todo lo posible para que esta boda sea inolvidable —comentó entusiasmada la reina madre, que estaba sentada en el primer banco de la iglesia. Con su conjunto de color melocotón estaba como unas pascuas, como a decir verdad tendría que sentirse Diana. A fin de cuentas, pronto se casaría con el amor de su vida.

A su derecha, enfurruñada, se hallaba la princesa Ana, con las piernas y los brazos cruzados. Diana se había enterado de pasada que se había vuelto a pelear con su marido. A su izquierda, la princesa Margarita daba la impresión de estar impaciente por servirse un whisky y fumarse un cigarro en sus dependencias. Incluso lady Fermoy, abuela de Diana y dama de la reina madre, se hallaba presente, pero su rostro era inexpresivo y solo hablaba cuando le dirigían expresamente la palabra.

—Él mismo ha seleccionado casi toda la música —contó embelesada la reina madre—. Una soprano de Nueva Zelanda cantará un aria y, además, ha invitado a tres de las orquestas que se hallan bajo sus auspicios. Quiere que sea una experiencia musical y emocional sublime para todos.

—Estamos impacientes por que llegue el momento —repuso el príncipe Felipe con sequedad.

La reina madre y él no tenían la más cordial de las relaciones. En realidad eso era algo que no incumbía a Diana, pero, a pesar de ello, le daba quebraderos de cabeza. En su casa siempre había tensión en el aire. ¿Por qué no podía reinar la armonía al menos en la familia real?

Diana no dijo una palabra. Con su precioso vestido cerrado y de manga larga ocupaba el lugar previsto en el altar y esperaba. La procesión iba por dentro. Todo su cuerpo estaba en tensión.

—¿Se puede saber dónde está Carlos? —inquirió Isabel—. No soporto la falta de puntualidad.

La propia Diana se sorprendió cuando dijo:

—Me figuro que aún está en Gloucestershire.

Ellos lo sabían.

Sabían que Carlos seguía sin poder dejar a Camilla, eso le dijeron sus reacciones. La princesa Margarita abrió los ojos muy grandes y la princesa Ana esbozó una media sonrisa que probablemente quisiera decir: «¿No se lo dije? Eso todavía nos traerá problemas». El príncipe Felipe se irguió cuan largo era, y su futura suegra formó con los labios un mudo: «Oh».

El rugido se volvió más atronador. Diana miró a Isabel, que se estremeció ligeramente. Probablemente porque había rayos en sus ojos.

—Por eso me gustaría que hablásemos —pidió Diana—. En privado.

—Pero ¿ahora? Deberíamos estar listos para el ensayo —replicó consternada Isabel.

Diana se esforzó por hablar con voz firme.

—Pero es importante. Esta boda...

—Diana, ¿es que no escuchas? —la interrumpió su abuela. Y bajando un poco la voz añadió entre dientes—: Has de aprender a controlarte.

«Compórtate. Para que los demás no tengan ningún problema contigo y no les supongas una carga».

Diana apretó los puños. Fue como si algo se rebelara en ella. ¿Y si decía la verdad y listo? ¿Podía contar con que la comprendieran, con recibir un poco de compasión?

Notó opresión en la garganta. Las lágrimas rodarían por sus mejillas con que dijese una sola palabra. Por ese motivo dio media vuelta y se fue.

—¿Se puede saber qué le pasa? —oyó que preguntaba Isabel.

No muy lejos de donde estaba, un lateral de la catedral estaba separado por una puerta de hierro forjado con ornamentos dorados. Diana se refugió allí. Las manos le temblaban. Tenía que respirar. Todo iría bien. Estaba viviendo algo con lo que soñaban un sinfín de mujeres. Su familia no podía sentirse más orgullosa de ella.

—Ya se calmará. Son solo los nervios de antes de la boda —opinó la reina madre.

«Compórtate».

«Haz el favor de comportarte de una vez».

«Haz el favor de comportarte y listo».

Como si fuera fácil, cuando por dentro estaba en ebullición. ¿Cómo podía ser? En semejante estado una rompía algo, no se comportaba.

La reina madre no siguió preocupándose por Diana.

—En cualquier caso, este feliz acontecimiento es exactamente lo que necesita nuestro país —afirmó complacida—. Es como antaño, cuando se dio a conocer su compromiso. Churchill tuvo razón al decir que su boda daría un toque de color al desconsolado Londres de la posguerra. La boda de Carlos y Diana tendrá ese mismo efecto.

—Es interesante que compares la política de Margaret Thatcher con la posguerra —no pudo evitar decir el príncipe Felipe.

Como siempre, la reina procuró mantener la neutralidad.

—Seguro que mi madre no pretendía establecer semejante comparación. Pero coincido con ella en que la gente necesita ánimos. Y en ese sentido el esplendor de la inminente boda va a ir de maravilla. Y la prensa pone por las nubes a Diana.

—Porque es una muñequita encantadora —comentó con mordacidad la princesa Ana.

—La envidia no es una virtud, Ana —le advirtió la reina.

—Ya, ¿y? Pese a todo me crispa los nervios que con una mirada de esos ojos de corzo baste para que la prensa se vuelva loca mientras que a mí nunca me han dedicado semejante atención por la labor que desempeño para la fundación Save the Children.

—No te preocupes, Ana —la animó su padre—. Este país está aquejado de paro e inflación. Las personas no quieren sufrir aún más leyendo cosas de niños que mueren de hambre en África. Quieren ver a una chica joven y guapa.

Lady Hussey había puesto al corriente a Diana en una de sus clases preparatorias para ser princesa sobre la situación política actual de Gran Bretaña. En mayo de 1979 Margaret Thatcher había sido elegida primera ministra británica. La primera ministra había puesto en marcha un programa destinado al saneamiento de la economía, parte del cual había consistido en un recorte del gasto público y una reducción del poder de los sindicatos, y, además, había abierto las puertas al liberalismo económico de par en par.

—Por mi parte, respeto profundamente el espíritu combativo de la señora Thatcher —afirmó la reina—. Sabe imponerse a todos esos hombres del gabinete.

—A decir verdad, ustedes dos tienen muchas cosas en común. Aparte de la edad, las dos dirigen un país. Dos mujeres en la cima del poder. ¿Saldrá bien? —bromeó Felipe con su mujer—. Dicho sea de paso, fue ella misma la que llamó a todos esos hombres al gabinete. Al parecer no tiene en mucha estima a las de su propio sexo. Confiemos en que su plan funcione. Hasta el momento, sin embargo, la situación del país todavía no se ha relajado.

—Un país no se puede cambiar por completo de un día para otro. Las cosas no pueden forzarse.

—Hablando de forzar —apuntó la princesa Margarita.

Diana vio a través del enrejado que la reina, agotada, se llevaba las manos a la frente.

—No empieces otra vez con eso.

—¿De verdad va a cometer una y otra vez el mismo error? —preguntó Margarita—. ¿Para que sufran de nuevo dos personas jóvenes?

—Estás siendo dramática, Margo.

—Pero Carlos sigue teniendo a la otra en la cabeza.

No cabía duda de que hablaba de Camilla. Ahí estaba de nuevo, la sensación de estar suspendida sobre un precipicio. Quizá hubiese llegado el momento en que por fin alguien intercediese por ella o, al menos, le mostrase un poco de comprensión.

—¿O acaso crees que ahora mismo Carlos está en Highgrove con la pala y la laya ocupándose de sus rosales? —Margarita no aflojó—. Está con ella. Diana lo sabe. ¿Por qué crees que quiere hablar contigo?

—Juzgas a los demás por lo que te pasó a ti —terció Felipe poniéndose de parte de su esposa.

De pronto Diana se sintió completamente exhausta. Se dejó caer en un banco de madera.

Jane, que gracias al cargo que ocupaba su marido en el palacio estaba bien informada sobre los escándalos de la familia, le había contado la dramática vida de Margarita mientras tomaban el té. Al parecer, la hermana pequeña de la reina había vivido una aventura con el capitán Peter Townsend, que le llevaba dieciséis años, estaba casado y había sido jefe de las caballerizas reales. Cuando Townsend se divorció, Margarita, que por aquel entonces tenía veintitrés años, luchó en vano para poder casarse con su gran amor, pero ese deseo le fue negado... por su hermana, la reina. Margarita no tuvo elección. Se despidió oficialmente de Townsend en una carta que leyó por radio en 1955, anegada en lágrimas. Cinco años después contrajo matrimonio con un plebeyo, el famoso fotógrafo Anthony Armstrong-Jones, al que ya antes de casarse con Margarita le fue conferido el título de lord Snowdon. Lord Snowdon introdujo a Margarita en los círculos artísticos londinenses. Incluso después de que nacieran los dos hijos que tuvieron siguieron disfrutando de su vida en la alta sociedad. Con todo, su matrimonio no tardó en entrar en crisis, y ambos se refugiaron en aventuras. Cuando tenía cuarenta y tres años, Margarita se enamoró del periodista diecisiete años menor Roddy Llewellyn. La princesa se divorció de lord Snowdon en 1978, pero lo que sentía por Roddy era un amor imposible. Este se casó con otra tres años después.

Para Diana, la historia de Margarita no era sino otra prueba de lo triste e injusta que podía ser la vida.

—No pueden encender y apagar sentimientos a su antojo —observó Margarita—. ¿Cuándo lo van a entender?

—Como si los sentimientos románticos fuesen una garantía para el matrimonio —apuntó la princesa Ana.

—Al menos son un punto de partida deseable. —Margarita tosió.

—¿Ya te ha visto el médico? —Isabel parecía preocupada.

—Todavía no —rezongó la princesa.

—¡Margo!

—Voy a salir a fumarme un cigarro antes de que empiece este teatro.

Nada más levantarse, la puerta de la catedral se abrió y la silueta de Carlos se dibujó a contraluz. El príncipe avanzó por el pasillo con premura, el taconeo resonando en el suelo de baldosas blancas y negras. Mientras caminaba comprobó que las mancuernillas seguían en la camisa. Una costumbre suya, como había constatado Diana. Carlos saludó a su madre y a la reina madre, y después al resto de la familia. Al cabo preguntó:

—¿Dónde está Diana?

—Se ha ido sin decir palabra. Quizá esté fuera —contestó Isabel—. No hay quien la entienda, apenas habla.

—Y cada vez más tiene mala cara —añadió la princesa Ana.

—Voy a buscarla —decidió Carlos.

Cuando Diana ya creía que pasaría por delante de ella, Carlos se detuvo de pronto y miró en el ala lateral.

—Lo sabía. Solo te alejas lo bastante para no perderte nada, ¿no es verdad? Como cuando nos conocimos. En tu casa, en

Althorp, cuando espiabas en la galería. —Sonrió con ternura—. ¿Se han portado muy mal contigo en mi ausencia?

Ella ni siquiera era capaz de levantar la cabeza y mirarlo.

—Más bien ha sido tu ausencia la que me ha hecho mal. Has vuelto a Highgrove.

Carlos vaciló y dijo:

—Sabes de sobra que allí aún queda mucho por hacer. El jardín de las rosas y...

—Has visto a Camilla.

—En efecto. Quería pedirle consejo, como buena amiga que es, porque estoy preocupado por ti. Has perdido mucho peso.

Hecha una furia, Diana se levantó del banco.

—Deja de tomarme por tonta, Carlos —espetó—. Encontré el brazalete que encargaste para Camilla.

Él se miró la punta de sus zapatos de charol.

—Pero si solo es un detalle.

—No digas tonterías. Le regalas a tu examante un brazalete con sus iniciales grabadas. ¿Cómo crees que me hace sentir eso a mí?

—Últimamente Camilla ha sufrido mucho. Quería darle una alegría.

Como seguía negándose a ser sincero, Diana le preguntó a bocajarro:

—¿La sigues queriendo?

—Ha sido una de mis amigas más íntimas —dijo él eludiendo la pregunta—, pero nuestra intimidad ha terminado.

—Esa no es una respuesta clara. ¿Por qué no te ha acompañado tu guardaespaldas a Highgrove? Porque querías reunirte con ella sin que nadie te molestara, no me digas que no es así.

—Es cierto, quería hablar con Camilla a solas —aceptó él con vehemencia—. Pero le he dicho que lo nuestro ha terminado. Definitivamente. Además, he ido hasta Highgrove a buscar esto. —Carlos se sacó una cajita del bolsillo interior de la chamarra. Dentro había un sello. En el escudo de armas se veían tres plumas dentro de una corona—. Es mi escudo, el del príncipe de Gales. Y tú serás la princesa de Gales.

Diana contempló el anillo. «No te ablandes», se advirtió, pero entonces vio la mirada de Carlos: cálida, suplicante y profunda. Su resistencia se resquebrajó.

—Trece veces, Carlos —comentó—. Solo te he visto trece veces desde que nos prometimos en febrero. Y la mayoría de esas veces ni siquiera estábamos a solas, sino con tu secretario privado, la junta directiva de alguna organización, el servicio o tu familia. ¿Eres consciente de lo duras que han sido para mí estas últimas semanas?

—Lo siento —se disculpó él con voz queda—. En cierto modo tiendo a llevar una existencia absurda. Me ocupo de demasiadas cosas y siempre voy corriendo. Tengo que pensar en algo para que podamos vivir como una familia de verdad. Tú y yo.

—No hagas promesas que no vayas a cumplir.

—Todo esto es nuevo para mí también. He intentado hacerlo bien con todo el mundo y en el proceso te he descuidado a ti. Lo siento, mi preciosa muñequita.

Carlos le tomó la mano y le colocó el sello en el dedo anular de la mano derecha.

Al fin y al cabo, ceder era mucho más fácil que oponer resistencia.

—Quiero que siempre seas sincero conmigo —pidió ella—. Por favor.

Una sensación de calor y seguridad la arrolló cuando Carlos le tomó ambas manos.

—Lo seré. Y estoy muy orgulloso de ti. Cuando mañana avances hacia el altar, te estaré esperando —aseguró—. Es mucho lo que siento por ti. Te necesito.

Cuando volvieron juntos al ensayo, Diana notó que todos los observaban atentamente. Ella mantuvo la vista baja para no tener que ver al Jesús crucificado. Los focos de las cámaras que había montadas la cegaron.

¿Había claudicado demasiado deprisa? Se sentía ligera, como se sentía una cuando después de haber cargado con un gran peso durante un largo camino lo dejaba en el suelo de una vez y, ya sin la carga, casi era como si los brazos se los llevara el viento.

El arzobispo de Canterbury carraspeó, arrancando a Diana de sus cavilaciones. A todas luces era su turno.

—Yo, Diana, te tomó a ti, Carlos, por legítimo esposo, hasta el final de nuestros días —recitó—. Prometo amarte y respetarte, en lo bueno y en lo malo, en la riqueza y en la pobreza, en la salud y en la enfermedad, hasta que la muerte nos separe.

Durante un momento reinó el silencio.

Después, al comprender que Diana había terminado con sus votos, el arzobispo lanzó una mirada inquisitiva a la reina.

—¿No falta nada? —oyó Diana que decía la madre de Carlos.

—La obediencia, alteza. La novia no ha prometido obediencia al esposo —apuntó el arzobispo con aire vacilante.

—Esa parte no me parece que vaya muy acorde con los tiempos —adujo Diana con toda la seguridad que fue capaz de reunir en ese momento. Después se volteó—. Por eso me gustaría dejarlo así.

Lo que habría dado por tener allí a su madre y que pudiera ver todas las miradas escandalizadas. A Diana casi le dio un ataque de risa.

Pero ese ensayo no era ninguna broma. Era su futura vida.

# 14

—No puedo —aseguró Diana con voz trémula—. No puedo casarme con Carlos.

Estaba acurrucada en su habitación, en el suelo, entre la cama y el armario, con el auricular pegado al oído.

Al otro lado del teléfono, Sarah profirió un hondo suspiro.

—Es demasiado tarde, duquesa —repuso su hermana con sequedad—. Tu cara ya está impresa en todos los *souvenirs*.

Las palabras de Sarah fueron como recibir un golpe en el estómago. ¿Qué esperaba Diana? ¿Tal vez que su hermana dijese: «Pues déjalo todo. Pase lo que pase, estoy contigo»? Tendría que haber sabido que Sarah seguía ofendida. Su hermana pequeña había conseguido lo que ella misma había malogrado: casarse con el sucesor al trono. Aparte de eso, Sarah tenía razón... Todo un país esperaba esa boda con impaciencia.

La víspera de la boda, por la noche, Diana fue a Clarence House. A decir verdad, todo fue igual que el día previo a la comunicación oficial de su compromiso, solo que esa vez estaba previsto lanzar fuegos artificiales en Hyde Park para anunciar debidamente el día siguiente.

Notaba que el corazón le latía con fuerza. Incluso lo percibía en los oídos.

«Cálmate, corazón».

Agarró los auriculares del *walkman* para escuchar la cinta que le había llevado Carolyn la última vez que había ido a verla. Sonó *Empty Heart*, de los Rolling Stones. Diana cerró los ojos, movió las caderas y después los brazos, sintiendo el desenfadado guitarreo. Sin embargo, seguía notándose intranquila. Si seguía así, no pegaría ojo. De manera que salió de la habitación y se puso a bailar, como solía hacer en Althorp. Aunque alguien la viera, le daría absolutamente lo mismo.

«*An empty heart is like an empty life*», cantaba Mick Jagger.

En la planta baja estaba la sala de música, que había descubierto en su primera visita y de la que se había enamorado. Era una habitación de techo alto, con columnas de mármol claro en los laterales y varias lámparas de araña soberbias que colgaban del techo. Diana dejó el *walkman* y puso el tocadiscos. Se escuchó *El sueño de una noche de verano*. No era del todo de su gusto, pero Carlos adoraba a Shakespeare. Además, para bailar ballet hacía falta música clásica.

Tal y como le habían enseñado, Diana empezó con un *port de bras*. «*Préparation* —oyó decir mentalmente a su profesora de ballet, la señorita Mitchell—. *Demi plié*... El brazo se levanta con la ligereza de una pluma, muy bien. Sin perder la tensión corporal. Y *relevé*, manteniendo un pequeño equilibrio sobre la punta de los dedos. Diana, ¡concentración!»

Diana cerró los ojos, tomó aire y comenzó de nuevo.

Un momento: ¿se podía saber qué estaba haciendo?

¿Había llegado al punto de que, incluso cuando estaba sola, hacía lo que le exigían los demás? En un abrir y cerrar de ojos quitó el disco y puso la cinta de Carolyn en el casete que había al lado. Ya las primeras notas de *Heart of Glass*, de Blondie, la llenaron de energía, y muy pronto respiró con más facilidad. No quería obedecer normas, quería dejarse llevar, sentir. El vestido de vuelo que llevaba bailaba alrededor de sus tobillos.

Entró en calor. Se quitó el pañuelo del cuello y lo tiró al suelo sin miramientos. ¡A la porra!

¡A la porra con los *pliés* y los *relevés*!

A la porra con las normas del maldito protocolo, que prohibía al servicio caminar por el centro de la alfombra roja que recorría el pasillo. Ese privilegio solo les estaba permitido a los miembros de la familia real o a invitados.

A la porra con que en una bandeja la tetera, la lecherita, el pan tostado y la sal siempre tuvieran que estar en el mismo sitio. Todo debía ser perfecto, sin que nada se desviara de la costumbre.

A la porra con que allí todo el mundo estuviese entrenado para no ver ni oír nada. Que las doncellas y los lacayos nunca tuvieran una palabra de consuelo para ella, aunque sabían perfectamente que Diana lloraba a menudo.

A la porra con ese palacio que era enorme y que sin embargo parecía una jaula.

A la porra con las miradas escandalizadas y preocupadas de la familia real cuando Diana insistió en modificar los votos.

¡A la porra con todo! ¡A la porra, a la porra, a la porra, a la porra, a la porra!

Fue como si algo en ella se liberase. Se sentía como embriagada cuando al final se dejó caer en el suelo, exhausta.

Quería estar con Carlos. Cuando pensaba en él la invadía una sensación de amor, anhelo y dicha.

Haría todo lo posible por ser una buena esposa.

Pero se juró que solo obedecería a su corazón.

En ese momento estallaron los fuegos artificiales en Hyde Park.

Y entonces llegó el día más bonito de su vida.

Lo único que podía hacer Diana era dejarse llevar. Como si no fuese ella la que vivía ese día. Como si, de alguna manera, estuviese disociada de sí misma, de su cuerpo. Lo que estaba pasando ese día era inimaginable. Su sueño se estaba haciendo realidad. Su cuento de hadas personal se cumplía.

Se levantó de madrugada, pero eso no le supuso ningún problema, porque de todas formas se había pasado la noche entera en vela. Un paje la acompañó al tocador, donde la sentaron en una silla y, poco a poco, la transformaron en una princesa de cuento. Un peluquero, una esteticista y Elizabeth Emanuel, la diseñadora del vestido de novia, se ocuparon de que estuviera radiante. En el espejo con marco dorado vio el rostro de una mujer bella y joven. ¿De verdad era ella?

Ahora ya se podía levantar, lo siguiente era vestirla, le informaron. Diana levantó los brazos como si fuera una muñeca, sin que apenas se enterase de los pequeños tirones que le daban.

No sabía describir cómo se sentía. Si era feliz o estaba nerviosa o intimidada por todo ese esplendor. Solo sabía que temblaba. Tenía la sensación de ser engullida por ese vestido de ensueño color marfil y la cola de casi ocho metros de longitud. En el velo bordado a mano brillaba un sinfín de lentejuelas de nácar y perlas, y en la cabeza lucía una diadema cuajada de diamantes de la familia Spencer.

Ahora la llevarían a la carroza.

Decidió contar los pasos, le servía de ayuda para tranquilizarse. Cuando pasaba de los ciento veinte perdió la cuenta.

Su padre la esperaba ante la carroza. Verlo le puso un tanto los pies en la tierra.

—Estás preciosa. No... —La voz se le quebró y a sus ojos asomaron las lágrimas.

—Gracias, papá. —Lo abrazó. Después subieron.

Las modistas se dieron cuenta demasiado tarde de que, al diseñar el voluminoso vestido, no habían tomado en consideración las dimensiones de la carroza. Fue una auténtica hazaña meter toda la tela en el real vehículo. Por mucho que se esforzó Diana, el tafetán y el encaje se chafaron de mala manera durante el breve recorrido hasta San Pablo.

Enfilaron The Mall, la suntuosa avenida londinense. Desde hacía días allí cantaban y daban gritos de alegría personas entusiasmadas, pero ese día la multitud superaba todo cuanto había visto en su vida Diana. Costaba entenderlo... Tantas personas alegrándose por ella sin conocerla de nada.

En medio de enormes y modernos complejos de oficinas se alzaba la majestuosa catedral, una obra maestra del gótico que incluso a Diana, que no sabía mucho de arquitectura, infundía respeto. Y ese día subiría al altar. Dentro de unos instantes.

El corazón se le aceleró.

La carroza se detuvo.

Sonreír.

La puerta se abrió. Consiguió bajar. Saludar con la mano.

Y de pronto ya había subido la escalera y se vio bañada por la luz crepuscular de la catedral. Por suerte, su padre iba a su lado, llevándola al altar por la larga nave de la iglesia. O más bien fue ella quien lo llevó a él, pues se apoyaba pesadamente en Diana. En septiembre, hacía dos años que había sufrido un derrame cerebral del que no se había recuperado totalmente. Pero no era el momento de ponerse a recordar las semanas que su padre pasó en coma y en las que su madrastra, Raine, les prohibió visitarlo. Diana se sintió terriblemente sola. A partir de ese día no se volvería a sentir así. A partir de ese día Carlos estaría a su lado.

Vio a Carolyn, Virginia y Anne, las tres enjugándose delicadamente las lágrimas con sendos pañuelos.

Vio a su madre, que parecía feliz e infeliz al mismo tiempo.

A su lado, sus preciosas hermanas y su hermano pequeño, Charles, al que tanto echaba de menos Diana.

La odiada Raine, que parecía que se había caído en un bote de pintura, con el colorido vestido de flores, el excesivo colorete y los labios rojos.

Solo cuando descubrió a Camilla entre todos los invitados, Diana comprendió que durante todo ese tiempo la había estado buscando. Iba vestida de gris perla de pies a cabeza, el rostro cubierto por el velo del sombrerito pillbox que lucía.

Diana levantó la barbilla con aire triunfal. «Yo seré la mujer que esté al lado de Carlos. Seré la madre de sus hijos, los futuros herederos al trono, y Carlos se olvidará de ti poco a poco».

Entonces lo vio, a Carlos. Con su presencia llenaba todo el espacio, la catedral entera, el universo entero. Estaba arrollador con su uniforme de gala azul de almirante de la Marina. Olvidado quedaba todo lo que había sufrido las semanas y meses anteriores. El corazón no le cabía en el pecho de amor y admiración.

Pero él también parecía cansado y perdido, esperándola solo allí, en el altar. Incluso tenía los ojos un tanto enrojecidos, como si hubiese llorado por la noche. ¿Por qué? ¿Tenía el mismo miedo que ella? A Diana le habría gustado salir corriendo hacia él para abrazarlo y consolarlo. Le dedicó una sonrisa de ánimo, pero él no la pudo ver, ya que el velo le ocultaba el rostro.

Por fin se vio delante de él. Carlos le levantó el velo. Ella percibió ese olor único suyo, el que sería su hogar: loción para después del afeitado masculina mezclada con una tez cálida, cuidada, un toque de gel en el cabello y algo que olía a libros sesudos, a experiencia, al mundo entero.

«Juntos venceremos la soledad —intentó decirle con su mirada—. Nos salvaremos mutuamente».

En efecto, el rostro de Carlos se iluminó.

En ese momento Diana estuvo segura de que era la chica más afortunada del mundo. Estaba viviendo un cuento hecho realidad.

Y no permitiría que nadie lo hiciera añicos.

## 15

El yate Britannia se mecía con suavidad en el mar Mediterráneo. A la redonda no se veía nada salvo agua centelleante. Chipre se alzaba a lo lejos como un espejismo. Lo que daría ella por poder ir a tierra, sentarse en un bonito café, pasear por una calle comercial o tomarse unas fotografías con Carlos delante de algún monumento. Pero, de hacerlo, no solo la prensa se les echaría encima. Cuando llegaron al puerto egipcio de Port Said les habían preparado una gran recepción. Esa misma noche el presidente del país y su esposa cenaron con ellos a bordo. Diana casi no podía mantener los ojos abiertos, las conversaciones eran de lo más soporíferas. Política, política y más política. Prácticamente no dijo ni una palabra.

Sentada al tocador con un salto de cama blanco finísimo, Diana se perfumó discretamente el cuello y las muñecas. Estaba pálida. Había vomitado el desayuno. Algunos días se metía los dedos en la garganta hasta cuatro veces. Después siempre se sentía vacía, pero de un modo agradable, como cuando se quedaba derrengada después de haber estado bailando. Carlos no se enteraba de nada, porque la mayor parte del tiempo lo pasaba leyendo sus sesudos libros. Ya el segundo día de su luna de miel pidió a su buen amigo Laurens van der Post, un filósofo sudafricano, que le enviara los libros. Siete, nada menos. Cada día, cuando comían, le leía pasajes insoportablemente largos y después se suponía que debían analizarlos juntos. La mayoría de las veces los analizaba solo Carlos, ya que, por desgracia, ella se distraía con bastante facilidad y solo escuchaba a medias. Las gaviotas del cielo, el aleteo del toldo, sus uñas... Lo cierto es que cualquier cosa era más interesante. Diana empezaba a odiar a Van der Post. Esa era su luna de miel, no una conferencia en la universidad. Cuando Carlos se sentaba delante de ella y le hablaba de las catastróficas consecuencias a largo plazo de la biotecnología o de la creciente importancia del islam en Occidente, a veces le costaba reprimirse para no quitarle el maldito libro de la mano y tirarlo por la borda. Ella misma se asustaba de tal modo en esas ocasiones que agarraba el tenedor y engullía la crep flambeada con salsa de naranja o lo que quiera que John, el jefe de cocina, hubiese preparado como por arte de magia. ¿Cómo podía tan siquiera plantearse algo así? ¿Es que quería que su matrimonio terminara como el de sus padres?

Además, amaba a Carlos precisamente por ser tan culto. Para ella era algo así como el último caballero vivo. Y entendía lo solo que se encontraba. En él seguía habitando el niño pequeño al que su madre, tras pasar meses separados, lo saludaba con un apretón de manos, cuando en realidad él ansiaba un abrazo sentido. Ella lo veía en su mirada dulce, anhelante. Un joven que, desde que tenía uso de razón, se veía obligado a llevar mancuernillas y la raya a un lado siempre perfecta mientras que el resto de la juventud se abandonaba al *flower power*. Juntos vencerían la soledad. Sencillamente, ella le regalaría todo su amor.

Mientras se cepillaba el pelo, se entregó al recuerdo de la primera noche que pasó con Carlos. Era como si estuviese viendo la estrecha cama con dosel. La misma cama en la que la reina y el príncipe Felipe habían pasado su noche de bodas hacía treinta y cuatro años. Carlos y ella habían pasado tres días en

Broadlands, la casa de campo de los Mountbatten, apartados del mundo, antes de subir a bordo del Britannia.

¡Cuántas veces había imaginado Diana con sus amigas esa primera vez! ¿Le dolería? ¿Sería tan romántica como en las novelas de Barbara Cartland? «Él la tomó en brazos, la depositó en la cama y la miró profundamente a los ojos. "Esta noche serás mi mujer", musitó antes de empezar a desnudarla despacio».

Al final no fue nada espectacular. Carlos se le subió encima y poco después todo había terminado. No hubo pasión ardiente, palabras de amor susurradas o tiernas caricias... No hubo nada. A la mañana siguiente él se levantó de madrugada y dijo que iría a pescar truchas.

Quizá Diana tuviera que esforzarse más. Ser más bella, más seductora. Añadió un poco más de lápiz labial. Se desató el lazo de satén rosa que cerraba el escote del salto de cama y lo dejó colgando. «Esto es pan comido», se dijo para infundirse valor.

Después se levantó de la silla y salió a cubierta, donde Carlos estaba entregado a una de sus ocupaciones preferidas: escribir en su diario.

—Chulls, ven conmigo a cumplir con tus deberes conyugales —dijo ella de la manera más seductora posible. Luego sus manos bajaron por los hombros de su marido y se introdujeron dentro de la camisa blanca, que llevaba un tanto más desabotonada que de costumbre debido al calor.

—Ahora voy —farfulló Carlos sumido en sus pensamientos.

Diana le acarició el velludo pecho.

—¿No puedes dejar eso para más tarde?

—Diana —suspiró Carlos como si estuviese hablando con una niña pequeña.

—Pero me prometiste que durante nuestra luna de miel pasaríamos tiempo los dos solos —se quejó ella—. Solos tú y yo, dijiste. Y ahora siempre estamos rodeados de invitados, oficiales de la Marina, doscientos miembros de tripulación, ayudas de cámara, secretarios privados, mi doncella y Stephen.

Stephen Barry era el ayuda de cámara personal de Carlos y un incordio para Diana. Cuando estaban prometidos, ese hombre no le permitió ni una sola vez entrar en las dependencias privadas de Carlos en el palacio de Buckingham. «Su alteza real dice que no deje pasar a nadie. Una orden es una orden», contestaba con frialdad avivando la desconfianza de Diana.

—Una embarcación como el Britannia necesita la debida tripulación. ¿O imaginabas que yo me pasaría el día entero al timón mientras tú cocinabas espaguetis en la cocina?

—Y ¿por qué no? La idea me parece perfecta.

Al final, Carlos dejó de escribir.

—Diana, por favor, no seas ridícula. Como si supieras cocinar espaguetis. Tú misma has dicho que en los cursos de cocina preferías meter la cuchara en las cazuelas de los demás en lugar de hacer sopa.

—Pero para mí es importante tener a mi marido para mí sola. Cuando termine el crucero iremos directos a Balmoral.

—Es la tradición. Vamos todos los años a finales de verano.

—Pero ¿no se puede romper esa tradición?

—Diana, las tradiciones no se rompen. De hacerlo no serían tradiciones.

Le esperaban seis largas semanas con toda la familia: sus suegros, la reina madre, la princesa Margarita y sus dos hijos, la princesa Ana, los príncipes Andrés y Eduardo y un sinfín de amigos y conocidos o de gente importante. Por más que ella siempre hubiera deseado pasar tiempo con sus seres queridos, eso era demasiado.

—Allí no dispondremos ni de un solo minuto a solas.

—Naturalmente que sí. Y si no es allí, a más tardar cuando nos instalemos en el palacio de Kensington. Allí prácticamente estaremos solos.

—Allí irás de compromiso en compromiso.

Carlos había vuelto a ponerse a escribir. ¿Acaso la estaba escuchando? En un arrebato de travesura le quitó el diario y lo sostuvo en alto.

—¿Se puede saber a qué viene esto? —espetó él.

De pronto Diana tenía un sabor amargo en la boca. De entre las hojas habían caído fotografías. Se agachó para tomarlas.

—¿Tienes fotos de Camilla en tu diario?

—Esto no significa nada —aseguró Carlos. «Otra vez no», advertía su tono.

—Y las mancuernillas que te pusiste no hace mucho, durante nuestra luna de miel, tampoco, ¿no? —repuso furiosa Diana. Empezó a bullir peligrosamente por dentro de nuevo—. ¿Los de las dos ces entrelazadas, inseparables y lascivas como en un acto carnal? ¡No me tomes por tonta, Carlos! Sé que son un regalo de Camilla.

—Me acusas de ponerme unas inofensivas mancuernillas mientras tú coqueteas con marineros y cocineros en la cocina del yate. Incluso te paseas por las fiestas que celebra la tripulación en la cubierta inferior y tocas el piano en una habitación llena de hombres que hablan a voces. No creas que no me entero.

—¡No flirteo con la tripulación! Disfruto de su compañía porque me aburro —exclamó ella. Ahí estaba de nuevo, el trueno. Retumbando en su interior—. No te ocupas de mí. Ni siquiera te paras a pensar que podría hacerme daño que la llames el segundo día de nuestra luna de miel.

—En lo que respecta a Camilla, estás absolutamente paranoica —se quejó Carlos.

Ella misma se asustó al escuchar el sonido que emitió, a medio camino entre un grito y un gruñido. Debía alejarse de él, antes de que perdiese la cabeza por completo. Le dio con la puerta en las narices y echó la llave.

—¡Diana! —exclamó Carlos con aspereza. Siguió un momento de silencio, pero Diana presintió que él seguía allí—. Esto es absurdo. —Ahora su voz era más dulce—. Sal y habla conmigo como una persona adulta.

Ella se apoyó en la puerta de la habitación y cerró los ojos.

¿Cómo podía hacerle eso? Confiaba en él. Carlos era su hogar. El puerto en el que se sentía segura.

Era como cuando constató dolorosamente que su padre no era ningún héroe, sino un hombre normal y corriente, como todos los demás. Antes se le caía la baba con él. Lo admiraba. La tomaba en brazos sin esfuerzo y la sentaba en sus anchos hombros. Y para ella era el hombre más listo del mundo entero. Cuando le formulaba una pregunta, él siempre tenía una respuesta lista. «¿Quién era John Locke? Un hombre muy inteligente. ¿Por qué tengo que ponerme un vestido cuando mi hermano puede llevar pantalones? Para que parezcas una niña buena y estés guapa. ¿Por qué expulsaron del Paraíso a Adán y Eva? Porque Eva no se pudo contener y tomó una manzana del árbol de la ciencia del bien y del mal».

Después, un buen día, oyó por primera vez que le gritaba a su madre y la imagen del héroe se resquebrajó.

No obstante, aunque cada vez que se peleaban sus padres se refugiaba en su habitación con sus conejillos de Indias, llorando y temblando, se sentía engañada, porque su padre no era el que fingía ser y, sin embargo, ella siempre lo había hecho todo para que la quisiera. Los domingos se ponía los vestidos más bonitos para él y coqueteaba con su cámara.

Y ahora se veía obligada a reconocer que Carlos no era el príncipe azul que ella creía. Porque seguía teniéndola en la cabeza. A Camilla.

Debía desprenderse de una vez por todas de la sombra de Camilla, de lo contrario todo se iría al traste. Pero ¿cómo?

Se limpió las lágrimas de las mejillas con el dorso de la mano.

A continuación reparó en la revista que estaba en el tocador. El último número de *Vogue*. La modelo de la portada era muy delgada, perfecta, preciosa. Una mujer a la que no rechazarían nunca. Que tendría rendidos a sus pies a todos los hombres.

De pronto tuvo una idea.

—*C'est magnifique!* —exclamó Christian llevándose una mano al corazón con gesto teatral—. Qué bien va ese color con su piel aterciopelada. Como un melocotón con nata. Y esa caída de ojos. Lo que yo daría por tenerla.

Era uno de los estilistas que revoloteaban alrededor de Diana como diligentes abejas. Todos ellos eran extravagantes y alegres, lo opuesto a las personas del palacio.

Tras la luna de miel, Diana anunció que quería dejarse aconsejar en cuestiones de moda. La indignación fue grande y generalizada cuando se negó a colaborar con los estilistas del palacio de Kensington. Pero estaba harta del gusto frío y conservador de esa gente. Para el caso bien podía dejarse vestir por la abuela Fermoy.

En un abrir y cerrar de ojos tenía a un equipo de creadores de tendencias de *Vogue*, y ellos convirtieron para Diana una de las elegantes salas de redacción de Hanover Square en un paraíso con las creaciones de diseñadores más bellas.

Estaba rodeada de sedas, joyas brillantes, sombreros coloridos y estantes repletos de zapatos. ¿Qué había más bonito que ponerse preciosos vestidos y trajes, probar con otros estilos y redescubrirse de ese modo?

Sobre todo Anna Harvey, la directora de moda, demostró tener una excelente mirada para saber qué colores favorecían a Diana y qué cortes realzaban su figura esbelta, las largas piernas y el turgente pecho.

—En octubre efectuaremos una gira de tres días por Gales, nuestra primera gran aparición oficial de casados —le contó Diana—. Todo ha de ser perfecto, a fin de cuentas Carlos es el príncipe de Gales.

Anna asintió.

—Entiendo. Encontraremos algo. La idea es que llame la atención, pero no de manera excesiva.

—¿No es una paradoja? —inquirió risueña Diana. *Paradoja*, una palabra que había tomado de Carlos.

—Querida, las mujeres somos una paradoja. —Anna volteó a Diana, que llevaba un vestido de noche largo de seda clara, hacia el gran espejo—. Está deslumbrante. Y eso que el vestido solo acentúa lo que hay. El blanco destaca su inocencia, aunque el corte es refinado y moderno.

—Lo importante es que mi marido me encuentre sexy con él —musitó Diana absorta en sus pensamientos.

—¿Cómo no podría encontrarla sexy? —Anna sonrió—. La idolatrará. Está usted despampanante. Una princesa moderna. La gente caerá rendida a sus pies.

La víspera del viaje por Gales, Diana se hallaba de nuevo en el suelo del cuarto de baño. Intentaba asimilar lo que acababa de comunicarle el médico.

Estaba embarazada.

Contaba con que acabara sucediendo. A fin de cuentas, se esperaba de ella que trajera al mundo al siguiente heredero al trono. Pero ¡no ahora!

«No puede ser —pensó—. Si solo tengo veinte años».

Todavía estaba intentando acostumbrarse a su papel de esposa.

Y de princesa.

El traslado al palacio de Kensington la estaba sacando de quicio.

Varias veces al día se daba atracones de comida, después de los cuales se metía los dedos para vomitar.

Probablemente su marido la engañase.

Estaba al límite de sus fuerzas.

¿Cómo iba a llevar un hijo en el vientre?

Ni siquiera podía hablar del tema con sus amigas para pedirles consejo, ya que ni Carolyn, ni Virginia ni Anne habían estado embarazadas, ni siquiera estaban casadas.

De manera que no había candidata menos indicada para ser madre que ella. «Yo no. Por favor. Todavía no».

Y una vocecita le susurraba: «Tú sí».

Sentía un deseo profundo de engendrar un hijo, traerlo al mundo y criarlo. ¿Por qué? ¿Quería atar de ese modo a Carlos? ¿O necesitaba el calor de un niño en su vida, para no morir de frío en esos enormes palacios gélidos?

Se levantó y se miró en el espejo el rostro lloroso, enrojecido e hinchado. «¿Quieres tener un hijo? Pero si tú misma eres una niña aún. No sabes nada. Eres tonta, lo dice hasta tu marido. Allá donde vas llevas constantemente ese dolor en el pecho que te deprime. Si eres sincera contigo misma, sabrás que no te las arreglas en la vida».

«Entonces ¿por qué te hace tanta ilusión tener ese hijo?»

La respuesta: porque ya sentía por él un amor incondicional.

Y por eso también sería capaz de hacer que ese hijo fuese una persona estupenda.

Ya se veía cambiándole los pañales. Leyéndole cuentos para que se durmiera por la noche. Llevándolo al colegio. Sacando un pastel de cumpleaños al jardín, donde Carlos grabaría con una cámara de video a su hijo soplando las velas. Una familia de verdad, una familia feliz.

Quería esa vida.

Pero ¿la quería también Carlos? ¿Estaría a su lado cuando lo necesitara?

Por la tarde estuvo esperando un rato delante de su despacho. ¿Y si no se alegraba tanto como ella? Imaginó que estaba escribiendo un discurso y ella lo importunaba. Y él se enfadaba de nuevo.

Estiró la espalda, preparándose para todo. Llamó.

—Adelante —invitó él. Ya solo por el tono de su voz Diana supo que no quería que nadie lo molestara.

Cuando Diana entró, él levantó la vista del papel en el que estaba plasmando sus sabias palabras. Diana se llevó una mano al vientre y anunció:

—Estoy embarazada. Vamos a ser padres.

Carlos tardó un momento en asimilar la noticia. Después esbozó una sonrisa ancha, cada vez mayor, radiante, como ella no le había visto nunca, de oreja a oreja. Y entonces ella supo que su paraíso lo conformaban todas las palabras y cosas bellas capaces de arrancar una sonrisa así a su marido.

Se acercó a ella.

—¿Es verdad? Casi no me lo puedo creer. Es... es un regalo del cielo.

—Sí —convino ella, y sus manos se unieron.

## 16

—Todo el mundo sabe que normalmente los cuentos terminan cuando el príncipe y la princesa se casan. Y esa es una sensación que pudimos vivir en verano. Pero la pareja de cuento de Inglaterra va a seguir haciendo latir nuestros corazones —afirmó la impecable presentadora del programa matinal.

—Junto a su esposo, el príncipe Carlos, la princesa Diana en particular ha cautivado a miles de personas durante el viaje que están realizando por Gales —añadió el simpático presentador.

Diana se veía en televisión, o más bien veía una versión completamente distinta de ella. Una versión feliz y sin preocupaciones. La Diana de la pantalla tomaba la mano de una señora minusválida y la estrechaba con delicadeza.

—Debe de estar muerta de frío —comentó la mujer.

—Seguro que no tanto como usted —repuso compasiva la Diana televisiva.

Otra imagen la presentaba agachándose delante de una niña con trencitas para tomar un ramo de flores.

—*Diolch yn fawr* —agradeció Diana.

—¿No es conmovedor? —La presentadora se llevó una mano al pecho—. La princesa ha aprendido a dar las gracias en galés.

El embarazo le estuvo provocando molestias durante toda la gira por Gales. ¡Se sentía fatal! Y por si eso no fuera bastante, había estado lloviendo todo el tiempo. Pero al parecer los admiradores que atestaban las calles no se daban cuenta de lo gris y demacrada que estaba. Se había esforzado mucho para que Carlos estuviera orgulloso de ella. Incluso había pronunciado un discurso entero en galés. Ella, que antes se negaba vehementemente en las funciones escolares a asumir ningún papel en el que tuviera que hablar, por pequeño que fuera el texto. Pero ¿acaso había recibido por ello una sola palabra de alabanza por parte de la familia real? En la familia real se tomaba nota de todo pero en silencio. Sobre todo cuando se trataba de problemas. Se optaba por esperar a que acabaran solucionándose por sí solos. En ese momento Diana apenas pesaba cincuenta kilos. Y padecía insomnio desde hacía semanas. Para colmo, cuando lograba dormir, soñaba con Camilla.

Estaba cansada, muy cansada... Todo se le hacía cuesta arriba. Incluso las cosas más sencillas, como levantarse por la mañana. ¿Por qué no podía ser por la noche otra vez? Así podría quedarse en la cama sin más.

—Es muy distinta del resto de la familia real. —La voz de la presentadora devolvió a Diana al presente—. De cara a la multitud, la reina se muestra solemne y formal, pero también inaccesible. En cuanto a la princesa Ana, aunque abogue por el proyecto infantil Save the Children, ¿se le ha visto alguna vez durante sus numerosos viajes a África con un niño en brazos? No, que yo sepa. La princesa Diana, en cambio, se acerca a las personas».

La gira por Gales ha sido una de las últimas apariciones públicas del matrimonio —prosiguió la presentadora—. Desde hace algún tiempo la calma rodea a esta pareja de ensueño. Hace unas semanas las fotografías de los *paparazzi* por fin nos proporcionaron el motivo: la princesa está embarazada. Con el vientre visiblemente abultado, Diana disfrutaba con su esposo en las Bahamas.

Intercalaron una fotografía suya, en bikini, con el vientre de cinco meses. Otras instantáneas los mostraban a Carlos y a ella abrazándose y besándose. Por fin habían tenido tiempo para ellos solos. Pero no habían visto que James Whitaker, del *Daily Star*, y su compañero, el cámara Ken Lennox, se agazapaban en la playa con binoculares y un teleobjetivo y sacaban a escondidas unas fotos que ocuparon la portada del *Star*.

—Es posible que a una persona no le hagan mucha gracia estas fotos —continuó el presentador—: la reina. Es la primera vez que se fotografía de manera tan íntima a una persona del sexo femenino de la familia real.

«No hacer mucha gracia» era quedarse muy corto. Isabel había estado de un humor de perros. Incluso había efectuado una declaración en la que calificaba de «carente de estilo» esa intromisión en la vida privada de su nuera. «Cuando yo estaba embarazada de mis hijos, la prensa jamás se habría permitido un comportamiento así», refunfuñó. Por aquel entonces los periódicos se expresaban con vaguedad y escribían que la soberana se hallaba «en estado interesante». Nadie se habría permitido jamás fotografiarla en dicho «estado».

—¿Acaso no parecen dos enamorados en las fotos? —preguntó la presentadora exhalando un suspiro.

—Debo confesar que envidio a Carlos —admitió el presentador entre risas—. A mí también me ha robado el corazón la princesa.

Diana apagó la televisión. Sencillamente no le entraba en la cabeza. ¿Cómo era posible que personas desconocidas le profesaran un cariño tan incondicional? ¿Que recibiese infinidad de cartas del mundo entero? Si ella solo era Diana, antigua auxiliar de guardería. La única diferencia con respecto a antes era que ahora las personas la llamaban «señora» o «alteza» y le hacían reverencias.

Decidió ir a ver a Carlos. Ese fin de semana estaban en su casa de campo de Gloucestershire. Intentaba que le gustase

Highgrove, porque Carlos la adoraba. Pero, si bien había amueblado entusiasmada su nueva vivienda en el palacio de Kensington, le había costado lo suyo encargarse también de Highgrove. Pese a todo, había procurado conferir a la residencia del siglo XVIII un toque amable, juvenil. Quizá así se sintiera más a gusto en ella. Tanto los pasillos como las nueve habitaciones ahora eran de un suave tono coral, el salón de un refrescante verde claro y la sala de estar de un agradable amarillo pastel. Había hecho tapizar todos los muebles con una indiana clara. En el recibidor había alfombras orientales, y cuadros de la colección real adornaban las paredes del salón oficial.

Aún era temprano y Carlos probablemente siguiera en el cuarto de baño del dormitorio. El leve chapoteo le confirmó que su marido estaba en la bañera. Justo cuando iba a llamar, oyó su voz: «Yo también cuento las horas que faltan».

Esa añoranza en su voz... «No. Otra vez Camilla no. Por favor, no».

«Pase lo que pase, siempre te querré».

Diana dejó caer la mano.

Sentía las piernas como de goma.

Era incapaz de pensar con claridad. Todo le resultaba sumamente confuso.

En el dormitorio hacía mucho frío. Claro que la ventana estaba abierta.

Una silla... tenía que sentarse... Fue avanzando a tientas hasta la cama.

No sabía cuánto tiempo había pasado cuando Carlos salió del cuarto de baño en ropa interior.

—Ah, me alegro de que estés aquí. En mi escritorio hay unas cartas que debes firmar. Y mi madre va a venir con mi abuela a Highgrove. Desconozco el motivo. —Extendió los brazos y, como salido de la nada, apareció su mayordomo para ayudarlo a ponerse la camisa—. Tal vez quiera hablar del próximo fin de semana en el castillo de Balmoral.

—No quiero ir otra vez a Balmoral —dijo Diana en voz baja—. Acabamos de estar allí.

—Sé razonable, Diana. Es el deseo de la reina. ¿Por qué te opones siempre a ir?

Para ella Balmoral significaba marchas forzadas por el páramo escocés y a continuación un pícnic con la familia. Significaba agotadoras cenas de gala con ilustres caballeros entrados en años. La peor parte de esas cenas siempre era tener que seguir sentada hasta que los gaiteros reales terminaban de dar la vuelta a la mesa tocando melodías escocesas tradicionales, la señal para que las damas dejaran a los caballeros a solas con su vino de Oporto y sus cigarros puros. Pero ni siquiera entonces podía plantearse uno escapar, al menos no hasta que la reina se retirase, y la mayoría de las veces eso solía ser alrededor de medianoche. Después Diana a menudo debía quedarse hasta las dos de la madrugada para escuchar los viejos éxitos que la princesa Margarita tocaba al piano.

A Diana le caía bien Margo. Pese a ello, muy rara vez hacían algo juntas, aunque daba la impresión de que la hermana de la reina se aburría. Durante el día a veces se pasaba horas a solas en su habitación, pegando fotografías en sus álbumes. Además, llovía sin parar todo el tiempo. Sí, en Balmoral incluso reírse estaba prohibido. En los Juegos de Braemar, Carlos se permitió hacer una gracia. Cuando una vez más una banda de gaiteros tocó el himno nacional, él se inclinó hacia ella y le dijo al oído: «Están tocando nuestra canción». Diana soltó una carcajada y la reina les dirigió una mirada furiosa.

—Estoy agotada de tantos compromisos y obligaciones, Carlos. Necesito descansar. Y en Balmoral hace muchísimo frío. Si quiero encender la calefacción, tu madre replica que me ponga otro suéter.

—Deberías tener cuidado con lo que dices de la reina —le advirtió Carlos con una mirada severa mientras se ponía el pantalón que le ofreció Stephen.

Pero era demasiado tarde, las compuertas se habían abierto, y ahora ya no había quien la parara.

—Estoy cansada de tener que funcionar de manera ininterrumpida. ¿Cómo me voy a relajar con tu familia si siempre me están reprochando los errores que cometo?

—Son imaginaciones tuyas.

—Claro, igual que son imaginaciones mías la aventura que tienes con Camilla.

No lo había podido evitar.

La mirada de Carlos fue una advertencia: «No empieces otra vez con eso».

Diana tomó aire con fuerza e intentó decir con la mayor tranquilidad y circunspección del mundo:

—He oído lo que acabas de decirle por teléfono.

—Stephen, por el amor de Dios, ¿dónde están las mancuernillas? —preguntó Carlos a su mayordomo. Y después le dijo a Diana—: No sé de qué me hablas.

—Le has dicho que la quieres. —Diana sentía que estaba a punto de estallar.

—Estás completamente histérica. —La violencia de su tono la hizo estremecer. Pero para entonces Diana ya sabía lo irascible que podía ser su marido. Durante la última pelea incluso había roto el cristal de una ventana cuando, furioso, lanzó una silla contra él—. Estoy harto de que siempre te estés quejando. —Volvió deprisa al cuarto de baño para mirarse al espejo y enderezarse el cuello de la camisa—. ¿Es que no puedes comportarte como una persona normal y corriente?

El espejo estaba empañado del vaho. Por él corrían gotas que parecían lágrimas. Se respiraba un fuerte olor a acacia, las sales de baño preferidas de Carlos.

«Compórtate».

Imposible. ¿Acaso su marido no se daba cuenta de lo desesperada que estaba? Algo se rebeló en ella con una fuerza que le dio miedo. Apenas podía respirar.

—¡No estoy histérica! Solo me gustaría que me escucharas de una vez. —Entonces reparó en la navaja de afeitar. Y de pronto la tenía en la mano. Se acercó la afilada hoja al antebrazo y de su piel brotó sangre—. ¿Y ahora? ¿Me tomarás en serio? —se oyó decir.

Carlos tenía un comentario malicioso en la punta de la lengua cuando se volteó hacia ella, pero entonces reparó en la sangre que goteaba sobre las baldosas blancas. A sus ojos asomó el pánico. Tomó una toalla y le presionó con ella el brazo.

—Me siento sola e infeliz —musitó Diana.

Dos instantes y él ya había recobrado la compostura.

—Y yo estoy harto de tantos dramas. Lo que intentas hacer con esto es chantajearme. Como aquella vez, cuando te tiraste por la escalera delante de la reina. Tienes tanta necesidad de recibir atención que incluso te permites dañar a nuestro hijo, el sucesor al trono.

Dicho eso, la dejó plantada.

—¡¿Adónde vas?!

—¡Al jardín! —bramó él—. Stephen, ocúpese de mi mujer.

Acto seguido cerró dando un portazo.

—No, más a la derecha, lejos del boj —resonaba con fuerza la voz de Carlos en Highgrove—. A mi derecha, naturalmente.

Diana lo veía en la puerta de la casa, dando indicaciones a los jardineros con ayuda de un megáfono. Todo debía ser exactamente como él lo tenía en mente. Se pasaba horas deambulando por la propiedad, revisando cada brizna de hierba, consultando libros o buscando inspiración en otros jardines que Diana se veía obligada a visitar con él.

Estaba en la cama, acariciándose el redondeado vientre y viendo la televisión. Estaba *Vacaciones en Roma*.

A esas alturas odiaba las películas de amor. Cuando veía una por televisión, sentía añoranza y envidia, como si ojease fotografías de una fiesta a la que no la habían invitado. Intentaba convencerse de que esas historias románticas eran inventadas y, por tanto, no reales; pero, aun así, sentía la punzada de la envidia. Escuchó con ojos brillantes las cursilerías de Audrey Hepburn y Gregory Peck hasta que no pudo más y apagó el aparato.

Se levantó con esfuerzo y se acercó a la ventana. En ese preciso instante llegó un coche. Isabel y su madre eran de una puntualidad extrema.

—Carlos —saludó la reina a su hijo. ¿Cómo podía un abrazo ser algo tan rígido y formal? «Acabemos con esto cuanto antes», daba a entender.

Carlos tomó las manos de su abuela, que llevaba un conjunto de color turquesa con el sombrero a juego y soberbias perlas.

—Abuela, tú como siempre tan elegante —la alabó.

—Ay, eres un adulador. —La anciana soltó una risita y ladeó la cabeza. Lo hacía a menudo, como si fuera una niña pequeña, y eso que tenía nada menos que ochenta y tres años.

—¿Estás solo? —preguntó Isabel.

—Diana no se encuentra bien.

Diana se miró el vendaje que llevaba en la muñeca. Así no se podía presentar ante las dos mujeres.

—¿Todavía no? Qué lástima —comentó Isabel.

—Es muy sensible —adujo él con vaguedad.

Diana se puso los flats y bajó sin hacer ruido al comedor. Cuando era adolescente espiaba con frecuencia a sus padres cuando se peleaban, así que sabía cómo hacer para que no la descubrieran. El instinto le decía que la reina y la reina madre no los iban a visitar sin un motivo de peso, y ella quería conocer ese motivo.

Carlos condujo a ambas a la terraza, desde donde se disfrutaba de unas vistas espectaculares: el largo camino flanqueado de imponentes tejos que llegaba al palomar que le había regalado el sultán de Omán.

—Has creado aquí un auténtico paraíso —afirmó encantada la reina madre mientras olfateaba el aire con fruición.

Diana debía admitirlo: era verdad, en el jardín de Carlos olía de maravilla. Aquí a rosa, allí a espliego, un poco más allá a salvia...

—Gracias —repuso Carlos, lanzando un suspiro; tomó una margarita africana y se la puso en el sombrero a su abuela—. Ojalá Diana pudiera ver todo el amor y el tiempo que invierto en esta propiedad.

Lo veía. Era consciente de todo el amor y el tiempo que él invertía en Highgrove y deseaba que invirtiera ese mismo amor y tiempo en ella. Pero viajaba tanto...

Carlos había hecho plantar un jardín de rosas y un *cottage garden* detrás de la casa, por cuyos muros trepaba la enredadera. Además, había hecho resurgir el huerto cercado, que con el tiempo se había cubierto de maleza. En él crecía una colorida mezcla de hortalizas, hierbas aromáticas y frutales. Después estaba la extensa pradera, en la que Carlos plantaba toda clase de flores. «Quiero un aluvión de flores, como en *La primavera* de Botticelli», decía. Enormes ánforas con plantas y esculturas de Carlos y distintos amigos y mentores ornaban el jardín, entre ellas, cómo no, también una escultura de su venerado Laurens van der Post.

«Y todo aplicando los principios de la horticultura ecológica. Con mezclas de abonos naturales de estiércol líquido y compost, claro está», contaba Carlos.

Diana compadecía a las dos mujeres. La cantidad de veces que había tenido que oír esa charla. Tampoco Isabel daba la impresión de estar especialmente interesada en las explicaciones de su hijo; la reina madre, en cambio, escuchaba con atención y formulaba preguntas.

—Las técnicas de explotación a escala industrial son extremadamente inquietantes y deprimentes —afirmaba él—. Yo pretendo introducir razas de animales útiles poco comunes y animar a mis trabajadores a que utilicen caballos y guadañas. Quiero prescindir por completo de abonos químicos y pesticidas.

Además, una de sus consejeras botánicas, Mollie Salisbury, le había recomendado que hablara con las plantas.

—Creo que incluso me contestan —aseguró él.

—Vamos, Carlos, no seas ridículo —le espetó Isabel bajándole los humos y espantando un insecto que zumbaba delante de su cara.

—No es ridículo —repuso Carlos haciendo pucheros—. Mis plantas han crecido un maldito trozo más porque así se lo he indicado. Siento que soy un hombre que tiene una misión. Me impulsa una sensación de urgencia.

—¿Ah, sí? —Isabel enarcó las cejas—. Cuánto me alegro. Solo espero que con esto no olvides cuál es tu verdadera misión.

—Ser el futuro rey. —Carlos exhaló un hondo suspiro y entrelazó las manos a la espalda.

—Y un buen esposo para tu mujer —añadió su madre.

—Pero ¿no debería apoyarme Diana? ¿No debería respaldarme? —se quejó Carlos—. Y en lugar de hacer eso, a menudo se pasa el día entero en la cama. Se echa a llorar en un dos por tres, hace pucheros, arremete contra mí a las primeras de cambio o... —No lo pudo decir.

La reina madre se agarró de su brazo y le acarició la mano para animarlo.

—¿Siguen tan mal las cosas como me decías en tu carta?

Carlos asintió.

—Incluso peor. Si un día pienso que las cosas mejoran entre nosotros, el siguiente me doy cuenta de que se encierra aún más en sí misma. La verdad es que no la entiendo.

—Lo que dices ciertamente parece agotador —opinó la reina madre.

Carlos tomó aire y continuó un tanto más calmado:

—He intentado animarla. Estaba convencido de que le sentaría bien ampliar sus horizontes, por eso le pedí al director de Eton que le enseñase nociones de poesía y de Shakespeare, pero ha sido en vano, una pérdida de tiempo. Su desinterés intelectual es manifiesto. A veces tengo la sensación de que rechaza por puro despecho todo lo que a mí me divierte. ¿Por qué no monta a caballo, aunque solo sea por mí?

El motivo por el que Diana se negaba a cabalgar con Carlos era Camilla. Diana sabía que nunca montaría tan bien como la amante de su marido.

—Y su aversión a Highgrove y Balmoral. Traje a Diana aquí porque pensé que la naturaleza le haría bien. De hecho, ella siempre dice que es una hija de la naturaleza. Pero prácticamente no sale de casa y se encierra.

—Tal vez le guste más la ciudad —aventuró Isabel—. A fin de cuentas, es joven y, que yo sepa, todos sus amigos viven en Londres.

Con eso dio en el blanco. Londres era su hábitat natural. La metrópoli era joven y moderna, y allí Camilla nunca llevaría la voz cantante con su desenfadada ropa verde musgo. En

Highgrove o Balmoral, Diana pasaba las largas tardes con su *walkman* Sony en las sofocantes salas mientras Carlos salía de casa a las nueve y media de la mañana para ir de caza vestido de *tweed* gris verdoso o mataba el tiempo pescando o delante del caballete.

—¿Por qué no invita a venir aquí a alguno de esos amigos o hace nuevas amistades? —planteó la reina madre.

Carlos hizo un movimiento de mano que probablemente significara: «Qué sé yo».

—Eso también es un enigma para mí. Por lo visto tiene aversión a todas mis amistades. Siempre que tengo invitados, se sienta a la mesa con cara de malhumor, apenas dice esta boca es mía y me lanza miradas huranas.

¿Cómo lo iba a mirar, si no se le permitía sentarse junto a su marido? Y Carlos ni se planteaba faltar a la etiqueta, de manera que Diana se veía obligada a sentarse al lado de aristócratas envarados y escuchar durante horas las peroratas del príncipe Felipe sobre los maliciosos sindicatos o los vehementes relatos de la princesa Ana sobre la caza del día. Y a sus amigas no las quería invitar porque se avergonzaba. De lo mal que estaba llevando la situación. En lugar de florecer de pura dicha durante su embarazo, Diana se sentía sobrepasada. Pequeña. Sola.

—Sé indulgente con ella. —Isabel intentó tranquilizar a Carlos—. Con el tiempo se adaptará a su nueva vida.

—Camilla opina que es la diferencia de edad.

La reina madre asintió.

—En eso estoy de acuerdo con Camilla. Diana aún es muy joven, y en cambio tú siempre fuiste muy maduro para tu edad.

—La señora Parker-Bowles debería ocuparse de su propio matrimonio —terció Isabel—. El tuyo no es de su incumbencia.

—No empieces tú también con eso. A Diana le exaspera mi relación con Camilla. Todos mis amigos dicen que está histérica.

—¿Hablas de los amigos que juegan al polo y que los conocen a Camilla y a ti desde hace años? —apuntó Isabel—. ¿Los amigos que salen de caza con ustedes dos desde hace siglos?

Carlos suspiró pesadamente.

—Confío en su opinión. Y no me puedo pasar el día entero cuidando de Diana como si fuese una niña pequeña. Tengo cosas más importantes que hacer.

—¿Ah, sí? Ahora que estoy aquí más bien tengo la impresión de que te ocupas únicamente de plantar un bonito jardín... o del bienestar de la señora Parker-Bowles.

Carlos guardó silencio e Isabel también.

La reina madre los miró a ambos y escogió sus siguientes palabras con cautela.

—Tal y como yo lo veo, están pasando por una mala racha los dos, tanto Diana como tú. Pero no olvides que primero se tienen que llegar a conocer y acostumbrar el uno al otro. Y todos los matrimonios pasan por malas rachas. Como bien sabes, mi querido Alberto, el rey Jorge VI, que Dios lo tenga en su gloria, sufría un severo defecto del habla en sus apariciones públicas, una acusada tartamudez. En su día lo puse en contacto con el logopeda australiano Lionel Logue, que lo trató con éxito hasta que subió al trono. En un matrimonio hay que apoyar al otro, pase lo que pase.

Tras permanecer callado un instante, Carlos dijo:

—Dada la delicada situación en la que nos encontramos, probablemente una persona ajena a nosotros podría garantizarnos la mejor ayuda. Por eso he decidido que Diana vaya a ver a un psiquiatra en Londres.

—¿Un psiquiatra? —repitió la reina madre llevándose una mano a la boca. No era eso lo que quería conseguir con sus palabras.

—¿Es preciso? —preguntó Isabel consternada.

—No sé qué otra cosa podría hacer. Le pedí a mi buen amigo Laurens van der Post que se encargara de Diana, pero también se cerró con él.

—Seguro que solo es una desavenencia temporal —opinó Isabel—. Un desagradable efecto secundario de un embarazo agotador.

—Pero estoy preocupado por ella. Por nuestro hijo.

La reina mantenía la vista al frente, como un general.

—Nuestra familia nunca ha recibido tratamiento.

—Eso no es cierto. La tía Margarita...

—Eso fue una excepción —interrumpió la reina a su hijo—, porque después de sufrir la apoplejía se sentía ligeramente debilitada. Mandar a tu mujer a un psiquiatra me parece más bien el acto de un marido que se siente culpable.

Carlos puso cara triste.

—Mis intenciones con Diana son buenas. Sinceramente, no sé qué otra cosa puedo hacer.

—¿Ah, no? Sabes que no es muy de mi agrado inmiscuirme en los asuntos de los demás, pero en este caso me veo obligada a hacer una excepción. El matrimonio de tu hermana está acabado, Carlos. Solo es cuestión de tiempo que los medios se abalancen sobre él, lo cual dañará la imagen de nuestra familia y, por tanto, también la de la monarquía.

—Y nuestra reputación todavía se resiente del escándalo que protagonizó Eduardo... —recordó la reina madre a su hija y su nieto.

Eduardo era el hermano de Alberto, el esposo de la reina madre. En realidad era él el sucesor al trono, pero prefirió casarse con una americana que se había divorciado dos veces. El gobierno británico, sin embargo, se negó a aprobar este matrimonio, de manera que, al cabo de tan solo once meses en el trono, Eduardo renunció a la corona y abdicó.

—Tu abuela tiene razón —convino Isabel—. La salud de la monarquía es frágil. Por eso te pido que tomes las riendas de tus problemas conyugales. —Carlos bajó la mirada, como si capitulase—. Aunque no lo apruebo, si crees que lo mejor es que Diana acuda a un psiquiatra, no me opondré —terminó Isabel.

De ese modo quedó sellado el destino de Diana.

No tardó en verse en el diván de la consulta del doctor McGlashan, un conocido de Laurens van der Post. Estaba cansada y nerviosa, porque había estado toda la noche en vela, practicando para sus adentros lo que podía decir. O lo que era mejor que dijese.

Era un diván muy blanco, a decir verdad todo en la consulta era de tonos claros, casi aséptico. Diana procuró sentarse lo más recta posible. Unió las manos en el regazo. Delante, en la mesita, tenía un vaso de agua sin gas, y al lado un paquete de pañuelos de papel.

El doctor McGlashan se había sentado frente a ella, en una butaca de piel blanca cuyo asiento estaba algo desgastado. Llevaba una corbata de colores de dudoso gusto y una loción para después del afeitado muy penetrante. Tras él se alzaba una estantería llena de libros y diplomas enmarcados. Cruzó las piernas, la pluma estilográfica suspendida sobre la libreta encuadernada en piel, que apoyaba en la rodilla derecha, lista para dejar constancia de Diana y sus preocupaciones en el papel.

—Bien —dijo, y sonrió entrecerrando los ojos, como si el sol lo cegara.

«Habla tranquilamente y con seguridad —se ordenó Diana—. Pórtate como una persona adulta».

Le contó lo frío que solía ser Carlos con ella. Que tenía miedo de perderlo, de perder todo lo que le importaba. Le habló de su sueño, en el que veía a una niña pequeña sentada en una escalera de piedra y de pronto llegaba alguien que le tendía la mano a la niña para ayudar a que se levantara, pero ella nunca veía quién era ese alguien. Tampoco sabía si la niña tomaba la mano.

La vehemencia de sus sentimientos la arrolló, como si en ella se hubiese abierto una compuerta. Rompió a llorar con desenfreno, era incapaz de pensar con claridad, de expresarse. Y ello la hizo enfadar. Se enfadó consigo misma por encontrarse en ese estado, pero no sabía cómo salir de él.

El doctor McGlashan respiró hondo, expulsó el aire y dijo:

—Diana, creo que es usted consciente de que se encuentra atrapada en su papel de víctima. En usted anida una furia que no es capaz de controlar.

Tenía la sensación de estar encerrada en una vitrina. Las personas veían desde fuera que aporreaba el cristal y chillaba, pero no la oían. ¿Le pasaría algo en la cabeza después de todo?

El doctor McGlashan anotó algo en la libreta con la pluma. Detrás colgaban nada menos que seis títulos, Diana los había contado.

—Le prescribiré un medicamento inocuo que acallará esos demonios incontrolables que causan estragos en usted —resolvió.

Por la noche, después de cambiarse en el cuarto de baño para meterse en la cama, Diana sacó los tranquilizantes de la bolsa. Carlos volvía a estar a saber dónde, en cualquier caso no con ella. Tomó un comprimido del blíster y observó la pastillita redonda que tenía en la palma de la mano. Quizá en realidad todo fuese muy sencillo. Quizá acabara integrándose en el sistema y pasara a ser un pequeño engranaje en la maquinaria real, sonriendo automáticamente, y al final todos se sintieran satisfechos con ella.

Curiosamente las palabras que había confiado al doctor McGlashan aún resonaban en su cabeza. «Algo no va bien en mi vida. Me siento intranquila y frustrada. Creo que mi vida tendría que ser mucho mejor. Me veo con mis amigas en la cama, desternilladas de risa. Me veo cantando a todo pulmón el último éxito de Duran Duran en la regadera. Me veo por la noche saliendo de un bar ligeramente achispada. Y me veo siendo besada apasionadamente por un hombre que me desea, por mi marido. Quiero bailar, cantar y reír, y a ser posible todo a la vez».

Le vinieron a la cabeza los preciosos vestidos que tenía en el armario. Las exquisiteces que podía comer en platos dorados. La cama con dosel en la que dormía por la noche y los muchos países que visitaría. Se dijo que debía estar agradecida. Tenía una buena vida que era la envidia de muchas mujeres. Estaba loca por desear otra cosa, por desear más. Algo que quizá ni existiera, algo que le hacían creer a una las películas, todas esas producciones de Hollywood que no podían estar más equivocadas.

Pero entonces vio sus ojos reflejados en el espejo y acto seguido tiró la pastilla al lavabo y abrió el grifo.

«Diana, no estás loca —le dijo su mirada—. Eres una mujer joven y sedienta de vida. Tienes todo el derecho del mundo a perseguir tus sueños».

# 17

*1982*

—«Inglaterra entera ebria de triunfo patriótico —leyó Carlos en el periódico—. Después de que el ejército británico lograra hace escasos días expulsar de las islas Malvinas a Argentina, que ocupó el territorio británico sin previo aviso, ayer, 21 de junio, llegó al mundo el sucesor al trono británico».

Carlos, que estaba sentado a un lado de la cama de Diana en el hospital, ofreció el diario a su madre, sentada en el lado opuesto. Naturalmente, a la primera a la que se le permitió la entrada en la habitación fue a Isabel.

—Gracias a Dios no tiene las orejas de su padre —comentó, dando rienda suelta al humor típicamente seco de los Windsor.

Todos rieron, aliviados, dichosos y completamente hechizados por el mágico momento. A partir de entonces todo iría bien.

—Lo que no termino de entender es por qué has tenido que venir a un hospital para dar a luz. —Isabel seguía con lo mismo. Su mirada vagaba por la habitación, por el grabado barato de un paisaje, las cortinas descoloridas, las sillas de plástico—. Todas las Windsor han traído al mundo a sus hijos en uno de los palacios reales. Y ni una sola de ellas se ha dejado inducir el parto.

Diana no soportaba más la presión a la que la estaba sometiendo la prensa. Ya no había otro tema. «La princesa Di sufre náuseas matutinas». «¿Será niño o niña?» E incluso: «La verdad que esconde su sonrisa triste: ¿tiene ya la princesa Di el *baby blues*?».

—Pero todo ha salido bien —contestó ella exhausta. El parto había durado la friolera de dieciséis horas y la había llevado al límite de sus fuerzas. Seguro que Isabel no lo decía con mala intención, pero ¿por qué no le concedía ahora un poco de paz?

Diana contemplaba feliz a su hijo, que dormía apaciblemente contra su pecho. Ahí estaba su regalo del cielo. El milagro que había llevado nueve meses en su vientre.

—¿Quieres cargar a Guillermo? —le preguntó a Carlos.

Durante un segundo él pareció inseguro.

—Sí...

Diana le puso en brazos a su hijo.

Cuando lo cargó, tenía lágrimas en los ojos, que sin embargo reprimía valientemente.

—Doy gracias por haber podido estar a tu lado en todo momento.

También los ojos de Diana se habían humedecido, pero al mismo tiempo sentía opresión en la garganta. «Si tan agradecido estás por haber podido estar presente en el nacimiento de tu hijo, ¿por qué tuve que suplicarte que lo hicieras? ¿Por qué te mostraste dispuesto solo a regañadientes a bajarte del caballo en el partido de polo y fijar una fecha para que me indujeran el parto?» Felipe incluso defendió a su hijo:

—Diana, por favor —dijo lanzando un suspiro—. No es habitual que un varón de la familia real esté presente en el parto.

Ella no se dio por vencida.

—Pues eso es algo que va a cambiar.

Carlos sostenía a Guillermo como si fuese frágil.

—He... Me he sentido completamente implicado durante el parto —balbució.

El comentario hizo reír a Diana.

—Ay, Carlos...

—Bueno, el deber me espera. —Isabel se levantó de la silla—. En cuanto Diana salga del hospital, concertaremos la sesión con el fotógrafo y planificaremos el bautizo. Les aconsejo que disfruten de la calma que precede a la tormenta. Cuando se quieran dar cuenta, la veda habrá terminado, y su primer viaje oficial a Australia y Nueva Zelanda está a la vuelta de la esquina.

Diana se mareó. Se vio rodeada de rígidos asesores del palacio de Buckingham que le recomendaban el tipo de letra adecuado para escribir las invitaciones del bautizo.

Carlos había empezado a tararear una canción de cuna mientras admiraba los minúsculos dedos de su hijo. Diana sintió una agradable sensación de calidez.

—¿Vienes, Carlos? —preguntó Isabel.

—Sí, claro, madre. —Carlos le entregó con cuidado a Guillermo, le acarició a su esposa el sudado cabello y finalmente salió detrás de su madre.

Diana besó a su hijo en la cabecita recubierta de pelusilla. Haría lo que fuera necesario para que tuviese una infancia lo más normal y llena de afecto y amor posible, se juró a sí misma. Aunque para ello tuviera que pelear como una leona.

# 18

—¡Carlos! —exclamó Diana mientras iba a buen paso por el pasillo. Al llegar a su despacho, llamó a la puerta.

No contestó nadie, y eso que se oía hablar a gente. Diana abrió la puerta con cuidado. Carlos estaba sentado a su mesa, tras él Edward Adeane, su secretario privado.

—¿Qué ocurre? —preguntó enervado.

—Prometiste tomarte más tiempo para pasarlo con Guillermo.

Nadie había preparado en modo alguno a Diana para lo agotador que sería ser madre. En cierto modo, ella pensaba que su vida sería más o menos como antes, solo que ahora serían una joven familia. Al principio sus amigas iban a visitarla, pero la mayoría de las veces estaba hecha polvo, tenía manchas de leche en la ropa, no se había bañado, caminaba por la habitación con Guillermo para calmarlo o le daba el pecho mientras Carolyn, Anne y Virginia le hablaban del trabajo y se les notaba que, en realidad, preferirían estar con sus compañeros en un bar, tomando una copa después de terminar la jornada. Sus amigas no tardaron mucho en suspender las visitas. Y en cierto modo a ella también le parecía bien. Sencillamente no tenía fuerzas para charlar, reír o tan siquiera escuchar.

Aquello mejoraría pronto, se decía, los principios de cualquier cosa siempre eran duros. En absoluto: incluso había empeorado. Para entonces volvía a sufrir insomnio, lo cual era absurdo, porque de todas formas Guillermo apenas la dejaba dormir por las noches. Despertaba antes de que saliera el sol, con aspecto deplorable y al mismo tiempo completamente despierta. Se iba arrastrando como podía durante el día y se limitaba a asentir cuando le decían: «A mediodía tienes que estar en tal sitio» o «No olvides que esta tarde...».

—¿Por qué no se ocupa la niñera de él por la noche? —era todo cuanto decía Carlos al respecto.

—Porque yo soy su madre —contestaba ella—. Es mi obligación reconfortar a Guillermo cuando no se encuentra bien.

«Y la tuya», pensaba.

Carlos solo había bañado a Guillermo una única vez, y desde entonces se jactaba del padre sacrificado que era. En cambio, a nadie interesaba que Diana ya se hubiese metido un centenar de veces en la bañera con Guillermo.

—Tu agenda está más llena que nunca —se quejó ella poniéndose las manos en la cintura—. Tendrás que anular algo.

Diana no estaba segura de si Carlos la había escuchado; sea como fuere, no decía nada. Ni siquiera apartó la vista de la televisión.

El señor Adeane contestó en su lugar.

—Imposible. De lo contrario la opinión pública podría tener la impresión de que el príncipe de Gales descuida sus obligaciones.

—Conque sugiere usted que es mejor que descuide a su hijo y a su mujer, ¿es eso?

—Bueno, es que es el príncipe de Gales —recalcó el señor Adeane levantando la barbilla—. Y con esto solo quiero decir que tiene ciertas obligaciones que por desgracia son prioritarias.

«No me extraña que sea usted un solterón empedernido», pensó Diana. Carlos levantó la mano para pedirles que guardaran silencio.

—Si resultara usted elegido, uno de sus primeros actos oficiales sería dar la bienvenida a Australia al príncipe Carlos y la princesa Diana, así como al pequeño príncipe Guillermo —decía el presentador en televisión—. ¿Le entusiasma la perspectiva?

—Bien, no es lo que considero más importante dentro de mis funciones, si, en efecto, saliera elegido —replicó su interlocutor. En la parte inferior de la pantalla apareció sobreimpresionado su nombre: «Bob Hawke, candidato a la presidencia del Partido Laborista Australiano»—. Ya he tenido ocasión de conocer a Carlos —añadió el señor Hawke—. Es un tipo agradable.

—«Un tipo agradable» —lo imitó Carlos—. ¡Soy el futuro rey!

—Pero, a mi modo de ver, eso no cambia que en algún momento nos acabemos desprendiendo del cordón umbilical de la monarquía —prosiguió el señor Hawke.

—¿Quién es? —quiso saber Diana.

—En las próximas elecciones en Australia, Bob Hawke se enfrenta al primer ministro en funciones Malcolm Fraser —contestó el señor Adeane.

—¿Qué tiene en contra de nosotros?

El señor Adeane frunció los labios, como si hubiese planteado una pregunta tonta.

—Bueno, es republicano. No se lleva muy bien con la monarquía.

Carlos puso los ojos en blanco.

—Casi no entiendo lo que dice.

—Respeto y admiro profundamente a la reina —subrayó Bob Hawke—, pero desearía tener un jefe de Estado que represente los valores y las tradiciones de Australia. Un jefe de Estado que sea como nosotros, que hable como nosotros, que piense como nosotros. Pese a sus buenas intenciones, no es australiano y no ha sido elegido, este no es su sitio.

Carlos se frotó la frente.

—Apague la televisión.

El señor Adeane obedeció.

—En Canberra se han organizado protestas por los elevados gastos del próximo viaje —contó.

Al menos dio la impresión de que Carlos tampoco lo escuchaba a él. Frunció el ceño:

—Estudié durante medio año en el Outback australiano. Participé en marchas a campo traviesa con un calor abrasador, escalé cumbres y pasé noches en el desierto en un saco de dormir. Me enamoré de ese país agreste. ¿Cómo puede decir que no sé cómo piensan los australianos?

—Confiemos en que no gane las elecciones —dijo el señor Adeane.

A Diana le habría gustado ser de ayuda. O al menos decir algo inteligente, unas palabras de ánimo. Pero no sabía nada del tal Bob Hawke ni de las probabilidades de ganar que tenía.

A todas luces tenía bastantes, ya que unos días después ganó las elecciones y se convirtió en el nuevo primer ministro de Australia. Apenas se dieron a conocer los resultados, Carlos y Diana recibieron una invitación para tomar el té en el castillo de Windsor.

Justo cuando entraban en la antecámara, un hombre joven y gallardo, que vestía el uniforme de oficial de la Marina, salía de la sala de recepciones de la reina.

—¡Andrés! —lo saludó Diana con efusividad. Se alegraba de verlo. Con su aire desenfadado, el hermano pequeño de Carlos casi siempre conseguía animarla un tanto.

Sin embargo, no así ese día, ya que estaba tan furioso que tuvo que mirar dos veces para reparar en Guillermo, en brazos de Diana. Pero entonces su rostro se iluminó de inmediato.

—Hola, Di; hola, pequeño Guillermo. —El cariñoso apodo lo había tomado de Diana. A su hermano mayor lo saludó con una inclinación de cabeza—. Carlos.

—Me alegro de volver a verte —aseguró Diana. La mayoría de las veces Andrés estaba en alta mar, lejos del palacio de Buckingham, con sus rígidas cenas y recepciones. Diana lo había envidiado por ello más de una vez.

—Por desgracia me tengo que volver a ir. En realidad, ahora mismo debería estar en el océano Atlántico, pero si mi madre dice que quiere ver a su tercer hijo, como es natural se mueven todos los resortes para satisfacer su deseo.

—Ahórrate el sarcasmo —lo reprendió Carlos—. Tendrías que dar gracias por que te permitan llevar esa vida licenciosa, con todas esas fiestas y chicas frívolas. Aunque en la línea de sucesión al trono solo ocupes el cuarto lugar, representas a la monarquía.

Ah, conque se trataba de eso.

—Koo no fue solo una aventura. Me gustaba de verdad.

La forma de decirlo de Andrés le llegó al alma. Koo había sido su primera relación seria, como él mismo le había confiado.

—Claro, a fin de cuentas era modelo y posaba desnuda.

—Era actriz —replicó él.

—¿Acaso no es lo mismo hoy en día?

Andrés se llevó las manos a la frente y negó con la cabeza.

—Acabo de tener la misma discusión, y no tengo ninguna intención de mantenerla también contigo. Diana, es un placer verte. —Dicho eso se marchó.

—Cuánto me alegro de que hayan venido —los saludó Isabel como si no hubiera pasado nada—. Vaya, y han traído a Guillermo. —Su mirada lo decía todo. Y una vez más Diana deseó poder ir a alta mar con Andrés.

—No se preocupe, no molestará —prometió—. A esta hora casi siempre está dormido.

Al menos Felipe le dedicó un instante a Guillermo pasándole el dedo índice por las manitas, que descansaban con suavidad en el pecho de Diana.

—¿Has sugerido a Andrés que ponga fin de una vez por todas a su relación con esa modelo? —preguntó Carlos a Isabel.

—Solo le he intentado explicar que hay otras madres que tienen hijas guapas y, sobre todo, decentes —replicó Isabel, y acto seguido cambió de tema—. ¿Les gustaría que demos un paseíto?

—Me encantaría —contestó Diana. Prefería moverse un poco a permanecer sentada tiesa tomando té con pastas—. Diré a la señorita Barnes que prepare el cochecito.

Poco después paseaban por los cuidados jardines del castillo. La reina y el sucesor al trono delante, Felipe y Diana detrás. Era un bonito día de marzo, el aire gratamente tibio y puro, pero Diana sabía cómo era el tiempo en Londres y sabía que las nubes de algodón que se desplazaban por el cielo podían descargar lluvia en cualquier momento. Los corgis de Isabel correteaban alegres a su alrededor mientras Guillermo, ajeno a todo, dormía apaciblemente en el cochecito.

—Creo que este paseo supone una oportunidad que ni pintada para hablar tranquilos de su primer viaje a ultramar, que pronto emprenderán —empezó Isabel.

La gira por Australia y Nueva Zelanda duraría nada menos que seis semanas. Uno de los principales motivos era convencer a los refunfuñones australianos, cuya ideología cada vez era más republicana, de que aún querían la monarquía, como para entonces había comprendido Diana.

—Su inminente viaje nos ha recordado el que hicimos también nosotros por Australia y Nueva Zelanda. —Ese tono distendido no era habitual en Isabel. A esas alturas Diana ya conocía a la familia real lo bastante bien para saber que detrás de prácticamente cada reunión en apariencia alegre se escondía un frío cálculo—. Ayer pedí que me llevaran un viejo álbum de fotos para deleitarme con los recuerdos de la gira.

—Fuimos en el 54, ¿no? —preguntó Felipe a su esposa mientras lanzaba a los corgis un palito tras el que los perrillos salieron corriendo—. Uno de tus mayores éxitos.

—De nuestros mayores éxitos —corrigió ella con un brillo extático en los ojos.

—Yo no hice gran cosa —aseguró él—. Mi labor era y sigue siendo hacerte destacar. La gente solo acudía a ver a su joven y bella reina.

—En Sídney había un millón de personas —añadió Isabel, no sin orgullo.

—Sí, y tú los convenciste a todos de tu valía. La gira fue un éxito, y no solo desde el punto de vista político.

Isabel asintió, se detuvo y se volteó hacia su esposo.

—También nos unió. El viaje fue largo y a menudo agotador, pero salimos airosos porque trabajamos en equipo. —Miró primero a Carlos y después a Diana. Durante un momento reinó el silencio—. Me figuro que habrás seguido los resultados del Parlamento australiano —dijo Isabel a su hijo.

«Vaya —pensó Diana—, poco a poco nos acercamos al quid de la cuestión».

—Sí. Ganó Bob Hawke.

—Una victoria aplastante, como se suele decir —añadió la reina—. Ese hombre no disimula que nos quiere expulsar. Mi único temor es que el hecho de que haya resultado elegido ejerza una presión mayor aún sobre su inminente viaje.

—No tienes por qué preocuparte —aseguró Carlos.

La sonrisa que esbozó Isabel más bien decía lo contrario.

—Considero significativo resaltar el importante papel que desempeña Australia en la Commonwealth.

En lo tocante a lady Hussey había que admitir una cosa: había logrado explicarle debidamente a Diana lo que era la Commonwealth of Nations. A saber, una comunidad de estados soberanos fundada por el Reino Unido de Gran Bretaña e Irlanda del Norte y sus antiguas colonias.

—Si ese país decidiera abandonarla... —Isabel hizo una pausa dramática— podría influir en los demás países miembros de la Commonwealth. Se corre el peligro de que esta obra maravillosa que creó mi padre en su día se desmorone.

Carlos siguió andando.

—Llevamos meses planeando el viaje, madre. Nada puede salir mal. Hemos acomodado todos los compromisos. Solo en Australia tenemos previsto tomar cuarenta vuelos entre los distintos estados. Algunos días tenemos hasta ocho compromisos. Nuestro programa es apretado y efectivo, como a ti te gusta. El día de nuestra llegada visitaremos un colegio, después seguiremos hasta Ayers Rock y...

—¿Después de un vuelo tan largo? —lo interrumpió Diana. Esta vez fue ella la que se detuvo—. ¿Cómo podremos, con Guillermo?

—¿Piensan llevar al niño? —Isabel miró a Diana como si hubiese perdido la cabeza.

Por su parte, Carlos pegó la barbilla al pecho, exhaló un suspiro audible y asintió.

—En efecto.

—Santo cielo, ¿son conscientes de la importancia que reviste este viaje? —inquirió Felipe. Estaba tan furioso que partió sin querer el palito que le habían devuelto los corgis—. A todas luces no, ya que de lo contrario no se les habría ocurrido una idea tan descabellada. ¿Por qué no pides consejo antes de actuar por tu cuenta y riesgo?

—Diana insistió en ello —repuso Carlos en voz baja.

Ahora Guillermo se había despertado. Pareció presentir la pelea que se avecinaba y empezó a lloriquear.

Pese a ello, Felipe no bajó la voz cuando se dirigió a su mujer:

—A esto precisamente me refería cuando dije: «Envía a Carlos a las Bahamas, pero no a Australia y Nueva Zelanda». Estos países son demasiado importantes para recurrir únicamente a la reserva.

La reina había vuelto a esbozar la sonrisa amable pero impenetrable de la esfinge.

—Nosotros también llevamos a nuestros hijos cuando viajamos a Australia en el 54.

—Quizá resulte estratégico e incluso inteligente llevar a Guillermo —se atrevió a opinar Carlos, que parecía empequeñecer con cada palabra que pronunciaba—. A los australianos les entusiasmará que vuelva no solo con esposa, sino también con un hijo.

Diana negó con la cabeza.

—No se trata de engatusar a los australianos. Se trata de que Guillermo esté bien.

Ahora Guillermo lloraba. Ella le acarició la manita, confiando en que se calmara.

—Un niño de pecho debería poder renunciar a su madre durante un tiempo si cuenta con los cuidados de una niñera —objetó Isabel—. Si los cuidados son óptimos, claro está. Sencillamente no entiendo por qué han contratado a la tal señorita Barnes en lugar de a la leal Mabel Anderson, que crio a Carlos y a sus hermanos y goza de nuestra confianza. Tengo entendido que la señorita Barnes carece de la correspondiente formación. Y que incluso prescinde de ponerse el uniforme cuando trabaja.

—Me gusta que tenga los pies en la tierra —argumentó Diana con la mayor tranquilidad posible—. Me siento cómoda con ella.

—Bueno, en último caso, la decisión es suya. —Sin embargo no pudo evitar preguntar a su esposo—: Pero ¿tú tenías la impresión de que perjudicaría a nuestros hijos que no los llevásemos a nuestra gira por Australia y Nueva Zelanda?

—De ninguna manera.

En momentos como ese a Diana les habría gustado decirles a los dos lo que había tenido que sufrir Carlos. Que cuando era pequeño echaba de menos a sus padres, como es natural, cuando pasaban meses fuera de casa. Que era espantoso para un niño estar separado de sus padres, por mucho amor y muchos cuidados que pudiera darle la niñera. Una niñera no era una sustituta de los abrazos cariñosos de una madre y de la seguridad que brindaba a un niño un padre. Pero con que tan solo insinuara tal cosa a Isabel y Felipe, Carlos se avergonzaría por sus supuestas debilidades y después se lo echaría en cara a ella. De manera que no le quedó más remedio que dirigirle una mirada afectuosa, que él rehuyó.

—Naturalmente que no —prosiguió la reina—. ¿Por qué iba a perjudicar a un niño estar en su entorno habitual, donde está tranquilo y cuenta con todas las comodidades que necesita?

—Un niño necesita, sobre todo, a sus padres —afirmó Diana—. Aparte de que ha sido el primer ministro quien ha ofrecido que vayamos con Guillermo. ¿Cómo iba a rechazar su ofrecimiento?

—Me temo que subestimas lo que se les viene encima: sesiones fotográficas, bailes benéficos, recepciones, partidos de polo... Carlos está acostumbrado a cumplir con sus obligaciones, pero para ti será la primera vez. Solo tienes veintiún años y... —Isabel hizo una pausa—. Estás débil, según tengo entendido.

Diana se acaloró. Todo en ella se contrajo convulsamente.

—Me encuentro bien. No estoy débil. Y Guillermo necesita estabilidad. Necesita a sus padres.

—¿Estabilidad? —repitió la reina, y se rio—. ¿Cómo va a saber un niño lo que es la estabilidad si tiene que pasarse seis semanas atravesando Australia y Nueva Zelanda con ustedes? ¿Cómo van a concentrarse en el trabajo que tienen que hacer?

—Guillermo no atravesará Australia con nosotros —precisó Carlos—. Se quedará en un lugar seguro con la niñera.

—¡¿Cómo?! —La soberana miró a Carlos atónita—. Y ¿dónde?

—En Woomargama —replicó Carlos—. Una granja de ovejas en el centro de Australia.

En efecto, empezaron a caer unas gotas. Isabel miró al cielo y dijo:

—Tal y como yo lo veo, de todas formas Guillermo estará solo la mayor parte del tiempo. Siendo así, ¿por qué no lo dejan aquí?

—Porque me gustaría dormir bajo el mismo firmamento que él. —Diana habría preferido morderse la lengua, pero esa era la verdad, por romántico que pudiera sonar.

El príncipe Felipe se rio.

—Conque quiere dormir con él bajo el mismo firmamento. Increíble. —Sacudió la cabeza sin dar crédito—. ¿Tienes alguna idea de cómo será el viaje? ¡Recorrerán casi cincuenta mil kilómetros! Ni siquiera podrás subirte a un coche para ir con Guillermo.

Diana se vio sentada en la escalera de piedra de Park House, sola y abandonada, siguiendo con la mirada el taxi, que había desaparecido hacía tiempo y se había llevado a su madre. Ella nunca le haría a Guillermo algo ni remotamente parecido.

—No me subiré a ese avión sin mi hijo —porfió—. Es mi última palabra.

# 19

*1983*

Casi eran treinta horas de vuelo a Australia, con una escala. Treinta horas durante las cuales Diana no paró de pensar en las semanas que le esperaban. Un séquito de nada menos que veintitrés empleados se encargaría de que nada saliera mal. Pero esas veintitrés personas no podrían evitar que quizá Diana dijese alguna tontería en una entrevista y pusiera en ridículo a Carlos o, a decir verdad, a la casa real por completo. La familia real había dejado claro lo importante que era esa gira para la reputación de la monarquía. Diana incluso había empezado a morderse las uñas de lo nerviosa que estaba.

Por fin aterrizaron en Alice Springs. Ella aún tenía en la boca el sabor del fuerte café que se había tomado para estar despierta cuando bajaran del avión. Nada le parecía más celestial que una habitación de verdad, con una buena regadera y una cama grande en la que poder dormir largo y tendido. ¿Olía ligeramente a sudor? En cualquier caso desprendía un leve aroma a polvos de talco infantiles, porque antes, en el avión, le había cambiado el pañal a Guillermo deprisa y corriendo.

Se abrió la puerta del avión. Diana dejó atrás la luz artificial del aparato, salió a la rampa y se vio bajo el radiante sol australiano. Entrecerró los ojos. Pensó que estaba un poco mareada por el largo vuelo, pero solo eran los flashes de las cámaras, que le irritaban los ojos.

«Ciento setenta periodistas y fotógrafos de Inglaterra, Alemania, Francia y América seguirán cada uno de sus pasos —volvió a recalcar el señor Adeane cuando el tren de aterrizaje del aparato tocó el suelo—. Sin contar con los reporteros australianos».

Sonreír. Estrechar manos.

—Bienvenidos a Australia —los saludó amablemente un hombre. Fuera quien fuese...

El sol de mediodía se reflejaba en el alquitrán caliente y Diana sudaba con el vestido azul turquesa de cuello subido que llevaba. Seguro que sus mejillas ya se habían teñido de ese rojo tan poco favorecedor.

Ese ruido. El avión, el traqueteo de los baúles que estaban descargando en segundo plano, los clics de las cámaras... Por todas partes gritos de reporteros: «¡Diana! ¿Dónde está el príncipe Guillermo? ¿Al final lo ha dejado en casa?».

De pronto se produjo una sacudida entre la multitud de periodistas, como animales salvajes a los que se arrojara un pedazo de carne. La señorita Barnes bajó la rampa del avión con Guillermo y dejó al pequeño cuidadosamente en brazos de Diana.

«¡Queremos una foto de madre e hijo!», exclamó alguien.

Diana aspiró con fuerza el perfume de la suave piel de su hijo. La mirada de sus ojos azules era tan descarada que Diana se rio, aunque en realidad no se sentía bien. Probablemente fuese ella la que dependía de él y no al contrario.

Pero a Guillermo también lo superaba todo aquello. Demasiado ruido, demasiada agitación, demasiado calor... Y rompió a llorar.

—Tenemos que irnos —apremió Carlos.

La señorita Barnes ya se había vuelto a hacer cargo de Guillermo y subía por la rampa al avión, en cuyo vientre desapareció con el niño. ¿Cuándo lo volvería a ver Diana?

Alguien ejerció una leve presión en su espalda y la empujó hacia la limusina negra que aguardaba. Diana se subió y desapareció tras los cristales polarizados.

Las doce del mediodía. El sol caía con fuerza. De vez en cuando soplaba un viento seco que ondulaba la hierba que crecía en la cuarteada tierra roja y hacía que a Diana le entrase polvo en los ojos. A lo lejos el paisaje titilaba. Un vaso de agua se le antojó la bebida más exquisita del mundo. ¿Cuándo había sido la última vez que había bebido algo ese día? Sencillamente no había habido tiempo. Apenas se cambiaron de ropa y se refrescaron tras el largo vuelo, pusieron rumbo a un colegio en Alice Springs y después fueron directamente a Ayers Rock.

«Esta formación rocosa con la parte superior plana que tienen delante, en este desierto del centro de Australia, es la atracción turística más famosa de nuestro país y una roca sagrada para los aborígenes», refirió Scott, el joven y vigoroso guía de barba larga.

Fascinada pero también intimidada, Diana observaba al aborigen que tenía en diagonal y que a su vez la escudriñaba abiertamente. Su torso desnudo estaba pintado de blanco y negro. El anciano dijo algo en un idioma que sonaba muy extraño y Diana miró a Scott en busca de ayuda.

—Es pitjantjatjara, la lengua de los aborígenes —aclaró este—. El anciano dice que, dependiendo de la posición del sol y del tiempo que haga, Ayers Rock adquiere distintos colores, que van del gris parduzco al anaranjado y al rojo vivo, pasando por el marrón.

Lo que habría dado Diana por haber podido hablar con el aborigen, haberle preguntado por su cultura y las leyendas que unían a los primeros habitantes de esa tierra con esa elevación de unos trescientos cincuenta metros de altura. Su mirada era tan sabia y bondadosa como si tuviera una respuesta para todas las preguntas vitales. Pero probablemente Diana tuviese que conformarse con darle las gracias con una sonrisa por regalar su tiempo a dos miembros de la realeza pálidos, sudorosos y mimados.

El clic de las cámaras de fotos estaba volviendo loca a Diana. Llevaban todo el día persiguiéndola.

—Diana, ¿qué opina de Uluru? ¿Le gusta? —le preguntó uno de los periodistas.

Ella ni siquiera era capaz de ver los rostros detrás de las cámaras.

—¿De qué? —inquirió ella.

Carlos se inclinó ligeramente hacia ella y musitó enervado:

—Es el nombre de Ayers Rock en la lengua de los aborígenes.

—Oh. —Ella esbozó una sonrisa a modo de disculpa—. Es impresionante.

—¿Qué opina de los exorbitantes costos que entraña su gira australiana? —quiso saber otro reportero.

—Pues... —empezó ella. ¿Cómo iba a pensar con claridad si era como si tuviese zumbando en la cabeza un enjambre de moscas?

—Me temo que mi esposa no sabe mucho de esas cosas —respondió Carlos, al ver que vacilaba en exceso—. Pero si tiene alguna pregunta de tendencias de moda actuales, Diana las responderá con gusto.

Después tocaba subir la montaña. Trescientos cincuenta metros: debería ser factible. A fin de cuentas, un sinfín de turistas subía a diario, así que probablemente Diana también pudiera. Pero le daba pavor.

Carlos, en cambio, estaba en su elemento. Conocía el Outback australiano de cuando había estado estudiando en el país y ardía en deseos de demostrarlo. Eso también era un enigma para Diana: todos los miembros de la familia real eran incapaces de echarse pasta de dientes en el cepillo o sacar la ropa del armario, pero cuando se trataba de trotar por el páramo escocés o de subir una montaña a pleno sol a mediodía, eran resistentes como cabras montesas.

¿Por qué había decidido ponerse precisamente ese maldito vestido?

—¿En serio? —le preguntó Carlos cuando salió de su habitación del hotel. Para entonces incluso dormían en camas separadas—. ¿Quieres ir al desierto australiano con un vestido blanco y flats?

—Pero habrá prensa —adujo ella para defender el atuendo que había elegido—. Quería estar guapa.

Por su parte, Carlos llevaba el uniforme beige de los guardabosques. Camilla probablemente hubiese escogido un conjunto práctico, en sencillos tonos marrones, y calzado robusto. Al final Carlos tenía razón. ¿En qué estaría pensando al elegir ese ligero vestido camisero? Que, para colmo, con toda esa luz, se transparentaría. Además, el aire se lo levantaba, dejando a la vista la enagua y las rodillas. Seguro que al día siguiente la prensa estaría llena de imágenes de sus rodillas. Sentía la garganta y los ojos muy secos. Todo aquello era un desastre...

El sudor le corría por la espalda. Agua... ¡Lo que daría por un vaso! Sentía las piernas como si fuesen de plomo. Si pudiera detenerse un instante. Tomar aire... Se protegió los ojos con una mano. ¿Cuánto faltaba aún? Miró entre los dedos. Oh, no, hasta el mirador todavía había una eternidad. ¿Cómo era posible que solo hubiese dado unos pasos?

—Carlos —lo llamó. Durante un instante lo vio doble. Con un Carlos que le dirigía una mirada amonestadora e insatisfecha era más que suficiente. Pero ¿dos?

—¿Qué pasa? —preguntaron los dos.

—Estoy mareada —repuso ella.

Carlos fue con Diana.

—Ya no queda mucho.

—Princesa Diana, ¿no se encuentra bien? —oyó que preguntaba la prensa.

—Haz el favor de comportarte —pidió Carlos en voz queda. Sonreía a las cámaras, pero tenía la mandíbula tensa.

«Compórtate».

No quería decepcionar a Carlos de ninguna manera. Había decepcionado demasiado a menudo a personas que le importaban, empezando por el mero hecho de existir. «¡¿Otra niña?! ¡¿Qué vamos a hacer con otra niña?!»

Quería que Carlos estuviese orgulloso de ella. Ella misma quería estarlo. Por eso apretó los dientes y fue dando paso tras paso hasta llegar al mirador.

—¿Le causa problemas el *jet lag*, princesa? —se interesó un reportero cuando por fin volvieron a estar abajo.

—Un poco, y el calor también. Voy a tener que acostumbrarme —confesó. Tenía un sabor acre en la boca. Ya no se atrevía a sonreír más, por miedo de que pudiese vomitar. Carlos no se dio cuenta de nada—. ¿Podría beber un poco de agua? —se atrevió a preguntar con tino. Tomó agradecida el vaso que le ofrecieron—. Creo que nunca me había sabido tan bien el agua —bromeó, y los periodistas se rieron.

Miró a Carlos para ver si también se reía, si estaba satisfecho con ella, pero su semblante era pétreo.

Le resultaba incomprensible. Toda esa cantidad de personas... Como un dique que podía romperse de un momento a otro y arrollarlos con toneladas de agua. ¿Cómo conseguía Carlos estar tan tranquilo en el escenario, pronunciando su discurso?

—Tengo la sensación de ser un viejo amigo de Australia —decía; su voz resonaba entre todas aquellas personas desconocidas que se habían congregado en Newcastle—. Hace ya la friolera de diecisiete años que yo, un *pom* inglés...

A la multitud le entusiasmó que Carlos pudiera reírse de sí mismo. Y es que *pom* o *pommy* era el apodo entre chistoso y malicioso que recibían los ingleses en Australia.

—... tuve la oportunidad de vivir medio año en este impresionante país —terminó la frase.

Diana procuraba sonreír, pero en realidad tenía más ganas de enterrar el rostro en las manos. ¿Por qué con ella Carlos no se mostraba tan relajado e irónico? Cada una de las palabras que decía Diana se tomaba al pie de la letra. Ni siquiera podía pedir un vaso de agua, como había osado hacer en Ayers Rock. Con ello había vuelto a saltarse el protocolo, por eso estaba Carlos tan enfadado.

¿Se mostraba con Camilla tan desenfadado como ahora que se estaba recreando en su fama? ¿O también descargaba en ella su cambiante humor?

Prácticamente a todas horas un sinfín de cámaras seguía cada uno de sus pasos. Debía estar perfecta cada segundo. Cada maldito segundo. A veces, por la noche, se sobresaltaba en la cama porque tenía la sensación de que la apuntaba un objetivo. Y eso que, por suerte, ella solo desempeñaba un pequeño papel secundario, era la muñequita linda que siempre se mantenía en segundo plano. Ella nunca podría estar en un escenario como hacía Carlos.

Se esforzaba por escuchar lo que decía Carlos. Como lo conocía, sabía que por la noche le preguntaría si le había gustado su discurso y ella tendría que poder citar al menos una frase, eso siempre lo halagaba especialmente.

Un soplo de viento la acarició, pero antes de que pudiera disfrutarlo volvió a sentir el abrasador calor. Le suponía un esfuerzo incluso darse aire con el abanico... ¿Por qué se había decidido por ese collar de perlas tan pegado al cuello? Y además estaban esos tremendos dolores de estómago. En el desayuno no había podido probar bocado. Se había quedado sin apetito cuando el señor Adeane les había informado del programa del día. Si las cosas seguían así, moriría en Australia.

«Compórtate».

Por fin. Carlos terminó. Se escuchó un aplauso atronador. Gritos de júbilo. Era como si el aire vibrase... ¿Cómo podía ser algo tan embriagador e intimidatorio al mismo tiempo?

Aun así, a partir de ese momento había que volver a funcionar. Diana se levantó de su silla con la mayor elegancia posible. Su guardaespaldas la condujo hasta un convertible Oldtimer que la llevaría hasta el siguiente compromiso. Había algo más que le chocaba, para mal: intentaban parecer cercanos al pueblo, pero, en lugar de buscar la cercanía, preferían saludar desde lejos, desde un coche elegante.

«Diana, ¡una sonrisa más, por favor!»

«Diana, ¿le sigue causando problemas el calor?»

«¿Cómo se encuentra Guillermo?»

Guillermo... Solo oír su nombre le causaba dolor. Lo echaba tanto de menos...

De algún lugar salía música.

¿Por qué a Carlos no le molestaba todo ese ruido? ¿Por qué toda esa gente no le daba miedo? Diana tenía la sensación de que cada vez se acercaban más. Se mareó. Le habría gustado salir del coche. Se asió con fuerza al asiento. De pronto salió volando algo que le cayó en el regazo. Solo era un ramo de flores y, sin embargo, le temblaba el cuerpo entero. Carlos no se enteró de nada. Saludaba alegremente, complacido. ¿Qué estaba haciendo ella mal?

«Compórtate».

Sonreír, saludar, sonreír.

De pronto fue como si su mundo se estremeciera, y ella rompió a llorar.

Un flash. Diana abrió los ojos y vio a Ken Lennox, que bajaba la cámara. Tiempo atrás, en víspera de año nuevo, le había bajado un chocolate caliente para darle las gracias por salvarla del insistente reportero francés. Parecía afectado. La opresión que sentía Diana en el estómago aumentó. ¿La había fotografiado llorando? Si esa instantánea aparecía en los medios, Carlos se pondría furioso, le echaría en cara lo inestable que era, que con sus llantos perjudicaba a la Corona...

—Por favor —dibujaron sus labios en silencio, mientras negaba con la cabeza. «Por favor, no publique esa foto».

Ken Lennox vaciló. Después asintió e incluso le regaló una sonrisa para reconfortarla.

Diana seguía asimilando lo que había sucedido en el Oldtimer cuando por fin llegaron al hotel, ya por la tarde. Carlos y el señor Adeane iban delante con paso enérgico, seguidos de los guardaespaldas. Y en medio estaba ella, como si fuese su sombra, exhausta y sola. La alfombra del hotel amortiguaba sus pisadas.

Los dos hombres comentaban el programa del día siguiente. Ella solo entendía fragmentos de lo que les esperaba. «A las nueve tiene una entrevista radiofónica, después visitará el cuerpo de bomberos del lugar».

Llegaron al ascensor. El señor Adeane pulsó el botón y prosiguió con ese tono arrogante, ligeramente nasal que Diana no soportaba: «Por la tarde hay un partido de polo en el programa...».

Qué harta estaba a esas alturas de los dichosos partidos de polo. Se pasaría horas junto al campo, bebiendo agua y hablando de cosas aburridas y sin importancia. Un tiempo perdido... Un tiempo que podría pasar con Guillermo.

«... Mientras tanto su esposa asistirá a la inauguración de...».

«Su esposa asistirá». Como si no tuviera elección. Como si fuese una figura a la que poder desplazar a un lado y a otro en el terreno de juego, al antojo de uno.

La puerta se abrió. Subieron. La puerta se cerró.

«¿Qué es lo que me pasa?», se preguntó. ¿Por qué había subido a Ayers Rock, aunque casi se había desmayado? ¿Por qué iba desde hacía días de compromiso en compromiso, aunque su cuerpo le daba a entender con claridad que se encontraba al límite de sus fuerzas? ¿Por qué permitía que Carlos se escabullera a su habitación del hotel para llamar a Camilla y decirle lo mucho que la echaba de menos?

De pronto se oyó decir:

—Quiero ir con Guillermo.

Carlos le dirigió esa mirada especial que le dedicaba a menudo de un tiempo a esa parte. Una mirada irritada y acusadora desde el principio.

—A mí también me gustaría, pero no está aquí.

—Pero me prometiste que lo vería cada cuatro o cinco días —insistió Diana—. Y, según lo que acaba de decir el señor Adeane, me da la impresión de que vamos a seguir corriendo de un sitio a otro.

—Yo solo te dije que procuraríamos cumplir tu deseo, pero no ha sido posible. Ahora en lugar de seis semanas de separación solo son dos.

—¿Dos semanas? No. —Diana negó con la cabeza—. Insisto en ver a Guillermo.

—No es posible —repitió Carlos con aspereza—. Los planes de nuestra gira son inamovibles, no podemos viajar por el país a nuestro gusto.

—Pero sacas tiempo para hacer surf y jugar al polo. ¿Cómo es posible que eso sea más importante para ti que tu hijo?

—Solo son una o dos tardes que ya están previstas para tales cosas, pero tú exiges que echemos por la borda una planificación que existe desde hace meses. No hemos venido aquí de vacaciones. ¿Eres mínimamente consciente de lo importante que es este viaje? ¿No solo para la Commonwealth, sino para mí personalmente?

—No puedo más, Carlos. Tengo que verlo. —Si era necesario, suplicaría. Si era necesario, se iría ella sola al día siguiente para estar con Guillermo, aunque tuviera que subirse a una bicicleta y hacer todo el viaje pedaleando.

—Cielo santo, Diana —espetó él—. Por si lo has olvidado: te has casado con el príncipe de Gales, y al hacerlo has puesto tu vida al servicio de la monarquía. Sabías lo que te esperaba. Nadie te obligó a ello. Yo, en cambio, nunca tuve elección.

—¡Lo estoy intentando! Estoy intentando ser una esposa sumisa. Una muñeca que sonríe y saluda. Pero tengo sentimientos, Carlos, y tanto si lo crees como si no, también tengo cabeza y pienso. El mayor servicio que puedo prestar a la monarquía es ser una madre abnegada. No quiero que este hijo que un día será rey viva solo la frialdad de la gente del palacio, que hará todo lo posible para que funcione siempre a la perfección, como una máquina. Quiero que crezca rodeado de amor, porque solo así más adelante, cuando suba al trono, Guillermo será una persona de carne y hueso. —Se hizo el silencio. Daba la impresión de que la temperatura había bajado al menos cinco grados. El ascensor se detuvo. La puerta se abrió—. Y por eso exijo ver a mi hijo mañana. A nuestro hijo —zanjó Diana, y se bajó del ascensor.

# 20

El *jeep* no se había detenido por completo cuando Diana se bajó de él, subió a la carrera los tres peldaños de madera del porche, abrió la puerta mosquitera y entró en la granja.

—¡¿Guillermo?!

La sirvienta salió de la sala de estar.

—Alteza —dijo sorprendida mientras hacía una reverencia, solícita.

—Mi pequeño Guillermo —repitió Diana sin aliento—. ¿Dónde está? Quiero verlo.

—Está con la señorita Barnes, al otro lado de la granja, con las ovejas.

Diana salió corriendo. Y entonces, por fin, lo vio: Guillermo, su hijo, su pequeño milagro, el centro que hacía que tuviera los pies en la tierra. Y el peso que había cargado los últimos días quedó olvidado. Se lo quitó a la señorita Barnes y lo estrechó contra su pecho. Aunque estaba en el centro de Australia, en ninguna parte, tenía la sensación de haber llegado a casa.

—Ya te tengo, tesoro mío. Te he echado tanto de menos.

—A Guillermo le encantan las ovejas —contó la señorita Barnes—. Pero esos fotógrafos son una auténtica plaga. Han rodeado el sitio y reptan por la hierba con la esperanza de poder sacar una foto de la granja o de Guillermo.

Diana percibió un movimiento a sus espaldas. Carlos había subido al porche, con las manos a la espalda, como casi siempre. Tenía un algo de visitante de museo que contempla un cuadro y se conmueve inesperadamente. «Esto no es un cuadro —le entraron ganas de decirle—. Esto es real, solo tienes que atreverte a dar el paso y venir con nosotros».

Diana le tendió una mano. «Ven aquí. Ven con nosotros».

Carlos sonrió con dulzura y se acercó mientras la señorita Barnes se retiraba discretamente.

—Papá y mamá te quieren mucho —dijo Diana a Guillermo.

Carlos volteó la vista hacia el porche, pero era demasiado tarde: Diana había visto las lágrimas en sus ojos.

—Mañana podríamos hacer un pequeño pícnic —propuso él—. Como en el castillo de Balmoral, solo que aquí no estaremos rodeados de toda mi familia. —Esbozó una sonrisilla. ¡Sonreía! ¡Cuánto hacía que Diana no lograba arrancarle un gesto tan bonito!—. ¿Qué te parece?

—Estupendo —repuso ella lanzando un suspiro.

Guillermo en sus brazos, Carlos a su lado: era como si estuviese viviendo su paraíso personal.

Al día siguiente escogieron un sitio que no estaba muy lejos de la granja, desde el que se disfrutaba de una vista impresionante de las suaves colinas que salpicaban el vasto paisaje. Cuando se quisieron dar cuenta ya era por la tarde y el sol adquirió un color intenso. La luz del cielo australiano se reflejaba en los ojos de Carlos, que enseñó a su hijo cada arbusto, cada piedra, y se quedaba fascinado cuando Guillermo hacía ruiditos de alegría. Hasta el momento, el pequeño solo gateaba o lograba dar unos pasitos con ayuda de Diana. Tanto mayor fue la sorpresa de ambos cuando de pronto hizo sus pequeños y torpes pinitos.

—¡Es increíble! —exclamó Carlos—. Acaba de llegar al mundo y ya anda. Es un genio.

De madrugada Diana se despertó porque el aire frío hacía que la madera se contrajera y la granja emitía suaves crujidos y chirridos. Algo la empujó a salir fuera, al porche. ¿Qué hora sería en Londres?

Se sentó en un columpio de madera, aspiró el fragante aroma de la naturaleza y escuchó el susurro de las hierbas y los arbustos con la brisa. Respiró las vistas de un cielo que palidecía poco a poco, intentó guardar esa luz en su corazón, esa calma, esa infinitud...

De pronto alguien impulsó el columpio con suavidad.

—Es precioso, ¿no? —preguntó Carlos tras ella.

Diana asintió, absorta en sus pensamientos.

—Como si fuésemos las únicas personas en el mundo. Sin fotógrafos. Sin multitudes. —Sin lacayos tiesos. Sin hombres fríos con traje gris. Sin Camilla.

Volteó el rostro hacia él y vio que solo llevaba puesta una bata ligera. Para ella seguía siendo el hombre más apuesto del planeta.

—Quería decir que... —Empezó Carlos, mirándose los pies desnudos—. El pícnic de ayer... Fue un día precioso.

—Sí —convino ella risueña—. El pequeño Guillermo da mucha guerra, ¿no es verdad?

—Podría decirse que sí.

¿Había llegado el momento? Ciertamente así no podían seguir. Uno de los dos debía dar el primer paso.

—Carlos, hay algo que me aflige —afirmó ella—. Me gustaría hablarlo contigo.

Él entrelazó las manos a la espalda y asintió.

—Yo también he estado pensando. Pero tú primero, te lo ruego.

—Es todo un detalle —replicó Diana. No lo dijo con mala intención, pero para entonces eran tantas las cosas que se habían ido acumulando entre ellos que Carlos se sintió atacado en el acto.

—¿Se puede saber qué significa eso?

—Estás acostumbrado a ir primero. A llevar la voz cantante.

Carlos se pellizcó el entrecejo, como solía hacer cuando estaba irritado.

—Es lo que dicta el protocolo.

—Siempre sacas a relucir el protocolo cuando necesitas justificar algo. Pero ¿quién ha elaborado ese protocolo, Carlos?

—Generaciones tras generaciones.

—Esas generaciones han ideado algo que encarcela a las personas. Que no permite que tengan cabida el calor y el afecto. —Diana tomó impulso para sus adentros—. ¿Eres consciente de lo mucho que lucho todos los días? ¿De lo mal que me encuentro?

—Lo sé —aseguró él—. Te has quedado en los huesos. Has intentado hacerte daño varias veces. Te tiraste por la escalera y te hiciste un corte en el brazo. Pero la verdad es que no entiendo lo que te pasa. Por qué eres tan infeliz.

Ella se levantó.

—¿Infeliz? Me siento como si estuviese muerta, Carlos. Debo funcionar a diario, pero nadie me pregunta tan siquiera cómo estoy o tiene una palabra de alabanza. No sabes lo que es eso.

—¿Cómo puedes pensar que no sé lo que es eso? —replicó él furibundo—. Desde que tengo uso de razón paso mi vida así. Sin que nadie me dé las gracias ni ninguna aprobación. Solo. Te sientes incomprendida, pero a mí me sucede lo mismo. Me echas en cara que soy frío contigo, pero tú también te repliegas en ti misma. Te pasas días metida en la cama o encerrada en el cuarto de baño, y ahí te... —Ni siquiera fue capaz de decirlo. El corazón de Diana dejó de latir un instante—. No creas que no me doy cuenta, Diana. Pero sencillamente no me entra en la cabeza: tienes todo lo que podría desear una mujer joven, pero en lugar de disfrutarlo, te haces daño.

—¡Son gritos de socorro! Porque no me cuidas.

—Pero si estoy aquí, a tu lado —exclamó él—. ¿Qué más quieres?

—Quiero que me digas que a tu lado no me puede pasar nada malo. Que contigo estoy segura. Pero para ti soy como el aire. ¿Qué puedo hacer para ganar tu atención, tu tiempo, tu amor? ¿Cómo debo ser?

—Estás segura conmigo. Es posible que creas que soy ignorante e insensible, pero no es así. Es solo que he aprendido a adaptarme. No sabes lo que es crecer en una familia en la que no está permitido ser uno mismo. Hacer lo que a uno le gusta. Poder ser tonto y joven.

—Pues ¡habla conmigo! Yo te puedo ayudar. Nos podemos ayudar mutuamente. Nos podemos curar mutuamente.

—Abre los ojos de una vez, Diana. Esto no es el cuento del que todos hablaban. Esta ni siquiera es la vida normal. No somos más que figuras en un tablero de ajedrez a las que mueven a un lado y a otro.

—Si lo somos es porque lo permitimos.

—Por favor. Sé que piensas que obedezco sin chistar a mis padres. Tengo la sensación de que ves en mí a un hombre mayor y aburrido. De lo contrario, ¿por qué no te interesa nada de lo que a mí me entusiasma?

—¡Porque todas esas cosas las haces con ella! Porque al parecer estoy de más en tu vida.

—¿Otra vez con Camilla? —Carlos exhaló un suspiro.

—Otra vez, sí. La llamas todas las noches. Llevabas las mancuernillas que ella te regaló en nuestra luna de miel. Incluso tenías fotos suyas. Nada más volvimos de vacaciones fuiste directo a verla.

—Y si es así, ¿qué? —inquirió él—. Soy el futuro rey, las aventuras son de buen tono.

—¿Eso te enseñó tu adorado tío Dickie?

—No metas a Dickie en esto.

—¿Sabes lo peor? —continuó Diana—. Que incluso lo entiendo. A ella le encanta cazar, la naturaleza, tiene tu sentido del humor burdo, es lista y madura y... Es en todos los sentidos lo contrario a mí. Es perfecta para ti.

Carlos la miró como el corzo hacia el que avanza un coche a toda velocidad.

Ella notó un sabor a sal y sintió que tenía las mejillas húmedas. Cada músculo de su cuerpo estaba en tensión, el corazón le latía desbocado. Quería salir corriendo de allí, esconderse hasta que alguien fuera en su busca. Pero ya no era una niña pequeña. Por eso tomó aire con fuerza.

—Y como al parecer es perfecta para ti y no se te va de la cabeza, yo me pregunto: ¿dónde hay sitio en tu vida para mí, Carlos?

«Di algo, Carlos, por favor...».

Él guardaba silencio.

Diana se hallaba en caída libre. Vio en los ojos de él que se debatía consigo mismo. La vida de Diana dependía de ese instante.

—Te estoy perdiendo y no puedo hacer nada para impedirlo —añadió entre lágrimas.

Ahí estaba de nuevo, ese dolor profundo. La certeza de que antes o después todo se haría pedazos.

—Me temo que no se me da muy bien mostrar mis sentimientos —balbució.

Eso ya era más de lo que esperaba.

Entonces sonó el teléfono.

—Alteza, es para usted —informó el señor Adeane.

«Ahora no, por favor...».

El señor Adeane no dijo quién llamaba. Pero tampoco era preciso. Ambos sabían quién estaba al teléfono: Camilla.

A Diana le temblaba el corazón. Era como si su mundo se detuviera. Incluso los sonidos de la naturaleza parecían haber enmudecido.

Tal vez por eso oyó con tanta claridad lo que dijo Carlos, a pesar de que habló en voz muy baja:

—Ahora no. Porque... —Carlos la miró—. Porque me gustaría decirle a mi mujer que... —tragó saliva— que la necesito. Y la amo.

Diana tardó un instante en asimilar lo que acababa de decirle.

—¿Es eso verdad?

—Sí —afirmó él. Parecía aliviado. Como si durante mucho tiempo hubiese tenido miedo de algo, pero por fin se hubiera atrevido y ahora se sintiese como si se hubiera liberado—. Te admiro. Eres una belleza radiante y tienes un corazón enorme. Cautivas a todos allá donde vas.

—Y yo te admiro a ti —aseguró Diana—. Tu inteligencia y tus geniales ideas, que todo el mundo debería conocer.

Diana vio que algo se iluminaba en sus ojos.

—Y tengo muchas más ideas. Y un gran espíritu emprendedor, pero la reina no quiere saber nada del asunto.

—Pero yo sí. Siento no haberte demostrado antes lo mucho que te admiro. Guillermo y tú son todo cuanto tengo. Todo lo que me importa en la vida.

Besó a Carlos, y él le devolvió el beso. Primero solo fue un roce de sus labios, pero por fin no había ningún empleado cerca, por fin estaban ellos dos solos, y por eso Diana se atrevió a ponerle una mano en la nuca para atraerlo hacia ella. Su lengua le abrió la boca y el beso fue más apasionado.

Carlos se separó de ella sin aliento. Se sentaron los dos en el amplio columpio de madera, él la acomodó en su regazo y Diana apoyó la frente en la suya.

—Deberíamos haber hablado mucho antes —observó ella—. Nos habríamos ahorrado muchas peleas, mucha pérdida de energía.

Carlos asintió.

—Sí, porque en realidad nos entendemos a la perfección. Los dos necesitamos lo mismo: apoyo, estímulo, respeto y aprecio.

—Y amor —añadió Diana.

## 21

Así que aquello era Sídney.

Diana bajó la ventanilla de la limusina y asomó la cabeza. Se le puso la piel de gallina. Ese debía de ser el puente de la bahía de Sídney, del que le había hablado Carlos. Tras él se alzaba, majestuosa, la Ópera, como velas de un barco elevándose hacia el cielo. Esa mañana Carlos había pronunciado un discurso en Circular Quay. La cantidad de gente que había acudido a verlo había sido abrumadora, pero Diana no había tenido ningún miedo, porque antes Carlos le había infundido valor y le había agarrado la mano siempre que había sido posible. Incluso había disfrutado cuando, tras finalizar el discurso, se había acercado a la gente para estrecharle la mano, cambiar unas palabras y dar las gracias mientras aceptaba flores. Nunca habían sido más amables las personas de un país. Nunca le había parecido más emocionante una ciudad. Nunca le había olido mejor el salado aire vespertino que se colaba por la ventana abierta de la limusina.

Iban camino de un baile benéfico. El sol poniente hacía que todo centelleara. Las agitadas aguas del océano Pacífico. Los rascacielos. Las ventanas del gran crucero que estaba fondeado en el puerto. Qué moderna y elegante al mismo tiempo era la ciudad. «Cosmopolita», como diría Carlos. Diana le sonrió y él le devolvió la sonrisa y le apretó la mano con delicadeza.

Nunca lo había respetado tanto.

Ese viaje había sido para ella un infierno hasta hacía solo un día, pero le había regalado el cielo.

Y por eso la velada a la que iban a asistir era especialmente importante. Quería cautivar a Carlos. Desde la breve estancia que habían disfrutado en la granja de ovejas de Woomargama estaban acaramelados como si fuesen dos tortolitos. Diana recordó la entrevista radiofónica de esa misma mañana. Niños del Outback podían formularle preguntas.

—¿Tiene el príncipe Guillermo un peluche preferido? —quiso saber una niñita.

—La verdad es que le gusta cualquier cosa que haga ruido —contestó Diana entre risas. Carlos se inclinó hacia ella, le susurró algo al oído y Diana se rio de nuevo—. Ah, sí, tiene una ballena que escupe pelotitas como si fuese una fuente. Pero desde que estamos en Australia la ha cambiado por un koala del que prácticamente no se separa.

Conque eso era estar enamorado. Diana creía que ya lo sabía, pero no, aquello no era más que una idea del amor. Una esperanza. Ahora lo estaba viviendo de verdad.

—Por ahora, ¿qué es lo que m... más le ha g... gustado de Australia? —inquirió un niño que leyó a trancas y barrancas la pregunta de un papel.

—Lo que más me ha alegrado ha sido conocer a las personas de este país —contestó Diana—. Todo el mundo nos ha brindado una calurosa bienvenida.

Cuando finalizó la entrevista Carlos la alabó en toda regla.

—Eres preciosa —dijo—. Los encandilas a todos. Hoy, cuando he pronunciado el discurso, había cuarenta mil personas presentes, ¿te lo imaginas? Me gustaría llamar a mi madre para preguntarle qué tiene que decir al respecto.

Qué bonito era reír juntos. Quizá después de ese viaje Camilla por fin fuese historia... Por ese motivo Diana se había cambiado de ropa infinidad de veces para el baile al que iban, hasta que por fin había encontrado el vestido adecuado. Quería estar perfecta para él. Aparte de eso, para entonces la prensa se interesaba especialmente en todo lo que se ponía.

—Esto es increíble —exclamó desesperada su dama de compañía, Anne Beckwith-Smith, en la habitación del hotel, poniéndose las manos en la cintura—. Estaba segura de que con la ropa que habíamos traído bastaría, pero, al parecer, no basta ni con doscientos conjuntos. La gente es insaciable. Cada día la quiere ver con algo nuevo.

Fue una velada de ensueño.

Vino australiano suave al paladar, que no tardó en circular por su sangre y producirle una agradable sensación. Las mayores exquisiteces. Música en directo para crear ambiente. Durante toda la cena Diana no pudo evitar mover el pie al compás de la música. Cuando sonaron los suaves acordes de trompeta de *Can't Take My Eyes off You*, de Frankie Valli, ella se sentó como una vela: ¡cómo le gustaba esa canción! Le habría encantado levantarse de la silla y lanzarse a la pista de baile, incluso sola, si no había más remedio.

—¿Me concedes este baile? —le preguntó Carlos.

Diana no podía sentirse más dichosa.

—Nada me gustaría más.

Su marido la llevó a la pista de baile.

—Uy —exclamó Diana cuando él la atrajo hacia sí inesperadamente.

Su mano en los riñones. Diana estaba electrizada.

Carlos sonrió. No era una sonrisa superficial, sino una que decía: «Ven, vamos a deslumbrarlos a todos. Solos tú y yo».

La guio con pericia por la pista. «*You're just too good to be true*», cantaba en voz baja. Su aliento cálido le rozaba la oreja.

Diana se rio con suavidad. Seguro que tenía las mejillas rojas.

—Bien, ha llegado el momento de que la gente sepa lo que es bueno, ¿no crees? —bromeó él. Después, cuando sonaron las trompetas, Carlos le dio vueltas hasta que ella se mareó ligeramente, pero no podía parar de reír.

—«*I love you baby*» —cantaban las tres mujeres en el escenario.

Cuando terminó la canción, ellos se miraron fijamente a los ojos, la mano de Carlos aún en su cintura. Diana tenía todo el cuerpo electrizado. No sospechaba lo mucho que anhelaba la ternura, la cercanía, el amor... Deseaba tanto a ese hombre. Pero ¿y él a ella?

Más tarde, cuando subieron juntos en el ascensor del hotel, seguían saltando chispas entre ellos.

—Ha sido una bonita velada —afirmó Carlos con cautela.

—Opino lo mismo. —Para entonces Diana era consciente del atractivo de sus ojos azules y confiaba en que tampoco esa vez dejaran de surtir efecto. Dejó traslucir todo lo que deseaba de él en su mirada.

El ascensor hizo un ruido y la puerta se abrió. Allí estaban sus respectivas suites. Dos personas, dos camas.

Carlos volteó la cabeza hacia su guardaespaldas, que, como siempre, los había seguido discretamente. Se sacó la llave del bolsillo del pantalón.

«¡No! Deja que esta noche nos encontremos, por favor. Dame la oportunidad de amarte, Carlos».

Él titubeó. La miró.

«Mi marido. El único hombre al que querré siempre».

Extendió la mano y él la agarró. Después Carlos abrió la puerta de su suite, la hizo pasar y la estrechó entre sus brazos. Se fundieron en uno, la cabeza de Diana en su pecho, el corazón de Carlos latiendo a través de la camisa contra su piel. Diana temblaba, y también él temblaba ligeramente. Durante un tiempo estuvieron así, sin más. Después Carlos se separó de ella y la besó. En la frente, en las mejillas, en los labios y en la clavícula.

Ella le aflojó la corbata. A la porra con ella.

Su vestido de baile acabó en la moqueta de la habitación.

Esa noche fue todo cuanto había soñado ella siempre. No había expectativas, ni esperanzas que pudieran frustrarse, tan solo cercanía, ternura y comprensión.

¿Durante cuánto tiempo había deseado despertar por la mañana a su lado, cubiertos únicamente por una sábana blanca? Carlos a su lado, con el cabello alborotado. Musitar un «buenos días», sonreír porque se sentía maravillosamente relajada, aspirar el aroma de su piel, bañada ligeramente en sudor, sentir el agradable raspar de su incipiente barba cuando lo besó y su peso cuando se situó sobre ella y ella lo rodeó instintivamente con las piernas.

¿Cómo habían podido renunciar a esa cercanía durante tanto tiempo?

—¿Podemos quedarnos así para siempre? —musitó ella contra su barbilla.

—Sería demasiado bonito para ser verdad —respondió Carlos.

# 22

—¡Bienvenidos a Australia! —Bob Hawke fue al encuentro de Carlos y Diana con los brazos abiertos. Lo acompañaba su esposa.

Cuando Diana se bajó de la limusina delante de un elegante edificio de color claro, el corazón le latía con fuerza. La reunión con el primer ministro australiano se celebraba en la Casa de Gobierno de Canberra, la residencia oficial del gobernador general de Australia, el representante de la Corona británica.

Confiaba en que no tuviese la mano humedecida. Estaba tensa, porque en el vehículo Carlos le había vuelto a recalcar lo importante que era ese encuentro y lo mucho que había en juego. Las voces que exigían que Australia fuese una república independiente cada vez se dejaban oír más. Y debido a ello, toda la Commonwealth se veía amenazada. «Si Australia llegara a abandonar, los demás países también podrían caer como fichas de dominó. Si al menos Bob Hawke tuviese una personalidad fuerte. Pero es un tipo desagradable y grosero, famoso por lo que le gusta la cerveza. Al parecer incluso ha batido el récord mundial de velocidad de beberla. No me explico cómo alguien así pudo ser líder sindical y, menos aún, cómo los australianos pudieron elegirlo primer ministro».

Dios santo, ¿qué le esperaba? Durante el resto del trayecto se había puesto en lo peor. Aunque ya había visto por televisión al señor Hawke y sabía que era delgado, dado a la risa y en general parecía que tenía los pies en la tierra, después de lo negro que se lo había pintado Carlos se esperaba a un hombre con barriga cervecera que olía a sudor. ¿Y si se ponía a echar pestes de la monarquía? ¿Y si le decía a Diana a la cara que con sus vestidos bonitos y sus joyas caras lo único que hacía era costarle un dinero innecesario a su país y a decir verdad era completamente innecesaria?

La loción para después del afeitado del señor Hawke le recordó a un episodio de su infancia, cuando talaron un árbol en Althorp y olía a madera recién cortada.

—Soy Bob, y esta es mi mujer, Hazel —los saludó, como si Carlos y Diana fuesen un matrimonio normal y corriente al que otro matrimonio normal y corriente había invitado a una barbacoa.

—Esto es precioso —afirmó Diana—. Muchas gracias por la invitación.

—En su día a su marido le gustó tanto que poco después quería comprar el terreno entero y ser el siguiente gobernador general —rio Bob, y acto seguido se dirigió a Carlos—: ¿Se acuerda del paseíto a caballo que dimos?

No hacía falta estar casado con Carlos para darse cuenta de que se sentía incómodo.

—No fue más que una reflexión fugaz.

—Entonces su madre contrarió sus proyectos, ¿no es verdad?

—La decisión fue conjunta —puntualizó Carlos.

—En cualquier caso, el tiempo vuela, de aquello ya han pasado diez años, y usted ha venido acompañado de una esposa encantadora que ha cautivado a toda Australia. —Bob le besó el dorso de la mano a Diana mientras le guiñaba un ojo—. De haber venido su esposo solo —musitó bajando la voz y esbozando una sonrisa pícara, como si fuese a confiarle un secreto—, posiblemente mis deseos se hubiesen cumplido y los días de la Corona inglesa en Australia tuviesen los días contados. Pero usted... es una auténtica superestrella de la realeza.

Diana esbozó una sonrisa insegura y de pronto sintió toda la fuerza del sol en sus mejillas.

—Oh, confío en que no sea así. Las superestrellas son siempre muy inaccesibles.

—Y usted es una princesa a la que se puede tocar —replicó él mientras le apretaba la mano con excesiva fuerza.

—Yo solo me acerco a las personas. Mi marido es quien tiene que pronunciar todos los discursos y conceder entrevistas —contestó Diana procurando desviar la atención hacia Carlos.

—Tampoco es preciso que haga más. Está usted envuelta en un halo mágico. Es el poder que tiene un cuento de hadas, bella dama.

Diana quería preguntarle a qué se refería, pero Hazel se le adelantó:

—Querida, ¿le gustaría que demos un paseo por el terreno? Sería una buena oportunidad para conocernos mejor.

—Me parece estupendo —replicó Diana aliviada.

Mientras los hombres iban delante, Diana disfrutó del tiempo que pasó con Hazel. Irradiaba una agradable serenidad y, aunque no era una belleza clásica, resultaba atractiva. Debido al papel secundario que desempeñaba como esposa de un político prometedor, había adquirido una muda dignidad particular.

—¿Cómo le va al pequeño Guillermo? —se interesó Hazel mientras veía, risueña, que Diana florecía por dentro—. He leído en uno de esos tabloides que así es como lo llama usted.

—El pequeño Guillermo ha dado sus primeros pasos —contó entusiasmada Diana—. Y ha sido increíble, la verdad.

—Da la impresión de que es usted una gran madre.

Diana le restó importancia con un movimiento de mano.

—Gracias, pero estoy segura de que no soy mejor que las demás madres. Hay días buenos y malos.

—Sentía mucha curiosidad por conocerla. En las peluquerías todas las señoras piden su corte de pelo —rio Hazel—. En las guarderías las madres y las educadoras la ponen a usted por las nubes, dicen que es un ejemplo, y en cualquier tiendecita de provincias hay recuerdos con su cara.

—Seguro que todo eso pasará pronto. —Diana clavó la vista en el sendero de gravilla. Curiosamente era incapaz de alegrarse por las bienintencionadas palabras que acababa de decirle Hazel. Había algo que le preocupaba. ¿Podía planteárselo a la esposa del primer ministro?

Fueron los ojos de Hazel los que le dieron la impresión a Diana de que podía abrirse a ella. Era como si hubiesen visto toda clase de tragedias, como si hubiesen ido pasando por distintos grados de dolor y sufrimiento hasta alcanzar una gran sensibilidad y una comprensión extraordinaria.

—Me gustaría preguntarle algo, Hazel —empezó.

—Lo que quiera que le mortifique, querida mía.

—¿Qué quería decir su esposo cuando afirmó: «Si hubiese venido a Australia Carlos solo, la monarquía habría tenido los días contados»?

Habían llegado a orillas del río Molonglo, donde a la sombra de un árbol alto zumbaban los mosquitos sobre las agitadas aguas.

—¿Sabe usted lo que significa *terra nullius*?

Diana negó con la cabeza.

—Lamentablemente no.

—Significa «tierra de nadie». Así es como los ingleses llamaron a Australia para justificar su apropiación, aunque en realidad el país pertenecía a los aborígenes. En 1788 desembarcó la primera flota de barcos británicos en la cala de Sídney. Durante dos largos siglos nos sometimos a la Corona, incapaces de volar con nuestras propias alas.

Diana sintió que se le encogía el estómago. ¿Adónde quería llegar Hazel? Ella no podía evitar que los ingleses hubiesen colonizado Australia en su día. Pese a ello, la hacía sentir mal, como si básicamente todos los ingleses careciesen de escrúpulos y estuviesen ávidos de poder.

—No me malinterprete —continuó Hazel—. Mi marido no tiene nada en contra de la reina. Al contrario, la aprecia. Es solo que resulta extraño que Australia tenga un jefe de Estado que vive en el otro extremo del mundo y es completamente distinto de nosotros. Estaba seguro de que por fin había llegado el momento y su visita a Australia incitaría a la independencia. —Ahora Hazel miró a Diana—. Y entonces viene usted.

—Me temo que sigo sin entenderla del todo...

—Bueno, en ese caso se lo explicaré con un ejemplo. Mientras que su marido, demostrando tener muy poco olfato, se presenta en Ayers Rock vistiendo de uniforme ante los aborígenes, con lo que parece un colonizador inglés, usted, con su vestido camisero blanco, es toda naturalidad y discreción, e incluso el mero hecho de pedir un vaso de agua la hace sonrojar. Ahora le hablaré con toda sinceridad, de esposa a esposa: con su actitud reservada, el príncipe Carlos es, a mi modo de ver, el típico miembro de la realeza. Usted, en cambio, es la esposa perfecta, la princesa perfecta, la madre perfecta, y de pronto el país entero se vuelve loco.

—¿Eso es lo que quería decir su esposo con lo de «el poder que tiene un cuento de hadas»?

—En cierto modo, pero en eso no estoy completamente de acuerdo con él. Es posible que su historia parezca de cuento de hadas, de auxiliar de guardería a princesa, pero hace falta algo más para llegar al corazón de las personas.

—Me temo que me tiene usted en demasiado buen concepto. Yo no hago nada salvo aceptar flores, dar las gracias y estrechar manos.

—Y eso ya es mucho más de lo que hace el matrimonio real. Su majestad, la reina Isabel, se limita a saludar desde el coche la mayoría de las veces. Usted se acerca a las personas. —Hazel guardó silencio un instante y Diana notó que se debatía consigo misma—. Sin embargo, hay algo que me preocupa —dijo al cabo.

—¿Y es? —quiso saber Diana.

—Bien, como esposa de político, tengo cierta experiencia. Da la impresión de que a su marido le gustaría ser el centro de atención.

Diana no sabía muy bien qué responder.

—Como príncipe de Gales y futuro sucesor al trono, le gusta llevar la voz cantante, es cierto. Es preciso que este viaje sea un éxito.

—Lo será, créame. Su visita ha hecho retroceder el republicanismo australiano años, probablemente. Pero ello no es mérito del sucesor al trono, sino exclusivamente de la princesa de Gales, que ha conquistado el corazón de los australianos.

Diana no podía creer lo que estaba oyendo.

—De cada diez fotografías que publica la prensa, en unas ocho aparece usted sola. Eso lo dice todo. Puede que usted no lo sepa, pero es una mujer fuerte. Y su fuerza no está hecha para ser un bello telón de fondo de su esposo, como quizá sea el caso del príncipe Felipe con la reina. Ellos dos son una combinación encantadora de gracia y granito, y funciona. Pero en el caso del príncipe Carlos y usted es justo al contrario: usted acentúa sus deficiencias. Usted saca a la luz su falta de naturalidad, espontaneidad y tacto.

Fue como si le sentara mal algo, ya fuese el calor o el olor que emanaba del río o ver las aguas marrones.

—Discúlpeme, pero se ha puesto usted muy blanca. No era mi intención confundirla. —Hazel le tomó la mano—. Es solo que me preocupa. La vida a puerta cerrada a menudo es muy distinta de la que trasciende a la opinión pública. ¿Y si su popularidad acaba siendo una trampa para usted?

—Carlos puede con ello —mintió Diana. Ya en su gira de Gales había captado más atención que su marido, razón por la cual Carlos solía estar de mal humor por la noche y descargaba su frustración contra ella. Bajó la cabeza—. ¿Qué puedo hacer? —preguntó en voz queda.

—Probablemente se espere de usted que se aparte.

—Es decir, que vuelva a ser invisible —tradujo Diana. Después miró a Hazel—: ¿Y si no me gusta?

—En ese caso, me temo que se lo harán sentir —respondió Hazel, y de pronto su rostro se ensombreció.

# 23

Era increíble. Personas hasta donde alcanzaba la vista... Haciendo ondear banderas, sosteniendo en alto coloridos carteles. Gritos de júbilo por todas partes, a derecha, a izquierda, incluso arriba. Diana se sujetó el sombrero blanco con una mano para echar la cabeza hacia atrás y solo entonces pudo ver lo que reflejaban los rascacielos, ya que sus ojos tuvieron que acostumbrarse a la claridad. Unos rascacielos que parecían compuestos únicamente por personas que saludaban desde balcones o ventanas mientras pronunciaban su nombre a voz en grito. En Gales había habido un número incalculable de admiradores, pero esa multitud era sencillamente abrumadora. No solo en tierra, sino también en el puerto se agolpaban las embarcaciones. Sin embargo, para entonces esa intensidad ya no la intimidaba. Se sentía querida. Apreciada. Por tantas personas.

Carlos ya estaba bastante adelantado, estrechando una mano aquí y allá, como le había aconsejado Diana.

—Se contaba con que habría un numeroso público, pero esto supera todas las expectativas —oyó que decía una presentadora al micrófono—. El tráfico en la ciudad ha quedado paralizado por completo. Más de cuatrocientas mil personas esperan entusiasmadas para escuchar en directo las palabras del sucesor al trono, pero lo cierto es que no cabe la menor duda de a quién quieren ver en realidad.

—Está usted preciosa —alabó una señora, los ojos le brillaban—. Me encanta su vestido.

Y eso que el vestido azul con margaritas blancas que llevaba era sencillo. Diana, que en ese momento estaba acuclillada agarrando el ramo de flores que le ofrecía una niña, se irguió.

—Gracias, y a mí me gusta el suyo.

—¿De veras? Madre mía, ¡gracias! —La mujer parecía no creerse la suerte que había tenido—. Es usted muy distinta de lo que esperábamos. No como uno se imagina a una princesa.

—Tampoco yo me considero una princesa en primer lugar, sino, ante todo, esposa y madre —contestó Diana.

Poco después no era capaz de abarcar todos los ramos de flores, y le dio una parte a Carlos.

—Es como si no fuera más que tu portador de flores —observó él.

El corazón de Diana estaba rebosante de gratitud y amor hacia todas esas personas. Procuraba tomarse más tiempo con los que estaban a la sombra: los ancianos, los tímidos, los niños, los enfermos. Todos ellos sonreían. Y, pese a ello, vio la frustración que reflejaban los ojos de una mujer joven. La ira en los ojos de una madre. La pena en los de una anciana. Diana sintió una profunda conexión con todas esas personas que sufrían. Floreció porque, al menos durante un instante, pudo darles una pequeña alegría. Con todos los aristócratas y políticos arrogantes con los que tan a menudo se veía obligada a compartir mesa, se sentía tonta e insignificante. Esas personas de ahí le daban las gracias tan solo con que intercambiase unas palabras con ellas, sin sospechar que en realidad era Diana quien debía agradecérselo a ellas.

¿Sentía también Carlos lo único, lo especial que era ese momento? ¿Que allí estaba sucediendo algo increíble? Aun así, bastó una mirada para comprender que algo iba mal.

Una mujer exclamó:

—Hemos venido a ver a su esposa. Dígale que venga por nuestro lado.

Diana admiró a Carlos por lo bien que reaccionó, aunque intuía lo afectado que estaba.

—Deberían pedirle dinero a ella —bromeó apagado.

La cosa cada vez iba peor. Al final ya ni siquiera era capaz de bromear, se metió las manos en los bolsillos del pantalón y dio una patada a una piedra.

—Lo siento mucho, ahora mismo viene ella. De momento tendrán que conformarse conmigo.

Diana recordó las palabras de Hazel.

—Haga algo, se lo ruego —suplicó al señor Adeane, que seguía a su jefe con expresión de abatimiento—. Algo para que aumente el entusiasmo por el lado de mi esposo.

Oh, no, ¿qué era eso? Alguien había abucheado a Carlos. Diana corrió a su lado, pero las personas de la otra parte ya estaban expresando su decepción y exigiendo que volviese. Era de lo más extraño. Debía dividirse en dos para satisfacer a todo el mundo.

A todas luces, Carlos pensaba algo bastante parecido, si bien lo formuló de manera distinta cuando se volteó hacia el señor Adeane y le dijo en voz baja:

—He llegado a la conclusión de que sería más fácil para mí si tuviera dos mujeres. De ese modo ellas podrían ir a ambos lados del desfile y yo en medio, paseando y dando indicaciones.

Un cuchillo en el pecho de Diana.

Y la sangre le empezó a hervir. ¿Por qué no se alegraba por ella sin más? Estaba harta de intentar satisfacerlo siempre. Y de todas formas, él no se lo tomaba en cuenta.

De pronto no hubo forma de contener la presión que ejercían las personas. El personal de seguridad seguía intentando mantenerlas apartadas de ella, pero era imposible. Acto seguido se vio rodeada de un grupo de personas, pero Diana no tenía miedo. Sentía que a esas personas les caía bien de verdad. Que sus intenciones eran buenas. Era como si se bañase en un mar de amor, afecto y admiración. «Princesa Diana, es usted mi modelo». «Admiro su estilo».

Ella casi no se daba abasto para firmar autógrafos y expresar su agradecimiento. Su corazón rebosaba de dicha.

¿Dónde estaba Carlos? Se puso de puntillas para buscarlo. Cuando lo vio, el corazón se le paró un instante. Su marido tenía el rostro como petrificado.

Ahí estaba de nuevo, el puño de hielo que le atenazaba el corazón.

El amor que le manifestaban las personas le costaría caro en casa.

—¿Cómo te atreves? —espetó Carlos apenas cerró la puerta de la suite cuando entraron, como había pedido, el señor Adeane y ella—. ¿Por qué me haces esto?

—¿Se puede saber qué he hecho yo esta vez? —replicó Diana. Dejó la bolsa de mano en la cama y se quitó el sombrero y los estrechos zapatos de tacón bajo y correa. Le dolía la espalda de permanecer tanto tiempo en pie. Solo quería meterse en la regadera y dejar que el agua se llevara el agotador día.

Ya en el coche había presentido que se avecinaba tormenta. Carlos no le había dirigido la palabra, se había pasado todo el tiempo mirando por la ventanilla de cristales polarizados mientras algo bullía en su interior.

—¿Le importaría a alguien explicarme a qué viene esto? —insistió Diana.

El señor Adeane carraspeó y respondió por Carlos:

—Bueno, como sin duda se habrá percatado, el príncipe de

Gales no ha sido recibido con el mismo entusiasmo que le han manifestado a usted.

—¡Yo soy el futuro rey! —Carlos iba arriba y abajo en la habitación—. Deberían aclamarme mí. Esta debería ser mi gira.

—«Nuestra gira», si mal no recuerdo —objetó ella.

—Tu cometido era apoyarme en esta delicada situación para que un país importante no le dé la espalda a la Commonwealth, pero, gracias a ti, en los medios ni se mencionan mis discursos.

Le hizo una señal al señor Adeane, tras la cual este agarró el control y puso un noticiero al azar. En ese preciso instante una mujer que llevaba un niño en brazos decía a la cámara: «Parece una madre estupenda. En cierto modo da la sensación de que podría ser una buena amiga, aunque pertenezca a la familia real. Es imposible no tomarle cariño».

«Me encanta su estilo —afirmaba otra señora—. Se sale de lo corriente. Atrevido y, sin embargo, siempre refinado y elegante».

—¿Te llama algo la atención? —inquirió Carlos apretando la mandíbula.

—Sí, que la gente solo dice cosas buenas.

«Diana es tan natural —opinó una mujer joven—. No es tan estirada como el resto de la casa real».

—Haces que se hable mal de la casa real. ¡Me han abucheado!

—Y lo siento muchísimo, Carlos, pero yo no tengo la culpa. He intentado ayudarte.

—¿Ah, sí? Lo que has hecho es lucirte —bramó él con las manos en puños.

Diana no podía creer lo que estaba oyendo. Era tan injusto.

—No me he lucido, he estrechado lazos con la gente. Gracias a mí, las personas han acudido en masa a tus actos —contestó ella fuera de sí—. Beben los vientos por el matrimonio real, y probablemente de esa forma te haya ayudado en tu cometido de revivir el entusiasmo de Australia por la monarquía.

—Vete —fue todo cuanto dijo él a continuación—. El señor Adeane y yo debemos deliberar sobre nuestro proceder para que no se repita el mismo desastre en Nueva Zelanda.

Y, dándole la espalda, se puso a mirar por la ventana.

¿Cómo podían haber vuelto a llegar a lo mismo? Los últimos días había habido tanta armonía... Un sueño que se había roto como una pompa de jabón.

—Carlos, por favor —suplicó Diana—. Vamos a hablar con calma. Al igual que tú, quiero que este viaje sea un éxito. ¿De verdad vas a hacer ahora como si no existiese? Todavía tenemos dos semanas por delante.

Pero él guardaba silencio. Diana no tuvo más remedio que retirarse a su suite, abatida, donde se dejó caer en la cama. Y eso que solo quería que Carlos estuviese orgulloso de ella. De no haberle caído bien a la gente, también se habría llevado un regaño. Hiciera lo que hiciese, siempre estaba mal.

Sentía una pesadez plúmbea en todo el cuerpo. Cuando Carlos no le hacía ni caso era espantoso. Como si no tuviera ningún valor. No aguantaría así dos semanas. ¿Y si volvía a disculparse? Él aceptaría su disculpa con un movimiento de cabeza que querría decir: «Me alegro de que hayas entrado en razón».

Pero el problema era que durante un breve espacio de tiempo se había dado cuenta de lo bella que podía ser la vida. Había probado el néctar de los dioses y aún sentía su dulzor en la lengua.

No podía volver a su antiguo yo, que definía la abnegación como esencia de la feminidad.

¿Qué podía hacer?

Tenía que confiar sus penas a alguien de una vez por todas. En realidad, a la única persona que de verdad tenía algo que decir a Carlos.

Isabel.

## 24

Solo faltaban unos minutos para aterrizar en Londres.

Carlos estaba sentado en diagonal a ella, pero no la había mirado en todo el vuelo, y menos aún le había dirigido la palabra.

Estaban juntos los dos y, aun así, se sentía sola.

Diana intentó tomar fuerzas del resplandor de Londres. La noche avanzaba despacio, pero la ciudad le hacía frente con un sinfín de luces. Bebió un sorbo de su té negro. Amargo y flojo. ¿A cuántos aviones más se subiría ese año? ¿Cincuenta? ¿Cien?

En el aeropuerto los esperaban dos coches, uno para ella y otro para Carlos. Seis semanas sin Camilla probablemente fuese demasiado. Ahora ella tenía que alimentarle el ego a Carlos en la cama cuanto antes. Diana estuvo a punto de reírse. Pero, de haberlo hecho, Carlos la habría mirado una vez más como si le entraran ganas de ponerle una camisa de fuerza.

No hubo ningún abrazo, ninguna palabra de despedida, ni siquiera una mirada de arrepentimiento.

—Al palacio de Buckingham, por favor —indicó Diana al conductor de la limusina—. Debo hablar con la reina.

Se había convencido de que no pasaría nada por molestar a Isabel a una hora tan insólita; más aún, quizá su suegra incluso se preocupase. «Querida, ven a sentarte. ¿Es que ha sucedido algo?»

Isabel estaba sentada en el sofá, la luz de la televisión le iluminaba el rostro. Delante, en una mesita auxiliar, tenía lo que quedaba de un plato con zanahorias escaldadas y puré de papa. A sus pies dormían dos de sus corgis, un tercero a su lado, en el sofá. ¿Por qué no la acompañaba Felipe? ¿Al final le pasaba lo mismo que a ella? ¿Estaba atrapada en un matrimonio frío y sin amor?

Isabel se limpió la boca delicadamente con una servilleta de tela, le quitó el volumen a la televisión, hizo a un lado la mesita y, tras levantarse, finalmente sonrió. Todo ello lo hizo bastante despacio, como si quisiera dar a entender que Diana la había molestado, que no le gustaba que la interrumpiesen.

—Bienvenida de tu primera gira a ultramar.

Diana hizo una reverencia.

—Gracias, madre. —¿Era malestar lo que vio en los ojos de Isabel? ¿O solo eran imaginaciones suyas?—. Cuando nos casamos me dijiste que podía llamarte así —añadió por si acaso.

—Sí, naturalmente. —Isabel le indicó el sofá. Ella se acomodó en el borde, como si fuese a levantarse de un momento a otro—. Tu visita me sorprende, a esta hora y después de un viaje tan largo. Debes de estar agotada.

Con la mirada fija en las manos, que había unido en el regazo, Diana contestó:

—No podía esperar más, tenía que hablar contigo cuanto antes. Necesito desahogarme. Estoy desesperada...

—¿Desesperada? —repitió con asombro Isabel—. Pero si su viaje ha sido un éxito rotundo.

—Bueno, probablemente no tanto si mi esposo y yo apenas nos dirigimos la palabra.

—Pero todas las imágenes que he podido ver en la prensa muestran un matrimonio feliz.

—En público es posible que parezcamos un matrimonio feliz —precisó Diana—, pero a puerta cerrada la cosa cambia.

—Bueno, a puerta cerrada no todo es lo que parece. —Isabel enarcó las cejas con aire cómplice—. No hay que hacer caso de los chismorreos, pero no hace mucho estuve hablando con la princesa Margarita, que también vive en el palacio de Kensington. Me dijo que, de ser ciertos los rumores, te estás haciendo daño a ti misma.

Diana se sintió atacada. Se acaloró. Tenía la sensación de haber perdido el control. Contuvo la respiración y toda ella se crispó convulsamente.

Miró a su suegra. Había llegado el momento de mentir a Isabel y asegurarle que los rumores no tenían ningún fundamento. Sin embargo la reina tomó su silencio por muda confirmación.

—A Carlos le abruma tu estado.

La conversación iba mal, se le estaba yendo de las manos...

—Pero si ya desde que nos prometimos prácticamente no existo para Carlos. Se ve a escondidas con Camilla. Y tú lo sabes. Lo saben todos.

—La infidelidad es una debilidad lamentable que hay que aguantar y pasar por alto. Una distracción pasajera.

¿Había oído bien? ¿Le exigía Isabel que se quedase de brazos cruzados y aceptase que Carlos se metiese en la cama con otra?

—Así que piensas que está bien que me haga daño intencionadamente, ¿es eso? Me hace sufrir.

—¿Te hace sufrir? De cien fotos que se han tomado, en noventa y tres apareces tú sola, la radiante princesa. Carlos solo quiere un poco de interés. La prensa apenas ha reparado en él, mientras que tú has acaparado toda la atención.

Casi no podía seguirla.

—Eso no es verdad. No he acaparado toda la atención. Solo he sentido que la gente se fijaba en mí. Era como si las personas presintieran que necesitaba ánimo. Como si tuviesen un vínculo conmigo.

—¿Cómo se va a sentir la gente de fuera vinculada, aunque sea mínimamente, a nosotros? Te engañas si crees que entienden nuestra situación o sienten algo parecido a la comprensión o incluso a la compasión por nosotros.

—No me engaño. Sé lo que he percibido —contestó ella.

Sus miradas entablaron una lucha silente.

—Estoy muy decepcionada contigo, Diana. En lugar de alegrarte del triunfo con el que se han alzado en Australia y Nueva Zelanda, lo único que haces es quejarte. Y en lugar de pensar si no tendrás tú también parte de culpa en sus problemas conyugales, acudes a mí y apuñalas por la espalda a tu esposo.

Las palabras de Isabel fueron ácidas. La reina nunca le había hablado así.

—No es mi intención apuñalar por la espalda a Carlos.

Durante un instante se le pasó por la cabeza la espantosa idea de arrojarse a los pies de Isabel y suplicar: «Por favor, solo quiero que entiendas que estoy hundiéndome y todos ustedes lo están viendo».

—No creo que sea mucho pedir —afirmó Diana—. Solo quiero tener la sensación de que también valgo algo. Solo quiero algo de cariño y afecto.

—Ay —suspiró Isabel—. Todo este teatro no es más que un numerito.

Un numerito. Una de las palabras que la reina gustaba de utilizar. Todo lo que tenía que ver con las emociones para ella era un «numerito». Isabel se levantó del sofá y se alisó la falda. Los corgis hicieron otro tanto en el acto y se arremolinaron a su alrededor. Ella sonrió extasiada y acarició a los vivarachos animales. Acto seguido su mirada descansó en la campanita que había en la mesa auxiliar. «Llama a tu mayordomo, anda —pensó Diana—. No me daré aún por vencida. He ido demasiado lejos para hacerlo».

—Lo único que quiero es encajar —suplicó mientras se levantaba asimismo del sofá—. Me gustaría formar parte de esta familia.

—Formas parte de esta familia —aseguró Isabel.

—Sin embargo, tengo la sensación más bien de que... de que solo tengo un papel que desempeñar. De que ya ni siquiera soy una persona viva.

Isabel dejó que uno de los corgis le diera la patita. Incluso con sus perros, la reina era más afectuosa de lo que lo había sido nunca con Diana...

—Yo diría que estás aquí, delante de mí, vivita y coleando. No sé qué esperas de mí, Diana.

Las lágrimas le abrasaban los ojos. Atrás quedaba ese largo y convulso viaje. Se sentía dolida y sola.

—Un poco de consuelo no estaría mal.

«Hazlo, sin más. ¿Qué tienes que perder? Un poco de orgullo, unas migajas de esperanza».

Fue hacia Isabel y la abrazó. Era la primera vez desde que había emparentado con esa familia que Diana sentía el cuerpo blando de la mujer que llevaba el peso de todo un país. Se agarró a ella como un náufrago.

Uno de los corgis ladró como si quisiera proteger a su ama. Isabel se puso rígida y dio dos palmaditas en la espalda a Diana. «Basta ya, déjame».

La certeza de estar violentando a la soberana fue como recibir una bofetada, y Diana se apartó asustada. Isabel se atusó el cabello.

¿Cómo había podido creer seriamente que la reina quizá incluso también anhelara un poco de cercanía y se abriría a ella? Esa era la mujer que se hallaba a la cabeza del país desde hacía casi treinta años. La mujer que ni siquiera perdió la serenidad cuando, en julio de 1981, un chiflado de diecisiete años le disparó seis balas de fogueo durante un desfile militar. En cuestión de segundos, la reina tenía de nuevo bajo control al caballo que montaba, le acarició el cuello y siguió cabalgando.

Un año más tarde, a las siete de la mañana, un desempleado de treinta y un años trepó por la fachada del palacio de Buckingham y consiguió llegar al dormitorio de la reina. Isabel, que aún estaba en la cama esperando el desayuno, se levantó, se puso la bata y las pantuflas, y dijo con severidad al hombre: «Salga usted de aquí». Puesto que no había aparecido ningún miembro de seguridad, la soberana se sentó en el borde de la cama y habló educadamente con él de sus problemas familiares durante cinco minutos, hasta que por fin llegó un agente de policía. «Acompáñelo a la salida y dele un cigarro», dijo.

Isabel era de granito.

Todas las mujeres de la familia real eran de granito.

Pero Diana no.

—Lamento mucho haberte molestado a estas horas —dijo—. Será mejor que me vaya.

Poco antes de salir de la habitación miró por última vez a Isabel, que se había vuelto a sentar en el sofá. La luz estridente de la televisión le iluminaba el rostro. Era como si esa conversación no hubiese tenido lugar.

Entonces Diana fue consciente de que la reina tal vez fuese la mujer más sola del mundo. Y de que si no cambiaba algo en su vida, y pronto, ella terminaría igual.

En plena noche Diana se vio de nuevo en la cocina del palacio de Kensington, rodeada de platos vacíos con restos de natillas pegados. Las natillas tenían algo reconfortante. Como si alguien la abrazara.

Más tarde, cuando caminaba con apatía hacia sus dependencias, un ruido hizo que se detuviera. ¿Se había cerrado una puerta?

Miró con cautela el escasamente iluminado pasillo y profirió un suspiro de alivio. Solo era Margo, que al parecer iba un tanto achispada. Al menos eso cabía deducir de su paso un tanto vacilante. Al igual que Diana, llevaba los zapatos de tacón en la mano.

—Te atrapé —dijo Diana entre risas—. Conque esta es la entrada secreta por la que entras y sales sin que nadie te vea.

—Es la única que no está vigilada por cámaras —confesó la diva—. No quiero dar que hablar al personal. —Haciendo un mohín, se metió la bolsa de mano bajo el brazo y fue pavoneándose hacia la escalera. Cuando ya tenía una mano en la barandilla, se detuvo—. ¿No han llegado esta misma noche de su triunfal gira? ¿Dónde se mete Carlos?

No hizo ni falta que Diana contestara. A todas luces Margarita leyó la respuesta en su rostro.

—Entiendo.

—Y a mí no me queda más remedio que hacerme la tonta que no oye nada y no ve nada. —Aunque acababa de comerse las natillas, de pronto notó un sabor amargo en la boca—. En el fondo confían en que me adapte, ¿no es verdad?

—Probablemente fuera la solución más fácil para todos los implicados —replicó Margo con sequedad.

—Así que debo doblegarme como ha hecho Felipe. Como has hecho tú. ¿Y si no estoy dispuesta?

Margarita le dirigió una mirada de advertencia.

—No olvides quién eres. Y con quién te las tienes que ver aquí. Dependes de nosotros.

Durante un instante, Margarita permitió que Diana vislumbrase lo que había tras la fachada fría y sarcástica, allí donde estaban todo el dolor, la pérdida, las humillaciones y las esperanzas truncadas que había tenido que soportar a lo largo de su vida la que fuera esa mujer bellísima.

—Te destrozarás —dijo casi con ternura.

Algo parecido le había dicho Hazel Hawke, solo que tanto ella como Margarita habían olvidado un detalle decisivo: durante su viaje a Australia y Nueva Zelanda, Diana había podido darse cuenta de lo mucho que la apreciaba la gente. Más que a Carlos. Quizá más incluso que a la reina. Porque podía identificarse con ella. Gracias a ella, la gira por Australia y Nueva Zelanda había sido un éxito.

Y por eso levantó la cabeza.

—Creo que su razonamiento es erróneo. ¿Y si soy yo quien los une a la vida moderna? ¿La que se ocupa de que vayan con los tiempos que corren y sigan siendo relevantes? —Hizo una pausa para que sus palabras surtieran efecto y después añadió—: ¿Y si sobreviven gracias a mí?

# SEGUNDA PARTE

## 25

*1991*

Ese sería su ocaso.

Rayano en el suicidio.

Pero ¿qué más daba ya? Se sentía prácticamente muerta.

Además, nadie sabría que había sido idea suya. Fingiría estar horrorizada, a esas alturas ya estaba curada de espanto. «Por lo menos en ese sentido me he adaptado a ustedes».

Miró la grabadora que tenía delante, en la mesa. Ese aparato pequeño e insignificante pronto contendría toda su vida. Lo había introducido en el palacio sin problema, en la bolsa de mano. Al lado había un papel con preguntas, escritas cuidadosamente a máquina. Por Noah. Un nombre falso. Tras él se hallaba Andrew Morton, un periodista joven y prometedor que ya había escrito algunas veces sobre ella en *The Sunday Times*. A él le abriría la puerta de su corazón, y él publicaría su historia. Su verdadera historia.

En los artículos que había escrito sobre ella, Morton ponía de manifiesto que era un hombre comprensivo y miraba con más atención que los demás reporteros, que no veían en ella nada más que una muñequita linda a la que tratan con cuidado. Un periódico americano lo había calificado de *notable autor and historian*: «escritor e historiador notable». A partir de ahí había formado ella el acrónimo Noah. Sin embargo, mucho más importante era el hecho de que Morton no tenía nada que ver con el palacio de Buckingham.

Ya había hablado del periodo en que había estado prometida con Carlos. De que la casa real buscaba a una joven virgen para el sucesor al trono. Además tenía que ser guapa y protestante y, cómo no, de buena familia. Había confiado a la grabadora que Carlos amaba a otra mujer desde hacía años. Había confesado los gritos que había lanzado pidiendo socorro: que se había tirado por una escalera y se había autolesionado con una cuchilla de afeitar.

Quién lo habría pensado, pero le hacía bien hablar por fin. Aunque le supusiera un esfuerzo responder lo más sincera y honestamente posible a las preguntas de Morton. También ahora el corazón le latía con fuerza cuando su dedo índice encendió el aparato. Como si fuese una bomba, en lugar de una grabadora.

«Estás apuñalando por la espalda a tu familia. ¿Se puede saber quién te has creído que eres?»

Pero ya no sabía qué más hacer. Se estaba hundiendo, y todos veían cómo se ahogaba sin hacer nada.

Así que ese no era más que otro grito de socorro.

Y este no podría pasarlo por alto la familia real.

Siempre que era posible, un intermediario le llevaba nuevas preguntas de Morton o le hacía llegar a este las cintas grabadas. Por así decirlo, era como en una película de Hollywood.

Era domingo, el cielo de un azul resplandeciente. Aunque el palacio parecía desierto, Diana se había asegurado varias veces de que no había nadie cerca y había indicado al personal que no la molestase la hora siguiente.

«Allá vamos».

La grabación dio comienzo. Tardó unos instantes antes de empezar.

—Cuando era pequeña tenía muchos sueños. Casi siempre soñaba con tener un marido que cuidara de mí. Una figura paterna que me apoyase y me diera aliento. En fin...»

Tras el viaje que hicimos juntos a Australia y Nueva Zelanda, Carlos y yo intentamos reconciliarnos después de muchas peleas. Durante un breve periodo de tiempo todo mejoró como por arte de magia y hasta engendramos a Enrique. Carlos siempre había querido tener un niño y una niña. Yo sabía que sería un niño, porque lo había visto en la ecografía. No se lo había dicho. "Dios santo —fue su primer comentario—. Es un niño. Y pelirrojo." Entonces algo en mí se cerró».

A mis amigos apenas los veía ya. Me resultaba embarazoso invitarlos a comer al palacio. Probablemente me hubiese pasado todo el tiempo disculpándome. Por el hecho de que una vez más mi marido no se dejara ver. Por estar tan agotada y no poder explicar la razón, ya que a fin de cuentas tenía todo aquello con lo que soñaban las mujeres. A veces pensaba que moriría de soledad».

Pero entonces llegó Fergie. Y de pronto ya no estaba sola...

## 26

*1985*

Fergie. En realidad, Sarah Ferguson, pero una vez que la conocían era imposible llamarla Sarah, de lo vivaracha y rebelde que era.

De vez en cuando habían coincidido en un partido de polo, habían charlado un poco, pero su relación no había ido más allá. Sin embargo, eso cambió una de esas tardes interminables en que Carlos corría por el campo de juego montado sobre un caballo y Diana admiraba con Guillermo y Enrique los caballos a los que daban de comer y beber aparte. La prensa que se hallaba presente no se cansaba de fotografiar a Enrique con sus pantalones bombachos de rayas. Y es que estaba para comérselo. Diana lo dejaba en manos de la niñera la mayoría de las veces, a fin de cuentas el niño no había cumplido el año. La señorita Barnes empujaba el cochecito; tras ellos, siguiéndolos discretamente, iban dos guardaespaldas. Seguro que con el calor que hacía los pobres sudaban la gota gorda enfundados en esos trajes oscuros.

Diana intentaba no pensar en los fotógrafos. Probablemente nunca se acostumbrase a los *paparazzi*. Como tampoco se acostumbraría a los guardaespaldas. Ver a Guillermo, que no se cansaba de contemplar los orgullosos caballos y los aún más orgullosos jugadores, el cielo sin nubes y percibir aquel olor a césped recién cortado al menos la resarcían un poco de esa tortura. Pese a todo, habría preferido disfrutar del sol en bikini, justo al contrario que las damas distinguidas, que se apiñaban como gallinas bajo el pabellón blanco para proteger su distinguida palidez.

Cuando Diana iba por un refresco de cola para Guillermo, oyó a las susodichas distinguidas damas hablar mal de Fergie.

—Mira a la pelirroja —criticaba una de esas típicas mujeres que, tras una jornada de compras maratoniana en Harrods, creían haberse ganado un masaje. Y mientras le masajeaban la espalda se quejaban de que habría que prohibir la entrada a los lujosos grandes almacenes a los incontables turistas. De las amargas arrugas que tenía alrededor de la boca esa dama se podía deducir, como mínimo, que tenía que poner objeciones a todo—. Lleva el pelo como si hubiese metido los dedos en un enchufe —dijo de Fergie—. Y perder unos kilitos tampoco le iría mal. Dicho sea de paso, ¿quién es?

—Sarah Ferguson —informó otra. Dio un paso a un lado para alejarse de un rayo de sol que se había acercado peligrosamente a su piel.

—¿Es que no le han enseñado nada sus padres sobre moda?

—La madre probablemente poco, porque se escapó a Argentina con su amante, el jugador de polo Héctor Barrantes.

—Eso lo dice todo de las relaciones. Siendo así, tampoco me extraña que lleve la blusa tan ceñida. A todas luces pretende seguir los pasos de la madre.

—En cualquier caso, la tal Sarah es una persona alegre, según tengo entendido. Dicen que deambula como un gato sarnoso por los clubes nocturnos o las fiestas *après ski*. Probablemente con la esperanza de echarle las garras a un rico. Por lo visto, también ha recorrido Sudamérica con una mochila. Por favor, ¿qué dama con estilo y sentido común hace algo así?

Diana sintió una profunda simpatía por esa joven vivaz que se pegaba a la cerca de madera como si quisiera salir al campo de juego. No paraba quieta, era como una pelota de goma, y ni siquiera la trenza francesa que lucía podía domar su melena. Fergie daba saltos, saludaba, animaba a los jugadores y volteaba la cabeza constantemente confiando en encontrar a un caballero entre el público. ¿Cómo podía condenarla Diana por eso?

—¡Miren quién está ahí! —dijo Diana a Guillermo y Enrique alzando la voz más de lo necesario—. Nuestra querida amiga Sarah Ferguson. —Que las distinguidas gallinas del pabellón se quedaran boquiabiertas.

Al oír su nombre, Fergie se volteó.

—¡Diana! —Su rostro se iluminó, sobre todo al ver a los pequeños príncipes. Los quería tanto a los dos que Diana se sorprendió pensando que le gustaría recibir un abrazo de Fergie.

Hablar con Fergie era fácil. Casi como si siguiera el partido de polo con una amiga de la infancia.

—He oído que has estado viajando sola por Sudamérica de mochilera —se le escapó a Diana. Podría haberse mordido la lengua.

—A ver si lo adivino: esas bobas frustradas de ahí atrás estaban hablando mal de mí otra vez.

Solo hablaban de ella, mintió Diana.

—A ver si se atragantan con el champán —dijo entre dientes Fergie—. He estado en países que ellas tendrían que buscar primero en el mapa.

Tanta seguridad era admirable.

—Yo creo que no me atrevería —admitió Diana—. Viajar por mi cuenta y solo con una mochila por países cuyo idioma no hablo y cuya cultura me es ajena.

—No digas eso. Créeme, te sorprendería lo bien que te las arreglarías. Uno no puede dejarse intimidar por el propio miedo.

—¿No se preocupó tu familia? —se atrevió a preguntar Diana.

—Claro. —Fergie miraba el campo de juego—. Qué suerte tienes —dijo de pronto lanzando un suspiro—. Me refiero a que Carlos es un hombre tan culto, encantador y atractivo. Has conseguido pescar al soltero de oro de Inglaterra.

Diana consideró que era mejor dejarlo estar.

—Y a ti, ¿te gusta alguien? —prefirió preguntar.

—¿Te refieres a un hombre? Madre mía, ni me hables del tema.

Diana esbozó una sonrisilla. ¿Era de mala educación insistir?

Exhalando un suspiro teatral, Fergie se apartó de la cara un mechón del rebelde flequillo y empezó a contar sin necesidad de que ella se lo pidiera.

—Mi última relación fue un auténtico desastre y, a pesar de todo, no me digas cómo, duró tres años. Él era viudo, me llevaba la asombrosa cantidad de veinticinco años y tenía dos hijos adolescentes. No me malinterpretes, los dos me daban muchísima pena, pero eran unos mocosos insolentes. No era de extrañar, la familia está podrida de dinero.

Diana sentía curiosidad.

—Entonces ¿estás a gusto sola ahora?

—Sí —aseguró Fergie. Primero con absoluta convicción, pero después acabó sacudiendo la cabeza poco a poco—. La verdad es que puedo estar sola perfectamente, de verdad, ¿sabes? Pero lo cierto es que me gustaría ver este partido de polo con un hombre que me recuerde que me ponga el sombrero y me pregunte si quiero que me traiga algo de beber. Que por la mañana me sonría en la cama y me diga que soy la mejor del mundo entero y que el pelo alborotado y la cara hecha un higo solo hacen que sea más guapa.

Era una sinceridad tan brutal que Diana no pudo evitar sentir un cariño incondicional por esa mujer. Le pasó un brazo por los hombros a Fergie.

—Hasta que aparezca ese alguien, yo te traeré algo de beber. Y ya verás como en menos que canta un gallo aparece el hombre de tu vida.

Y de pronto tuvo una idea...

Diana estaba orgullosa de sí misma. Todo iba como lo había imaginado. El Royal Ascot estaba a la vuelta de la esquina: el acontecimiento social del año por antonomasia.

Tal vez en primer término fuese una carrera de caballos, pero en realidad se trataba únicamente de ver y ser visto. Todo el que era de la realeza, rico y guapo, se daba cita en Berkshire, a unas dos horas de Londres. Normalmente Diana no soportaba acontecimientos tan superficiales, pero el Royal Ascot tenía una magia muy especial, a la que ni siquiera ella se podía resistir. Aparte de que sentía debilidad por la moda, y en realidad el Royal Ascot era una pasarela única. Las damas pensaban en lo que iban a lucir con semanas de antelación, algo que, naturalmente, en parte también se debía a que —como era habitual en los círculos de la realeza— había que seguir un estricto código de vestuario. Vestidos y conjuntos tenían que ser discretos y elegantes, algo que, sin embargo, algunas damas seguidoras de la moda sabían compensar con extravagantes sombreros. Un ala ancha era un imperativo que dictaba la moda, al igual que bonitas cintas o vistosas flores de tela. De vez en cuando las damas exageraban y llevaban auténticos arriates en la cabeza. El tocado de una joven incluso constaba de dos enormes alas de mariposa confeccionadas con plumas azules.

Los hombres debían lucir traje negro con chaleco y sombrero, así como calcetines con los zapatos, cosa que, con las temperaturas que se alcanzaban en junio, hacía que algún que otro caballero tuviese la frente inundada de sudor.

En total el Royal Ascot duraba cinco días, si bien era el de su inauguración el que más revuelo levantaba. Solo personas selectas eran invitadas al recinto real. Los criterios de selección eran una mezcla inextricable de estatus social, contactos, referencias y ambiciones. Diana había logrado que Fergie recibiese una de las codiciadas invitaciones.

—Te estaré eternamente agradecida —afirmó Fergie con las mejillas enrojecidas de entusiasmo. Los ojos le brillaban. No se cansaba de mirar la orquesta de cuerda, las festivas mesas y los carruajes que llegaban y traían a más invitados importantes.

Se detenían fuera, en los cuidados jardines con vistas al hipódromo. Cuando uno de los lacayos le ofreció canapés de bogavante en una bandeja de plata, Fergie le dio las gracias tímidamente y se atrevió a tomar uno. Las exquisiteces eran pequeñas obras de arte.

—Y lo mejor es que durante el almuerzo te sentarás con Andrés —reveló Diana.

Fergie estaba guapa con un sencillo vestido color crema que Diana había elegido con ella para la ocasión. En el sombrero, dos flores de tela rojas que conjuntaban de maravilla con su cabello pelirrojo.

Olía a perfume y a los exuberantes arreglos florales, y de vez en cuando llegaba un leve olor de las caballerizas, donde aguardaban los maravillosos caballos, cuyos músculos temblaban bajo el brillante pelaje. En suma: olía a dinero. Mucho dinero. Era mediodía y el sol lucía con toda su fuerza. Diana estaba mareada. Esa mañana había vomitado el desayuno.

Fergie no tardó en estar un poco achispada y perder todas sus inhibiciones; cuando finalizó el menú de cinco platos se inclinaba cada vez más sobre la mesa, hasta que Andrés y ella acabaron haciendo a un lado las velas blancas y la hiedra que decoraba la mesa, todo cuanto los separara innecesariamente. Esa pelirroja segura de sí misma sabía exactamente cuáles eran sus atractivos. Enseñaba el escote, arrugaba al reír la naricilla pecosa, se enrollaba un mechón de pelo en el dedo índice, todas ellas señales de un cuerpo que flirteaba a más no poder. Mientras Andrés le daba buñuelos de viento y los dos estaban prácticamente pegados, Diana se planteó si debía recordarles que la reina estaba sentada al otro extremo de la mesa. Pero era demasiado fascinante.

Carlos se hallaba en diagonal a ella. Tenía su característica expresión de gran concentración, seria pero también ligeramente abatida, típica de quienes desesperan. Era un joven viejo.

Y de repente Diana empezó a sentirse mal. ¿Por qué Carlos nunca había flirteado así con ella? ¿Por qué entre ellos nunca había habido esa chispa? Y ¿por qué había estado tan ciega para darse cuenta de que allí faltaba algo decisivo? Había sido tan ingenua, no sabía nada del amor. Y eso que su madre se lo había advertido... Pero probablemente nadie pueda hacer nada contra un corazón esperanzado.

De pronto solo veía parejas felices por todas partes. Matrimonios que iban probando juntos los bocados y manifestaban la confianza que se tenían: «Esto no te gustará, querida, tiene mayonesa». O tortolitos a los que la comida les importaba un comino, que solo tenían ojos el uno para el otro.

—Disculpenme. —Tenía que salir para que le diera el aire, necesitaba estar sola y respirar.

Se sentía como si Carlos la hubiese engañado. «Vaya, ¡¿por fin te das cuenta?!»

Ese calor asfixiante... Sudaba con su vestido color salmón, que se le ceñía demasiado en la cintura. Por suerte encontró un lugar tranquilo a la sombra, lejos del barullo. Allí solo veía a los lacayos, que se movían como hormigas veloces entre la cocina, el comedor y los jardines para seguir atendiendo a los hambrientos invitados.

Ni siquiera en los comienzos de su relación había tenido Carlos tiempo para ella. ¿Tan difícil era quererla? Le habría gustado estar con un hombre que se derritiese con solo mirarla. Quería ver en el brillo de sus ojos que la deseaba. Quería que casi no se pudiera controlar, que ella lo hiciese enloquecer con sus besos.

«Respira. Tranquilízate, Diana».

—Conque estás aquí. —Fergie había aparecido junto al guardarropa y salió con ella—. ¿Te encuentras mal?

—No, estoy bien. —Parecía furiosa, de manera que añadió un poco más comedida—: De verdad.

—¿He hecho algo mal? —preguntó preocupada Fergie.

—Yo diría que no has podido hacerlo mejor. Tienes a Andrés a tus pies.

El comentario hizo que Fergie esbozara una sonrisa de oreja a oreja.

—¿De verdad lo crees? Es un hombre tan gallardo. Puede que suene algo cursi, pero creo firmemente en el amor a primera vista. En el primer encuentro. Es lo que decide todo. Que Andrés y yo jugásemos juntos una o dos veces cuando éramos pequeños no cuenta. Solo cuenta el día de hoy. Y ha sido perfecto. —No podía ocultar su entusiasmo.

—Amor —dijo Diana—. Me temo que primero tendrás que enseñar a esta familia qué es esa palabra.

Ver cómo se borraba la sonrisa del rostro de Fergie le partió el corazón a Diana.

Se pasó una mano por la frente.

—Lo siento. No sé qué me pasa. Olvida lo que he dicho. Al verte con Andrés, lo acaramelados que están, cómo te idolatra, se me han cruzado los cables. Deberías volver con él cuanto antes. Andrés es estupendo, de veras. Creo que, de toda esta familia, es mi preferido.

Fergie agarró la mano de Diana.

—Los he estado observando a Carlos y a ti. Si uno no supiera que se quieren, es probable que no lo viese fácilmente.

—¿Que nos queremos? Carlos me desprecia —exclamó Diana—. Siempre me está diciendo lo mal que lo hago todo, que estoy histérica, que dramatizo, que por qué no llevo bien las cosas.

—Y ¿por qué no las llevas bien?

Vaya. Diana contaba con escuchar unas palabras de consuelo. Con fórmulas de cortesía manidas. «Arriba esos ánimos, seguro que la cosa mejora». Pero no con eso.

—¿De verdad lo quieres saber? —preguntó a Fergie—. Pues... pues yo lo intento, pero esta familia piensa de manera distinta. No la puedes comparar con las familias normales. Hay minas antipersona por todas partes. Ana está enfadada conmigo porque no le pregunté si quería ser la madrina de Enrique. No asistirá al bautizo por orgullo herido y ha organizado una fiesta paralela y ha invitado a amigos a una cacería en su casa de campo. Y ahora Felipe sale de la habitación en cuanto entra Carlos, los dos no se soportan. Y Carlos y yo cada vez nos peleamos más a menudo y con tanta saña que hasta su secretario privado, el señor Adeane, ha dimitido. No es que lo eche de menos, pero su familia lleva al servicio de la monarquía desde tiempos de la reina Victoria. Que ese hombre tire la toalla lo dice todo.

Fergie no se escandalizó con lo que le contó Diana. Ciertamente esa mujer estaba hecha de otra madera.

—Parece deprimente, sí. Pero tendrás que encontrar una solución.

—Es más fácil decirlo que hacerlo.

—No tienes más remedio. Esta es tu vida. Y toda esta familia, por utilizar la palabra que has empleado tú, te ha convertido en una mujer fuerte y maravillosa que organiza actos benéficos y patrocina organizaciones.

Pero eso no era nada.

—Ana está bastante más comprometida que yo —objetó Diana.

—Deja de menospreciarte. Sirves de inspiración a mujeres del mundo entero. Yo te conocía de antes, cuando acababas de prometerte con Carlos. Entonces eras tímida como un corzo y casi no podías mirar a las cámaras. ¿Y ahora? Ahora eres la mayor experta en publicidad de todos los tiempos. Eres un genio en lo que respecta a tratar con la prensa. Así que aprovecha ese talento y saca todo el partido que puedas por ti, en lugar de prestar atención siempre a los demás.

Fergie tenía razón. Ya no era la jovencita ingenua a la que se podía mover a voluntad por el tablero de juego, al gusto de cada cual. Se levantaba todos los días a las siete en punto, se ocupaba de la correspondencia, leía periódicos y revistas para mantenerse informada sobre su persona y decidir cómo podía mejorar en el futuro. A esas alturas incluso llevaba bien la lluvia de flashes. Sabía cuándo la apuntaba una cámara y reaccionaba instintivamente.

Había llegado el momento de poner a prueba esa experiencia.

—Gracias —repuso asintiendo—. Las cosas tienen que cambiar de una vez.

# 27

Una última mirada en el espejo del cuarto de baño. El peinado aguantaba, se había retocado los labios con el discreto carmín. Debía irse para buscar su sitio en la mesa, escuchar la relajante música de la Banda de la Marina y comentar con su compañero de mesa lo distinguida que era esa sala con las columnas de mármol, las lámparas de araña de reluciente cristal y las baldosas claras en damero del suelo. Asistía al banquete de Estado en la Casa Blanca, en Washington, invitada por Ronald y Nancy Reagan.

Incluso estaba John Travolta. ¡Una auténtica estrella de cine! Hacía siglos que había visto *Grease* o *Fiebre del sábado noche* con Carolyn, Anne y Virginia, las cuatro acomodadas en el sofá. El rey de las discotecas, con su cabello negro y sus marcados rasgos, las había hecho sudar a base de bien con su movimiento de cadera. Esa época ahora le parecía como si perteneciese a otra vida. Le encantaría bailar con él. Pero probablemente se pusiera en el mayor de los ridículos...

«No te menosprecies tanto. Tomaste clases de danza varios años. Sabes lo que haces».

La puerta se abrió y Nancy Reagan entró en el baño. Diana admiraba a la primera dama, que, aunque menuda y muy delicada, daba la impresión de imponerse sin problema. La esposa del presidente se miró en el espejo para comprobar qué tal seguía su peinado, el cabello corto tan atractivo como elegante, y se retocó los labios con un sutil toque de color. Margaret Thatcher, con ese corte de abuela, podía aprender mucho de aquella estilosa mujer.

Diana solo fue consciente de que se había quedado mirando a la señora Reagan con cara de admiración cuando esta le sonrió.

—Le diré una cosa —empezó la primera dama—. Las mujeres tenemos todo el derecho del mundo a ponernos guapas... mientras lo hagamos por nosotras. No hay ningún hombre que sea lo bastante apuesto o interesante para decirnos qué aspecto hemos de tener o lo que es bueno para nosotras. Si solo me hubiese preocupado de a quién le caigo bien o quién cree que soy linda, a mi esposo quizá le gustara mirarme, pero no le gustaría escucharme. Y escucharse es el secreto de todo buen matrimonio.

—Tiene razón —afirmó Diana, que ya había oído que Nancy era la principal asesora de su esposo. Ojalá en su matrimonio pasase algo similar... Probablemente también ella tuviera mucho que aprender de la primera dama.

—¿No se encuentra bien? —quiso saber la señora Reagan—. Parece que algo le preocupa.

—Solo estaba pensando en una cita suya que leí en una revista —contestó Diana—. Que las mujeres somos como bolsitas de té. Solo se sabe lo fuertes que son cuando se les echa agua caliente.

Nancy se rio.

—Bueno, hace ya unos años que dije eso.

—Me sirvió de inspiración.

—Estoy segura de que usted también sirve de inspiración a muchas mujeres. Como debe ser. Las mujeres deberíamos darnos valor mutuamente en lugar de criticarnos siempre.

Diana cada vez admiraba más a esa mujer.

—He visto todas sus películas. *La voz que van a escuchar* me gustó especialmente.

Nancy Reagan había sido actriz. Ya en los inicios de su carrera había firmado un contrato con un estudio de Hollywood y de ese modo pronto había sido independiente económicamente.

—Bueno, fue mi primer papel protagonista. Por aquel entonces ya conocía a mi marido, que también era actor. Nos casamos unos años después. A él lo eligieron gobernador de California y yo me centré en trabajar para organizaciones benéficas y apoyarlo a él, y pese a ello nunca he dejado de desempeñar el papel protagonista; soy la protagonista de mi propia vida. —Miró a Diana con atención—. ¿Y usted? ¿En su vida su papel es protagonista o secundario?

—Pues... —La pregunta era tan simple como genial y alcanzó a Diana como un tiro certero—. Me temo que mi papel es secundario —admitió mientras negaba con la cabeza, ya que ni ella misma podía creerlo. ¿Cómo era posible que no fuese más importante en su propia vida?

—En ese caso debería usted cambiar la situación lo antes posible.

Era la clase de estímulo que necesitaba.

—Señora Reagan, ¿podría pedirle un favor? —preguntó entonces Diana.

—Cualquier cosa, querida.

—¿Cree usted que sería posible bailar con John Travolta? Solo un baile. Para mí sería como cumplir un sueño.

Ahora la sonrisa de Nancy se tornó cómplice.

—Iré ahora mismo a preguntárselo. Estoy segura de que será un placer para él.

Ahora tocaba esperar. Pero ¿y si John rehusaba? O peor aún: ¿y si no le gustaba lo más mínimo, pero se sentía obligado a hacerlo?

Acababan de comer el postre cuando, de repente, Diana oyó una voz grave tras ella:

—¿Me haría el honor de concederme este baile?

De un segundo a otro a Diana se le aceleró el corazón. Como cuando tuvo que dar uno de sus primeros grandes discursos en público en Gales.

—Pues claro, con mucho gusto —replicó ella, y solo entonces fue capaz de voltearse hacia John y mirarlo. Estaba para comérselo.

Le habría encantado sacar una foto de la cara de asombro de Carlos. Diana puso la mano en la de John y se levantó de la silla.

Ahora era demasiado tarde para echarse atrás, pues ya habían llegado a la pista. Las parejas que bailaban se hicieron a un lado y formaron un círculo a su alrededor. Fue un momento absolutamente mágico, como en el cine.

John le apretó la mano con suavidad, seguro que percibía el temblor. Aunque solo le tocaba los riñones con suma delicadeza, como si temiese propasarse, ella fue consciente del roce con suma claridad y con todo el cuerpo. ¿Se podía saber qué le pasaba? Daba lo mismo, la sensación era increíble. Como si el corazón fuera a salírsele del pecho. La Banda de la Marina tocó las primeras y alegres notas de *You're the One That I Want*. Diana casi no se podía creer la suerte que tenía. ¡Era su canción preferida de *Grease*!

El ritmo se le metió en la sangre de inmediato. Uno tendría que estar muerto para no sentir el entusiasmo que emanaba del público. ¡La prensa se les echaría encima! Era como si ya estuviese viendo las fotografías en el periódico: ella con su largo vestido de terciopelo azul marino y John con su elegante traje negro, guiándola con maestría por la pista de baile.

Durante un instante perdió el compás al reparar en Carlos: parecía completamente hundido. No cabía duda de que más tarde le echaría un sermón. El estómago se le encogió. Pero entonces John la hizo girar inesperadamente. Y acto seguido otra vez, ¿no era increíble? Si no estuvieran allí todas esas personas estiradas, ella bailaría mucho más relajadamente aún.

No, no se dejó intimidar por el semblante sombrío de Carlos. ¡Eso no volvería a suceder!

La magia del momento desplegó toda su fuerza. La música, el público a su alrededor, las palmas entusiasmadas al compás... todo ello pasó a un segundo plano. En ese instante solo estaba la luz dorada de las lámparas de araña, que en ese momento brillaban solo para ella. De pronto sentía el corazón ligero, como si se hubiese desembarazado de todas las cargas, como si hubiese extendido las alas y flotase sobre el suelo de mármol.

La gente prorrumpió en un aplauso atronador, y Diana volvió al presente. La canción había terminado. Ambos hicieron una reverencia y Diana tiró besos a la gente.

Le resultaba incomprensible: ¿cómo había podido hacer durante tanto tiempo que su felicidad dependiera de Carlos? ¿Cómo se había podido conformar durante tanto tiempo representando el papel secundario en su propia vida?

Eso era algo que iba a cambiar a partir de ese día.

A partir de ese día representaría el papel protagonista.

# 28

*1986*

Fue asombrosa la facilidad con la que evolucionó la relación entre Fergie y Andrés. Era como en una de las novelas cursis de Barbara Cartland que Diana devoraba antes. Aunque los dos apenas se conocían, se escaparon un fin de semana a Escocia, donde pasaron unos románticos días en el castillo de Floors. Una noche Andrés se puso de rodillas y le preguntó a Fergie si quería casarse con él.

—Pensé que Andrés bromeaba —contó Fergie a Diana por teléfono—. Primero me eché a reír, pero después comprendí que lo decía en serio. Lo miré a los ojos y contesté: «Si mañana por la mañana sigues pensando igual y me lo vuelves a pedir, aceptaré encantada». Y al día siguiente volvió a ponerse de rodillas.

—No sabes lo que me alegro de que vayas a ser mi cuñada —afirmó Diana—. No podría desear a nadie mejor.

Ya era de noche. Diana se había levantado cuando aún no había luz y había vuelto cuando ya no había luz. Su día había empezado con nadar en la piscina. Después había ido al peluquero, había visitado el servicio de oncología de un hospital, había almorzado con los integrantes del London City Ballet, compañía de la que era mecenas, y después había asistido a terapia. Para bajar el ritmo de un día tan lleno de emociones y con una agenda tan apretada, además había practicado una hora de taichí. Le encantaban los lentos y elegantes movimientos de esa arte marcial china que armonizaba cabeza, cuerpo y alma. Tras darse un baño, se envolvió en su suave albornoz, muerta de ganas de meterse en la cama.

Entonces Fergie recordó algo importante:

—Una cosa más: no le cuentes a nadie que nos hemos prometido hasta que Andrés haya hablado con su madre.

Nadie sabía nada aún de ese compromiso. Y traería problemas, eso sin duda. Al parecer Andrés había pasado por alto pedir primero la bendición de Isabel, como estaba estipulado. Era como si viviesen en otro siglo.

—Uno no sabe en quién se puede confiar y en quién no de los círculos palaciegos —afirmó ella—. Y las paredes de los palacios tienen oídos, no tardarás en darte cuenta.

Carlos y Diana residían en los departamentos 8 y 9 del ala norte del palacio de Kensington. Era un poco como en un hotel elegante, ya que contaban con mayordomo, dama de compañía, chofer, ayudantes de cámara, cocineros, personal de limpieza y agentes de policía. Las ventanas daban a unos jardines privados rodeados de un muro, cuya serena calma difícilmente hacía suponer que se hallaban en el centro de una animada metrópoli. Durante los meses de verano a Diana le gustaba tomar el sol allí. Lo que ya no le gustaba tanto era que su curiosa vecina, la princesa de Kent, la observara a través de las cortinas. A veces incluso con binoculares. Y es que el mayor pasatiempo de la princesa de Kent —alias princesa Prepotente, como la llamaba en secreto Diana— era acalorarse con otros miembros del palacio. Vivía con su familia en el departamento número 10.

El número 1 pertenecía a la princesa Margarita. Tras la turbulenta relación que había vivido con Roddy Llewellyn, con el que le gustaba tomar el sol en el Caribe, su vida discurría por derroteros considerablemente tranquilos. Se levantaba a las once de la mañana y primero visitaba a su peluquero, en Berkeley Street, para a continuación, con el pelo arreglado, ir al Ritz con uno de sus amigos homosexuales para regalarse una comida regada con alcohol. A Diana le caía bien Margo, pero era la hermana de la reina, y Diana a menudo tenía la sensación de que Margo no la perdía de vista.

De modo que en el palacio de Kensington siempre había un raudal de chismes y murmuraciones. Más valía tener cuidado con lo que se decía o hacía.

—Lo sé —contestó Fergie—. Solo quería contártelo a ti. Porque eres mi amiga.

Una frase simple, y sin embargo increíblemente reconfortante.

—Y tú la mía. En cuanto sea oficial te ayudaré a elegir el guardarropa. Recuerdo perfectamente lo sobrepasada que me vi yo en su día.

Con el tiempo se avergonzaba del vestido que había lucido en su compromiso. ¡Qué anticuada se veía con él!

Fergie le dio las gracias efusivamente y colgaron.

De pronto Diana oyó un ruido. Creía estar sola en su casa, pero quizá hubiese alguien. ¿Una recamarera que le estaba cambiando las sábanas? Sería un desastre que Carlos hubiera escuchado la conversación telefónica que acababa de mantener, ya que seguro que iría a contarle a su madre sin pérdida de tiempo la espontánea petición de mano de su hermano pequeño.

La moqueta amortiguaba sus pasos. Diana se acercó deprisa al dormitorio en el que había oído el ruido. ¿Eran risitas?

Entonces lo supo: bajo la colcha se dibujaban dos bultos sospechosos.

—¿Dónde estarán Guillermo y Enrique? —se preguntó en voz alta—. Cómo me gustaría meterme con los dos en la cama.

Se volvieron a escuchar las adorables risitas.

Diana retiró la colcha.

—Pero ¡qué suerte he tenido! —exclamó—. ¡Si están los dos aquí!

De pronto estaba entre los regordetes niños. Si quisiera un poco más a sus hijos, probablemente muriese de amor.

—Mami —dijo Guillermo de pronto muy triste—. ¿Dónde está papi?

—Papi está en Highgrove —respondió ella mientras lo besaba en el sedoso cabello.

—¿Cuándo va a volver?

—No lo sé.

—Echamos de menos a papi.

Las palabras de Guillermo le rompieron el corazón.

—Lo sé —contestó ella—. Yo también lo echo de menos.

Entre Fergie y ella las líneas telefónicas estaban que ardían. ¿Se había enterado de que la princesa Margarita se había peleado con la princesa de Kent? Y es que la princesa Prepotente estaba convencida firmemente de que, en el curso de una campaña despiadada para exterminar las ardillas del palacio, Margo había estado a punto de envenenar a su querido gato. Pero eso no era nada: ¿es que no sabía Fergie lo alterados que estaban todos? Suponían que la princesa Ana tenía una aventura con uno de los caballerizos de la reina. Lo escabroso del caso era que hacía tan solo dos años Ana había engañado a su marido con Peter Cross, su guardaespaldas. Después habían trasladado a Cross. Así se solucionaban los problemas en palacio.

Como es natural, también hablaban sin parar de la inminente boda: Fergie y Andrés se casarían en julio, en la abadía de Westminster, y se convertirían en duque y duquesa de York.

También los demás miembros de la familia real se llevaban bien con Fergie. La reina hablaba con ella de sus queridísimos corgis y ni siquiera Ana podía cerrarse al modo que tenía Fergie de dejarse caer en un sillón despatarrada mientras contaba chistes verdes.

De haber sido otra persona, Diana se lo habría tomado mal, pero el hecho de que Fergie cayera bien a todo el mundo y de que de un tiempo a esa parte también la prensa dirigiese sus objetivos al futuro miembro de la familia real era para ella un oasis de paz. Un respiro. Además, que Fergie se hubiese encariñado de tal modo con Diana en tan poco tiempo debía de servir de confirmación a la familia real de que la histérica mujer de Carlos no podía ser tan horrible.

Fergie tenía otro maravilloso efecto secundario: con sus kilos de más en las caderas y su forma de ser ruidosa y torpe, era todo menos perfecta, y sin embargo la aceptaban, incluso la apreciaban. De manera que quizá fuese posible sobrevivir en la maquinaria real sin tener que esforzarse todos los días.

# 29

El alegre gorjeo de los pájaros, el aroma de la hierba recién cortada, el leve dulzor de las primeras flores que llegaba de vez en cuando de los arriates...

Todavía era demasiado pronto para andar descalza, pero Diana no se pudo resistir. Con los flats en las manos, sonrió al sol y tomó aire con fuerza. Y una vez más, porque momentos como ese, en los que todo parecía fácil, eran fugaces y, por tanto, valiosos.

La primavera era la estación más bella del año. «Ven ya —decía su falda de seda—, que te tengo ganas».

Fergie y ella habían estado dando un paseo por los jardines del palacio de Buckingham para pasar el tiempo. Fergie estaba esperando a Andrés, que estaba participando en una reunión sobre los solemnes actos militares que se celebrarían con motivo de su boda. Diana sabía muy bien lo que era esa eterna espera y por eso había prometido a su amiga que le haría compañía.

—Anda, vamos dentro —pidió Fergie—. O con el sol que hace empezaré a sudar.

En el palacio hacía frío y a Diana se le puso la piel de gallina en los brazos, pero aún no estaba dispuesta a ponerse el suéter. Se sentaron en uno de los escalones inferiores de la escalera que subía a la primera planta para interceptar a Andrés.

—Mañana se marcha otra vez —se quejó Fergie.

—¿Te molesta que pase tanto tiempo fuera?

Fergie se encogió de hombros.

—Está claro que me gustaría despertarme más a menudo con él.

Diana no recordaba cuándo había sido la última vez que se había levantado junto a Carlos.

—Pero no puedo hacer nada —prosiguió Fergie—. Por eso intento ser paciente. ¿Qué tal van las cosas con Carlos?

—Polo, Highgrove, Camilla. En fin. A veces aún tiene tiempo para sus hijos. —Diana enumeró lo que captaba la atención de Carlos.

—Se te ha olvidado incluirte.

—No creo que signifique mucho para él.

Fergie seguía inmersa por completo en su burbuja romántica.

—Carlos te ama. Es solo que no es capaz de demostrarlo.

—Amor —contestó Diana, y se retrepó y apoyó los antebrazos en un escalón—. No te referirás a esa invención de la que se lee en las novelas o se ve en películas cursis, ¿no?

—Esta amargura no te pega.

—Tienes razón, no me falta mucho para convertirme en una vieja amargada.

Fergie también se echó hacia atrás.

—Quizá algunas personas no estén hechas para el amor, ¿sabes? —comentó Diana, más para sí misma—. Quizá el universo me reserve otra cosa.

—Ah, ¿y qué cosa es esa?

—Ojalá lo supiera —contestó Diana.

—No deberías darte por perdida. Si Carlos tiene una aventura desde hace años, probablemente tú también tengas derecho a mirar a tu alrededor y flirtear con otros hombres.

—Ya ni me acuerdo de cómo se flirtea.

Fergie la miró y dijo:

—Eso no me lo creo.

—Y dime, ¿con quién quieres que pruebe? ¿Quizá con Peter Settelen? —Era su profesor de oratoria, al que había contratado para perfeccionar sus discursos en público—. Difícilmente puedo ir a un bar en Londres y aquí, en el palacio, rara vez se topa una con solteros jóvenes y atractivos.

Fergie ladeó la cabeza.

—¿Qué hay de tu guardaespaldas, Barry Mannakee? Da la impresión de que se llevan muy bien y...

Diana de pronto le tapó la boca a Fergie con la mano. Su amiga tenía mucho que aprender aún. Lo primero, que en el palacio las paredes tenían ojos y oídos.

—Me cuida y me apoya animándome de vez en cuando. Y a veces, cuando todo se me hace muy cuesta arriba, también me presta el hombro para que me pueda desahogar. Nada más.

Aunque no parecía muy convencida, Fergie dejó el tema.

—Bien, pero no me intentes convencer de que ya no crees en el amor, porque tus ojos dicen otra cosa.

—Me... —Diana tomó los flats del suelo. Tenía ganas de cama, música triste y natillas. Le dolía una barbaridad confesarse que ese tren quizá hubiese salido ya. Que, aunque todavía era joven, no llegaría nada más. Estaba atrapada en un matrimonio donde no había amor.

—¿Qué ibas a decir? —preguntó Fergie con suavidad.

—Es solo que me gustaría saber cómo es —admitió Diana en voz baja.

—Cómo es ¿qué?

—Amar de verdad. Me refiero a que quiero a mis hijos con toda mi alma, daría mi vida por ellos sin pensarlo. Pero eso es otra cosa. Me gustaría saber cómo es fundirse con otra persona, entregarse por completo a ella, poder dejarse caer y confiar sin reservas en ella.

—Ten un poco de paciencia —dijo Fergie intentando animarla.

Diana esbozó una sonrisa cansada y se levantó.

—Ya verás como aparece alguien —aseguró Fergie—. Te lo prometo.

Entró una ligera brisa que jugueteó con la falda de seda de Diana.

De pronto se oyeron pasos.

Con la luz sesgada del sol, en un primer momento Diana solo pudo distinguir la silueta de un hombre. Parecía tener prisa, pero al ver a Diana frenó en seco.

—Alteza.

Esa voz. Como chocolate amargo extrafino líquido.

Su reverencia fue amplia y respetuosa.

—Elegante traje —observó ella mirando el uniforme.

Él sonrió.

—Gracias. Es usted muy amable. Disculpe las prisas, pero llego algo tarde. La reunión con el ejército —aclaró sin interrumpir un solo segundo su conexión con ella.

Esa sonrisa que prometía desenfado.

—Pues vaya —dijo Diana.

Él hizo una segunda reverencia y subió deprisa para hablar de la boda. Una vez arriba, se volteó de nuevo hacia ella.

Cuando dejó de verlo, Diana seguía donde estaba, confusa y en cierto modo agitada.

—Bueno, creo que ahí tienes la prueba —dijo Fergie; su voz le llegaba como de lejos.

—¿De qué? —inquirió ella cuando la confusión se desvaneció y de pronto se dio cuenta de que no tenía la menor idea de quién era ese hombre.

Fergie se echó a reír.

—Pues ¡de que sabes flirtear!

# 30

Pasó horas sentado junto a su cama, consolándola, cuando Carlos y ella habían vuelto a discutir.

Para ella había sido más un amigo que su guardaespaldas, un mal necesario que la seguía a cada paso que daba.

Echaba de menos sus bondadosos ojos castaños. Su espontaneidad.

Le caía bien de verdad. Tanto que una vez incluso había tomado el té con él en su salón privado.

Y a pesar de ello —o quizá precisamente por ello— habían sustituido sin más a Barry Mannakee, sin tan siquiera avisar a Diana.

Se oyeron trompetas. Diana se asustó, lo cual le granjeó inmediatamente la mirada enojada de Carlos. Estaba tan absorta en sus pensamientos que incluso se había olvidado de dónde se encontraba: en la apertura del Parlamento, una ceremonia que se celebraba formalmente cuando empezaba una nueva legislatura o periodo de sesiones del Parlamento.

Todos los años Diana se debatía entre el asombro infantil y el aburrimiento mortal. Por una parte, la apertura del Parlamento era algo así como el espléndido plato fuerte del año de la reina; por otra, un espectáculo anticuado y pesado de hombres mayores con túnicas largas y extrañas pelucas blancas. Su origen se situaba en el siglo XVI, como le contó en su día Carlos. A Diana le habría gustado contestar: «Y es evidente que desde entonces no ha cambiado absolutamente nada». La ceremonia entera era una sucesión eterna de así-ha-sido-siempre-y-así-seguirá-siendo, con unos rituales más entretenidos que otros.

Empezaba con una solemne comitiva de carrozas escoltadas por la guardia real desde el palacio de Buckingham hasta Westminster, mientras ellos saludaban con la mano a los curiosos que se congregaban en las calles. A su llegada Isabel accedía al Parlamento por una entrada propia, la Entrada del Soberano, y primero desaparecía en el vestuario. Hasta ahí sin problemas, ese día ya habían dejado atrás esa parte.

Un murmullo recorrió la multitud cuando la puerta se abrió y entró Isabel. Verla siempre con la vestimenta real, cada año, dejaba sin aliento a Diana. En lugar de diadema ahora lucía en la cabeza la corona imperial del Estado. La corona en cuestión pesaba nada menos que un kilo, puesto que sobre la capa de terciopelo morado confluían cuatro diademas cuajadas de diamantes, perlas, zafiros, esmeraldas y rubíes. Cuatro pajes, que debían ser de menor estatura que la reina, llevaban su larga capa con aplicaciones de armiño.

Diana no podía dejar de mirar a Isabel, y en su cabeza solo había una palabra: *majestuosa*. En su postura recta y digna, Diana creía ver todos los escándalos que esa mujer había evitado a su familia como si fuese un escudo protector. En su expresión seria e inteligente distinguía los altibajos por los que Isabel había guiado al Reino Unido. Sus ojos reflejaban todos los esfuerzos que había hecho por mantener viva la monarquía. En ese momento Diana comprendió que todo el esplendor de ese día —el vestido con diamantes, la capa color púrpura, la corona—, todo eso no era más que un marco que ponía de relieve la dignidad de Isabel, su sabiduría y su capacidad de liderazgo. Diana hizo una reverencia profundamente respetuosa cuando la reina pasó por delante de ella.

Isabel condujo a la comitiva por la Royal Gallery, una impresionante sala con las paredes llenas de cuadros. El oro brillaba por todas partes, cegador, y el techo era tan alto que Diana se mareó ligeramente. Pasaron por delante de cientos de invitados, entre ellos algunos jefes de Estado de países lejanos de la Commonwealth, y finalmente entraron en la Cámara de los Lores, la Cámara Alta, una sala igual de pomposa pero más oscura, revestida de una madera vetusta que desprendía un aroma pesado. A ambos lados había varias hileras de bancos de piel roja bastante cómodos, reservados a invitados escogidos. A decir verdad, solo faltaba una gran pantalla, pues de ese modo la sala, con la mullida moqueta, casi habría parecido un acogedor cine. La reina ocupó el trono con suma gracia. A Felipe le correspondía sentarse a su lado, mientras que Carlos y Diana se acomodaron algo apartados, en los sitios indicados, como símbolo de que la siguiente generación se hallaba en posición de espera.

Ahora había que ir a buscar a los miembros de la Cámara de los Comunes, la Cámara Baja. El cometido recaía en el denominado Black Rod. Tal y como mandaba la tradición, al pobre hombre primero le daban con la puerta en las narices, de manera que llamaba de nuevo con la vara negra que llevaba y daba nombre a su cargo a la puerta de la Cámara de los Comunes, desde hacía años en el mismo sitio, razón por la cual se podían ver claras señales de ello. Al cabo permitían la entrada al Black Rod para que anunciase que su majestad, la reina, esperaba a la Cámara de los Comunes.

A continuación tenía lugar la parte preferida de Diana: de camino a la Cámara Alta, los Comunes metían mucho ruido. Tenían un algo de vándalos y escandalosos. Lo que habría dado Diana por sumarse a ellos. Con el escándalo se trataba de demostrar que, pese a todo, en realidad toda la pompa de la monarquía dependía de los Comunes. Sin embargo, en la Cámara de los Lores debían permanecer en pie mientras escuchaban el discurso de la reina. Un discurso que escribía el Gobierno. Ahora Isabel lo leía con su voz clara y suave.

Por desgracia, esa era la parte aburrida, y Diana no tardó mucho en distraerse de nuevo. Miró de soslayo a Carlos. ¿Estaría él detrás de la sustitución de Barry Mannakee? Tal vez. Lo creía muy capaz. Barry era un hombre atractivo...

«Concéntrate», se dijo. A fin de cuentas ese era un momento significativo para su suegra.

Dejó vagar la mirada por los invitados y se detuvo en la princesa Margarita. Margo siempre había estado a la sombra de su hermana mayor. La habían obligado a renunciar a su gran amor. La vida la había marcado y, con todo, era preciosa e irradiaba al menos tanta dignidad y fuerza como su hermana Isabel, que ocupaba el trono. No muy lejos, Diana reparó en Fergie, que durante la cruel guerra que libraron sus padres por el divorcio intentó acallar su tristeza a base de azúcar. Que debido a su sobrepeso se burlaban de ella cuando estudiaba, pero nunca perdió su sonrisa ni sus alegres pecas, y con su cabello pelirrojo brillaba tanto como la reina. A decir verdad, todas esas mujeres tenían algo majestuoso, pensó Diana. Todas ellas merecían una corona.

Fergie se atrevió a bostezar cubriéndose la boca con la mano. Cuando se dio cuenta de que Diana la había visto, le guiñó un ojo con picardía. De pronto ya no le resultaba tan pesado aguantar la ceremonia con sus anticuadas tradiciones. Era asombroso lo que hacía tener una amiga que entendía su situación.

Con Fergie a su lado se sentía casi invencible. Diana nunca había disfrutado tanto un trayecto en carroza como cuando fueron de los edificios del Parlamento al palacio de Buckingham. Las personas que se hallaban tras las barreras nunca la habían saludado con tanto entusiasmo, los empleados del palacio, cuyo rostro normalmente se le antojaba de lo más inexpresivo, nunca le habían dado una bienvenida tan calurosa. El sonoro zumbido de los invitados que se habían congregado para honrar a Isabel no le parecía en modo alguno enojoso, sino de lo más alegre, y los pasillos ya no resultaron tan interminables cuando los recorrió con Fergie camino del salón de festejos. Se rio con una anécdota que le contó Fergie.

—En cualquier caso, le birlé las llaves del Porsche al pesado ese para darme una vueltecita con él. Y el tipo no se enteró de nada.

—Te esforzaste —replicó Diana, que se sintió bella y fuerte al recogerse el largo vestido para bajar la escalera. Entonces oyó que alguien mencionaba su nombre.

—¿Cómo se puede atrever Diana a dar esa puñalada traicionera a Isabel? —masculló la reina madre—. Ese nuevo peinado...

Diana se detuvo e indicó a Fergie que hiciera otro tanto.

—Hoy los fotógrafos prácticamente la han sacado solo a ella con su nuevo corte de pelo efectista —dijo Margo—. Mañana le robará la portada del *Times* a la reina. Y eso que era el gran día de Lilibet.

La sonrisa de consuelo que le dedicó Fergie no fue suficiente para Diana.

Algo en ella intentó incitarla: «Pídeles cuentas a esas dos arpías. Aquí y ahora».

Pero no fue capaz. De pronto se notó exhausta, como paralizada.

Y no sentía nada. Nada en absoluto.

¿Por qué no estaba enfadada? ¿Decepcionada? ¿Frustrada? ¿Dónde estaba el trueno que retumbaba antes?

Y ahora: nada.

Logró a duras penas ponerse en fila delante del salón de festejos y dejar que la solemne banda de música la llevara a la mesa, donde ocupó su lugar, que no estaba junto a Carlos. Masticó a conciencia el solomillo de ternera para que no le resultara tan doloroso vomitarlo más tarde.

—¿Te encuentras bien? —se interesó la compasiva Fergie, que estaba sentada a su lado.

Diana casi no había dicho ni palabra.

—Sí. Claro.

«¡Alto! —exclamó de pronto la voz en su interior—. Esto es exactamente lo que todos han querido siempre de ti: que te calles y sufras en silencio mientras afirmas que estás bien, porque así se lo pones fácil. Y a ti sumamente difícil. Tú misma te privarás del aire hasta que la llama que hay en ti se extinga. Hasta que ya no sientas nada y acabes desapareciendo».

De pronto Diana se oyó decir a Fergie:

—Vámonos de aquí.

—¿Cómo? —Su amiga miró deprisa a Isabel, pero la soberana estaba enfrascada en una conversación.

—Tengo que salir de aquí —afirmó Diana.

—Pero ¿adónde quieres ir?

—Me da lo mismo. Vamos, ¿qué me dices? ¿Me acompañas?

Fergie vaciló.

—Claro —dijo al cabo.

A Diana no le importó lo más mínimo marcharse sin pedir permiso. En cuanto estuvieron fuera de la vista de todos, se quitó los zapatos de tacón, se recogió el vestido de fiesta y echó a correr descalza por el largo pasillo. Confiaba en que Fergie haría lo mismo y, en efecto, así fue. Fue como si algo en ella se desplegara, se abriese cada vez más, hasta romper las ataduras que le oprimían el pecho.

—¿Y ahora? —quiso saber Fergie, que ya estaba sin aliento.

Diana estaba como loca de contenta.

—Tengo una idea...

Diez minutos después estaban en el Daimler de la reina madre, Diana con una gorra de chofer en el pelo recién cortado. Arrancó.

—¿Estás segura de que...? —planteó Fergie.

—¿... de que no nos van a regañar? Ah, créeme, nos regañarán si nos ven. Así que lo que tenemos que hacer es evitar que nos vean. Pero ¿quién se va a enterar de nada? Aparte del chofer, pero no olvides que le hemos dicho que tenemos permiso de la reina madre para usar el coche. Y, además, solo vamos a dar una vueltecita.

Acto seguido aceleró sin más. Salió con brío del garage para dar una vuelta alrededor de los jardines a toda velocidad. El frío aire de noviembre entraba por la ventanilla bajada, pero a pesar de todo ella tenía calor.

Fergie negó con la cabeza con expresión de incredulidad, riendo. Sacó el brazo por la ventana, dejando que el aire le alborotara el pelo, y exclamó:

—¡Estás loca!

—Eso me suele decir Carlos, solo que él pretende insultarme. Si lo dices tú, parece un cumplido.

—Porque lo es.

Pasado un rato, Diana se dio cuenta de que Fergie estaba helada. Detuvo el coche para subir la ventanilla. Delante tenían el enorme palacio, con sus innumerables luces.

—Lo que daría por dejar atrás las puertas del palacio y poder irnos sin más, sin saber adónde —comentó Diana pensando en voz alta.

—Al menos podríamos revolucionar un poco Londres —propuso Fergie.

—No estaría mal. Una vez me atreví a dar un paseo sin decir nada. Solo quería salir un momento. Enviaron a toda una patrulla de policía en mi busca. Es lo que menos me gustaría esta noche. —Respiró hondo y, pese a todo, seguía sin tener la sensación de que le llegaba bastante aire—. Antes tendría que haberle preguntado a la reina madre cómo me puede cortar el pelo mi peluquero —afirmó con ironía, y Fergie se rio a carcajadas—. Lo peor es —continuó— que ni siquiera me sorprende lo mal que piensan de mí la reina madre y Margo. En este sitio la envidia y los celos casi son de buen tono. Creo que la reina madre incluso envidió a su propia hija cuando subió al trono.

—No hace mucho me invitó a tomar el té y en la invitación me indicó cómo debía ir vestida —contó Fergie—. ¿Es que no me puedo poner lo que quiero?

La sonrisa de Diana estaba a medio camino entre el ánimo y la compasión.

—Al ser la mujer de Andrés, no podrás volver a hacer lo que quieras. Aquí todo va como quiere la institución.

De pronto Fergie parecía muy triste.

—De eso ya me di cuenta en la boda. Mi padre quería pronunciar un discurso, pero le sugirieron amablemente que no lo hiciera. Y eso que habría sido divertido, seguro.

Diana buscó unas palabras de consuelo, pero lo de «Arriba esos ánimos, seguro que la cosa mejora» no sería más que una fórmula huera. De manera que dijo:

—Me temo que acabarás acostumbrándote. —Sus palabras dejaron un regusto amargo. «¿De qué sirve desollarte de tanto frotarte contra los barrotes de la jaula? Acepta tu situación de una vez». Sin embargo ¿acaso esa amargura no era en realidad la expresión de que todavía no estaba dispuesta a conformarse con su situación? Algo en ella parecía intuir que todo podía ser mucho mejor, en un lugar sin barrotes, ni cámaras de vigilancia ni miradas disgustadas. Un lugar en el que hiciera calor. Solo que ese algo no sabía cómo llegar hasta ese lugar. Y ello causaba amargura a Diana.

—Y ¿a qué acabaré acostumbrándome? —quiso saber Fergie.

Esa era una buena oportunidad para levantar de nuevo los ánimos.

—Yo, por ejemplo, tardé siglos en acostumbrarme a las manías de Carlos. Ni siquiera se sabe extender la pasta de dientes en el cepillo, lo tiene que hacer su mayordomo.

El plan surtió efecto, Fergie se rio.

—No mira el reloj —prosiguió Diana—, sino que prefiere que el mayordomo le diga la hora que es. Me acuerdo perfectamente del día que su mayordomo tuvo que ir de un lado a otro un montón de veces porque a Carlos no le gustaba ninguna camisa. Le pregunté por qué no iba él mismo a verlas, así sería más sencillo, pero él me dijo: «Para eso le pago». O ¿te has fijado en que Isabel quita la calefacción para ahorrar? Aunque estemos muertos de frío. Pero lo principal es que sus queridos corgis tengan cocinero propio, que les sirve ternera y conejo frescos.

—Bueno, al fin y al cabo es la reina.

Y ya no hubo forma de pararlas. Cuando por fin se calmaron, Fergie observó:

—Si lleváramos aquí la voz cantante, acabaríamos con tanta pose y tanta rigidez.

—¿Piensas provocar una revolución?

—Ser rebelde es mejor que someterse, ¿no crees?

—Entonces ¿somos rebeldes? —inquirió Diana.

—Claro. Y no nos dejaremos doblegar.

Y de pronto Diana volvió a sentirla, esa chispa en el pecho. Nunca se había extinguido del todo. Tan solo había estado latente en lo más profundo de su ser.

A partir de ese momento, en ese Daimler que olía a cuero antiguo, recordó que también ella tenía su orgullo. Que tenía derecho a ser feliz y sentirse plena.

—Seremos uña y carne —prometió Fergie.

Diana pestañeó para ahuyentar las lágrimas. ¿Eran lágrimas de risa o se le acababan de escapar?

—Sería estupendo.

—Lo dices como si no me creyeras.

—Te creo, pero me preocupa. Sé cómo son las cosas. Antes o después influirán en ti y...

—Y me opondré a ello —prometió Fergie—. Porque tú y yo tenemos las mismas cicatrices. Las dos hemos sufrido mucho con el divorcio de nuestros padres. Nos entendemos.

De pronto las cicatrices de su corazón no le parecieron tan trágicas o malas. Al contrario. Sin ellas no tendría esa relación única con la joven que estaba en el asiento de al lado. Ello le trajo a la memoria lo que se le había ocurrido durante la ceremonia de apertura del Parlamento.

—¿Te cuento una cosa? La corona que lucía hoy Isabel en la apertura del Parlamento a fin de cuentas no es más que un objeto. Aunque sea de oro y diamantes, no deja de ser un objeto. Es mucho más importante la corona que llevamos todas nosotras.

—¿Todas llevamos una corona? —se planteó Fergie entre risas—. No me había dado cuenta.

—Pues sí, solo que no la ves. Y no podemos permitir que nos quiten nunca esa corona. Nadie.

Dio la impresión de que Fergie se paraba a pensar en lo que había dicho Diana.

—Gracias —dijo al cabo—. Por todo. Yo no era nadie cuando nos conocimos, y gracias a ti me he casado con el hombre más maravilloso del mundo.

—Yo no hice nada salvo presentarlos.

—Hiciste mucho más. Rescataste de la basura mi corona, la sacudiste y me la pusiste de nuevo en la cabeza. Pero lo más importante fue que no le contaste a nadie que la viste en el suelo.

A Diana se le alegró el corazón y, al mismo tiempo, sentía algo más, ese ligero dolor en el pecho, la certeza de que antes o después todo terminaría. La certeza de lo frágil que era el mundo.

Confiaba en que al menos le dejasen a la única amiga que la vida había metido en su jaula de oro, pensó.

# 31

*1991*

Cuando recordaba el día de la apertura del Parlamento, casi volvía a estar allí, en el antiguo Daimler, acomodada en el suave asiento de piel tras el volante, y creía oír el crujido de la gravilla bajo los neumáticos, sentir el aire frío y ver la fogosa chispa en los ojos de Fergie. Mientras contestaba a las preguntas formuladas por Andrew Morton, revivía todos esos recuerdos. Por un lado, aquello le hacía daño, pero por otro también resultaba embriagador desnudarse así. Después su espíritu siempre se sentía limpio, como el aire después de una tormenta.

Puso la grabadora en pausa y bebió un sorbo de agua. De tanto hablar se notaba la garganta seca.

Fergie no era la única persona que había entrado en su vida inesperadamente y la había puesto patas arriba. Pero esa parte de su historia no tenía cabida en la cinta.

Se levantó del sofá y fue a la estantería. Pasó el dedo índice por los ásperos lomos de los sesudos libros de Carlos y se detuvo en un mamotreto de Laurens van der Post. Lo sacó, lo abrió y ahí seguía, como siempre, a buen recaudo: una foto. De James y ella. Entre ambos una copa que ella le ofrecía tras un partido de polo. Su equipo había ganado. Con el tiempo Diana pensaba que ese día estaba guapa, pero en su día se enfadó por no haberse arreglado más. Su falda de verano era completamente blanca y con ella llevaba una blusa de lunares negros. Estaba sumamente nerviosa cuando dio la enhorabuena a James y le estrechó la mano. Entonces todavía no sabía que él la deseaba tanto como ella a él. Pero ¡si había sido su profesor de equitación! Y para colmo jugaba de vez en cuando al polo contra su marido.

Sin embargo, no tenía más que ver esa foto para volver a sentir en el acto la atracción que hubo entre ellos desde el primer segundo.

La primera vez que habló con James, que habló con él de verdad, fue en un cóctel que dio Hazel, su doncella. Aunque en realidad no le gustaba maquillarse, Diana estuvo siglos delante del espejo. Aún recordaba a la perfección cómo se fue subiendo por los muslos las medias de cristal con liga, se enfundó el vestido de cóctel color crema que resaltaba su figura, se puso en el cuello y el escote un toque del discreto perfume que utilizaba. Todo para él, solo para él, aunque Diana ni siquiera sabía con seguridad si iba a ir.

Cerró los ojos y de pronto escuchó como de lejos una relajante música de piano y se abandonó a los recuerdos de una velada que hizo que su vida discurriera por derroteros completamente nuevos...

# 32

*1986*

Diana preguntó como de pasada a Hazel, su doncella, a quién había invitado al cóctel confiando en oír el apellido Hewitt. Para entonces había hecho algunas averiguaciones y sabía cómo se apellidaba el desconocido oficial que hacía una semana había entrado en el palacio de Buckingham como traído por una brisa primaveral y la había dejado sin aliento. Al no escuchar su nombre, Diana se sorprendió pensando en fingir un dolor de cabeza o un resfriado la noche de la fiesta para no asistir. Desde luego, de pronto se sentía algo cansada...

—¿A ti se te ocurre alguien más? —quiso saber Hazel.

Diana veía en Hazel más a una confidente que a su doncella, por eso le había propuesto que se dirigiera a ella sin formalismos. «Llámame solo Diana», le dijo, aunque ese trato afable hiciese enfadar sobre todo a la reina madre.

Diana hizo como si tuviera que pensárselo.

—¿Qué te parece el capitán amable? Espera, ¿cómo se llamaba?

—¿El capitán Hewitt?

—Ese, sí. Se esmeró en la boda de Fergie y Andrés. Lo suyo sería invitarlo para agradecérselo.

Los finos labios de Hazel dibujaron una discreta pero así y todo significativa sonrisa.

—Claro. Le haré llegar la invitación hoy mismo.

Diana fue la primera que lo vio esa noche cuando entró en la habitación. En ese momento ella estaba con otros invitados junto al piano de cola negro, escuchando embelesada al pianista. *Liebestraum*, de Liszt, como sabía gracias a Carlos. Eso había que reconocerlo: había despertado en ella el gusto por la música clásica. El joven pianista arrancaba un sonido tan añorante a las teclas que de pronto Diana se sintió apesadumbrada.

Entonces su mirada se vio atraída como por arte de magia hacia la puerta de doble hoja. Allí donde hacía un instante no había nada ahora había un hombre. El capitán Hewitt. Este miró a su alrededor y pareció hacer inventario de la habitación. Diana clavó la vista en él e hizo inventario de su vida.

Cada fibra de su cuerpo le decía: «Es él».

Él la miró, enarcó las cejas y le sonrió.

Sonrió.

Le sonrió sin más. Y a Diana el corazón le dio un vuelco.

El capitán echó a andar hacia el bar. El caminar tan erguido, varonil y natural. Ese día iba también de uniforme, lo que le confería un atractivo increíble. A Diana le costó mucho no mirarle el trasero.

—Es guapo, ¿eh? —oyó que decía Hazel a su lado.

—¿De quién me hablas?

A Hazel no era posible engañarla. Ni siquiera respondió a la pregunta de Diana.

—Tiene veintisiete años, dos más que tú.

Diana sonrió. ¿De qué otro modo podía reaccionar?

—Viene de una familia castrense, estudió en un famoso internado y se mueve con desenvoltura en los márgenes de los círculos palaciegos —le resumió Hazel.

—Eso lo creo, parece atlético y culto al mismo tiempo.

—Y atractivo, ¿no es verdad? Creo que tiene un carisma muy

especial. Según dicen, es galante y campechano, cosa que no se puede decir de todos los hombres. —Esa probablemente fuese una alusión a Carlos—. Un hombre de película. Has tenido muy buena idea al invitarlo.

—Como buena anfitriona, deberías saludar a tu hombre de película —sugirió Diana. «¡Basta! ¡Sé exactamente lo que pretendes!»

—Eso precisamente es lo que voy a hacer —respondió Hazel batiendo las pestañas con expresión inocente—. ¿Me acompañas?

De ninguna manera. Ya era bastante embarazoso que, al parecer, sus revolucionadas hormonas la delataran con tanta facilidad. ¿También se habría dado cuenta el señor Hewitt de que no podía dejar de mirarlo? Debía ser comedida, al fin y al cabo no sabía nada de ese hombre. Tan solo que era capitán en el cuartel de Windsor y que no llevaba alianza. Quizá tuviese novia y estuviese impaciente por marcharse de ese aburrido cóctel para meterse en la cama con ella.

Reanudó de nuevo la inocua charla con otros invitados, solo que ahora en la habitación había un hombre cuya presencia le imposibilitaba concentrarse.

De repente Hazel condujo al señor Hewitt directamente hasta ella. En cuestión de segundos, a Diana se le aceleró el pulso.

—Permíteme que te presente al capitán Hewitt —dijo Hazel.

—Es para mí un gran placer. —El capitán hizo una reverencia.

Diana sintió todo el volumen de su cuerpo, que de pronto parecía torpe. Y era como si se hubiese quedado en blanco. «Compórtate, has traído al mundo a dos hijos y has pronunciado discursos delante de cientos de personas».

Sin embargo, de pronto todo terminó cuando él le agarró la mano y se la besó, sin dejar de mirarla a los ojos. Casi fue una desvergüenza, ya que la hizo enrojecer y lo sabía perfectamente.

—Capitán Hewitt, me alegro de volver a verlo —repuso ella.

Tenía calor. Estaba ardiendo. Sentía la ropa interior empapada de sudor.

Como anfitriona perfecta que era, Hazel tenía listo un tema de conversación.

—El señor Hewitt es un apasionado jugador de polo.

—De vez en cuando juego contra su esposo —le comentó él a Diana.

—Es un jinete excepcional —alabó Hazel.

El capitán Hewitt fingió modestia.

—Exagera usted. ¿Y usted? —Se volteó de nuevo hacia Diana—. ¿Le gusta montar a caballo?

—Antes me encantaba —contestó ella—. Montaba a menudo en Sandringham, pero un día mi poni se espantó, me caí y me rompí el brazo. Tenía nueve años y desde entonces me siento incómoda sobre un caballo, y eso que me gustaría vencer el miedo. Como probablemente sepa, a toda la familia real le encanta cabalgar.

Su cuerpo flirteaba como por cuenta propia. Esa caída de párpados, esa sonrisa cautivadora. ¿De dónde salían?

—Como oficial de la guardia real, las caballerizas entran dentro de mi ámbito de responsabilidad. Si lo desea, podría darle clases en el cuartel.

—¿Lo haría? Pero no quiero que se sienta obligado. Seguro que estará usted muy ocupado.

—Para usted sacaré tiempo. Sería un honor —aseguró.

Era encantador, había que reconocerlo.

—Lo llamaré —prometió ella regalándole su caída de ojos más cautivadora.

—Eso espero. —El capitán sonrió como una estrella de cine.

—Yo también —afirmó ella, pero en su caso pareció más una capitulación. Había sucumbido sin remedio a su encanto.

## 33

Cuando Diana franqueó el gran portón de entrada rojo del cuartel de Windsor —donde el señor Hewitt, vestido de uniforme, la esperaba ante la blanca estatua de la reina Victoria— y el corazón le dio un vuelco, supo que la perspectiva de impresionar a su marido y aventajar a Camilla gracias a las clases de equitación no tenía nada que ver con lo que en realidad ansiaba de James.

Él se quedó fascinado con el Jaguar convertible color verde musgo que conducía Diana.

—Pensaba que solo lo había de dos plazas.

Por Dios, si hasta su Jaguar estaba pensado para Carlos, cayó de pronto Diana en la cuenta con una punzada de dolor, mientras admiraba a James y este admiraba el coche. Era del mismo verde que el Aston Martin de Carlos y los asientos eran de piel y Harris Tweed, muy de su gusto.

—Me lo hicieron a medida para poder llevar a los niños —contó ella—. Cosa que, como es natural, en palacio no se vio con buenos ojos, pero este coche me gusta demasiado para renunciar a él, y a mis hijos también les encanta.

Él la miró como si intentara entenderla.

—Madre abnegada, icono de estilo y rebelde al mismo tiempo, ¿no es así?

Diana estaba acostumbrada a oír cumplidos, pero al venir de él le acertaron directamente en el bajo vientre. Clavó la vista en las relucientes botas de montar para que él no viese que se había ruborizado.

—Bien, no perdamos el tiempo —propuso él.

El señor Hewitt era un profesor excepcional.

—Excelente, princesa —le decía continuamente—. Por lo que veo, en realidad no necesita usted clases.

—Que me vuelva a sentir segura en la silla ha de deberse a su presencia —afirmó ella.

Era increíble lo fácil que resultaba el trato con él. En ningún momento tenía Diana la sensación de decir alguna tontería o de verse obligada a romper un silencio desagradable. Cuando él le habló maravillas de largos paseos a caballo en mitad de la nada, Diana de pronto pudo entender lo que ello tenía de increíble y, cuando le habló de partidos de polo, encendió el entusiasmo que Diana sentía antes por ese deporte. Sin embargo, al cabo de un rato su atención pasó a centrarse en el movimiento de sus labios, en los cuales casi siempre había una sonrisa. También era fascinante esa piel blanca con abundantes pecas. Como si un artista hubiese dicho: perfeccionaremos este rostro poniendo aquí y allá unas notas exquisitas. Ojalá ella también tuviera pecas, claro que quizá entonces no le pareciesen tan fascinantes las de él.

La tensión que existía entre ambos ya no se pudo seguir negando cuando él le puso una mano en la cintura. Fue un acto reflejo, ya que, cuando iba a desmontar, Diana perdió el equilibrio.

El señor Hewitt se apartó en el acto.

—Cuidado, princesa —le advirtió, como si quisiera subrayar que solo pretendía impedir que se cayera, nada más.

Ella se sobresaltó al sentir el roce, pero no porque le desagradase. Al contrario, todo en ella gritaba: «Quiero más». ¿Era porque hacía tiempo que no la tocaba ningún hombre? Antes por lo menos pasaba una noche con Carlos cada tres o cuatro semanas, pero ya apenas podía recordar eso tampoco.

—Muchas gracias por sacar tiempo para mí —dijo cuando terminó la clase.

—Ha sido un placer, lo digo de verdad. —Le agarró la mano, se la besó y, como siempre que hacía tal cosa, consiguió que todo alrededor de Diana dejara de tener importancia: el picadero con el suelo de arena; el caballo jadeante, que quería que le dieran de comer y beber a modo de recompensa; el edificio de ladrillo del fondo con las ventanas estrechas y altas, por delante del cual marchaba una fila de soldados. Diana solo lo veía a él, ese rostro de un atractivo insolente, el agradable aroma a loción para después del afeitado, el pulpejo ligeramente áspero de las manos—. Princesa —dijo al despedirse.

Diana reunió todo su valor.

—Cuando estemos a solas, llámeme Diana, por favor.

Una media sonrisa afloró a su boca. Seguía con la mano en la suya.

—James.

—James —repitió ella. «Dios mío, lo he llamado por su nombre de pila». Fuertes sacudidas le recorrían el cuerpo—. Me gustaría demostrarte mi agradecimiento. ¿Tienes algún capricho?

Él repuso que no esperaba nada a cambio, que para él era un honor darle clases de equitación.

—Además, yo también saco algo de esto. Mi madre es tu mayor admiradora y está orgullosa de mí desde que sabe que eres mi alumna —bromeó.

—Pues dale saludos de mi parte. Pese a ello, me gustaría corresponder. ¿Qué te parece si te invito a comer en el palacio?

—No te lo tomes a mal, pero, por regla general, intento evitar los palacios. Los llamo en secreto «los sitios de los pasillos largos y los susurros».

¿Intuía él hasta qué punto opinaba ella lo mismo?

—Me gusta —aprobó ella—. ¿Te importa si me lo apropio?

—Solo por ser tú. —Entrecerró los ojos con el sol sesgado de la tarde—. Estoy más hecho para la sencillez del campo que para palacios suntuosos.

—En ese caso tienes que venir a vernos a Highgrove, nuestra casa de campo, a los niños y a mí. Está a poco más de una hora del palacio de Kensington. Seguro que Guillermo y Enrique se alegrarán.

Había sido capaz de apartar de su cabeza lo que se escondía detrás de esa proposición. Solo fue consciente de ello cuando él dejó vagar la mirada a algo impreciso mientras preguntaba:

—¿A tu marido no le importa?

—Pasa mucho tiempo de viaje. —Con dicha afirmación se atrevió a ir mucho más lejos.

—¿Es que en Highgrove no hay pasillos largos donde se susurra?

—Unos cuantos, pero al menos las paredes no tienen tantos ojos.

Diana vio que él apretaba la mandíbula.

—Suena tentador —afirmó—. Entonces ¿nos vemos allí el sábado que viene?

—Primero tendré que consultar la agenda. —Lo decía por decir, ya que sabía que disponía de tiempo. Le había pedido a su secretario privado que le dejara libre los próximos fines de semana, si era posible. Para su clase de equitación, recalcó. Pero bien podía hacer esperar un poco a James. Además, así tenía un motivo para llamarlo y oír su voz.

Ese día ni siquiera le entristeció dejar a James. Incluso se alegró de salir disparada en el Jaguar, pues de ese modo podía pensar en él. Nunca se había sentido tan viva. Solo quería salir al mundo, sentir el aire al conducir, ser feliz, disfrutar de esa ligereza. Quería empezar cuanto antes a ser la nueva persona en que se había convertido esa tarde.

Nada más cerrar la puerta de su departamento en el palacio de Kensington la asaltaron las dudas. Las futuras horas y tardes con James, que había imaginado vivamente mientras volvía a casa y estaba impaciente por vivir, estallaron como pompas de jabón. «¿Cuántos años tienes? —se reprendió—. ¿Dieciséis? Te encariñas demasiado deprisa de las personas. A ver, ¿qué sabes de él?»

Que tenía el pelo de la nuca perfectamente rasurado y las manos bonitas. Que era tierno. Alguien que acariciaba con tanta delicadeza el cuello de un caballo tenía que ser por fuerza un amante atento. Le avergonzó que al verlo un cosquilleo le recorriera el cuerpo.

«¿Lo ves? No sabes nada. En tu fantasía lo pintas con los colores más luminosos, pero al final no es más que un hombre que por la noche ronca y tiene agujeros en los calcetines».

Sencillamente seguiría haciendo como si no supiera que en su vida conyugal se sentía sola. Hasta el final de sus días haría como si no supiera que algo fallaba. Y si pensaba en James, reprimiría los sentimientos que aflorasen. Nunca dejaría a Carlos, se aferraría siempre al amor que sentía por él. Era madre. Y era la princesa de Gales. Tenía una responsabilidad. Dejaría pasar lo que sentía por James como una gripe inoportuna que antes o después acabaría.

Fergie tenía bastante energía por las dos. Cuando Diana anulaba una cita porque estaba exhausta o tenía la sensación de que sus cometidos y obligaciones la abrumaban, Fergie insistía. «Me niego a aceptarlo. Solo se es joven una vez. Vamos, recorreremos Londres e intentaremos quitarnos de encima a los guardaespaldas».

Menos mal, así se distraía. Le hacía falta alguien así en la vida. Sobre todo porque Diana ya no tenía mucho que ver con sus amigas de antes. Se avergonzaba profundamente de tenerlo todo, absolutamente todo, en la vida y sin embargo no conseguir ser feliz.

Fergie entendía su situación, y entre ellas se lo contaban todo. Era maravilloso contar con una amiga para la que no había secretos.

Y eso... que ciertas cosas ni siquiera Fergie las sabía.

Un secreto era que prácticamente después de todas las comidas desaparecía en el cuarto de baño para meterse los dedos en la garganta y vomitar.

El segundo secreto era que no podía dejar de pensar en un hombre atractivo de uniforme. Imposible reprimirse. Cuando despertaba por la mañana conseguía estirarse y poco más antes de que la asaltaran preguntas y más preguntas que habría querido formular a James de inmediato, pero no se atrevería a hacer. ¿Cómo le gustaba el café? ¿Tenía una canción preferida? ¿Cómo se llevaba con sus hermanos?

Al igual que todos los días, se levantaba a las siete en punto para ocuparse de la correspondencia. Era su ritual. Su forma de demostrar que tenía la vida bajo control. Que ella misma estaba bajo control. Se había construido la clase de vida que se esperaba de ella. Era buena en lo que hacía. Era una buena esposa, madre, hija, protestante, princesa... Aun así, mientras escuchaba a su secretario privado enumerar sus compromisos, no dejaba de sentir un desasosiego cargado de tensión.

Entonces, aquel sábado, el coche de James apareció ante Highgrove. James se bajó y su mirada hizo que por las venas de Diana corriera nueva vida. Y Diana comprendió que no tenía absolutamente nada bajo control.

—¿Lista para tomar las riendas? —preguntó él.

Y Diana contestó:

—Me muero de ganas.

Durante el paseo a caballo James le hizo muchas preguntas, como si no se cansara de saber cosas de ella. La mayor parte tenía que ver con su infancia.

—No tienes que responderme si no quieres —afirmó.

—No me importa. Incluso me parece saludable hablar de esa época.

Carlos nunca le había preguntado esas cosas.

Le habló a James de Frances, su guapísima madre, con sus piernas de modelo, que acababa de cumplir los veinticinco años cuando tuvo a Diana, su tercera hija. Que su primer recuerdo era el olor del plástico caliente de su cochecito. Y le habló del divorcio de sus padres. Ella tenía seis años y se quedó sentada, callada y quieta, en el último escalón de la fría escalera de piedra de Park House, aferrándose con fuerza al pasamanos de hierro pulido mientras a su alrededor reinaba una actividad frenética. Oía cómo metían el equipaje en el maletero de un coche y el crujir de los pasos de su madre por la gravilla del antepatio, la puerta de un coche que se cerraba, el motor que arrancaba y el coche que se alejaba de allí y desaparecía tras franquear el portón.

Cuando cruzaban un puente vetusto, de lo más romántico, cuya piedra había teñido de negro el tiempo, Diana le preguntó:

—¿Hasta qué punto crees que mi matrimonio con Carlos se parece al de mis padres? —Él lo había insinuado así antes.

—Bueno, me has dicho que tu padre le llevaba doce años a tu madre y Carlos es...

—Trece años mayor que yo. —Diana terminó la frase de James—. Veo que me escuchas con atención. —Eso le gustó. Y mucho—. Mi madre tenía quince años cuando conoció al que sería su marido; yo, dieciséis.

—Tu madre prefería vivir en la ciudad, como tú, aunque siempre me digas que te encanta el campo.

—Es la verdad.

La pintoresca vastedad le insuflaba una calma profunda, casi meditativa. Dejó vagar la vista por las suaves elevaciones y depresiones del paisaje, que a esa temprana hora de la mañana se hallaba envuelto en una niebla mágica. Aquí y allá pastaban unas ovejas. Antes la naturaleza solía ser su refugio cuando sus padres se peleaban.

—Mi padre quería a toda costa un heredero. Después de mis dos hermanas empezaba a impacientarse —le confió—. Exigió que mi madre se sometiera a una serie de reconocimientos para averiguar por qué no podía tener ningún hijo varón. Al final su deseo se vio cumplido, pero John (así pensaban llamarlo) no fue viable. Apenas llegó al mundo lo sacaron de la habitación. Mi madre lloró, gritó, suplicó verlo, pero no se lo permitieron. Murió once horas después. Pasaron unos meses y mi madre se volvió a quedar embarazada, pero sufrió un aborto del que mi padre no llegó a saber nada. Un año después nací yo, una amarga decepción para mi padre. Otra niña. Tuvieron que pasar tres años para que mi madre por fin le diera un hijo, mi hermano Charles. —Miró a James—. El matrimonio de mis padres fue espantoso y vivieron un divorcio terrible. Y después mi madre perdió la custodia de sus hijos. Probablemente mi padre tuviera aventuras, pero a mi madre la presentaron como lo peor ante el tribunal por dejarlo por otro hombre. Mi padre tenía más dinero, más poder, más influencia. Cuando mi madre se fue, una gran sombra nos cubrió a mis hermanos y a mí.

Pararon a descansar bajo un vetusto tilo, extendieron la manta de pícnic que habían llevado y encima pusieron queso, uvas, pan blanco y jamón. Solo se oía el murmullo del arroyo que serpenteaba junto a ellos y el sonido que hacían los caballos al arrancar la hierba de la pradera. Y aunque Diana estaba alegre, en su corazón también anidaba la tristeza, ya que el hombre que estaba con ella no era Carlos.

El sol matutino dibujaba pigmentos dorados en el cabello cobrizo de James. Podría haberlo mirado eternamente. También resultaba fascinante que no se pusiera moreno, tan solo le salían más pecas.

Cuando él se dio cuenta de que a Diana la cegaba la luz, se hizo a un lado para protegerla del sol. Sucedió como de pasada, él no le dio la menor importancia, pero Diana fue muy consciente de ello.

—¿Me permites? —preguntó de pronto James—. Tienes una pestaña en la mejilla. —James se acercó a ella despacio, como si quisiera darle tiempo para que ella lo detuviera. Diana temblaba con cada fibra de su ser. Estaba completamente a su merced. Con un cuidado que hizo que a ella le hormiguease el cuerpo entero, él agarró de la mejilla la pestaña con el dedo índice y se la enseñó—: Puedes pedir un deseo.

«Es tu cuerpo lo que deseo, noche tras noche. Quiero tener tu olor en mi piel. Como el día que olvidaste la chamarra en el establo y yo la tomé y me la llevé a mi habitación a escondidas. Esa fue la primera vez que me permití imaginar que estabas tendido a mi lado, desnudo, con tu piel contra mi piel».

Tres respiraciones.

Una. Diana no era consciente de lo bien que le olía la piel cuando el sol la calentaba. Levantó los ojos, se atrevió a abandonarse a los de él.

Dos. James tenía pecas hasta en los ojos, algunas motas verdes en el castaño claro, dependiendo de cómo le diera el sol. Él contemplaba el rostro de Diana como si le gustase lo que veía.

Tres. Diana sopló la pestaña. Pidió su deseo.

Y James dio un giro radical a la situación cuando carraspeó y dijo:

—Tu guardaespaldas...

—¿Quién? Ah, ya. —Se quitó unas migas invisibles del pantalón de montar—. La próxima vez le diré que se quede en casa. Contigo me siento segura y protegida. No lo necesito cuando estás conmigo.

Su pecho se hinchó ligeramente, su mirada se oscureció de deseo, y sin embargo James se levantó de la manta y le ofreció la mano para ayudarla a hacer otro tanto. A Diana le costó disimular la decepción.

—¿Te gustaría cenar con nosotros? —se atrevió a preguntar.

—No querría causar molestias —replicó él.

—No las causas. —Y al ver la cara que ponía, Diana añadió—: Hazel, mi doncella y dama de compañía, también estará presente.

Después de cenar, James se sentó junto a la cama de Enrique y Guillermo y les contó un cuento de caballeros montados en caballos blancos y actos heroicos.

—¿Tú también eres caballero? —preguntó Enrique con los ojos muy abiertos.

—Es nuestro caballero personal —contestó Diana en lugar de James, y besó a Enrique en la frente—. Y ahora cierren los ojos los dos. Que duerman bien. Mañana desayunaremos juntos.

—Son los dos estupendos —comentó James más tarde, cuando estaban a solas y Diana sirvió sendos vasos de whisky.

—Sí, lo son todo para mí. Sin ellos no soy nada. —Se sentó a su lado en el sofá y, volviendo el torso hacia él, le ofreció su vaso, apoyó una mano en el respaldo y cruzó las piernas, todo ello en una elegante y seductora sucesión, como había visto hacer a las actrices de Hollywood.

Sin embargo él supo ver tras la fachada.

—¿Qué te preocupa?

—Me duele lo mucho que sufren Guillermo y Enrique con la continua ausencia de Carlos —le confesó—. No hace mucho su secretario privado le suplicó que pasara más tiempo con sus hijos, puesto que al parecer hasta la prensa se ha percatado de que apenas se ocupa de ellos. «Inténtelo, por favor», le suplicó. —Hizo girar el whisky escocés en el vaso—. Al final se organizó una sesión de fotos y Carlos se las dio de padre cariñoso. Lo que más me dolió ver fue lo mucho que se alegraban Guillermo y Enrique de pasar tiempo con su padre a pesar de todo.

—¿Qué puedo hacer para animarte? —le preguntó James.

Ella se paró a pensar un momento.

—Pues la verdad es que hay algo que me haría muy feliz.

—Lo que quieras.

Dio rienda suelta al atractivo de su caída de ojos.

—¿Me harías un recorrido por el cuartel? Hasta ahora solo conozco el picadero, y lo más emocionante que he visto en el patio ha sido un carro de combate.

Con ello quería decir que solo conocía los lugares en los que James la llamaba «princesa» y se inclinaba formalmente ante ella, porque por allí siempre estaban pasando soldados.

—En el cuartel no hay mucho que ver. No es lugar para una dama —adujo.

—¿Ah, no? —Diana levantó el mentón mientras arqueaba las cejas con gesto desafiante—. Pues entonces probablemente no sea una dama. A fin de cuentas, ya estuve en el cuartel general del Servicio Aéreo Especial, en Hereford, y me resultó muy interesante.

Él se sorprendió no poco.

—Y ¿qué hacías allí?

—Un curso de conducción. Un curso «infernal», como lo llamaba yo. Quiero estar preparada por si alguna vez me persigue alguien mientras voy al volante. Además, allí aprendí cómo he de comportarme en caso de que se produzca un atentado terrorista o un intento de secuestro. Me lanzaron petardos y bombas de humo al coche, a fin de cuentas la formación debía ser lo más realista posible. Incluso entrené con armas.

—¿Lo organizó la reina?

—No, fue cosa mía.

Tras observarla, James dijo:

—Eres muy distinta de lo que esperaba.

—¿Esperabas una muñequita superficial?

—Para ser sincero, sí.

—Es lo que piensa la mayoría de la gente de mí, y soy consciente de cuál es mi situación. Los miembros de la familia real viven en un peligro constante. En un intervalo corto de tiempo se perpetraron dos atentados contra Isabel, y en una ocasión estuvieron a punto de secuestrar a la princesa Ana; en The Mall, para más señas, a escasos metros del palacio de Buckingham. Tengo una responsabilidad. Como futura reina, pero sobre todo como madre de dos hijos.

—Está bien —accedió él al cabo—. Pero no esperes gran cosa. No quiero oír ninguna queja si te aburres.

¿Cómo se iba a aburrir? Averiguaría cómo era su día a día, cómo daba instrucciones enfundado en su elegante uniforme, vería la cama en la que dormía.

Esa noche soñó que se escapaba con él para empezar una nueva vida muy lejos de allí. Al día siguiente despertó, se dio un baño con agua fría y pensó: «Estás casada con el sucesor al trono, eres madre de dos chicos estupendos y vives en palacios soberbios». Cuando se envolvió en una toalla, se peinó el pelo mojado y se miró en el espejo, se dijo: «Quizá en otra vida».

¿No era extraño?

Como si tuviese más de una.

# 34

En el cuartel, el caminar de James era más erguido y más masculino aún.

Diana quería saber dónde comía a mediodía.

—En el comedor de oficiales.

—¿Podríamos comer nosotros dos allí? De tantas impresiones me ha entrado hambre.

—Claro. —El «pero» se percibía con claridad, a esas alturas Diana lo conocía lo bastante bien para saber lo poco que le gustaba a él negarle algo—. Pero no vayas a pensar que es un restaurante. Es una habitación con unas cuantas mesas largas con botes de mayonesa y cátsup, y planes de trabajo pinchados con chinchetas en un tablero. Para comer hay *fish and chips* o pan tostado y alubias con jitomate.

—Créeme, para mí es el colmo del lujo sentarme con un pan tostado con alubias delante de la televisión mientras veo mi serie preferida. Por favor, me haría mucha ilusión.

James no exageraba, y aun así ella estaba feliz. Ya eran más de las dos y se encontraban solos en el comedor de oficiales. Diana indicó a su guardaespaldas que esperase fuera. «Estoy preparada para tomar las riendas, James».

Él le contó que ya de pequeño soñaba con ser comandante. En un primer momento ella era todo oídos, pero al final no pudo evitar admirar sus labios con los finos surcos, las pecas en su atractivo rostro que le habían salido de dar tantos paseos a caballo con ella. A Diana eso le gustaba, puesto que era como si de ese modo le hubiese puesto un sello.

Probablemente él intuyese que Diana ya no lo estaba escuchando del todo, pero se lo dejó pasar con una sonrisilla.

—Ahora ya sabes cómo es mi día a día. Pero ¿y el tuyo?

Ella no quería que James supiera lo sobrepasada que se sentía a menudo, lo insegura, y por eso solo le habló de las ventajas. Lo liberador que resultaba bailar en las enormes salas de techos altos y que el cocinero del palacio de Kensington siempre le tuviera preparadas natillas en la cámara frigorífica cuando llegaba a casa por la noche después de haber asistido a algún evento agotador. Entonces ella volvía a tener diez años y aún no sabía nada de rulos para el pelo, dietas o el dichoso protocolo.

—Así que lo has conseguido —observó James.

—¿Tú crees? —inquirió ella.

—¿Acaso no todas las mujeres jóvenes sueñan con casarse con el príncipe de Gales? ¿Vivir en un palacio donde todos sus deseos son atendidos, llevar vestidos preciosos, recorrer el mundo y alimentarse a base de caviar y bogavante?

Ella se inclinó hacia delante, acercando la cara a la de él.

—Sin embargo todo eso no me hace feliz.

—Y ¿qué te hace feliz? —Esa era una novedad, que se atreviese a ir tan lejos.

Antes de que supiera cómo sucedió, Diana se acercó más todavía a él.

—Lo sabes de sobra.

A los ojos de él asomó el mismo miedo que sentía Diana. James volteó la cabeza, pero, al igual que antes, estaban solos. Rio cohibido, cabeceó y se pasó una mano por el pelo, todo ello tan deprisa que fue difícil seguirlo.

—¿No estás cansada? Seguro que hoy también te has levantado a las siete para ocuparte de la correspondencia.

Así que también se había quedado con eso.

—Hoy concretamente a las cuatro —corrigió ella.

—¡¿A las cuatro?! Por el amor de Dios. Y eso ¿por qué?

—¿Tú qué crees? —«Porque no podía pegar ojo. Porque solo podía pensar en ti».

A James le gustaba cuando ella ladeaba ligeramente la cabeza y lo miraba de soslayo. En esas ocasiones siempre tardaba un tanto en contestar, porque estaba entretenido esbozando una sonrisa radiante.

—Diana —musitó.

A ella le encantaba que pronunciase su nombre. En su boca sonaba a peligro. Como si James tuviera que controlarse para no... eso, para no ¿qué?

—Diana... —repitió, pero ella percibió que su resistencia se desmoronaba—. Eres... —empezó.

—Soy ¿qué? —lo animó ella.

—Entiendo por qué tienes a toda Inglaterra a tus pies... Me lo estás poniendo muy difícil.

—¿Solo difícil? —replicó ella—. Preferiría que dijeras imposible.

Diana le puso una mano en el rostro y deslizó el pulgar por su labio inferior. «Todo es posible», pensó de pronto asustada. Ahora solo existían él y ella, y ese momento que debía saborear plenamente, puesto que de no hacerlo lo lamentaría toda su vida; claro que quizá también lo lamentase si lo hacía... Demasiado tarde, ya que de pronto sus labios rozaban los de él.

Dejó que el beso surtiera efecto en ella. Poco a poco se apoderó de todo su cuerpo.

—A un plebeyo como yo no le está permitido tocar a los miembros de la familia real —dijo James con voz áspera—. Y para colmo estoy al servicio de la reina.

Ella lo besó una segunda vez. Deseó poder refrenarse como él, pero la pasión a la que había tenido que renunciar durante todos esos años se desbordó con toda su fuerza. Diana le abrió la boca con la lengua, le dio un beso más apasionado. Quería sentarse en su regazo, ojalá no estuviese la mesa de por medio. Intentó dar a entender abiertamente en ese beso todo lo que deseaba de él, casi con brutalidad, mientras sentía que él aún mantenía la distancia.

—¿Estás completamente segura? —preguntó él contra sus labios—. Si alguien nos ve...

Diana no lo dejó terminar.

—Nunca he estado más segura de algo en mi vida. Tú me das fuerza. Me haces feliz. Te necesito.

—Por ti vale la pena arriesgarlo todo —contestó él—. Incluso mi vida.

# 35

Las once menos cinco de la noche.

La lluvia repiqueteaba contra la ventana, tamborileaba sobre los adoquines del patio del palacio de Kensington. A Diana le encantaba el sol, pero a veces también los días de lluvia tenían su encanto. Encendió una vela con aroma a vainilla, se acercó a la ventana e intentó distraerse con las gotas, que bajaban zigzagueando por el cristal. A excepción de la suave luz dorada del alumbrado exterior, era noche cerrada. El preludio de Bach irradiaba una añoranza vaga y esperanza.

Como una cámara que enfoca de nuevo, de pronto Diana vio su rostro reflejado en la ventana. ¿Estaba a punto de cometer un gran error? ¿No sería mejor dar marcha atrás? Todavía no era demasiado tarde. Cuando llegara el coche y James entrase en el palacio por la entrada lateral que no estaba dotada de vigilancia y abriera la puerta de su departamento, que solo se hallaba entornada, ella no podría resistirse, ya no habría nada que hacer.

Con cada milímetro cuadrado de su piel sintió que estaba a punto de convertirse en una adúltera. «Y ni siquiera el inocente vestido azul celeste que llevas podrá engañar a nadie».

Todo en ella gritaba seducción. La ropa interior de encaje, el discreto perfume, las piernas recién depiladas, la raya en el párpado superior, la combinación de seda que asomaba prometedora bajo el escote. Joyas no llevaba ninguna, no harían sino estorbar.

La cabeza le daba vueltas.

El único hombre con el que se había acostado en su vida era Carlos.

Tenía veinticinco años y no sabía nada del amor romántico. Quería a Carlos, pero su amor no era correspondido, y por eso no era un amor verdadero. Después de que naciera Enrique ella había renunciado a intentar ganarse su afecto. Sencillamente ya no sabía cómo hacerlo. No tenía fuerzas.

Se había dejado llevar por la senda de su vida ingenuamente y de pronto James se había cruzado en su camino y había hecho tambalear los cimientos de su existencia. Con él se sentía como ebria. Como si flotase en otra esfera.

El reloj dio las once. Guillermo y Enrique dormían a pierna suelta. Confiaba en que siguiera siendo así. A ver si al final uno de los dos se metía en su habitación para acurrucarse con ella. Pasaba de vez en cuando. Echaría la llave hasta que James se hubiese ido y listo.

El golpeteo de la lluvia se vio acallado por voces. «¿Quién va en ese coche?» «No veo nada». «¡Hay alguien escondido debajo de una manta!»

Esos dichosos *paparazzi*. Cada vez eran más pesados. Ahora la acechaban incluso hasta bien entrada la noche ante las puertas del palacio. Diana había indicado a James que se escondiera debajo de una manta en el coche que le había enviado para que no lo reconociera nadie. Tampoco quería dar motivos al personal de seguridad para que chismorrease.

La luz amarilla de los faros iluminó el patio. Un bulto oscuro se bajó deprisa del coche, corrió hacia la entrada lateral y acto seguido desapareció en el palacio de Kensington.

Diana se tocó de nuevo el pelo y lanzó una plegaria al cielo: «Dios mío, por favor, no me odies».

El corazón amenazaba con salírsele del pecho.

Aunque la puerta estaba entornada, James llamó con suavidad antes de entrar.

Allí estaba él. Con sus zapatos de ante, el pantalón beige, la camisa de un blanco reluciente. Y encima una gabardina marrón oscura.

Sonrió. Una sonrisa que expresaba lo mucho que había deseado que llegara ese momento. Diana nunca había visto una sonrisa igual.

Y entonces supo que estaba completamente a merced de ese hombre.

James cerró la puerta.

Cinco pasos y estaba con ella. La estrechó entre sus brazos. Se fundieron, se absorbieron. Diana apoyó la cabeza en su pecho, escuchó los latidos de su corazón, aspiró su aroma, a piel caliente y loción para después del afeitado y algo más que le recordó al aire fresco y a la hierba humedecida por el rocío: el aroma de la libertad. Temblaba. ¡Cuánto deseaba a ese hombre!

Se separó de él y lo miró a los ojos. «Por favor, sálvame».

James la besó. Primero con suavidad, después con premura. Bajo sus manos el cuerpo de Diana se tornó cera. Saboreó la lluvia que le mojaba el rostro, sintió que las gotas de la gabardina le empapaban el vestido, refrescando su piel caliente.

—Prométeme que no me dejarás caer —musitó—. Prométeme que siempre estarás a mi lado.

—Siempre —prometió él.

Diana se desabotonó el escote del vestido hasta dejar a la vista el encaje de la combinación y guio la mano de James hasta su pecho. Él la besó de nuevo y ella lo rodeó con sus brazos como si no fuera a soltarlo jamás.

—Nunca he estado con nadie aparte de mi marido —confesó Diana mientras se besaban.

—Y yo nunca he estado con nadie como tú. Eres la mujer más bella que he visto en mi vida. Esos ojos azul oscuro, que en la realidad son mucho más bonitos que en las fotos o en televisión. Tu piel transparente. Me vuelves loco. Te adoro. Quiero cuidar de ti y hacerte feliz.

Diana se entregó a él con cada fibra de su cuerpo.

Su vestido azul claro cayó a la alfombra.

La cama con dosel.

La sensación de estar viva.

# 36

*1987*

Una luz viva se deslizaba por la marea humana que tenía debajo, por infinidad de manos que daban palmas al compás de la batería. El espectáculo era electrizante. Entró la guitarra eléctrica. Bastaron unos acordes para saber qué canción era. *Rebel Rebel.* La multitud apenas se podía contener.

A Diana le habría gustado levantarse de un salto y cantar a todo pulmón. ¡Adoraba a Bowie! Hacía dos años, cuando había tenido ocasión de conocerlo en el concierto Live Aid, le había costado no perder los nervios como si fuera una auténtica *groupie.* De haberle regalado ese músico único un minuto más, no se habría podido reprimir y le habría dicho lo importante que era su música para ella, que sus letras le daban fuerza cuando todo la superaba y se sentía débil e inútil y sencillamente patética. Aquella vez llevaba un inocente vestido azul; hoy, pantalón de cuero negro con una chamarra de satén negra y una camiseta blanca holgada.

El comandante David Waterhouse se inclinó hacia Diana y le dijo algo, pero fue imposible entenderlo. Ella se señaló los oídos y negó con la cabeza. Él se rio. Con esos ojillos de mirada afectuosa, no había tardado en tomarle cariño y trabar amistad con él. También formaban parte del grupo el vizconde David Linley, hijo de

Margo, y dos damas de compañía. De modo que Diana iba bien acompañada. Sin embargo, ¿por qué tenía la sensación de estar haciendo algo prohibido? Apenas se atrevía a dar palmas con la música. Como si la mismísima Isabel estuviera sentada a su lado, juzgándola en silencio. En ese sentido el protocolo había cumplido su labor. ¿O acaso su apocamiento se debía a que no había pedido permiso a Carlos ni a Isabel para ir al concierto? De haberlo hecho la habrían disuadido. Y ya no era ninguna niña. ¿Cómo iba a aprender a tomar decisiones por sí misma si tenía que confiar en la opinión y el consejo de otros para cualquier nimiedad?

Reparó en un grupo de mujeres jóvenes que no estaban muy lejos de ella. Llevaban jeans deshilachados y camisetas tan cortas que se les veía el ombligo. Bailaban desenfrenadamente. Seguro que no le habían pedido permiso a nadie para ir al concierto de Bowie. Diana estaba fascinada. «¿Y tú? Tú, sentadita en tu sitio, como si estuvieras en la ópera. Tú misma te atas corto».

David Bowie cantaba: *«Rebel rebel, how could they know?»*.

¿Qué había de malo en llevar el ritmo con el pie? Y, ya puestos, ¿en dar palmas? Y, para el caso, también se podía bailar un poco. Pero, si se bailaba, también había que cantar. Diana se olvidó de la gente que tenía alrededor, se olvidó de la prensa y se puso a cantar y bailar y levantar las manos. Era como si la música corriera por su cuerpo. ¿Qué importancia tenía? Los jóvenes iban a conciertos a pasárselo bien, y ella era joven. Y a fin de cuentas no hacía nada malo.

Cuando cayó en la cama, bien entrada la noche, estaba agotada, sudorosa y despeinada, pero incluso esa sensación era genial. Durante un instante pensó que debía desvestirse, que aún llevaba puestos el pantalón de cuero y la camiseta, pero no se podía levantar. Los ojos se le cerraron y acto seguido se quedó dormida.

Al día siguiente Guillermo cumplía cinco años. Celebraron el cumpleaños en Highgrove, porque Diana confiaba en que Carlos quizá se uniera a ellos cuando Guillermo abriese los regalos en el querido jardín de su padre, entre aromáticas matas de salvia, jazmines y morales. Y nada: Carlos prefirió jugar al polo.

James, en cambio, aceptó agradecido la invitación para sumarse a la fiesta. Tenía un regalo no solo para Guillermo, sino también para Enrique: dos uniformes de niño con los que ambos no podían estar más lindos. «Así podrán ir a verme al cuartel», adujo.

Para que nadie pudiera utilizar la presencia de James en su contra, Diana invitó asimismo a Fergie y Hazel. Para entonces empezaba a lamentar un poco que él estuviese allí, ya que después del concierto del día anterior le hacía falta dormir a pierna suelta. A decir verdad, se proponía buscar un sitio a la sombra donde sufrir en silencio, pero Fergie, rebosante de energía, propuso que jugaran al escondite.

Diana lo puso fácil. Se escondió debajo del rosal que trepaba por la pared de la casa, alzó la cara hacia el sol y cerró los ojos, aspirando el olor dulzón de las flores y del café recién hecho que salía por la ventana abierta de la cocina. De pronto percibió también el aroma de una agradable loción para después del afeitado que reconoció en el acto. Un cuerpo que desprendía el calor del sol la pegó a la pared. Diana saboreó el beso que le dio James, su mano subiéndole por el muslo. Su cuerpo se encendió en un segundo. Tomó aire con fuerza.

—Siempre a su servicio —susurró mientras le mordisqueaba el lóbulo de la oreja.

—Me parece muy bien, porque tengo mucho que recuperar.

Sus labios se unieron. Un ruido la devolvió al presente.

—¿Ha llegado un coche? —pensó en voz alta.

Las puertas de un vehículo se cerraron. ¿Lo habría pensado mejor Carlos?

—Su majestad, la reina Isabel II... —anunciaron poco después.

Mierda. Diana esperaba que Isabel le concediese un plazo de gracia, hasta que volviera a Londres. A fin de cuentas, ese día era el cumpleaños de Guillermo.

—... y su alteza real la reina madre.

Oh, no. Lo que faltaba. Eso no podía significar nada bueno. Por suerte, los lentes de sol y el sombrero de paja le tapaban las ojeras.

Para que nadie sospechara nada, dejó que James se adelantara y ella entró en la casa por la entrada de servicio, se alisó el vestido en el pasillo y se miró en el espejo con marco dorado que colgaba sobre la cómoda: tenía los labios ligeramente hinchados y los ojos con esa chispa, pero por lo demás no vio nada llamativo.

—Qué sorpresa más agradable —exclamó cuando salió a la terraza.

Hizo una reverencia respetuosa y dio dos besos a ambas.

—Pensé que mi nieto tal vez se alegraría de que viniéramos a verlo el día de su cumpleaños —dijo Isabel.

—Veo que lo están celebrando en un círculo reducido de invitados selectos —constató la reina madre mientras miraba a James, que en ese momento le estaba aplicando protector solar en la cara a Enrique—. Confío en que no molestemos.

—Nos alegramos de que hayan venido —respondió Diana.

Ni siquiera era mentira, ya que Guillermo y Enrique estaban locos de contentos de que su abuela y su bisabuela fueran a comer pastel con ellos. Cuántas veces había deseado Diana celebrar los cumpleaños en un círculo pequeño, familiar. La cuestión era únicamente que a esas alturas ella ya sabía cómo era esa familia. Isabel y su madre estaban allí por algún motivo concreto, que no tenía nada que ver con el cumpleaños de Guillermo. Y ella se olía cuál podía ser ese motivo.

—Hace mucho que no venimos a este sitio —comentó Isabel mientras contemplaba los magníficos jardines—. ¿Tendrías la bondad de enseñarnos un poco esto?

Diana miró el cielo con cierta preocupación. A lo largo de la última hora la nubosidad había ido en aumento. El aire olía a tormenta de verano. Sin embargo, Isabel no quiso saber nada de sus reparos.

—Bueno, solo será un paseíto —aseguró. Y eso que hacía un calor de lo más sofocante y su madre respiraba con dificultad.

Justo cuando habían llegado a las esculturas de mármol de Carlos y Laurens van der Post, la reina madre se quedó sin fuelle y tuvo que sentarse en el banco de piedra sobre el que se alzaba un arco con rosas.

—¿Tú también quieres descansar un momento? —preguntó Diana a Isabel.

—No, gracias. Tengo que hablar contigo y preferiría hacerlo de pie. La experiencia me dice que así las cosas van más deprisa.

Si no hiciese ese bochorno...

—Mi madre ha tenido la amabilidad de recortar y guardar un artículo de periódico —empezó Isabel.

Ello dio pie a que la reina madre sacara de la bolsa de mano un recorte del *Daily Express*, que abrió y entregó a su hija, que a su vez se lo ofreció a Diana como si se tratara del cuerpo del delito. En la foto de la portada se veía a una Diana risueña, que en el Royal Ascot daba en el trasero con una sombrilla cerrada a su amiga Lulu Baker. «Demasiado frívolo», rezaba el titular.

Fergie estaba con ellas, incluso había incitado a Diana, pero eso no tenía por qué saberlo necesariamente la reina. Bastaba con que una de ellas se llevara el regaño.

—Pensé que te podía interesar —observó Isabel—. A fin de cuentas, el artículo habla de ti.

—Gracias, pero ya lo conozco —respondió Diana, que rompió a llorar después de leerlo.

Las dos mujeres no dejarían que se librara tan fácilmente.

—Al parecer anoche también pasaste una velada emocionante —comentó Isabel, y la reina madre le hizo entrega de otro artículo. Esta vez en la fotografía se veía a Diana con un pantalón de cuero ajustado, entre dos hombres atractivos—. Según me han dicho, no ha sido el único concierto al que has ido de un tiempo a esta parte.

Las nubes eran cada vez más oscuras. Aquello no auguraba nada bueno.

—Tampoco es que vaya a conciertos a menudo —se defendió Diana mientras se quitaba el sombrero para darse un poco de aire—. Me sentó bien. Me divertí. Y no tiene la menor importancia: la gente joven va a conciertos.

—Pero tú no eres una joven cualquiera que se pueda divertir a su antojo. Como princesa de Gales y futura reina desempeñas un papel especial.

—Y pese a ello soy una mujer joven como las demás.

—Yo tampoco pude ser joven. Tenía veinticinco años cuando mi padre murió y subí al trono. Fui consciente en todo momento de cuál era mi papel y de la responsabilidad que entrañaba. Dejando a un lado tu papel, como mujer casada que eres, no deberías andar por la noche con dos hombres.

—Uno de esos dos hombres es el hijo casado de tu hermana. Y el señor Waterhouse no es más que un buen amigo. ¿Cómo me puedes reprochar la amistad que me une a esos dos hombres cuando Carlos...?

—No estamos hablando de Carlos —cortó la reina madre. De su querido nieto no se podía hablar mal.

Diana se acaloró. Ahí estaba de nuevo, el retumbar bajo la piel, el hormigueo... Como si algo poderoso se rebelara en ella.

—Es evidente que con tu comportamiento quieres captar la atención de la prensa —continuó Isabel—. Sin embargo, ello tiene el desagradable efecto secundario de que esos buitres también se abalanzan sobre su vida privada. Dicen que Carlos es un mal padre. Que su matrimonio se tambalea. La gente lee estas cosas y cree que lo sabe todo de nosotros. Por ese motivo la familia real ha mantenido un contacto muy distante con la opinión pública desde siempre. Somos amables en todo momento, pero no hacemos migas con la gente. Yo ni siquiera he accedido a que publiquen una biografía mía. —Hizo una pausa significativa—. Lo único que queremos es rogarte encarecidamente que dejes de hacerte la *starlet*.

—¡No me hago la *starlet*! —se defendió Diana—. Sufro con el constante alboroto mediático. Me da miedo.

—¿Ah, sí? En tal caso es un enigma para mí cuál es la finalidad de los estridentes atuendos que eliges, si no es la de atraer a los *paparazzi* —terció de nuevo la reina madre, que había sacado un pañuelo de tela de su bolsa y se secaba la frente con él con delicadeza.

—Una vez más: ser la princesa de Gales entraña una responsabilidad. Te sugiero que la asumas de una vez por todas. —Isabel asintió, como hacía siempre que, en su opinión, quedaba todo dicho.

—Y estoy segura de que ya han pensado en algo —dijo Diana con sequedad.

Se había levantado viento. Diana vio que Fergie agarraba unas servilletas que habían salido volando de la mesa.

—En efecto —oyó que decía la reina—. Ya que buscas la opinión pública, no estaría de más que te centraras en el desarrollo de tus compromisos benéficos.

—Los eventos a los que he acudido hasta la fecha los han organizado marcas de lujo —le recordó Diana—. Se me ha utilizado únicamente como arma de relaciones públicas, y no es eso lo que quiero. No me interesa tomarme fotos buenas para la prensa con presidentes de la junta directiva. Quiero desempeñar un papel más activo.

—En tal caso sigue el ejemplo de Ana o Carlos, que cuentan con sus propias fundaciones.

Diana se irguió.

—A decir verdad, hay algo de lo que me gustaría ocuparme. —Tomó impulso por dentro—: Del sida.

—¡El sida! —exclamó la reina madre pugnando por respirar.

Isabel miró a su madre con la frente fruncida de preocupación. Cuando estuvo segura de que no se iba a desmayar, dijo:

—Ni hablar. Demasiado peligroso.

—No lo es. No me contagiaré con el VIH por estar con enfermos de sida en una habitación. Precisamente eso es lo que tienen que dejar de pensar las personas de una vez por todas.

—Ha llegado a mis oídos que conoces a gente de cierto ambiente —apuntó Isabel levantando el mentón.

—Al bailarín de ballet enfermo de sida, por ejemplo —dijo la reina madre—. ¿Acaso no es...? —No fue capaz de pronunciar la palabra.

—¿Homosexual? —A Diana no le hubiese extrañado que le hubiera lanzado un rayo con los ojos.

Le enfurecía que siguieran existiendo tantos prejuicios contra los homosexuales. Ella tenía algunos amigos gays, a la mayoría de los cuales conocía del mundo de la moda. Le encantaba lo desenfadados que eran. Por no mencionar que con ellos se podía divertir sin que acto seguido fuese objeto de los rumores en los periódicos.

—A través de mis conocidos he podido constatar que hasta la fecha nadie se ocupa de ese tema tabú —se justificó—. Esas personas no solo están enfermas, sino que además son parias.

—Tanto mayor motivo para que te centres en otra cosa —objetó Isabel—. Para esa enfermedad ni siquiera hay esperanzas de curación. ¿Por qué no te encargas de algo menos sombrío? Búscate algo sobre lo que a la gente le guste leer y no algo que le genere rechazo.

—Los orfanatos, por ejemplo —sugirió la reina madre.

—Es decir, que haga lo que siempre ha hecho todo el mundo en esta familia, para que todo siga como está y nunca cambie nada.

La mirada de Isabel se volvió dura.

—Esa enfermedad inmunitaria no está bien vista en sociedad, lisa y llanamente, porque guarda relación con...

—¿El sexo? —la ayudó Diana.

—Con la turbiedad sexual.

La reina madre ni siquiera podía mirar ya a Diana y clavaba la vista con obstinación en la estatua de Carlos.

—No en vano llaman a esa enfermedad la «peste rosa».

—Confío en que me haya expresado con claridad —le advirtió Isabel—. La princesa de Gales y futura reina de Inglaterra no debería entrar en contacto con esa clase de personas.

Iba a marcharse, pero Diana había llegado al punto álgido; a decir verdad, era así desde el momento en que vio a James por primera vez y cada una de las fibras de su cuerpo le dijo: «Quieres más en la vida». Esta vez no se daría por vencida.

—Los prejuicios no son más que una jaula en la que vivimos libremente para no tener que sentir nada, aprender nada y saber nada. Quien juzga a los demás no está preparado para ensanchar sus horizontes y crecer. Quien juzga a los demás se falla a sí mismo.

Isabel arqueó las cejas.

—Debo decir que tu rebeldía me desagrada. Me ha llamado la atención que cada vez tiendes más a pasar por alto el protocolo.

—Te levantas de la mesa aunque la reina no haya terminado oficialmente de comer o incluso te saltas la cena —agregó la reina madre. Y entonces la oyó por primera vez, la frase—: Harías bien en seguir el ejemplo de Fergie.

En el horizonte, de un gris negruzco, la tensión que vibraba en el aire se descargó en forma de rayo resplandeciente. Un espectáculo impresionante.

Diana replicó:

—Me temo que no puedo tomar en consideración sus reservas. Mi decisión es firme: me gustaría ayudar en la lucha contra el sida. Y ahora, si me disculpan, es el cumpleaños de mi hijo.

Mientras subía la escalera de mármol que conducía a la terraza, Diana se sintió fuerte como hacía tiempo que no se sentía. De pronto fue consciente de un hecho determinante: ese trueno caliente, electrostático, cuyo retumbar sentía bajo la piel cada vez con más frecuencia, era ella misma.

Fue como si se hubiese desencadenado una avalancha. De repente no paraba de oír por todas partes: «Fergie sí que es una chica de campo. Fergie siempre está de buen humor. Sigue el ejemplo de Fergie».

—¿Por qué no puedes ser un poco más como Fergie? —le dijo unos días después Carlos cuando, durante una comida, Diana se quejó de que estaba mareada y pidió permiso para levantarse.

—¿Por qué no te casaste con Fergie? Por aquel entonces ya la conocías —espetó Diana cansada—. Ah, claro, al fin y al cabo sus padres no tienen dinero y se ve de lejos que ella tiene carácter.

Conmigo pensaste que era una rubita dulce e ingenua. Bueno, pues mala suerte.

Tenía un cincuenta por ciento de probabilidades de que Carlos se subiera por las paredes o reaccionara con absoluta indiferencia. Pero antes había estado con Camilla, así que su ego estaba recién alimentado, la presión se había liberado un tanto. Por ese motivo todo cuanto dijo fue un frío «ya estás otra vez histérica».

Poco a poco Fergie empezó a llamar cada vez menos. Con frecuencia no tenía tiempo o cancelaba una cita porque sí. Algo estaba pasando, y Diana sospechaba vagamente lo que era. Tenía mucho miedo de perder a su amiga. Fergie era su pequeño diamante sin tallar. A su lado podía ser ella misma, sin tener que temer que la juzgasen.

Empezó a observar a Fergie. A indagar. Por suerte no fue muy difícil, puesto que había un horario semanal que recogía los compromisos de cada uno de los miembros de la familia real. Así vio confirmado por escrito lo que ya intuía: Fergie acudía a menudo a tomar el té con la reina madre. Y no solo con ella: también Isabel invitaba a Fergie de vez en cuando.

«Eso no significa que les caiga mejor Fergie», trató de tranquilizarse.

Pero en realidad significaba exactamente eso.

Presintió que se avecinaba un desastre.

# 37

La limusina se detuvo delante del hospital Middlesex, en Londres.

Diana se alisó el vestido con las manos, que tenía frías y húmedas. Había elegido expresamente el modelo azul marino con amplias hombreras para parecer segura de sí misma. Quizá de ese modo también se sintiera así. Quería que el conjunto dijera: «Sé lo que hago».

«¿Y si digo alguna tontería?»

«¿Y si ofendo a esas personas que están sufriendo y necesitan apoyo urgentemente y al final solo consigo empeorar su sufrimiento?»

«¿Y si no les caigo bien? ¿Si ven en mí a la muñequita real, la *starlet* que solo busca llamar la atención?»

Patrick, su secretario privado, le infundió valor:

—Puede con esto, alteza.

«¿Y si la reina tiene razón y la prensa me hace pedazos?»

Se llevó un buen susto cuando una mano golpeó el cristal polarizado de la limusina.

—Diana, ¿es usted consciente del riesgo al que se expone?

—Princesa, como madre responsable de dos niños, ¿cómo justifica su visita a una unidad de sida?

Varios policías obligaron a los periodistas a volver tras las barreras.

—Sea usted misma —añadió Patrick para intentar alentarla.

Ser ella misma. Decirlo era fácil.

Tomó aire y abrió la puerta del coche. Al menos siempre podía contar con que reaccionaría con una sonrisa a la luz de las cámaras. Era como un acto reflejo. «No le enseñes a nadie cómo te sientes en realidad. Les caes bien solo cuando sonríes como se espera que hagas». Un grupo de admiradores se había reunido para vitorearla con carteles y camisetas en las que se veía su rostro. Les dio las gracias tirándoles besos. Detenerse de nuevo un instante, voltear la cabeza, adelantar ligeramente un pie: esa pose resultaba especialmente favorecedora en las fotos.

Después por fin se pudo refugiar en el hospital.

Soltar el aire que había estado conteniendo.

En una segunda ronda la puerta giratoria que tenía detrás le escupió un pequeño enjambre de corresponsales de realeza que habían obtenido permiso del hospital para estar presentes en la cita. La recibió una hilera de enfermeras, enfermeros y médicos. Su alarma interior pasó del amarillo al rojo: médicos. Personas extremadamente inteligentes. Personas que salvaban vidas.

Fue directa a la primera enfermera, que iba a hacer una reverencia pero llegó demasiado tarde: Diana ya le había agarrado la mano y se la estrechaba como si no tuviese intención de soltarla. Sudaba.

—Estoy algo nerviosa —confesó a la mujer—. Los admiro mucho a todos ustedes por el trabajo que hacen.

La joven abrió los ojos muy grandes.

—Gracias...

Diana quiso saber cómo se llamaba —Nicole— y cuánto tiempo llevaba trabajando en la unidad. Gracias a Dios, Nicole empezó a hablar. Primero despacio, pero luego se fue animando, hasta que de pronto se le escapó:

—Tengo un hijo de dos años, se llama Marc. Su padre y yo estamos separados, a mi ex no le importa una mierda su hijo. Cuando trabajo, lo cuida mi madre. Por la noche me suele dar mucha guerra.

En muy poco tiempo la joven mujer había abordado tres temas que Diana conocía bien. Le habló de sus noches en vela nada más estrenarse como madre y lanzó un suspiro de alivio al ver que hacía reír a Nicole. Poco a poco la sensación de ser un cuerpo extraño se fue desvaneciendo.

La segunda enfermera se llamaba Mary. Mary parecía muy agradable, serena.

—Aunque parezca mentira, ya llevo treinta años trabajando en este hospital —contó.

Algo en su modo de decirlo hizo que Diana prestase más atención. En realidad, Mary ya estaba en edad de jubilarse, como le dijo, pero sencillamente no podía dejar de trabajar.

—Siempre soñé con irme a un lugar donde hiciera sol, pero mi trabajo está aquí, y mi trabajo es mi vida.

—En ese caso tenemos algo en común —aseguró Diana—. Mi abuela por parte de madre, lady Cynthia Spencer, en su día siempre estaba recorriendo Northamptonshire en su Morris Minor desvencijado para repartir paquetes de alimentos a los necesitados. A las personas como nosotras nos da fuerza poder ayudar a los demás. Es nuestro sol personal.

Nada más decirlo se sintió profundamente abochornada. «Nuestro sol personal. Personas como nosotras». Seguro que Mary tenía muchísimo más estrés que ella. Mientras Diana estaba en la peluquería, Mary preparaba tisanas, ayudaba a bañarse a pacientes o les daba de comer. Y ahí estaba ella hablando de «nosotras».

Mary la miró y en su mirada se operó un cambio. Sonrió. No con desdén, como se temía Diana, sino con gratitud.

Diana también intercambió unas palabras con las demás enfermeras y enfermeros. Por último le llegó el turno al médico.

—En este momento hay doce pacientes en nuestra unidad —contó el doctor Adler—. Los puede conocer a todos, pero solo uno se mostraría dispuesto a que lo graben, y solo si es de espaldas a la cámara.

—Lo último que quiero es obligar a alguien a hacer algo. —Sentía un profundo respeto por el hombre alto con la bata de un blanco inmaculado. Diana estaba tensa, cruzaba las piernas y mantenía las manos unidas ante el vientre.

El doctor asintió.

—Gracias por su comprensión. Como bien sabe, esta enfermedad sigue estando muy estigmatizada. Ahí fuera sigue habiendo muchos prejuicios contra los enfermos con VIH. La gente cree que el sida es una enfermedad que afecta a varones homosexuales y que se contagia durante el intercambio sexual. Y esos son temas que las personas prefieren eludir.

—A quién se lo va a contar... —farfulló ella. Por suerte el médico no la oyó.

—Bien, para empezar le enseñaré la unidad. —Cruzaron el área de recepción—. Las personas evitan todo contacto con pacientes de VIH —prosiguió el doctor Adler—. La culpa la tienen la información falsa y los rumores que corren sobre la enfermedad. Dicen que uno se puede contagiar tan solo por dar un abrazo o estrechar una mano.

—Debe de ser terrible para estas personas que la sociedad las excluya. Y solo porque la gente se niega a abordar el tema en profundidad. Con lo mucho que necesitarían apoyo, solidaridad y cariño.

—Confiamos en que su visita a esta unidad pueda cambiar un poco la situación.

Llegaron a una de las habitaciones.

—Esta es la habitación de Aaron —contó el doctor Adler—. Es el que se ha mostrado dispuesto a hablar con usted delante de las cámaras.

Aaron estaba junto a la ventana cuando entraron. Diana vio los nervios reflejados en sus ojos. Vio el miedo, el dolor, la esperanza, todos los altibajos que sufría día tras día. Y antes de que se diera cuenta, Diana fue hacia él y le tendió la mano, que él estrechó estupefacto.

—Hola, soy Diana —se presentó.

—Aaron —repuso él.

—Probablemente tenga la mano fría, perdone. —Se puso roja—. Suelo tener las manos frías.

Aaron sonrió y Diana se propuso hacer todo lo posible para arrancarle esa sonrisa unas cuantas veces más.

Se sentaron, Aaron dándoles la espalda a los cámaras. A Diana le llamó la atención la camiseta que llevaba: CORONATION STREET.

—Es mi serie preferida —afirmó encantada.

—¿De veras? —preguntó el hombre sorprendido—. No me he perdido ni un solo capítulo.

—La escena del peluquero, en la que echan a Fred, fue de lo más cómica. Y la cara de Anne también.

—¡Me morí de risa!

Aaron tenía algunas escenas preferidas más, que se sabía de memoria. Diana se desternilló.

—Imita usted de maravilla a los personajes.

Ambos lograron crear su pequeño refugio privado en medio de todo el barullo. También hablaron del sida y de lo que era vivir con la enfermedad. De lo que se sentía al verse excluido por la sociedad. De soledad, miedo, prejuicios, pero también de esperanza.

—Bueno, ahora iré a saludar a los otros pacientes —dijo Diana al cabo de un rato.

Ya se había levantado, pero se sentó de nuevo al ver el brillo en los ojos de Aaron.

—Gracias —dijo este—. Gracias por venir. Por tenernos en cuenta. Por hacer que no nos sintamos excluidos.

—Nadie debería sentirse excluido —afirmó ella—. Es una sensación atroz.

Al día siguiente vio en televisión con Patrick la noticia de su visita al hospital.

—Me considero una persona bastante liberal y libre de prejuicios —decía el doctor Adler a la cámara—, pero me sorprendió bastante la desenvoltura con la que la princesa trató a los pacientes. Se sentía literalmente que se rompía un tabú.

Después apareció Nicole:

—Es la combinación de belleza, elegancia, humanidad y una amabilidad directamente mágica lo que hace que la princesa sea tan única. Ciertamente es una persona muy especial.

—Irradia un algo extraordinario —opinó Mary—. Hablar con ella fue como si me tocara una luz especial. Es difícil de describir.

—Un éxito absoluto —la alabó Patrick, pero ella casi no lo oyó.

¿Por qué tenía tanto miedo de visitar el hospital Middlesex? No temía en modo alguno contagiarse de sida. Tenía miedo porque, a fin de cuentas, ella no era más que una joven ingenua que había crecido en un maravilloso palacio de cristal. Que no sabía nada de nada. Que dormía en mullidas camas con dosel y apenas era capaz de decidir qué joyas de oro ponerse por la mañana. Que quizá no estuviera bien de la cabeza, de dar crédito a lo que decían Carlos y sus amigos. ¿Cómo se iba a presentar ante esas personas cuya vida era mucho más trágica que la suya?

Pero entonces ¿por qué había empatizado de ese modo con los pacientes del hospital Middlesex?

Porque sabía lo que era el dolor. Había sufrido durante años con el divorcio de sus padres. La habían excluido personas a las que quería. Había renunciado a sí misma y durante años había visto en el espejo cómo algo en ella iba muriendo poco a poco. También sus sentimientos eran legítimos. Pero, sobre todo, había establecido una conexión con las personas del hospital. Y esa conexión había transformado su dolor en algo mágico.

En un NOSOTROS.

## 38

Estar enamorada de James era muy fácil.

Porque por la noche la llamaba para saber cómo le había ido en el día.

Porque recordaba el nombre de los amigos del colegio de Guillermo y Enrique, y los ayudaba a hacer las tareas a los dos.

Porque con James podía ser ella misma.

Por ese motivo había accedido a conocer a sus padres.

Él le preguntó como de pasada, como si no fuese nada del otro mundo:

—¿Qué te parece si nos vamos a alguna parte el fin de semana? Podríamos quedarnos en casa de mis padres. Viven apartados de todo, en las afueras de un pueblecito. Allí estaríamos tranquilos. Pero entendería que no te gustaría estar con mis padres.

Ella sonrió.

—Incluso me alegraría. Seguro que tu madre tiene anécdotas divertidas de cuando eras pequeño.

Recordaba con horror la primera vez que se vio frente a la familia de Carlos, en Balmoral. Con el tiempo era capaz de interpretar mejor las miradas penetrantes que le dirigían continuamente la reina, la reina madre y el príncipe consorte. «¿Será dócil? ¿Se someterá a la Corona? ¿Dejará que la encerremos en la jaula del protocolo?» Cómo temblaba por dentro antes de someterse a la prueba de Balmoral, de la que Sarah ya le había advertido. ¿También la pondrían a prueba los padres de James?

«Tranquilízate —se dijo para infundirse valor—. Este es un encuentro de lo más normal».

Claro que normal del todo tampoco fue, ya que, aparte de que junto a la cerca había un coche negro estacionado desde el que su guardaespaldas lo veía todo perfectamente, Diana estaba casada, y los padres de James lo sabían. A no ser que no estuvieran suscritos a ningún periódico y no hubieran salido de casa a lo largo de los últimos años.

Cuando se abrió la puertecita que daba paso al colorido jardín delantero, Diana repasó mentalmente la lista de temas de conversación seguros que había elaborado el día anterior con Hazel. «La decoración es preciosa. ¿Se ha ocupado usted misma? ¡Qué bien huele en la cocina! Me tiene que dar la receta». Y eso que todo en la acogedora casita —el viejo tejado de paja, las cortinillas con volantes de las ventanas, las botas de goma delante de la puerta, el alegre letrero en el que ponía EL AMOR CONVIERTE UNA CASA EN UN HOGAR, sencillamente todo— apuntaba a que su dolor de estómago era infundado. Allí se le daba una calurosa bienvenida a todo el mundo.

Diana tocó la campanita de la puerta, que se abrió al instante.

—Ya has llegado —la saludó James. El brillo en sus ojos decía: «Me alegro mucho de verte».

Una señora menuda y regordeta con un saco de punto, un collar de perlas y rulos recién puestos apareció en segundo plano e hizo una amplia y respetuosa reverencia.

—Alteza, es para mí un gran placer.

—Llámeme Diana a secas, se lo ruego.

—Sería un honor. Soy Shirley. Por favor, como si estuviera en su casa.

Diana ya le había tomado cariño.

—¿Qué eso que tienes ahí? —rio James mientras señalaba con la cabeza las bolsas que llevaba Diana.

—Unos detallitos —respondió ella—. Ya sabes lo que me gusta hacer regalos.

A James le había comprado un alfiler de corbata con diamantes y dos suéteres; a su madre, un bonito pañuelo de seda y una discreta pulsera de perlas, y a su padre, dos botellas de vino australiano.

—Le he preparado a la princesa... Le he preparado a Diana... —se corrigió Shirley— la habitación de invitados, James. Ten la bondad de subir su equipaje.

Poco después, mientras Diana metía la ropa interior en el cajón que Shirley le había dejado libre, James dijo:

—Mi habitación está justo al lado de la tuya, así que es posible que por la noche me confunda de puerta y me meta en tu cama. —Estaba tendido en la cama de Diana. A ella le gustaba lo relajado que estaba. Nunca lo había visto tan relajado en el cuartel, en Highgrove o en el palacio de Kensington, donde se habían dado cita hasta el momento.

—Te estaré esperando ansiosa.

Por la tarde James y ella dieron un largo paseo por la playa. Diana disfrutó de la arena fría bajo los pies descalzos, de la brisa que hacía ondear el pañuelo que llevaba y le alborotaba el pelo. Cuando volvieron a casa, la chimenea estaba encendida y en la mesa aguardaban té y sándwiches de pepino. Por la noche pelaron juntos papas para preparar el pastel de cordero y la madre de James contó anécdotas de cuando su hijo era pequeño, que Diana absorbió como si fuese una esponja. Después de cenar, ella insistió en lavar los platos para que Shirley pudiera descansar de una vez.

—Esto es un sueño hecho realidad —musitó por la noche contra la mejilla de James—. Hoy me has regalado la sensación de ser una persona común y corriente. Pelar papas con tu madre y contigo, cenar con tus padres y lavar después: no habría podido imaginar nada mejor.

La luz de la luna se colaba entre las cortinillas y bañaba sus cuerpos desnudos. James dibujaba con la yema de los dedos sus curvas, los senos, la cintura, las caderas. Diana nunca se había sentido tan bella, tan deseada.

La sonrisa peligrosa de James hizo que le recorriese un agradable escalofrío.

—Pues a mí se me ocurren unas cuantas cosas mejores.

—¿Ah, sí? —Diana le dedicó su mirada seductora.

—Si quieres, te las enseño —repuso él. Y la besó con una pasión que la dejó sin aliento.

A la mañana siguiente, a Diana la despertó un olor dulce, tintineo de platos, personas que procuraban hablar bajo y, finalmente, escalones que crujían.

Parpadeó, se desperezó con ganas como un gato, y disfrutó del cálido cosquilleo del sol matutino. Se incorporó justo cuando James abrió la puerta de su habitación con la punta del pie. Entró con una bandeja con café fuerte, *scones* recién hechos y mermelada.

—Buenos días, alteza. ¿Le gustaría desayunar en la cama?

—Suena de maravilla —contestó Diana exhalando un suspiro—. Debo de estar en el paraíso. ¡Si hasta me has traído el periódico! Cómo me conoces.

Pero la sensación de felicidad se esfumó deprisa al ver en él una fotografía suya con varias bolsas de compras. «Ahí va a parar el dinero —leyó el titular—. Como se ha llegado a saber, solo en sus últimos viajes de compras a Italia la princesa gastó cien mil libras».

James, que había dejado la bandeja a los pies de la cama y se había acomodado con Diana, la besó en el despeinado cabello.

—Se meten continuamente contigo.

—¿Por qué piensa la gente que lo único que me interesa es ir de compras? Tengo más de doscientas apariciones públicas al año y se espera que en esos actos parezca el maniquí de moda más elegante de Inglaterra. A pesar de todo, no es lo único que tengo en la cabeza.

—Se espera eso de ti porque nadie más de esa familia es ni la mitad de fascinante que tú —la halagó James.

Ella apoyó la cabeza en el pliegue de su cuello.

—A pesar de todo, a menudo tengo la sensación de que no soy más que un producto.

—Pues deja que la gente sepa cómo es la verdadera Diana. Enséñale que eres más que eso.

—La verdadera Diana... —repitió ella en voz queda.

Y ¿cómo era la verdadera Diana? Se definía por a quién amaba y a quién servía. Era madre, esposa y princesa. Pero siempre le estaban arrebatando lo que era. El hombre al que amaba estaba con otra; la familia real no se interesaba por ella; y a la gente normal le caía unas veces mejor y otras peor en función de lo que la prensa dijera de ella. La consecuencia era que Diana vivía con un miedo constante.

Debía encontrar el camino hacia su propia vida. ¿Qué le hacía sentirse viva? ¿Quién era la persona que había tras los papeles de esposa, madre y princesa? Nunca había tenido la ocasión de averiguar cuál era la respuesta a esas preguntas. Se había encontrado siendo esposa y princesa muy joven. Su madre tenía razón cuando le hizo aquella advertencia en Harrods. Hasta el momento no se arrepentía de la vida que había elegido, pero había llegado el momento de averiguar quién era.

El protocolo dictaba cómo debía comportarse, su secretario privado le informaba cada mañana de los compromisos que debía asumir, las revistas de moda le decían lo delgada que debía estar y cómo debía vestirse, y su cultura le había inculcado en qué creer. Incluso su astróloga la guiaba con sus vaticinios. Todas esas personas le decían cómo tenía que ser, todas querían algo distinto de ella, y Diana se había acostumbrado a sentirse abrumada al intentar cumplir con todo. Aun así, lo trágico era que, pese a ello, la gente siempre hallaba un motivo para juzgarla. Las expectativas y las opiniones sobre ella eran demasiadas, de manera que sencillamente resultaba imposible gustar a la gente normal o tan siquiera a las personas que tenía a su alrededor. Nunca la mirarían de manera objetiva.

Y poco a poco, con todas las instrucciones, obligaciones, consejos y normas sociales con que la machacaban a diario, ella se había olvidado de confiar en su intuición y, en lugar de ello, tan solo se dejaba llevar. Y eso que de pequeña siempre se había guiado por su intuición. Se encaramaba a los muros, bailaba por los pasillos y decía lo que pensaba. Ahora se pasaba la vida siguiendo las indicaciones de los demás. Y eso que quería tomar sus propias decisiones, como mujer libre, en función de lo que le dictara su corazón y sin sentirse condicionada.

El problema era que no sabía cómo.

—No eres solo una cara bonita, Diana, irradias calidez como nadie —aseguró James.

—Lo dices por decir. —Le lanzó la almohada a James con aire juguetón.

—Si serás descarada. —James agarró asimismo su almohada y, cuando quisieron darse cuenta, estaban librando una guerra de almohadas. Diana daba gritos de alegría, hasta que una de las almohadas se abrió y un montón de plumas salió volando.

—Oh, no —exclamó entre risas mientras se tapaba la boca con la mano, con cargo de conciencia.

Las plumas fueron cayendo despacio sobre la cama, un momento mágico.

Y de pronto, sin que pudiera explicar por qué, la asaltó un recuerdo. Estaba en Calcuta, en un hospicio de la madre Teresa. Las hermanas cantaban para ella. Fue una experiencia espiritual profunda. Cuando terminaron de cantar, permanecieron unos minutos sentados en silencio. En un silencio absoluto.

A la madre Teresa no se le escapó el impacto emocional que tuvo ese instante en Diana. «Encuentra tiempo para ti misma todos los días. Entonces sabrás», dijo citando al dalái lama.

Entonces Diana no entendió lo que esa mujer bondadosa y sabia quería decirle.

Por fin lo había comprendido.

«Para un rato, tómate tiempo para ti y escucha tu voz interior. Acalla el caos de tu cabeza. Entonces sabrás lo que tienes que hacer».

Había generado un caos en su interior para complacer a todo el mundo, y no quería que ese caos se asentase como esas plumas en la cama para no tener que hacer frente a la verdad.

Nada más volver a Londres del maravilloso fin de semana que había pasado con James, Diana decidió atreverse con un experimento. Cada día se tomaba un poco de tiempo, se sentaba en el suelo con las piernas cruzadas en su habitación, cerraba los ojos y respiraba de manera profunda y consciente. Al principio le costaba. Cada pocos segundos se distraía con los ruidos del palacio, pensaba en lo que se pondría para cenar con el presidente del gobierno francés o sentía de repente la necesidad de pintarse las uñas de los pies.

Al cabo de unas semanas, sin embargo, consiguió abstraerse un poco más. Escuchaba su propia respiración, el fluir de su sangre y al final ni siquiera eso. Acabó concentrándose de tal forma que descubrió un lugar que se hallaba muy por debajo de su agitada superficie. Un lugar donde se respiraba calma y silencio. Donde no había voces ajenas, tan solo la suya. Y esa voz decía: «Quieres ayudar a las personas».

Eso exactamente le comunicó al día siguiente a su secretario privado. «No quiero ayudar solo recaudando fondos en bailes de postín. No quiero ser una princesa a la que solo se vea en la pantalla de televisión. Quiero desempeñar un papel más activo. Quiero hablar con las personas. Quiero saber lo que tienen que contar. Quiero darles la mano, abrazarlas y consolarlas».

«Quiero ser la princesa del pueblo», decidió.

# 39

*1991*

Sentada delante del tocador, Diana se miraba en el espejo. Ya no había ni rastro de los mofletes que tenía cuando era joven. A su derecha se desplegaba toda la gama de colores posibles de lápices labiales y sombras de ojos; a su izquierda, sus fragantes aceites y perfumes, así como toallitas para desmaquillarse. Delante tenía un papel que le había hecho llegar un mensajero ese día de incógnito con nuevas preguntas de Andrew Morton. Preguntas sobre su futuro y el futuro de sus hijos. La lucecita roja de la grabadora estaba encendida. Sus palabras se estaban grabando.

—Escaparé de este sistema y ayudaré al hombre común y corriente —dijo—. «El hombre común y corriente»... Esta locución me repugna, suena de lo más condescendiente. Pero ya no me gustan las apariciones glamurosas. No me siento cómoda. Preferiría hacer algo con las personas.

Sacó una toallita húmeda del paquete para desmaquillarse. Mientras lo hacía reparó en una foto enmarcada de Guillermo con el uniforme escolar y el corazón se le alegró. No podía estar más orgullosa de sus sensibles e inteligentes hijos.

—Desearía que Guillermo lo tuviera más fácil cuando sea el futuro rey —continuó—. No quiero que Enrique y él se escondan en este palacio de cristal. Por eso los llevo a que me acompañen a los albergues para las personas que no tienen hogar. Para que se den cuenta de que no todas las personas tienen la suerte de vivir una vida tan privilegiada como la suya. Para que comprendan los sentimientos de las personas, sus inseguridades, sus miedos, esperanzas y sueños. Para que vean que de verdad hay personas que duermen en el suelo.

Ya era noche cerrada. Acababa de volver de cenar con Isabel, Felipe, la reina madre y Carlos, y algunos invitados más. Qué extraño había resultado sentarse con ellos a una mesa cuando en casa ella hablaba de esas personas y lo grababa todo en cintas para después pasarle el material a un periodista. Se sentía una traidora. Pero después Carlos había ido a Highgrove a reunirse con Camilla y ella se había reafirmado en que debía dar ese paso.

—Si pudiera escribir el guion de mi propia vida, mi marido desaparecería de él con Camilla y dejaría que los niños y yo llevásemos el título de Gales hasta que Guillermo subiera al trono. De todas formas, Carlos preferiría ser granjero en Italia, como ha dicho alguna vez. Y sola podría hacer mucho mejor este trabajo. Así no me sentiría siempre constreñida.

Oyó un ruido. ¿Había alguien ahí? Metió deprisa la grabadora en un cajón. Ni siquiera se atrevía a respirar.

Sin embargo, solo era el viento que había empujado algo contra la ventana. Aun así, el corazón le latía desaforadamente. Si la encontraban haciendo lo que estaba haciendo, probablemente la encerrasen en un vetusto calabozo de Londres durante el resto de su vida.

Quizá debiera dejarlo por ese día. Cuando estaba a punto de parar la grabación, le vino a la cabeza una cosa más.

Contempló su rostro en el espejo. Sin maquillar. Al natural. Sencillamente como era ella. Así era como más se gustaba. Antes siempre creía que solo estaba guapa y seductora con los labios pintados, polvos, lápiz de ojos y rímel. Al menos eso era lo que les hacían creer la publicidad y todas las revistas que Carolyn y ella devoraban. A esas alturas solo se maquillaba cuando quería. Ahora había comprendido que la verdadera belleza estaba en el interior.

«Creo que mi camino será distinto del de los demás miembros de la familia —aseveró—. Estoy impaciente por seguirlo, paso a paso...».

# 40

*1987*

—Pongan la cómoda donde estaba antes —indicó Diana a los dos sirvientes.

Primero habían desaparecido aquí y allá fotografías enmarcadas de Diana; después habían intercambiado cuadros y ahora esa mujer insolente se había permitido cambiar de sitio la cómoda del salón. Y es que no había ninguna duda de quién hacía de señora de la casa en ausencia de Diana: Camilla.

Saber que la amante de Carlos había estado allí casi la volvía loca. Como si alguien le cortara los nervios poco a poco con una lima. Terror psicológico puro y duro. Como si Camilla aún estuviera acechando en alguna parte con una sonrisa cruel y la observase con atención. Como si todavía oliera el perfume de Camilla. Como si viera la marca de sus dedos en los objetos. ¿Había comido Camilla con ese tenedor? ¿Había bebido de ese vaso? En la mesa, ¿se sentaba en el sitio de Diana, frente a Carlos, o se sentaban muy juntos para poder manosearse en cualquier momento? ¿Lo habrían hecho en el sofá? Por la noche, ¿Camilla llevaba camisones de seda? A veces su fantasía le jugaba malas pasadas y ya no se veía en las fotografías familiares, sino que veía a Camilla, con las manos en los hombros de Guillermo y Enrique.

Era para vomitar.

A esas alturas, cuando se percató de que después de comer Diana desaparecía y pasaba mucho tiempo en el cuarto de baño, Carlos se limitaba a decir: «Una lástima, con lo buena que estaba la comida. Menudo despilfarro».

—¡¿Quién ha sido?! —oyó de pronto que bramaba su marido por su querido (y odiado por ella) megáfono. Conque estaba en el jardín.

Ya se había enojado.

—Discúlpenme —dijo Diana a los dos sirvientes con el mayor desenfado posible—. Ahora mismo vuelvo.

Como siempre que se avecinaba una pelea, de pronto Highgrove House parecía desierto. Todos los empleados desaparecían. Tan solo una mesera que trabajaba allí desde hacía solo unas semanas subía aún la escalera deprisa. Fuera Diana sonrió a Enrique y Guillermo, que no hacía nada habían estado chapoteando alegremente en la piscina y ahora estaban en las colchonetas, con el rostro tenso. Hizo una señal discreta a Olga, que hacía crucigramas sentada en la terraza, para que vigilase a sus hijos. A Barbara Barnes, que la había acompañado durante su viaje a Australia, la había despedido hacía dos años. Cada vez había más tensión entre ellas, puesto que se había vuelto demasiado posesiva con sus dos tesoros.

Encontró a Carlos junto al estanque, con algo en las manos. Cuando estuvo más cerca, Diana confirmó lo que ya sospechaba: que era una de sus queridas plantas acuáticas.

—¿Quién ha arrancado mis plantas del estanque? —preguntó a Diana.

Esta consideró que lo mejor era decir la verdad.

—Fue sin querer. El capitán Hewitt vino de visita con su labrador. La pelota fue a parar al agua, el perro fue tras ella y con la emoción arrancó algunas plantas.

Carlos observaba la planta como si fuese un animal muerto.

—Conque ese capitán ha vuelto a estar aquí.

—Sí, sabes de sobra que nos da clases de equitación a los niños y a mí. A Guillermo y Enrique les cae muy bien. —El silencio de Carlos era insoportable. Diana empezó a justificarse sin necesidad. Lo que hiciera falta para romper ese silencio acusador—. El señor Hewitt ha conseguido quitarme el miedo que les tenía a los caballos. ¿No es estupendo? Y desde luego no nos ha visitado más veces que Hazel, Fergie u otros invitados. Aparte de que...

—No me tomes por tonto, Diana —la cortó él—. Sé que le diste el último fin de semana libre a tu guardaespaldas para estar con Hewitt sin que nadie te molestara.

Diana se hallaba al borde de un precipicio, con un pie en el vacío.

Cuántas veces había preparado frases por si se daba una situación así: «¿Qué respondo si mi marido me echa en cara que tengo una aventura?».

Y ahora era como si se hubiese quedado en blanco.

¿Y si lo negaba?

¿Daba rienda suelta a las lágrimas y le pedía perdón?

No, eso es lo que quizá hubiese hecho antes, pero esos tiempos habían terminado.

Diana ladeó la cabeza y jugó con fuego:

—No irás a darme ahora un sermón moral sobre el adulterio, ¿verdad? No seas ridículo, Carlos.

—Ya llevo bastante tiempo haciendo la vista gorda. —Dejó caer la planta al suelo y levantó el dedo índice—. Pero que su perro ataque mi jardín es excesivo.

—Si lo sabes desde hace tiempo, ¿cómo es que ni la jerarquía de palacio ni Scotland Yard han dado muestras de querer alejar a James de mí? ¿Como alejan siempre todo lo que podría hacerme feliz?

—Ya estás otra vez histérica.

Ella echó atrás los hombros y contestó con voz firme y serena:

—Que quiera llevar una vida libre y plena como tú no significa que esté histérica.

—No volverás a ver a ese capitán —le ordenó Carlos.

—¿Qué vas a hacer al respecto? ¿Quitar de en medio a James como hiciste con Barry? Qué casualidad que precisamente el guardaespaldas al que tenía en más estima, que era mi amigo, fuese trasladado de un día para otro sin que cometiera un error. Y que muriera escasos meses después.

Con el tiempo cada vez le había tomado más cariño a Barry Mannakee. Le afectó profundamente que lo trasladaran. Unos meses después había muerto.

Carlos la miró conmocionado.

—Ahora sí que has perdido por completo la razón. Fue un trágico accidente de moto.

Quizá Carlos tuviera razón, quizá estuviese perdiendo la cabeza poco a poco. Pero Barry era un conductor excelente...

—¿Ah, sí? —También ella había levantado la voz—. Los conozco. Cuando alguien no les agrada, lo quitan de en medio. Así que empiezo a preguntarme cuándo me tocará a mí.

En ese momento Carlos miró algo que estaba detrás de Diana. Ella volteó la cabeza y vio a Guillermo. En la mano sostenía un manguito de Enrique. Pugnaba por no llorar.

—Ya ves lo que consigues con tu comportamiento. —Carlos le acarició el hombro a Guillermo—. No llores, hijo. —Y a Diana le dijo—: En lo que respecta al capitán Hewitt, confío en que me haya expresado con claridad. No lo volverás a ver. —Dicho eso, se marchó.

Diana se arrodilló en el suelo ante Guillermo y lo abrazó con fuerza.

—Pues claro que puedes llorar —afirmó—. Las lágrimas no son una señal de debilidad, sino tan solo una forma de expresar sentimientos. —No quería que Guillermo creciera pensando que tenía que reprimir sus emociones. Eso solo hacía enfermar a uno. No quería que fuese un frío ladrillo más en la fortaleza de la monarquía.

—¿No vamos a volver a ver a James? —quiso saber Guillermo.

—Pues claro que lo vamos a volver a ver. Papá no quería decir eso. —Mientras Carlos se viera con Camilla, ella seguiría viendo a James.

—Cuando se pelean me da miedo —admitió el niño con un hilo de voz y los ojos húmedos.

Ella le apartó un mechón de pelo de la cara.

—No pasa nada, tesoro.

Pero era mentira. Claro que pasaba algo, y Guillermo lo sabía.

El niño se había dado cuenta de que su madre a veces se encerraba en el cuarto de baño.

Los había oído discutir a menudo a Carlos y a ella.

Diana quería evitarle el dolor, darle seguridad, ser un ejemplo para sus hijos, pero todo lo que les podía aconsejar era que hacer-como-si era mejor que ser sincero.

# 41

Cómo odiaba antes Diana a Balmoral. Los portones que la mantenían encerrada seis semanas que se le hacían eternas. La constante lluvia. El espantoso estampado escocés, que estaba hasta en las servilletas. Los gaiteros que los precedían en fila hasta la cena todas las noches. Ese olor a muebles antiguos y muros fríos. Carlos, que se levantaba de madrugada para ir a pescar salmones y por la tarde se retiraba para hablar por teléfono con Camilla. Y en el castillo siempre había invitados.

Sin embargo, recientemente Diana se había enamorado de Escocia. Esos paisajes inhóspitos, agrestes, mágicos. Allí sentía la naturaleza. Verla despertaba en ella algo fuerte, impetuoso. Quería vivir experiencias, ir de juerga, reír, causar caos, todo menos jugar otra vez a las cartas con la reina madre o escuchar las canciones de moda que tocaba Margo. Preguntó a Fergie si le gustaría que revolucionaran un poco la pequeña localidad. ¿Y si daban una vueltecita con el convertible? Quizá cerca hubiera algún concierto. Pero Fergie respondía cada vez más a menudo: «Ahora mismo no puedo, quizá mañana».

Ese día Diana había osado saltarse el desayuno. Hablar de cacerías por la mañana le revolvía el estómago. Alrededor de las once, cuando bajó por la escalera, el castillo parecía desierto. ¡Esa era la suya! Se puso las medias, el maillot y las zapatillas de ballet para ir a la sala de baile. *I Wanna Dance with Somebody*, de Whitney Houston, la animó en el acto.

A mediodía seguía sin haber ninguna señal de vida. ¿Dónde se había metido todo el mundo?

Solo alrededor de las tres se oyó por fin barullo. Naturalmente, Isabel y sus familiares no perdonaban el sagrado té de la tarde. Diana se acercó a la barandilla de la primera planta para mirar abajo. Los primeros que entraron fueron los corgis, que resbalaron en el frío suelo de piedra con las patas mojadas. Ciertamente eran los únicos que podían entrar antes que Isabel.

—Me encantan los perros. Los corgis, sobre todo, son tremendamente graciosos.

¿De verdad era Fergie la que hablaba? Diana ya sabía que le gustaban los perros, pero lo que acababa de decir no podía sonar más forzado.

—Estoy completamente de acuerdo contigo —respondió Isabel—. Desde que tengo uso de razón siempre ha habido unos cuantos a mi alrededor.

—Tengo entendido que también te interesan los torneos y los espectáculos ecuestres, ¿es así? —La reina madre, con las mejillas enrojecidas por el aire fresco, dejó que un mayordomo la ayudara a quitarse el impermeable.

—Sí, mucho. En mi opinión, los torneos de Hampshire son los más impresionantes.

—Cuánta razón tienes —convino la reina madre—. Me alegra oír que la gente joven se sigue interesando por este deporte.

—A Fergie le interesa toda clase de cosas singulares, ¿no es cierto? —intervino ahora Felipe—. Insisto en subirme a un carruaje tirado por caballos contigo, Fergie. Si alguien afirma seguir mi deporte preferido, me veo en la obligación de comprobarlo.

A todas luces habían hecho una excursión todos, pero a nadie se le había ocurrido preguntarle a Diana si quería acompañarlos.

De pronto sintió que estaba helada con las finas medias y el maillot de manga corta.

Llevaba mucho tiempo peleando por ser un miembro de esa familia. Un miembro al que quisieran y apreciaran de verdad, no al que solo tolerasen. Fergie había sido la primera persona de esa familia a la que se había sentido unida de verdad. Que la había entendido. Pero esa mujer joven que veía abajo... Esa no era Fergie. Era la nuera perfecta, la que siempre habían deseado todos y que Diana no había sido nunca.

Fergie se rezagó.

—Ustedes vayan delante, ahora voy yo. —Esperó hasta que todos hubieron desaparecido y de pronto alzó la vista y miró a Diana—. No pongas esa cara —pidió—. Pensaron que no te gustaría dar un paseo por el páramo.

—A pesar de todo no habría estado de más preguntar. —Procuró no utilizar un tono demasiado acusador—. Quién sabe, quizá los hubiera acompañado. O por lo menos me lo podrías haber dicho tú, así no tendría la sensación de que me quieres ocultar algo.

—Tenía miedo de que me juzgaras por hacerlo —admitió Fergie.

—¿Por qué te iba a juzgar? ¿Porque los engatusas aunque te hacen enfadar o te burlas de ellos a sus espaldas?

—Ya, ¿y? Solo lo digo por decir. Isabel, Ana y, sí, incluso tu marido, son personas sumamente inteligentes y fascinantes. Y tú lo sabes. Pero probablemente te guste más adoptar el papel de princesa atormentada y por eso no dejas que nadie se acerque a ti. Siempre te mantienes al margen. Les pareces inaccesible.

—¿Eso han dicho?

—No de manera directa.

—Conque sí. Y tú les darás la razón mientras te pasas horas con ellos caminando entre los brezos.

—¿Lo ves? Ya estás pensando mal otra vez, porque me gusta pasear por el páramo. Me gusta Balmoral. Me encanta cuando en invierno todo cruje por las heladas, cuando huele a brezo y turba. Pero tú ni siquiera le das una oportunidad.

—Porque hay alguien más a quien le gusta pasear por los brezales.

—Ya, Camilla. Pues ¿sabes qué? Que también me cae bien. Las veces que me he topado con ella en un partido de polo o en alguna fiesta ha sido muy natural. Me gusta su sentido del humor burdo y... —Fergie se calló lo que iba a añadir.

—¿Y qué?

—Y es normal.

—Normal —repitió Diana.

—A tu lado uno siente complejo de inferioridad. La gente te adora. Siempre captas toda la atención. Solo cuando algo no te conviene y necesitas tomarte un respiro me pones a mí delante.

—¿De verdad estás hablando de mí? Mi marido me desprecia, su familia y sus amigos creen que soy una persona histérica e inestable.

—Pero la gente te quiere. Diana, la superestrella de la realeza.

—Sabes que me duele que se me reduzca a la ropa que llevo. Debajo de esa ropa hay una persona.

—Una persona guapa a rabiar. Mírate, con ese cuerpo de modelo. A veces tengo la sensación de que mides tres metros, con el carisma y la presencia que tienes. Como una estrella de cine. A tu lado soy un elefante. La prensa amarilla siempre me está comparando contigo. Solo que, por desgracia, a nadie le interesa que la bajita y regordeta Fergie no esté casada con el sucesor al trono y por eso dispone de un presupuesto muy inferior. Tengo que ser ahorrativa. Lo peor es que tú ni siquiera te sueles dar cuenta de que llamas la atención. Cuando por fin consigo tener la sensación de ir bien vestida y estar guapa, apareces tú con unos zapatos de tacón rojos y calcetines de lunares blancos y rojos y el mundo se vuelve loco, porque Diana, el icono de la moda, una vez más sienta nuevas bases en un partido de polo.

Solo entonces reparó Diana en el recio traje de *tweed* verde musgo que llevaba Fergie.

—Vamos, que últimamente prefieres adaptarte a ellos sin más.

Diana recordó los tiempos en que ella intentó hacer precisamente eso, en vano. Estuvo persiguiendo un ideal durante mucho tiempo: el ideal de la princesa perfecta, la esposa perfecta, la nuera perfecta; la mujer perfecta en general. Una mujer como las que aparecían en las revistas de papel cuché. Presuponía que esa supermujer con el pelo brillante, la piel perfecta y los labios sensuales existía de verdad. Que esas mujeres eran no solo bellísimas, sino también exitosas, queridas, imperturbables, seguras de sí mismas y valientes. Y, cómo no, todas ellas tenían suerte en el amor y fundaban familias maravillosas. Había hecho todo lo que había podido para ser como una de esas supermujeres. Y su empeño casi había acabado con ella.

—Me adapto a ellos, ¿y? —replicó Fergie—. ¿Sabes qué? Que Isabel me cae muy bien. Es inteligente, y tengo la sensación de que puedo aprender mucho de ella. Es como la madre que nunca he tenido.

¿Era intencionado? ¿Echaba Fergie sal en la herida de Diana a propósito?

—Una vez dijiste que éramos rebeldes —dijo Diana en voz queda—. Tú y yo.

Fergie se miró la punta de las botas de goma de lunares.

—Pero a la larga rebelarse es bastante agotador. Sobre todo cuando se está tan solo como nosotras. Al fin y al cabo, rebelarse y adaptarse tienen la misma raíz: ambas cosas son una reacción a las normas que marcan otros. Solo que adaptarse es más fácil.

—No lo es —objetó Diana con suavidad—. Reprimirte acabará con tus fuerzas. Créeme, sé de lo que hablo.

Esa noche Diana se vio de nuevo inclinada sobre el inodoro, vomitando las tartaletas de carne picada y el flan que había comido antes.

Vomitó todo lo que le habían dado de comer desde que había aprendido a esbozar una sonrisa encantadora ante la cámara de su padre. Vomitó su educación distinguida, que siempre le daba la sensación de ser tonta e ignorante. Vomitó las generaciones de mujeres bellas que la habían contemplado desde la galería de antepasados de Althorp con una sonrisa que no decía nada y le habían enseñado a ser obediente e ingenua. Vomitó las tradiciones y la doble moral hipócrita de los Windsor, vomitó a todas las mujeres a las que no quería emular, empezando por su madre, su abuela y su madrastra, y terminando por la princesa Margarita o incluso la reina... Vomitó la engañosa boda del año. Vomitó su primer yo, ese ser que era tremendamente romántico y crédulo y se ruborizaba, el que confiaba de tal modo en tener una vida de cuento. Vomitó su yo rebelde, que siempre estaba buscando algo hasta sentirse completamente vacía.

En su habitación marcó el número de James. Confiaba en que oír su voz volviera a insuflarle algo de vida. Él la animaría, le diría que siempre estaría a su lado, pero cuando James le preguntó cómo se encontraba, Diana repuso: «Estoy bien».

«Dices que estás bien, pero no es verdad. Tu trastorno alimentario podría acabar matándote, y lo sabes. Sin embargo lo que reprimes al hacer eso es: como siempre te estás tragando lo que sientes, ya estás medio muerta».

Se tumbó en la cama y se dejó bombardear por la televisión mientras Fergie estaba con Isabel y el resto tan alegremente, comentando lo bien que sentaba un día así, en medio de la naturaleza, y lo jugoso que estaba el bizcocho Dundee, el tradicional postre escocés. Ponían *Desayuno con diamantes*, con la maravillosa Audrey Hepburn. Qué bonita y fácil era la vida en esas comedias de Hollywood. Y qué falsa. Los espectadores se dejaban hechizar por el precioso rostro de Holly Golightly, por su estilo y su extravagancia. Apenas revestía importancia que se hubiera casado a los catorce años y ahora ejerciera la prostitución. A Diana, que había leído no hacía mucho la novela de Truman Capote, se le había quedado grabada una cita en la cabeza: «Es mejor mirar al cielo que vivir allí. Es un sitio tremendamente vacío. No es más que el país por donde corre el trueno y todo desaparece».

¿Durante cuánto tiempo más quería presentar una imagen falsa de sí misma y sentirse cada vez más sola? Quería dar a las personas la oportunidad de formarse una opinión sobre la verdadera Diana.

Había llegado el momento de ser sincera de una vez.

Carolyn dio dos besos a Diana.

—Lo conseguimos, ¡por fin! Hace un siglo que no nos vemos.

Se vieron en el que antes era su café preferido, donde había un rincón de lo más íntimo, con cojines grandes, y donde los meseros llamaban a la gente «cariño» y regalaban una porción adicional de nata. Con su suéter holgado y los informales jeans, Diana confiaba en que no la reconociesen, pero quería a toda costa un sitio de antes, donde todo era bueno.

Carolyn observó a su amiga con atención.

—Pareces cansada, y eso que acabas de estar de vacaciones en Balmoral.

—Unos lo llaman vacaciones; otros, tortura —bromeó Diana con poco entusiasmo.

Carolyn asintió, como si supiera exactamente de qué hablaba Diana.

—Seguro que irse de vacaciones con la familia completa no es nada divertido. Y encima tienes dos hijos de los que ocuparte.

Diana procuró sonreír. Hablaron un poco del marido de Carolyn, William, y de la remodelación que estaban haciendo en casa, razón por la cual Carolyn no se podía quedar mucho. «No pasa nada», afirmó Diana, a fin de cuentas ella también tenía mucho que hacer, pero de pronto se le salieron las lágrimas, como si no pudieran esperar más a brotar.

Carolyn le agarró las manos.

—Eh, Di, ¿qué te pasa?

Era tremendamente difícil. Como si Diana fuese a prenderle fuego a la vida que conocía hasta el momento y dejar que ardiese. Durante unos segundos no logró articular palabra, pero al cabo se oyó diciendo:

—No me encuentro bien. Estoy en las últimas.

—Cuéntame qué te pasa, anda.

—Tengo todo cuanto podría desear una mujer joven, y pese a todo no puedo ser más infeliz. La verdad es que no lo entiendo. Es más, me estoy destrozando a mí misma. —Después llegó la parte más difícil—. Nada más comerme este pastel, iré al baño a meterme los dedos para vomitarlo todo. —No podía sentirse más avergonzada. ¿Quién se hacía algo así a sí mismo?

—¿Por qué no me lo has dicho antes? —preguntó Carolyn.

—¿Quién quiere a una princesa a la que le falta un tornillo? —No se le pasó por alto la mirada fugaz que echó Carolyn al reloj que había sobre la pizarra en la que se indicaban los pasteles que había—. Te tienes que ir, ¿no?

Si su amiga se iba, todo habría sido en vano. Se habría abierto a alguien y ¿para qué? Para volver a estar sola.

—Bah, seguro que William se las arregla él solo con los obreros. Y de hambre tampoco se va a morir. Tengo todo el tiempo del mundo para ti. Vamos a pedir más té.

A Diana se le quitó un peso enorme de encima.

—Suena bien.

Carolyn hizo una señal al mesero y acto seguido volvió a centrarse en Diana.

—¿Por qué no me has contado antes que hay algo que te angustia?

—Quería ser invulnerable —adujo Diana—. Es más fácil hacerse la fuerte, aunque a la larga acaba con una.

Diana contó que Carlos solo veía en ella una carga. Que le envidiaba la popularidad de que gozaba ella entre el pueblo. Que tenía una aventura con Camilla y le importaba un pito que a Diana eso la destrozase. Y que en el palacio de Buckingham nadie la tomaba en serio.

Diana miró a Carolyn:

—Eres mi más antigua amiga, quizá incluso seas mi única amiga de verdad.

Carolyn dio la vuelta a la mesa, se sentó junto a Diana y la abrazó. Cuánto bien le hacía eso a ella.

—Me alegro mucho de que me lo hayas contado. Y siento no haberte apoyado antes. Y eso que me olía algo. La última vez que comimos juntas pasaste demasiado tiempo en el baño. Y me informé un poco. Cuando una vomita la comida, durante un breve periodo de tiempo la invade una euforia que hace que dependa de ello. Por eso las personas bulímicas tienen los mismos cambios de humor que los drogadictos. —Se llevó una mano al pecho y de pronto se sintió mal—. Tendría que haber hablado contigo mucho antes, tendría que haberte ayudado. Pero pensé que tenías a bastantes personas a tu lado.

Diana notó el sabor a sal en la boca.

—No tenía a nadie.

—Estoy a tu lado. Juntas saldremos de esta. Buscaremos a alguien que te pueda ayudar. —Le apretó la mano con suavidad—. ¿Te sientes mejor ahora que me lo has contado?

—Como si alguien hubiese aflojado las cadenas que tenía en el cuello y pudiera respirar otra vez. —Incluso esbozó una sonrisilla—. Y tú, ¿estás segura de que no te he asustado con lo que te acabo de confesar? ¿Serás siempre mi amiga?

—Di, te admiro por el valor que tienes y me alegro de que me lo hayas contado. Eres la amiga más divertida, cariñosa y simpática que tengo. No estoy dispuesta a renunciar a alguien como tú así como así.

—Gracias —repuso Diana.

—No, gracias a ti —contestó Carolyn.

Cuántas veces se había mirado en el espejo y había pensado: a partir de hoy asumirás el control. A partir de hoy cambiará algo en tu vida. Cuando luchó contra Camilla. Cuando se impuso a Isabel y fue al hospital a visitar a enfermos de sida. Después de tantas peleas con Carlos...

Pero, por desgracia, no era tan fácil ser fuerte, sobre todo cuando nunca se había aprendido a serlo. Una y otra vez debía encajar reveses, una y otra vez algo la oprimía con fuerza y ella volvía a sentirse débil y digna de lástima. Un continuo vaivén.

Al confiarse a Carolyn se había quitado un gran peso de encima. Tenía la sensación de que por fin se había puesto algo en marcha en ella. Empezaba a permitirse una mayor tranquilidad y a practicar deporte con regularidad. Mucho más importante, sin embargo, era que por fin había reunido el valor necesario para buscar un psicólogo. Uno en el que confiara, que pudiera elegir libremente y que no le viniera impuesto por Carlos.

La puerta se abrió y Maurice Lipsedge entró en la consulta, se sentó frente a Diana en el amplio sillón de piel y cruzó las piernas. Sin libreta, sin pluma estilográfica que la plasmara en el papel. Solo él y su mirada lúcida, inteligente y directa. Preguntó:

—¿Cuántas veces ha intentado suicidarse?

Diana pensó que era una pregunta inaudita, pero a continuación se oyó decir:

—Cuatro o cinco.

El señor Lipsedge la ayudó a recuperar la autoestima. Le dio libros en los que hablaban personas que se sentían de manera similar a ella. «Esta soy yo, no estoy sola», pensó. Una sensación estupenda.

—Me he odiado tanto que no creía ser lo bastante buena —le contó en una de las sesiones—. Pensaba que no era suficiente para Carlos, que no era una buena madre. Las dudas no cesaban. A otras personas estar vivas les resulta mucho más fácil que a mí, o al menos esa es la sensación que tengo. Como si hubiese un secreto para vivir que desconozco. Como si todo lo hiciera mal.

El psicólogo la miró y le explicó:

—Lo que siente no está mal. Los sentimientos están para sentirlos. Incluso los difíciles. Es lo que la convierte en un ser humano. Sencillamente, no es posible hacerlo todo bien en la vida. Así que, si existe un secreto para vivir, probablemente sea que usted lo hace todo bien, a su manera, solo que a veces duele.

Hasta ese momento Diana no sabía que había que experimentar toda clase de sentimientos. Pensaba que su cometido era ser feliz. Que había que acallar, desoír o reprimir el dolor, la tristeza y el sufrimiento. Ese día aprendió que todos los sentimientos formaban parte de ser humano y que también podía superar las emociones negativas. Siempre que había pensado que no soportaba más su situación, se equivocaba. Probablemente no se librara nunca de esa angustia que la acompañaba desde hacía tantos años, pero sí del miedo a ella, y eso era suficiente.

Aprendió que podía utilizar esa angustia para crecer. Debía resistir la tentación de reprimir sus sentimientos y, de ese modo, apagarse. Solo así seguiría avanzando.

# 42

*1988*

Aquello le daba mala espina.

¿De verdad tenía un mal presentimiento o sencillamente estaba nerviosa porque los dos últimos días había estado en cama por una gripe y por fin —¡por fin!— quería salir a que le diera el aire y divertirse?

Intentó mantenerse ocupada con una de las guías prácticas que le había recomendado el señor Lipsedge, pero cuando llegó al final de la página no sabía lo que había leído. Quería escribir una postal a su madre, contarle que Carlos y ella estaban esquiando con unos amigos en Suiza, en Klosters, y se alojaban en un chalet de ensueño en las montañas, pero no paraba de mirar fuera.

Echaba de menos a Guillermo y Enrique, que se habían quedado en el palacio de Kensington al cuidado de su niñera. Por lo demás, hacía un día estupendo, radiante. Acababa de salir airosa de una cita con ochenta periodistas e incluso había bromeado con Fergie como si no hubiera pasado nada entre ellas. Fergie... Diana solo tenía que ver a su cuñada para saber que algo le causaba desazón. Ella misma había tenido que fingir con frecuencia que estaba de buen humor, y sabía distinguir una sonrisa auténtica de una falsa. Y a veces, cuando Fergie sentía que nadie la observaba, dejaba caer la máscara. Y bajo ella parecía vacía. Como alguien que había intentado desesperadamente ser buena, adaptarse y se había perdido en el proceso.

Fergie estaba fuera, en el porche, envuelta en un grueso abrigo de lana, con las manos en el ya visiblemente abultado vientre, y contemplaba sumida en sus pensamientos el paisaje nevado y las imponentes montañas que se alzaban ante el acogedor chalet.

Diana dejó la pluma a un lado, agarró el abrigo del perchero y salió con ella.

—Qué frío hace. —El aliento se tornó una nube gris blanquecina.

Fergie se limitó a asentir. Tenía el labio inferior desollado porque no paraba de mordérselo.

—Es impresionante, ¿no? —observó Diana mientras contemplaba las enormes paredes nevadas.

—Es como si las montañas sonrieran a una y le dijesen: «¿Y tú quién eres? Nosotras estamos aquí desde hace miles de años. ¿Qué tienes que hacer contra nosotras?».

Diana se metió las manos en los bolsillos del abrigo. ¿Cómo podía animar a su cuñada? ¿Qué le habría gustado escuchar a ella cuando estaba tan triste?

—Veo que hay algo que te angustia —dijo—. Me puedes contar lo que quieras, pero, si no quieres hablar conmigo, lo entiendo.

Fergie tardó un rato en contestar. Habló despacio, como si primero tuviese que averiguar ella qué era lo que la abatía.

—Estoy embarazada de cinco meses y hasta ahora Andrés prácticamente no ha sabido nada de este embarazo. No sabe que casi no puedo dormir, que tengo náuseas constantemente, que todo se me hace cuesta arriba. Cuando vuelve a casa, todo gira en torno al servicio que presta en la Marina. Luego deja que su madre alabe sus hazañas y cuando me quiero dar cuenta ya se ha vuelto a ir. Y yo... yo me limito a existir. Todos esperan que traiga al mundo al hijo de Andrés, que desempeñe mi papel de esposa y futura madre, pero a nadie le interesa la persona que hay tras eso.

—A mí me interesa esa persona —aseguró Diana con todo el calor que pudo reunir en ese frío paisaje nevado.

—De toda esta gente tú eres la única que no ha perdido la humanidad. Siento que...

—No pasa nada —la interrumpió Diana—. El asunto está olvidado y perdonado. —Así y todo Diana vio en los ojos de Fergie lo mucho que lo sentía. Además, volvió a tener ese presentimiento—. ¿Dónde están Carlos y el resto?

—Disfrutando de este día estupendo en la pista. No te preocupes. Carlos no podría estar mejor acompañado, con un esquiador de aquí, un guardaespaldas y el señor Palmer-Tomkinson, que en su día participó en las olimpiadas.

También formaba parte del grupo Patti, la mujer de Palmer-Tomkinson, y el comandante Hugh Lindsay, antiguo caballerizo de la reina y amigo de Carlos y Diana.

—¿Qué ruido es ese? —preguntó Fergie pensando en voz alta—. ¿Un helicóptero?

Ahí estaba de nuevo, esa sensación de que el mundo era un lugar frágil. De que todo lo bello y bueno podía desaparecer de un momento a otro. Las piernas le flaquearon.

«Compórtate —se dijo Diana—. No te pongas siempre en lo peor».

De pronto sus sentidos cobraron una agudeza extrema. Diana incluso oyó el silencio que reinaba en la cabaña, y eso que hacía escasos instantes sus guardaespaldas se reían mientras jugaban a las cartas. Algo iba mal.

En ese momento se oyó la sirena.

Diana llamó a su secretario privado.

—Patrick, ¿qué está pasando ahí fuera? —Lo encontró en la cocina, con el auricular en una mano y el celular del trabajo en la otra—. Diga, ¿qué ocurre? —lo apremió.

—Todavía no lo sé con exactitud y no quiero asustarla innecesariamente...

—Patrick, cuénteme qué está pasando.

Tras una pausa el hombre repuso:

—Todo apunta a que al príncipe de Gales lo ha sorprendido una avalancha.

El mundo se detuvo.

Patrick siguió hablando, o al menos su boca se movía, pero era como si Diana estuviese tras una pared de cristal que no dejaba pasar nada. Luego, de repente, como si a ella misma la hubiese arrollado una avalancha, la golpeó toda la fuerza de sus palabras.

Antes habían alertado de la existencia de un alto riesgo de avalancha, pero el grupo no había hecho caso. Al parecer dos personas habían quedado sepultadas por la nieve. Las autoridades habían confirmado que el príncipe de Gales era uno de los desaparecidos.

Poco después un oficial adjunto transmitió la espantosa noticia: «Uno de los miembros del grupo ha fallecido. La víctima es un hombre, es lo único que se sabe por el momento».

«No. Nonononono».

No podía ser. Carlos no había muerto. Era algo sencillamente impensable. Guillermo y Enrique no podían perder a su padre de golpe y porrazo...

Diana no sobreviviría a semejante golpe.

Aunque Carlos la había hecho infeliz a menudo, era su gran amor. Su hogar. Habían pasado muchas cosas juntos. Él la había convertido en la mujer que era. Lo sabía todo de ella y ella de él. Y por eso Diana también sabía que él la amaba y la necesitaba. Cuando le regalaba un collar de diamantes o una pulsera de oro, era su forma de demostrarle lo mucho que significaba para él. Se habían perdido, pero Diana sabía que podían reencontrarse. Y ni siquiera se había despedido de él debidamente. Había puesto la gripe como pretexto para no tener que besarlo delante de los demás. Ni siquiera le había dado un abrazo...

Fergie le preparó un té al que Diana se aferraba. Oía el tictac del reloj. Una avalancha. Ante eso no había nada que hacer. En cuestión de segundos se desataba una fuerza de la naturaleza a la que no sobrevivía nadie.

Después, por fin, sonó el teléfono. Lo respondió en el acto. Era Carlos.

—Gracias a Dios, estás vivo —exclamó Diana—. ¿Y el resto?

—Patti está en la UCI. —Diana oyó que él respiraba y después decía—: Y Hugh ha muerto.

Diana se tapó la boca con una mano temblorosa.

—Sarah, su mujer, está embarazada de seis meses.

Al otro lado de la línea volvió a hacerse el silencio.

—¿Dónde estás ahora? —logró preguntar Diana—. Quiero ir contigo.

—En el hospital. Pero quédate donde estás, por favor. Ya hay bastante revuelo tal y como están las cosas. Debo informar a la reina. Nos vemos más tarde.

Colgó.

Diana se pegó el auricular al pecho. Estaba estupefacta. El pánico de las últimas horas, el alivio al saber que Carlos estaba vivo, el dolor por la muerte de un amigo... Todo aquello era demasiado. Incomprensible. Las rodillas amenazaban con flaquearle.

«Puedes con esto —le dijo una voz en su interior—. Eres lo bastante fuerte».

De pronto sacó fuerzas de flaqueza. Miró a Patrick y se oyó decir:

—Ocúpese del traslado del cuerpo a Londres, se lo ruego. Creo que, por el bien de todos, será mejor que volvamos a casa mañana a más tardar. Haré las maletas del comandante Lindsay.

Solo a última hora de la tarde sacó tiempo para llamar por teléfono a James y tranquilizarlo. Al parecer había intentado localizarla unas cuantas veces, según la informó Patrick.

—Carlos dice que de repente se escuchó un restallar y después, unos cien metros más arriba, se desprendió una cornisa de nieve que en un abrir y cerrar de ojos se convirtió en una temible avalancha —contó Diana, que seguía sin poder creer lo sucedido—. El profesor de esquí logró sacar a Carlos, a su guardaespaldas y al señor Palmer-Tomkinson de la zona de peligro, pero Hugh y la señora Palmer-Tomkinson estaban algo más arriba y no pudieron hacer nada. La masa de nieve les dio alcance y los sepultó. Carlos dijo que era como si la montaña entera se precipitara hacia el valle.

—Qué espanto —repuso James.

—Pues sí. La muerte es algo tan definitivo. ¿Te imaginas cómo debe de ser verse separado del resto y no poder ni siquiera despedirse? He temido tanto por Carlos. ¿Y si lo hubiera perdido hoy? —Se obsesionó de tal modo con la idea que tardó unos segundos en percatarse del silencio que había al otro lado de la línea—. ¿Sigues ahí?

—Sí, me alegro de que el príncipe de Gales esté bien, pero sobre todo me alivia oír que tú estás sana y salva. No te imaginas lo preocupado que he estado cuando vi en las noticias que se había producido una avalancha.

—Lo siento, James. Qué insensible por mi parte. Tendría que haber llamado antes, pero...

En ese momento Carlos entró en la sala de estar del chalet donde se había refugiado Diana.

—¡Carlos! —exclamó—. Te tengo que dejar —le dio tiempo de decir a James antes de colgar y echarle los brazos al cuello a su marido. Aún tenía el miedo metido en el cuerpo, y solo se libraría de él cuando sintiera a Carlos contra ella—. ¿Cómo estás? Es espantoso...

Carlos se separó de ella.

—He perdido a un amigo. ¿Cómo quieres que esté?

Diana lo escudriñó: Carlos estaba sufriendo terriblemente, reprimía el dolor. Y ella intuía que se sentía culpable, ya que había sido él quien quería esquiar a toda costa, con alerta por avalancha o sin ella. Por eso reaccionaba con tanta vehemencia. Ella no lo dejaría solo en ese estado, desde luego, sino que permanecería a su lado.

—Me gustaría estar solo —afirmó él, sin tan siquiera poder mirarla a la cara.

—Déjame apoyarte —suplicó Diana—. Deja que nos apoyemos mutuamente. —Aunque su relación con Hugh era más estrecha que la que Carlos mantenía con él y también estaba profundamente afligida, no se lo dijo, ahora no venía al caso—. Estaré callada, te lo prometo. Por favor.

—Diana, necesito pensar. Ahora no me puedo ocupar de tu estado de ánimo. Si de verdad me quieres ayudar, déjame solo.

En el avión de reacción que los llevó a casa al día siguiente, Carlos también quiso estar solo. Parecía terriblemente replegado en sí mismo, como si se hubiera sumido en su sombrío mundo interior. A Diana le habría gustado estar a su lado, pero daba la impresión de que él ni siquiera la veía. ¿Por qué no la dejaba reconfortarlo? Algo tan terrible no se sufría a solas. Diana le daría todo su amor y su cariño, si él la dejase. Estarían abrazados, sentirían lo frágil que era la vida y prometerían no volver a permitir nunca que algo se interpusiera entre ellos. Cada segundo que podían estar juntos era un regalo. ¿Por qué lo habían vuelto a olvidar?

El avión aterrizó.

Llovía. O probablemente el cielo llorase por lo incomprensible de esa injusticia. Una bandada de cornejas se espantó en el oscuro bosque que lindaba con la base de la fuerza aérea de Northolt, a las afueras de Londres. Olía a asfalto mojado. Un coche fúnebre aguardaba, y junto a él Sarah, la mujer de Hugh. Parecía un fantasma. Al verle el vientre visiblemente abultado, a Diana la arrolló una oleada de dolor tan violenta que su instinto de huir dio la alarma. Pero una voz interior le recordó: «Eres lo bastante fuerte. Puedes con esto. Quédate».

No había absolutamente nada que se pudiera decir en una situación así para animar a alguien. Por ello se limitó a abrazar a Sarah e intentó trasmitir en ese abrazo todo su cariño y todo su amor. Trasladaron el féretro hasta el coche fúnebre rindiendo honores militares. Diana pensó que tener que presenciar algo así hubo de exigir a Sarah una fuerza casi sobrehumana. Sola no podría con aquello.

—Estoy contigo —le dijo agarrándole la mano—. Siempre. Vente a casa con nosotros si quieres. Me ocuparé de ti.

Sarah asintió.

—Gracias.

Cuando llegaron al palacio de Kensington y se bajaron de la limusina, Diana pidió a Sarah que fuera delante. Ella se volteó: Carlos se había quedado sentado en el coche.

—¿Qué piensas hacer? —le preguntó.

Él bajó la mirada.

—Voy a Gloucestershire.

—Cómo no. Estoy segura de que ella sabrá animarte.

Carlos hizo una señal al chofer. El sirviente cerró la puerta y la limusina arrancó.

Por sorprendente que pudiera parecer, la noticia de que Carlos iba a ver a Camilla no la afectó tanto como otras veces. Diana había sobrevivido a esos dos días espantosos. Y sin el apoyo de Carlos. Había caminado sobre fuego y al hacerlo había pensado que se quemaría por el dolor que sentía, pero no se había venido abajo. Incluso había sido un apoyo para Sarah ese día.

Estaba hecha a prueba de fuego.

## 43

*1991*

—Después de que tomara la decisión de ir expresamente en contra de la Corona al comprometerme con la lucha contra el sida, la tragedia de Klosters supuso otro punto de inflexión —confió Diana a la grabadora.

Incluso cuando habían pasado ya tres años de lo sucedido, Diana seguía teniendo el miedo metido en el cuerpo. Se sirvió un vaso de agua de la jarra que tenía en la mesa y bebió un sorbo. Se había emocionado al hablar del episodio de la avalancha, al recordar de nuevo las angustiosas horas de incertidumbre y el profundo dolor que provocó la muerte de su amigo. Necesitaba un poco de aire fresco. Abrió la ventana y respiró hondo unas cuantas veces.

Miró el reloj de pie: el mensajero llegaría de un momento a otro para recoger la cinta que había grabado y hacerle llegar más preguntas de Andrew Morton. En el aparato seguía encendida la lucecita roja, la grabación seguía en marcha.

—Fui consciente de lo frágil que es la vida —afirmó sumida en sus pensamientos—. De pronto las continuas peleas con Carlos me parecieron insignificantes. Lo único que conseguíamos era hacernos las cosas difíciles innecesariamente... Más que nunca, estaba dispuesta a trabajar en nuestro matrimonio.

Carlos, en cambio, me apartaba de él continuamente. Buscaba pelea. James fue un gran apoyo para mí. Intentó que no se le notara lo mucho que le dolía cuando yo estaba con Carlos, y al mismo tiempo nunca me pidió que me separara de él. Sabía que era imposible. También Fergie y Andrew estaban cada vez más en crisis.

Por la ventana vio que un hombre joven subido a una bicicleta se dirigía hacia el palacio. Saludó amablemente a un vigilante que cruzaba la plaza, que a su vez devolvió el saludo. Para entonces allí ya conocían de sobra a James, que acudía a menudo a tomar el té con Diana. Se trataba de James Colthurst. Otro James, solo que a este Diana lo conocía desde hacía bastante más que al capitán que se había adueñado de su corazón. Ya eran amigos cuando Diana aún vivía con sus amigas en Coleherne Court. A esas alturas él era un médico de prestigio. Se detuvo ante la entrada con un chirriar de frenos, se bajó y entró en el palacio.

James Colthurst era su mensajero. Parecía tan inocente con su vieja bicicleta, los ojos de corzo y la cartera en la cesta del manillar. Y eso que en la cartera en cuestión, bien escondido en un compartimento secreto, transportaba material explosivo: la verdadera historia de Diana.

Ella siempre imaginaba la entrega como en una novela policiaca: James llegaba pedaleando al lugar en cuestión, un banco en un parque o un apartado de correos, para depositar el sobre. Morton aguardaba bien escondido para hacerse con el sobre de inmediato.

Volvió a sentir la opresión de siempre de golpe. ¿De verdad hacía lo correcto? Siempre que revelaba todos esos detalles íntimos se sentía sucia.

Diana paró la grabadora y la hizo desaparecer entre los cojines del sofá. Acto seguido el mayordomo anunció a James.

—Cuánto me alegro de que hayas podido venir —dijo. Se dieron dos besos—. Ya ha pasado un mes, ¿no?

—Demasiado tiempo. —James dejó la cartera en el suelo, delante del alto armario que albergaba la más exquisita porcelana, y levantó los brazos, haciendo crujir la espalda—. Pero siempre estás de acá para allá, ayudando a los pobres y los enfermos.

—Igual que tú —contestó ella—. Como el médico respetado que eres no haces otra cosa. —Como siempre, olía a una larga y agotadora jornada de trabajo y tenía la camisa ligeramente arrugada. De repente a Diana le entró cargo de conciencia por enredarlo para sus fines pese al estresante trabajo que realizaba. El té y los sándwiches de pepino ya estaban listos—. ¿Le importaría dejarnos a solas? —pidió a Harold Brown, su mayordomo—. Mi amigo y yo tenemos muchas cosas que contarnos. Podemos servirnos el té nosotros mismos.

Harold asintió y se retiró.

—Por cierto, tu mayordomo me ha preguntado: «¿A qué se debe hoy su visita?» —contó James.

Ella se puso nerviosa en el acto.

—¿Qué le has dicho?

—Me he encogido de hombros y he contestado: «Bueno, tengo hambre».

Diana se rio, pero seguía estando algo intranquila.

—¿Tú crees que sospechan algo?

James se señaló con la mano el pelo, que empezaba a ralear; los afables ojillos; la camisa blanca; el pantalón con raya, y, para terminar, los relucientes zapatos de charol.

—¿Tengo yo pinta de hacer algo prohibido? —Le guiñó un ojo—. Como mucho supondrán que tenemos una aventura.

Diana se ruborizó y rehuyó su mirada. Le caía bien y se sentía muy unida a él, pero solo como amigos.

James echó mano de los sándwiches de pepino con resolución.

—Es verdad que tengo un hambre canina. Hoy los pacientes me han dado mucha guerra. ¿Alguna novedad de tu parte?

En realidad la pregunta significaba: «¿Has grabado una cinta?».

—Pues sí.

Por si acaso volvió la cabeza para comprobar que no había moros en la costa y solo entonces se atrevió a sacar la grabadora de entre los cojines. James solía estar presente cuando ella hablaba del pasado, de ese modo le resultaba un poco más fácil. Si alguien la oía hablar, no llamaría tanto la atención. A fin de cuentas tenía visita oficialmente y charlaba con su invitado.

—Vamos, dispara —replicó James mientras tomaba otro sándwich y se retrepaba en el sofá.

Diana puso en marcha la grabadora.

—La tragedia de Klosters tuvo un efecto adicional en mí. Sentí que tengo la fuerza suficiente para estar al lado de las personas cuando lo necesitan. Decidí sacar partido del hecho de ser la princesa de Gales y redoblar mis esfuerzos en cosas importantes, como por ejemplo una cuestión que me llega al alma: la lucha contra el sida. Decidí consolidar mi imagen como princesa de Gales y, en resumidas cuentas, planeé mi primer viaje en solitario a ultramar. Quería demostrar que no era solo una chica glamurosa que se interesa por la moda, sino que también me podía ocupar de asuntos más serios. Y qué mejor ciudad para ello que Nueva York...

# 44

*1989*

—Ni hablar —decidió Carlos—. No hablaste antes conmigo de ese viaje a Nueva York.

Estaban en la sala de reuniones del palacio de St. James, donde ambos tenían sus respectivos despachos. Detrás de Carlos había una pared con sesudos libros; tras ella, un frente luminoso de ventanas altas. Junto a Diana se hallaba sentado su pequeño equipo de cuatro asesores. Junto a Carlos, el suyo, de veintitrés. Un muro impenetrable de hombres con traje gris que la miraban como si no estuviese en pleno uso de sus facultades mentales. Entre ellos, vasos, botellitas de agua y tentempiés que nadie tocaba.

Era para jalarse de los pelos. Diana deseaba tener más libertad, pero dependía de los ingresos del ducado de Cornualles, y esos ingresos los controlaban Carlos y su equipo de asesores. También financiaban su despacho privado, lo que significaba que en asuntos económicos Carlos siempre tenía la última palabra. Todo, desde la obligación que tenía Diana de asistir a las reuniones que él planificaba hasta la organización de viajes a ultramar conjuntos o la estructura de los despachos, se acordaba con él y, por tanto, estaba supeditado a su humor. Y cada vez más a menudo Carlos permitía que sus desavenencias con ella se dejaran sentir en las reuniones.

No obstante, Diana estaba dispuesta a mantenerse firme.

—Me gustaría hablar de ese viaje contigo ahora —dijo—. Además, el gobierno ha pedido que se realice esa visita.

Carlos unió la yema de los dedos.

—Pero eso no quiere decir ni mucho menos que tengas que viajar a Nueva York sin tu marido.

—Preferiría realizar ese viaje en compañía de mi marido.

Carlos guardó silencio mientras se miraba largamente las mancuernillas de la camisa. Lo que fuese con tal de no tener que mirarla a ella.

Fue su secretario privado quien tomó la palabra:

—Al príncipe de Gales le preocupa que ese viaje sea demasiado extenuante para usted. En tan solo cuatro días tiene infinidad de compromisos.

—Podré con ello.

—¿Ah, sí? —preguntó entre dientes Carlos—. Creo que olvidas lo inestable que eres. Aparte de que, con tu narcisismo y tu egoísmo, dejas a tus hijos solos y tristes. Y no tienes ni idea de nada. Infligirás un gran daño a la Corona. Fracasarás.

Diana se sobresaltó. Aterrizarían dentro de poco, informó el comandante. ¿Había dado una cabezada? No era de extrañar, puesto que cuando se había levantado todavía no había amanecido. En la bolsa de mano había metido un vestido, desodorante, lápiz labial, un par de zapatos de tacón. La maleta grande la habían cargado el día anterior.

Subió la persiana.

Nueva York.

Un mar de rascacielos relucientes, uno de los cuales intentaba descollar sobre los demás. El horizonte era de un rojo subido, como si el sol se desangrara. Diana trató de grabar en la memoria esa belleza impresionante, pero el espectáculo no le llegó al corazón. Le esperaba su primer viaje oficial de importancia como princesa de Gales. El primero en solitario.

Al final también Carlos había comprendido lo importante que era ese viaje, y por ello se había visto obligado a claudicar. Se limitaron a anular algunos compromisos y acortar el viaje un día.

Lo que le había dicho Carlos resonaba en su cabeza en un bucle sin fin: «Fracasarás».

Diana notó que su secretario privado, sentado en diagonal a ella, la estaba mirando. Intentó sacudirse el recuerdo de esa tremenda discusión.

—¿Qué dice la prensa de mi visita? —quiso saber.

Al igual que todos los colaboradores de la familia real, Patrick también intentaba siempre mantener una expresión lo más neutral posible, pero de vez en cuando dejaba traslucir algo parecido a la solidaridad o a un afecto casi paternal, como ahora.

—La mayoría de los periódicos cuentan con que sus salidas para hacer compras ocuparán los principales titulares. Además se teme que haya manifestaciones por parte de la comunidad del IRA irlandesa americana contra la monarquía, y usted es un símbolo de la monarquía. Sin embargo... —Levantó el dedo índice— el *New York Post* dice de usted en el titular: «La madre de la beneficencia».

Ella enterró el rostro en las manos. De pronto le temblaba todo el cuerpo.

—Todos esperan que fracase —se lamentó.

¿Qué carga había asumido? No podría con ese viaje. Tan solo tenía un equipo de cinco personas, entre las cuales ni siquiera había un peluquero.

«Pues te pones tú misma los rulos cada mañana».

Tendría un aspecto espantoso en todas las fotos. Pondría en ridículo a la Corona.

«No harás tal cosa. Podrás con esto. Tu viaje será un éxito y por fin te ganarás el reconocimiento de Carlos».

Media hora, no tenía más tiempo para refrescarse cuando el avión aterrizase. La esperaba un cóctel en el Equitable Center para la marca de ropa británica Dawson International. Diana estrechó un sinfín de manos, mantuvo durante toda la velada más o menos la misma conversación, solo que con distintas personas: lo elegante que era el conjunto que llevaba, el refinado cuerpo color violeta con la sencilla falda negra. Y ¿qué tal sus hijos?

Al día siguiente varios vehículos policiales los escoltaron por el Lower East Side de Manhattan, es decir, allí donde no se aventuraban los ricos y los famosos. El barrio era el hogar de numerosos emigrantes: africanos, italianos, judíos e irlandeses que habían acudido a Nueva York con la esperanza de vivir el sueño americano.

Allí la gente estaba completamente fuera de sí. Saludaban desde los pequeños balcones, inclinándose peligrosamente sobre la barandilla; se habían encaramado a las escaleras de incendios para ver mejor. Salían de las tiendas chinas y los estancos, lanzaban gritos de júbilo y aplaudían. Los taxistas se bajaban de los típicos taxis amarillos para ver lo que estaba pasando. Un grupo de chicos jóvenes dejó de jugar al básquetbol y corrió hacia la alta valla que separaba la cancha.

—¡Dios mío, si es la princesa Diana! —exclamó una señora de piel morena que empujaba con una mano un cochecito de niño y con la otra llevaba una bolsa de la compra que parecía pesada. A su alrededor iban dando saltitos dos niños más.

—¡Hola, princesa! —Saludó un chico con un pantalón de tiro bajo, gorra y monopatín bajo el brazo.

Una mujer incluso recorrió un pequeño tramo junto a la limusina.

—¡La queremos, Diana!

Esta no se cansaba de mirar la variopinta animación. Aquí se escuchaba hip-hop a todo volumen, unas calles más allá ululaba una sirena de policía, en un patio trasero sobre el que se entrecruzaban cuerdas de la ropa y cables jugaban unos niños. Allí una bicicleta herrumbrosa a la que habían birlado el asiento, un poco más allá habían cubierto provisionalmente con una lona el cristal roto de un pequeño restaurante. Las persianas bajadas exhibían coloridos grafitis, entre los cuales había auténticas obras de arte. Del puesto de hot dogs llegaba un agradable olor, algo más allá olía a basura, a perfume barato y a gases de escape...

A Diana le habría gustado bajarse del coche y pasear por las calles para empaparse de todo. Naturalmente sabía lo ingenuo y peligroso que era y que sus guardaespaldas jamás lo permitirían. Eso de allí no tenía nada que ver con el Nueva York elegante que el día anterior le habían servido en bandeja de plata, donde todo el mundo tenía la misma cara estirada a golpe de bisturí, vestía las mismas marcas, tenía la misma opinión.

Llegaron al Henry Street Settlement, un centro social.

Patrick comentó:

—Como en el centro también se alojan víctimas de violencia doméstica cuyo paradero ha de mantenerse en el más estricto de los secretos, excepcionalmente no habrá prensa.

Diana exhaló un suspiro de alivio.

—Qué suerte.

Estar siempre rodeada de cámaras que captaban cada palabra y cada uno de sus pasos era como hallarse suspendida unos centímetros por encima del suelo. Pero no de manera agradable, sino más bien como si pudiera caer de un momento a otro. Sin embargo ahora, sin los fastidiosos periodistas, se sentía segura y con los pies en la tierra. Así podía centrarse por completo en las personas a las que le presentasen en el centro.

Vio la mirada de gratitud en los ojos de un sintecho cuya mayor dicha era tener un plato de sopa caliente en las manos. Vio el dolor y la rabia en los ojos de una mujer a la que su marido había dado una paliza. Vio la vergüenza en los ojos de un hombre que no sabía cómo iba a dar de comer a sus tres hijos. Vio el cansancio en los ojos de la directora, que sacrificaba su vida casi a diario para ayudar a las personas que se encontraban allí. A lo largo de los últimos años, Diana tenía con frecuencia la impresión de estar sola en el mundo con su dolor, encerrada en una jaula de oro. Hablar con esas personas y escuchar lo que tenían que contar le proporcionó la sensación de formar parte de una comunidad, aun cuando sus vidas no pudieran ser más distintas.

Tanto más fuerte fue el contraste cuando por la tarde su limusina se detuvo delante del soberbio edificio de la Academia de Música de Brooklyn, donde estaba invitada a una gala. La Ópera Nacional de Gales representaba *Falstaff*. Se acordó de Carlos y el corazón se le encogió. Antes él había estado a su lado.

—¿Se encuentra bien, alteza? —se interesó Patrick.

Ella hizo un esfuerzo por sonreír.

—Sí, claro.

—Si me permite el comentario, está usted impresionante. Esta velada la mujer más fotografiada del mundo establecerá un nuevo récord.

Lucía un vestido de Catherine Walker, una de sus diseñadoras preferidas. Era de seda blanca plateada con discretos adornos dorados y un bolero a juego.

—Gracias, Patrick.

Era una tontería, pero pese a todo esperaba que Carlos viese en la prensa fotos suyas con ese vestido. No cabía la menor duda de que darían la vuelta al mundo, a fin de cuentas esa velada era el glamuroso punto culminante de su viaje.

Su romántico corazón imaginó que Carlos abría el periódico mientras tomaba su té matutino, veía una fotografía suya y se moría de ganas de verla.

«Qué más quisieras», dijo la voz de la razón. Lo más probable sería que cada titular positivo avivara su envidia. Siendo así, ¿cómo se iba a ganar su reconocimiento?

Tras la representación llegó su aparición estelar: todos los invitados se hallaban reunidos en la gran sala y la seguían con la mirada mientras bajaba la escalera. Ahora lo importante era no tropezar. Agarró las flores que le ofrecieron las niñas con preciosos vestidos blancos y les dio las gracias. Se detuvo. Miró de nuevo tímidamente a la multitud. Era como si la sala entera contuviera la respiración un instante. Diana tenía la sensación de crecer con la luz que la iluminaba. Había un sinfín de fotógrafos. Más de un centenar, según le había dicho Patrick. Les regaló su sonrisa más cautivadora, que confiaba en que llegase al corazón de Carlos. De pronto fue como si toda la luz explotase como una estrella cuando las cámaras intentaron captar el mágico momento. El leve clic de los disparadores sonó como si montones de mariposas hubiesen alzado el vuelo y batieran sus delicadas alas.

El instante fue tan embriagador como tremendamente artificial el resto de la velada. Empezando por las estrellas y las aspirantes a estrellas con la cara estirada que intentaban desesperadamente lucirse, pasando por la charla banal y aduladora con políticos o grandes magnates de la economía y terminando por su sonrisa amable, un gesto que no tardó en dolerle.

—Qué pérdida de tiempo —se quejó esa noche Diana por teléfono. Había llamado a James, en Inglaterra solo eran las seis de la mañana.

—Intenta dormir —aconsejó una voz que sonaba cansada en el otro extremo del teléfono.

—Tienes razón. Mañana tengo que estar en forma. Vamos a visitar la unidad de sida del hospital de Harlem. Patrick dice que el interés de la prensa será grande. Hasta la fecha solo han sido unos pocos los políticos que han ido a ese sitio y, como es lógico, nadie de la familia real inglesa.

—Seguro que estarás estupenda. No conozco a nadie más cariñoso que tú. Y por la tarde te subirás al avión y así pronto podré tenerte en mis brazos de nuevo.

No podía estar más agradecida por tener en su vida a James. Era un hombre maravilloso. Le infundía valor, la hacía sentir bien, la admiraba: todo cuanto desearía de Carlos. Pero no era el padre de sus hijos.

La doctora Margaret Heagarty, jefa del servicio de pediatría, la recibió al día siguiente en persona. Era una mujer robusta, con el cabello corto canoso y unos ojos que habían visto bastantes cosas. A Diana no se le escapó la expresión de escepticismo que afloró durante un instante en el rostro de la doctora cuando le estrechó la mano para saludarla. Diana se había decidido por un conjunto serio, pero también en boga. Su elección le garantizaba una mayor atención por parte de la prensa, una ventaja de la que debía sacar provecho. El traje era de un rojo vivo, con grandes hombreras, y debajo llevaba una sencilla blusa blanca. Los ojos se los había perfilado de azul claro. Pero demostraría a la doctora que era más que una percha bonita.

—No perdamos el tiempo. —La doctora Heagarty se puso en marcha—. Vamos, acompáñeme.

Cruzaron juntas el área de recepción. A esas alturas Diana ya estaba familiarizada con el característico olor a desinfectante, comida de cantina y enfermedad. El único incordio era la horda de reporteros que les pisaba los talones. Cuando su guardaespaldas pidió a los hombres que guardasen un poco la distancia, ellos empujaron desde el otro lado. Como una nube de mosquitos.

Se detuvieron delante de la habitación 79. En la puerta colgaban dibujos hechos por niños. En uno se veía un sol risueño y Diana no pudo evitar acordarse de Enrique, que no hacía mucho había pintado dos soles con acuarelas: «Cuando un sol descansa, lo sustituye el otro. Así siempre está todo bonito», había dicho alegremente.

—Confío en que su visita contribuya a que haya menos prejuicios contra los pacientes de sida —afirmó la doctora con una mano ya en el picaporte.

—Es lo que deseo fervientemente —respondió Diana.

Antes de entrar, Diana se volteó de nuevo hacia los periodistas.

—Caballeros, permítanme que les recuerde que las cámaras intimidan a los niños. No lo olviden, por favor.

En la habitación había cuatro pequeños. Los dos niños y las dos niñas la miraban con los ojos abiertos muy grandes, tímidos, indecisos, pero también curiosos.

—Casi todos los niños que están aquí son huérfanos —oyó que decía a su lado la doctora—. Y nadie los quiere adoptar.

Era terrible.

—¿Porque tienen sida?

—Sí, por el estigma —repuso la doctora.

Diana era incapaz de entender lo que acababa de oír.

—Pero los niños necesitan amor y cariño.

La doctora Heagarty asintió como diciendo: «Está claro, pero ¿qué quiere que hagamos nosotros?».

A Diana le habría gustado adoptar a los cuatro. ¿Cómo no se iba a encariñar uno con esa niñita que parecía una muñeca, con los ojos color chocolate y la sonrisa tímida? ¿O con el pequeño de piel oscura al que la pijama se le había quedado pequeña hacía tiempo? ¿O con el niño de la cama contigua, que tenía los ojos rojos e hinchados, como si hubiese estado llorando? El corazón se le partió al pensar que allí nadie abrazaba a esos niños. Que nadie les compraba juguetes. Que nadie les preparaba natillas los domingos ni les leía cuentos por la noche.

Se sentó en el borde de la cama del niño cuya mirada era tan triste.

—Yo tengo dos hijos, el pequeño será más o menos de tu edad —contó—. Se llama Enrique. ¿Tú cómo te llamas?

—Tom —contestó el niño tímidamente.

—A veces hago guerra de almohadas con Enrique. Y le hago cosquillas hasta que se rinde.

Tom esbozó una sonrisa fugaz. A sus ojos asomó una luz: la de su imaginación. Eso era algo que a Diana le encantaba de los niños: se podía ver cómo imaginaban lo que uno les contaba con los colores más variados. Ver que tenía la boca ligeramente abierta y que escuchaba con atención lo que ella decía para poner a trabajar su fantasía resultaba enternecedor, pero también le produjo tristeza. Tom no debería tener que imaginar lo que era jugar con una madre que lo quería. Esa debería ser su realidad.

—Es algo más o menos así —añadió Diana. Y acto seguido se puso a hacerle cosquillas en la barriga. El pequeño se retorcía entre risas y pataleaba. Las lágrimas habían quedado olvidadas.

Los niños se debatían con facilidad entre la tristeza y la dicha, sencillamente porque querían sobrevivir. Diana lo había observado a menudo y cada una de esas veces se había preguntado si en su matrimonio sucedía algo similar. Siempre que Carlos le regalaba una sonrisa, una mirada afectuosa, Diana se aferraba a ella como a un clavo ardiendo y olvidaba su soledad, su frustración, su desesperación.

También los otros niños se reían. La doctora Heagarty sonrió y ni siquiera los periodistas pudieron sustraerse a la magia de la risa infantil. ¡Y así es como debía ser! Los niños deberían reír. Deberían tener a alguien que les hiciera cosquillas y los mimase. Y cuando se quiso dar cuenta, Diana estaba abrazando al pequeño. Sintió el momento en que el niño se abandonó a ese abrazo. Sintió lo mucho que el niño necesitaba esa cercanía. Cómo se aferraba a ella, como si tuviese que recuperar todos los abrazos que se había perdido y también hacer acopio de ellos.

—Un abrazo no cuesta nada, es respetuoso con el medio ambiente y requiere una formación mínima —dijo a las cámaras cuando se separó de Tom.

Diana pasó el resto del día abrazando a todos los niños del servicio, riendo con ellos, contándoles anécdotas de Guillermo y Enrique, comiendo y jugando con ellos. La blusa blanca que llevaba no tardó en lucir una mancha de la salsa de jitomate que le dieron de comer y se despeinó cuando una niña le puso un pasador. Daba lo mismo, lo más importante fue que ese día las paredes del hospital no eran tan grises.

# 45

James intentó disuadirla.

—¿De verdad quieres hacer eso? Me refiero a que es el cuadragésimo cumpleaños de la hermana de Camilla. No me imagino nada más aburrido.

Sentada delante del tocador, Diana sopesaba cuál sería el lápiz labial adecuado. Tenía que ser un color discreto, el vestido rojo vivo que lucía ya era bastante llamativo.

—Forma parte de mi terapia. El señor Lipsedge me ha dicho que debo enfrentar mis miedos si quiero vencer por completo la bulimia.

—Pero esa fiesta estará llena de los amigos de Carlos y Camilla, esos idiotas espantosos y arrogantes, los mismos que...

—¿Los mismos que han dicho de mí que soy psíquicamente inestable y estoy hecha una histérica? —Diana terminó la frase por él—. Es muy probable que tengas razón. Y, cómo no, también estará presente la líder de esa odiosa camarilla de Highgrove, doña Camilla Parker-Bowles. —Diana esbozó una sonrisa maliciosa—. Pero a un rottweiler se le desconcierta si se le demuestra que uno no le tiene miedo.

Camilla era el fantasma que la perseguía día y noche. El parásito que carcomía la madera de sus paredes y acabaría haciendo que todo se derrumbara. Era el ideal de mujer perfecta con el que siempre se comparaba. Y es que debía de ser perfecta, ya que, de lo contrario, ¿por qué no podía dejarla Carlos?

Había llegado el momento de librarse de ese fantasma de una vez por todas.

El cumpleaños se celebraba en Ham Common, cerca del parque Richmond. Cuando la limusina se detuvo delante de Ormeley Lodge y un lacayo abrió la puerta del coche, Diana se paró a respirar un instante. El corazón le latía con fuerza en el pecho. «Dios santo, ¿qué hacía ella allí? ¿Se había vuelto loca de verdad?»

Tomó aire con fuerza y lanzó una plegaria al cielo. Entonces se recogió el vestido largo y bajó del coche. Se escuchaba un jazz alegre. Subió la escalera vivamente iluminada y se vio delante del imponente edificio de ladrillo rojo. Un segundo lacayo le dio la bienvenida y la acompañó dentro. Diana se detuvo en la puerta del salón para echar un vistazo a los invitados: unos cuarenta, a lo sumo cincuenta, todos bastante mayores que ella.

—Diana —oyó que decía Annabel. Era parecida a su hermana Camilla, tan solo tenía la nariz un poco más grande y los rasgos más duros aún. Diana la felicitó y conversó educadamente con ella. Annabel no paraba de mirarla, como si intuyese que habría problemas.

La cena ya había terminado, estaban en la parte informal, jugando a juegos de mesa y tomando una copa de buen whisky escocés, contando chistes groseros y fanfarroneando. ¡Qué harta estaba Diana de ese grupo de arrogantes! La habían invitado por educación, de eso no cabía la menor duda. Y nadie contaba con que fuera a asistir, se apreciaba en la reacción de algunos invitados, que se hicieron a un lado y, de ese modo, formaron sin querer un pasillo hacia la escalera que bajaba al sótano. ¿Estaban allí Carlos y Camilla?

De pronto Annabel se interpuso en su camino.

—Ah, Diana, no bajes.

—Solo quiero saludar a mi marido —replicó ella, y pasó por delante de la hermana de Camilla.

Abajo el ambiente era mucho más íntimo. En el aire flotaba un humo de tabaco que envolvía a las parejas que bailaban al ritmo de una música de piano tranquila. Entre ellas estaban Carlos y Camilla, que se mecían abrazados. Los dos tenían los ojos cerrados, por eso tardaron en darse cuenta de que a su alrededor las conversaciones enmudecían, de que algo pasaba.

—Diana —dijo Carlos cuando la vio—. ¿Qué estás haciendo aquí?

—Me han invitado. —Después dijo a Camilla—: ¿Puedo hablar un momento contigo? ¿A solas?

Camilla asintió. Salieron fuera. Era febrero y la temperatura era gélida, Diana veía su aliento, pero en su interior ardía tal fuego que no sentía frío.

Se miraron a los ojos.

Siete años. Durante siete largos años la habían tomado por tonta. Le habían mentido día tras día, y al final ya ni siquiera eso. Le entraron ganas de llorar, pero entonces vio el titilar en los ojos de Camilla. ¿Acaso era miedo? ¡Sí, el fantasma tenía miedo!

Y de pronto la aparición se desvaneció. Camilla no era mejor ni más digna de ser amada. Ella misma estaba atrapada en un matrimonio roto. Compensaba la frustración que eso le generaba fumando como un carretero, lo cual le ajaba la piel. La aventura que tenía con Carlos le insuflaba un poco de vida, pero él no era el amor de su vida. De lo contrario no lo habría rechazado cuando le pidió matrimonio en su día, antes de que Diana apareciese en su vida. ¿O tal vez sabía que en palacio jamás habrían aprobado un matrimonio entre el futuro rey y ella, una mujer que tenía un pasado?

¿Y Carlos? Quizá amara a Camilla, pero probablemente solo amase la adoración que le profesaba ella y su forma de alimentarle el ego. A decir verdad, él ni siquiera sabía lo que era el amor, nunca había aprendido a amar. Al final la aventura que mantenía con Camilla no era más que su manera de rebelarse contra la jaula en la que estaba. De compensar el peso que llevaba en los hombros. «El mayor problema que tengo es que en realidad no sé cuál es mi papel en la vida. Por el momento no tengo ninguno. Pero tendré que encontrar uno», confesó a Diana una noche en Australia, cuando se sintieron más cerca el uno del otro que nunca. Mientras Isabel siguiera en el trono, él sería el príncipe a la espera.

Diana levantó la barbilla y dijo:

—Es evidente que en mi matrimonio siempre hemos sido tres, y eso es multitud.

Camilla apretó los finos labios.

—Sé de sobra lo que hay entre mi marido y tú, no he nacido ayer. Pero yo soy la mujer de Carlos y la madre de sus hijos. Soy una persona y tengo unos sentimientos que han sido pisoteados durante años. Y esto es algo que tiene que terminar. Voy a luchar por mi matrimonio, porque mi familia es lo más valioso que tengo. No permitiré que nadie me la arrebate. Así que, si tienes una chispa de decencia, sal de una vez por todas de nuestro matrimonio.

Con eso estaba todo dicho. Giró sobre sus talones y dejó plantada a Camilla.

Esa noche Diana lloró como no había llorado nunca.

A la mañana siguiente se despertó como nueva. Como si se hubiese librado de uno de los grilletes que dificultaban cada uno de sus pasos. Había hecho algo que llevaba años temiendo. Por fin se había librado del fantasma.

# 46

—¿Qué le has dicho a Camilla? —le preguntó Carlos al día siguiente.

—Le he dicho que te quiero —contestó Diana. Solo que lo había expresado de manera distinta.

Carlos asintió, absorto en sus pensamientos.

—Amor... —dijo. «Lo que quiera que sea eso».

Tenía la frente surcada de arrugas y daba vueltas sin parar al sello que lucía en el dedo. ¿Qué se le pasaría por la cabeza? El resto del día lo pasó encerrado en su despacho. Diana se atrevió a llamar una vez para echar una ojeada. Estaba sentado en su viejo sillón de cuero, con aire pensativo. Ni siquiera se percató de su presencia.

Diana se puso nerviosa. Tenía la sensación de que su marido se le escapaba como la arena que se escurría entre los dedos. Aun así, ¿qué podía hacer ella? ¿Preguntarle al respecto? Pero ¿y si no quería oír la respuesta? «Así que mejor no saber nada. Ojos, oídos y boca cerrados».

Al día siguiente Isabel los invitó a Carlos y a ella al castillo de Windsor a tomar el té. Ciertamente esa mujer tenía un sexto sentido cuando algo no iba bien. Carlos no dijo ni palabra durante todo el trayecto. A Diana la avenida nunca se le había antojado tan larga y triste. Estaban en febrero, los castaños que flanqueaban el paseo estaban desnudos.

Se sentaron en la antesala, a la espera de que los hiciesen pasar. Era un día tormentoso, el viento aullaba y la lluvia azotaba los cristales de las altas ventanas. Diana se frotaba las húmedas manos. Le vino a la memoria el consejo que le dio su padre hacía uno o dos años: «Tienes que esforzarte más, de lo contrario Camilla gana».

¿Es que no se había esforzado bastante? ¿Había estado demasiado volcada en su persona? ¿Tendría que haberse preguntado más a menudo qué se le pasaba por la cabeza a Carlos, cómo se sentía? ¿Como aquella vez, en Australia?

Justo cuando iba a decir algo el reloj dio las tres. La puerta se abrió ni un segundo después. Su majestad, la reina, y el príncipe consorte estaban listos para recibirlos, anunció un sirviente. De manera que también estaba Felipe. ¿Era buena o mala señal? Diana apreciaba a Felipe, no era tan envarado como el resto de la familia. Casi siempre tenía en la boca un comentario desenfadado, más bien sarcástico y en parte también inapropiado. Pero también podía ser severo e intransigente.

Diana hizo la debida reverencia y dio dos besos a ambos.

—Madre —saludó—. Padre.

Se sentaron.

—Agradezco que hayan venido —empezó Isabel uniendo las manos en el regazo—. Los he llamado por un motivo concreto. Es posible que se imaginen de qué se trata. La prensa cada vez habla más de las tensiones que existen en su relación.

Felipe cruzó las piernas.

—Es completamente normal que en un matrimonio haya problemas de vez en cuando. Los problemas desaparecen e incluso los habrán unido más.

Como siempre que estaba presente su padre, Carlos mantuvo la vista clavada en el suelo prácticamente todo el tiempo.

—Y ¿qué pasa si entre nosotros las cosas no van bien?

—inquirió, y pareció agotado—. ¿Si los problemas son de raíz? ¿Si, sencillamente, somos demasiado distintos?

Isabel levantó la barbilla.

—La experiencia me ha enseñado que todo problema tiene una solución.

«Y la mayoría de las veces esa solución consiste en callarse», pensó Diana.

Carlos reaccionó con obstinación.

—He hecho lo que he podido por este matrimonio. Todo lo que he podido. Y sufro...

—Permíteme que lo dude —cortó Isabel a su hijo con inusitada aspereza—. Los que sufrimos somos nosotros, por tener que soportar sus continuas quejas. Eres un hombre mimado que no para de lamentarse, y estás casado con una mujer mimada que no para de lamentarse. En lugar de resolver sus problemas, los dos buscan placer fuera del matrimonio.

Dios santo, era evidente que hasta la reina estaba al tanto de su aventura. Diana notó literalmente que se hundía.

—Sugiero que hagan un esfuerzo y sepan apreciar de una vez los privilegios de que disfrutan —prosiguió—. Deben aprender a transigir y ser menos egoístas. Por la monarquía, por sus hijos, por el país y por las personas que lo habitan. El fiasco del matrimonio de Ana ya fue bastante malo.

Un empleado había sustraído de la bolsa de mano de Ana cuatro cartas personales y las había enviado al periódico *The Sun*. Resultó que las románticas líneas las escribía el comandante Tim Laurence, uno de los caballerizos de la reina. Después de que saliera a la luz su aventura de un modo tan poco elegante, Ana vivía separada de su marido, con el que había estado casada nada menos que diecinueve años.

Isabel todavía no había terminado con ellos. Habló con claridad, sin trabarse una sola vez, como si leyera un papel invisible.

—Todos nuestros matrimonios son un reflejo de la integridad de la Corona. Si muestran fisuras que amenazan su continuidad, al final también se pondrá en tela de juicio a la monarquía. Por eso algo tan importante como el matrimonio del futuro monarca no puede fracasar, lisa y llanamente. —Dejó que sus palabras surtieran efecto. La musculatura de la mandíbula de Carlos se tensó de manera visible—. Ahora les quiero preguntar algo, y exijo que sean completamente sinceros. —Primero miró a Carlos y luego a Diana—. ¿Alguno de ustedes dos ya no concede ningún valor a este matrimonio?

Diana oía los latidos de su corazón.

De pronto los buenos recuerdos desfilaron por su cabeza como si de una película se tratara.

Vio a Carlos en la habitación de los niños del castillo de Windsor, con las orejas muy rojas, preguntándole si quería ser su esposa.

Lo vio esperándola en el altar, ese hombre único, inteligente, un tanto excéntrico, que tanto la había hecho reír con su humor seco. El corazón se le alegraba al verlo.

Vio lo felices que habían sido en Australia, lejos del protocolo y de Camilla. Percibió el olor de la estepa, sintió la agreste vastedad de la naturaleza, escuchó el animado parloteo de Guillermo, saboreó los besos de Carlos... Habían sido una familia.

Esa era la vida que deseaba. No renunciaría a ella nunca.

Carlos se irguió en su asiento y levantó el dedo índice, como solía hacer cuando tenía algo importante que decir.

—Bien, llevo pensando en esto mucho tiempo —afirmó—. Y he llegado a la conclusión de que...

«¡No!», de pronto algo se rebeló en el interior de Diana.

Todos la miraron perplejos. ¿Lo había dicho en voz alta?

—Yo sigo creyendo en este matrimonio. Con todo mi corazón —aseguró mientras las lágrimas le corrían por las mejillas.

Durante unos segundos angustiosos Carlos no dijo nada. En ese momento parecía sumamente vulnerable. Al cabo contestó:

—Pero si no hacemos más que torturarnos mutuamente. Necesito a Camilla en mi vida y tú te ves con otro hombre.

—Me sentía sola, pero esa no es una disculpa. A veces uno solo sabe lo que importa en la vida cuando está a punto de perderlo. —Lo miró—. Como aquella vez en Klosters, cuando se produjo la avalancha y temí que pudieras... —Ni siquiera fue capaz de terminar la frase—. Tú eres el hombre al que elegí. Tenemos dos hijos estupendos. Sé que te he hecho daño y te he hecho sufrir, igual que tú a mí, pero también sé que juntos podemos resolver nuestros problemas. Por la monarquía, pero sobre todo por Guillermo y Enrique. —Le agarró la mano y la presionó con suavidad—. Danos otra oportunidad, Carlos. Dale otra oportunidad a nuestro matrimonio, nuestra familia y nuestro amor.

—Bien —terció animada Isabel, como si acabaran de hablar del parte meteorológico de los próximos días. Sol, temperaturas agradables, sin previsión de lluvias—. Pues todo aclarado.

—Pero yo... —empezó Carlos, pero Isabel ya se había levantado.

Su mirada decía que no estaba dispuesta a aceptar una sola nube cargada de lluvia.

—Si quieres ser rey algún día, deberías empezar a comportarte como tal.

Felipe asintió y se levantó a su vez para seguir a su mujer, como siempre.

Carlos tardó unos segundos en dominarse.

—¿A alguien le interesa lo que tengo que decir al respecto?

Fue Felipe quien se detuvo y miró a Carlos como si no tuviese la menor idea de adónde quería llegar su hijo.

—No sabía que había algo más que decir.

## 47

La vida era bella.

Y eso era algo que también sabían los Beatles, que en una de sus canciones cantaban que después de un invierno largo y frío por fin había vuelto a salir el sol.

—«*Here comes the sun, do, do, do*» —cantaban Guillermo y Enrique en el asiento trasero del Jaguar de Diana.

Verlos a los dos como locos de contentos por el espejo retrovisor la hizo reír, y se sumó a ellos cantando a todo pulmón:

—«*And I say, It's all right*».

¿Cuánto hacía que no los veía tan felices a los dos? Cuando Diana les había dicho que pasarían un fin de semana con su padre en Highgrove, habían ido corriendo a su habitación a meter sus juguetes en la maleta. Diana le había pedido al secretario privado de Carlos que dejara libre lo antes posible un fin de semana en la agenda de su marido, y este no se había opuesto. Había sido sumamente fácil. ¿Por qué Diana no lo había hecho mucho antes? A James le había dicho que no podían seguir viéndose. Después su teléfono no había parado de sonar, pero ella había indicado a su mayordomo que dijese que no estaba.

Carlos era el hombre al que había elegido en su día. Era su príncipe azul. Estaba dispuesta a perdonarlo y a dejar atrás el pasado. Con echarle en cara continuamente su aventura lo único que conseguía era sobrecargarse. Y en adelante Carlos se mantendría alejado de Camilla, se había visto obligado a prometérselo a su madre. También Diana había cometido errores en el pasado, sin embargo, era mucho más importante lo que depararía el futuro. Juntos salvarían su matrimonio.

Para estar a finales de febrero, el día era sorprendentemente cálido y bello. Tan bello que Diana incluso logró olvidar que, como de costumbre, su guardaespaldas la seguía en su coche. El portón de la finca se abrió y ella enfiló la sinuosa carretera que discurría junto a la pradera, que pronto estaría tachonada de toda clase de flores de colores vistosos: amapolas, margaritas, cenizos, prímulas, árnica y bistorta... El año anterior Carlos había salido a dar una vuelta por el jardín una tarde con los niños y les había enseñado el nombre de todas las plantas, y era evidente que ella también se había quedado con algo. El lugar nunca le había parecido más bello. El sol hacía brillar el rocío en las hojas. Los primeros brotes anunciaban la llegada de la primavera. Se escuchaban zumbidos y gorjeos por todas partes.

Nada más estacionar a la puerta, Guillermo y Enrique se bajaron de un salto para entrar en casa a buscar a su padre. En el pasillo olía a rosas recién cortadas, que adornaban las abrillantadas cómodas y mesas en suntuosos ramos. Justo como ella lo había imaginado. Daría las gracias a su mayordomo Paul Burrell, que era el responsable de su bienestar allí, en Highgrove. Le había prometido que ese fin de semana todo iría como la seda. De la cocina salía un olor a vainilla. La mesa del comedor ya estaba puesta, preciosa, con pétalos de rosa y coronas con forma de corazón de bayas rojas de muérdago. Aunque era cursi, ni siquiera Carlos podía tener algo que objetar a un poco de romanticismo, ¿no? Únicamente dos platos, solos Carlos y ella. Quería cenar a solas con él. Quería que se miraran a los ojos y volvieran a enamorarse.

Diana solo tuvo que seguir las entusiasmadas voces infantiles. Encontró a Enrique y Guillermo en el invernadero, donde saltaban alegremente alrededor de Carlos. A todas luces él estaba leyendo, ya que se quitó los lentes y sostenía en la mano un libro cuya encuadernación sugería un contenido más bien complicado.

—Fui el más rápido de mi clase —contaba Guillermo entusiasmado—. Y no me dio nada de vértigo.

—Ese es mi hijo —repuso Carlos riendo con orgullo.

—Porque tu padre no solo juega de maravilla al polo —observó Diana mientras iba con su familia—. Es todo un héroe. También sabe hacer *windsurf*, esquiar e incluso ha saltado en paracaídas.

Carlos sacó pecho.

—Pues sí, soy todo un aventurero.

Por la tarde Diana le indicó a Paul que encendiera más velas aún en el comedor, quería que todo fuese luminoso y resplandeciente. Y acompañado del piano romántico y melancólico de Chopin, que tanto relajaba a Carlos. Confiaba en que el seductor escote en la espalda de su vestido rosa claro y un toque de perfume hiciesen el resto.

Dios santo, estaba tan nerviosa como la primera vez que él le preguntó si quería acompañarlo a la ópera y durante toda la velada su abuela Ruth, que ejercía de dama de compañía, no se separó de su lado.

«Respira».

Diana bajó la escalera y enfiló el pasillo. Se alisó el vestido de nuevo.

La puerta de doble hoja del comedor estaba abierta por completo. Carlos se hallaba junto a la ventana, con las manos unidas a la espalda. Se volvió y lo primero que pensó ella fue: «Es él. Es mi marido».

Sonrisa cohibida, ligeramente reservada. Orejas rojas. La mirada más inteligente y afectuosa que había visto en su vida. Era increíble lo mucho que amaba a ese hombre. Se creía capaz de morir de amor.

Él no sabía qué hacer con las manos. Se las metió en el bolsillo de la chamarra para acto seguido sacarlas y entrelazarlas, esta vez ante el vientre.

—Sigues siendo la mujer más bella que he visto en mi vida —afirmó.

Diana ladeó la cabeza y dio rienda suelta a la fuerza de atracción que ejercía su caída de ojos.

—Y tú sigues siendo capaz de hacer que me ruborice.

El corazón le estallaba de dicha cada vez que Carlos se reía. Diana fue consciente de lo poco a menudo que sucedía tal cosa.

—La decoración es de lo más... —Carlos buscó una palabra amable.

—Cursi, lo puedes decir tranquilamente —lo ayudó ella entre risas—. Pero es que hoy es 24 de febrero. —Él no sabía de qué le hablaba, lo tenía escrito en la frente, por eso Diana añadió—: El día que nos prometimos.

—Claro.

Daba lo mismo. Haría de tripas corazón. Lo último que quería era echar a perder el ambiente de esa maravillosa velada.

—Veo que llevas la corbata que te regalé —apuntó Diana para cambiar de tema. Fue hacia él y le enderezó el cuello de la camisa blanca.

—Tienes un gusto exquisito.

Ella esbozó una sonrisilla.

—¿Acaso no lo sabemos desde la primera vez que te vi? —Deslizó las manos por sus hombros—. Hace mucho que no bailamos juntos, con lo que nos gusta bailar a los dos.

—¿Cómo podría negarte algo si me miras así?

Diana pegó el rostro a su pecho y escuchó los latidos de su corazón, sintió el calor que irradiaba. Permanecieron así, abrazados. De fondo sonaba el *Nocturno n.º 2* de Chopin. Diana perdió la noción del espacio y del tiempo. Todo iría bien. Carlos no la abandonaría.

Sin embargo, de golpe y porrazo sus sentidos estaban alerta. Algo había cambiado, solo que Diana no sabía lo que era.

Ese fin de semana puso de manifiesto que ella tenía razón. Que Carlos la quería, aunque no supiera demostrarlo e incluso la hubiese hecho sufrir durante años. Ese fin de semana también puso de manifiesto que todavía no estaba todo perdido, al contrario. Hacía mucho que no se sentía tan dichosa y segura.

El domingo por la mañana llegó el momento de la despedida. Desayunarían juntos y después Diana volvería a Londres con los niños. Carlos prefería quedarse un día más en Highgrove. Mientras Diana tomaba su granola e instaba a Enrique y Guillermo a comer algo de fruta, Carlos hablaba del islam y la creciente importancia que estaba adquiriendo. Por más que lo intentaba, Diana no lograba prestar atención. Sus ojos no paraban de escudriñar la habitación. Todos los muebles estaban en su sitio, así que Camilla no había vuelto allí para hacer de señora de la casa. Entonces ¿qué era lo que la tenía revuelta?

Ya estaban en el coche cuando Enrique se dio cuenta de que le faltaba su queridísimo osito de peluche. Así que todos se volvieron a bajar para ir a buscarlo juntos. Pusieron el palacio entero patas arriba, pero del peluche no había ni rastro.

—Ya aparecerá el osito, ya lo verán —aseguró Carlos mirándose el reloj de pulsera—. ¿No tenían intención de salir hace ya un rato? Debo hacer unas llamadas telefónicas muy urgentes y necesito tranquilidad.

—Tienes razón —convino Diana, y dio dos besos a Carlos—. Espero volver a verte pronto.

En el camino de vuelta, Enrique y Guillermo querían volver a escuchar música, y Diana puso una cinta con canciones de Duran Duran, uno de sus grupos preferidos, de Birmingham. Primero sonó *Girls on Film*. Diana coreó los primeros versos, pero en realidad no tenía ganas de cantar. Con cada kilómetro que se alejaba de Highgrove se acentuaba la sensación de malestar que tenía en el estómago. Era como si su corazón supiese algo que su cabeza aún desconocía.

Y de pronto se le cayó la venda de los ojos: Carlos olía a un perfume nuevo, uno que ella no conocía. Y eso que quien elegía su perfume era Diana, pues él confiaba en su gusto.

«Tranquilízate, eso no tiene por qué significar nada».

Pero sabía, sencillamente lo sabía, que detrás estaba Camilla.

Carlos no tenía ninguna llamada urgente que hacer. Solo quería librarse de los niños y de ella para que Camilla y él pudieran estar juntos.

Se aferró con fuerza al volante. «No, por favor, no. Por favor».

Detuvo el Jaguar en un camino forestal y el coche negro de su guardaespaldas asimismo paró tras ella. ¿Qué hacía ahora?

—¿Qué estamos haciendo aquí, mami? —preguntó Enrique.

No podía seguir adelante. No podía hacer como si no se hubiera dado cuenta. Ese fin de semana con Carlos había sido todo cuanto había deseado durante los últimos meses y años. No lo podía perder...

Temblaba. Algo en ella tomó la palabra y el control. «No llorarás delante de Enrique y Guillermo. Darás media vuelta. Pedirás cuentas a Carlos y a Camilla. Alzarás la voz. No volverás a tragar algo que te duele».

—Vamos a dar la vuelta —se oyó decir—. A mami se le ha olvidado una cosa.

En Highgrove se confirmó lo que se temía: a la puerta estaba el coche de Camilla. Llegó justo a punto de ver que su archienemiga entraba en el palacio. Era evidente que ni siquiera tenía que llamar, allí se sentía como en casa.

—Quédense aquí, por favor, hijos —pidió Diana—. Ahora mismo vuelvo.

Ambos asintieron con expresión tensa.

Al igual que Camilla, Diana también entró por la puerta de la terraza. Una vez dentro preguntó a Paul, su mayordomo, dónde estaba Carlos.

—Su esposo ha pedido que no se le moleste —repuso él.

—¿Dónde está?

Tras un breve vacilar el mayordomo contestó:

—En su habitación.

Diana subió la escalera y se detuvo delante de la habitación de Carlos. Oyó la risita de Camilla.

Fue como si muriese por dentro.

—Anda, envíame una copia de tu último discurso —ronroneó Camilla—. El del papel que desempeña la arquitectura. Fue una de tus mejores aportaciones.

—Tu mayor aportación es quererme —contestó él con actitud displicente.

A Diana se le revolvió el estómago.

—En cualquier caso, se te da muy bien abrirte paso a tientas —lo halagó Camilla—. Y no me refiero únicamente a tu papel de sucesor al trono.

Carlos jadeó.

—Basta. Quiero abrirme paso a tientas en ti, por arriba y por abajo, dentro y fuera. Sobre todo dentro y fuera.

—Eso precisamente es lo que necesito ahora mismo.

—Y yo te necesito más cada semana, te necesito todo el tiempo. Ojalá pudiera vivir en tu pantalón. Dios santo, o como un tampón dentro de ti.

¿De verdad estaba sucediendo eso? ¿O no era más que un sueño completamente absurdo? Diana tenía los ojos resecos. Parpadeó.

Y entró. Encontró a Carlos y Camilla in fraganti, dándose un beso apasionado.

Cuando dijo a Camilla: «Vete antes de que pierda la cabeza», se extrañó de oír su propia voz. Lo percibía todo distorsionado, como en cámara lenta y al mismo tiempo como si alguien adelantase la cinta.

Camilla tomó la blusa y salió deprisa.

—¿Por qué? —preguntó Diana mirando a Carlos. Notó un sabor salado.

Él le suplicó con la mirada: «Ahórranos esta conversación, te lo pido por favor». Sin embargo ella permaneció a la espera, y al final él cedió:

—Con Camilla todo es fácil. Alegre.

—Y conmigo no. ¿Y sabes por qué? Porque me han quitado la alegría de vivir. Son ustedes los que han acabado conmigo. No tienes derecho a echarme eso en cara, eres responsable de mí.

Él contestó:

—Camilla es la mujer a la que quiero y la que goza de toda mi lealtad. De quien me siento responsable es de ella.

—¿Y no de la madre de tus hijos?

—No metas a los niños en esto.

—Está bien, lo diré de otra forma: ¿tu lealtad no debería ser para la mujer con la que te casaste?

Entonces Carlos espetó:

—Declino toda responsabilidad de este matrimonio absurdo. Yo abrigaba dudas desde el principio, nunca quise este matrimonio. —Fue como si Diana se precipitara a un abismo profundo—. Así que, si quieres acusar a alguien, dirígete a las personas que me obligaron a casarme.

Y al oír esas palabras, fue como si se diera contra el suelo.

—¿De qué estás hablando? —se oyó decir Diana.

—Entonces nadie me tomó en serio. No paraban de decirme que era egocéntrico, tan solo un héroe de acción que no está a la altura para ser el sucesor al trono. Me dijeron que lo único que lo remediaría sería el matrimonio, y yo lo creí. Pensé que los medios solo me tomarían en serio cuando me casara y con ello, a todas luces, asumiera una responsabilidad. Por eso accedí a tomarte por esposa.

Diana cerró los ojos y cuando los volvió a abrir seguía en el mismo sitio y aquello no era una pesadilla.

—¿Y por eso me castigas con tu desprecio? ¿Me echas eso en cara aunque no sea culpa mía? ¡Yo soy víctima de esas intrigas!

—¿Víctima? Tú me amabas, Diana. Pero yo siempre he querido tener a otra mujer a mi lado.

Ella negó con la cabeza, no daba crédito.

—Jamás pensé que llegaría a decir esto, pero te desprecio.

Ya estaba tendida en el suelo, pero Carlos, además, la pisoteó:

—En mi caso no es algo que sienta por primera vez esta tarde. Tu hipocresía me repugna. Solo es cuestión de tiempo que vuelvas a arrojarte en los brazos de tu capitán.

Aquello se ponía peor.

—Hace semanas que no veo a James. Y aunque así fuera, ¿es que a ti te está permitido disfrutar de calor y afecto fuera de nuestro matrimonio mientras que yo tengo que morir de frío? ¿Llevas años engañándome y pretendes utilizarlo en mi contra? ¿Por qué deberían ser distintas para ti las normas? Es injusto. —Diana exhaló con fuerza e intentó tranquilizarse—. Lo que dije cuando tu madre nos pidió que fuésemos para hablar era verdad. Siento mucho haberte herido con mi aventura. En cambio, a ti, por lo visto, te es indiferente clavarme un cuchillo en el corazón una y otra vez.

—Igual que me haces tú a mí. Si me comprendieras mínimamente, si no fueses tan narcisista, no te colocarías siempre en primer plano. No pongas esta cara, sabes perfectamente de qué estoy hablando. Con tu artificiosa entrega estás en el candelero, y eso que somos otros los que trabajamos de manera infatigable por una buena causa. Ana, con su firme compromiso con la fundación infantil Save the Children, y yo con mi fundación, la Prince of Wales Trust. ¿Se interesa por todo esto la prensa, acaso? Absolutamente nada. Y entonces llegas tú y todos dan gritos de júbilo.

—Puede que se deba a que, con tu aire desdeñoso, das a la gente la sensación de que solo estás cumpliendo con una obligación molesta.

—Porque todo ese sinfín de actos son obligaciones.

—No para mí. Yo disfruto con ellos. Pero en lugar de entender que podría ser un apoyo para ti, que podríamos trabajar juntos, me ves como si fuera la competencia. En lugar de estar orgulloso de mí, todo lo que hago te parece espantoso.

—Pues sí, y cada vez más. ¿Cómo podría estar orgulloso? Para todos nosotros fue un alivio que volvieras de Nueva York sin causar demasiados daños.

—Mi viaje a Nueva York fue todo un éxito y lo sabes, pero eres demasiado vanidoso para admitirlo. Contribuyó a que últimamente se hayan dado en adopción y hayan encontrado un hogar muchos más niños enfermos de sida.

—Solo que, por desgracia, tus propios hijos te echaron terriblemente de menos —espetó Carlos con rencor—. Y todo para que tú abraces a niños desconocidos.

—¡¿Precisamente tú me echas en cara que me haya ausentado tres días de casa?!

—Y todo este teatro —replicó él pasando por alto su reproche—. Abrazar a los que sufren y no tienen nada..., ¿acaso crees que no podríamos hacer eso mismo nosotros?

—Lo dudo mucho. —Su voz resonó en el alto techo abovedado—. Si normalmente ni siquiera eres capaz de abrazar a tus hijos, por no hablar de tu mujer.

—Yo abrazo a quien quiero —espetó él.

—Y yo abrazo a quien quiero también, porque tengo los mismos derechos que tú, Carlos. No me puedes prohibir que vea a James.

—Te lo advierto, como me vuelvas a engañar y me pongas en ridículo delante de todos, me enteraré y...

—Y ¡¿qué?!

—Que me encargaré de que la gente sepa de una vez cómo eres de verdad y de que la imagen de santa Diana se haga pedazos —la amenazó.

# 48

*1991*

—El día que comprendí que Carlos nunca renunciaría a Camilla fue uno de los peores de mi vida.

Diana había tenido que sentarse. Carlos le había roto el corazón de manera más que consciente. Había destruido su sueño de tener una familia y amor. Hablar de esa parte de su vida era como entrar en una cueva oscura en la que sabía acechaban monstruos.

Delante tenía un fragante té negro, *scones* tibios y mermelada de naranja casera. Y la pequeña grabadora negra a la que había confiado más cosas que a la mayoría de las personas que formaban parte de su vida.

Costaba creer lo mucho que le había costado al principio responder a las preguntas de Andrew Morton con la mayor franqueza y honestidad posible. Pero ¡estaba tan enfadada! Por fin podía desahogarse. A menudo incluso se tenía que contener para no atacar también a su propia familia. Su madre, sus hermanos y Robert Fellowes, su cuñado. Ellos no habían querido ver ni oír nada, confiaban en que Diana acabara calmándose, en que un buen día se despertara y funcionara como todos los demás de una vez por todas.

Respiró hondo y continuó:

—He intentado hablar con Isabel, pero, como de costumbre, no ha querido saber nada. No se lo reprocho. Ella es la capitana de este enorme barco, ha de ocuparse de que siga su rumbo. Pese a todo me dolió. Me sentí muy sola. Y me siento una fracasada. Cuántas veces he pensado haber encontrado por fin la manera de reconducir la situación para acabar cayendo de nuevo en la misma espiral. Pero los reveses forman parte de la vida.

Su luz en la oscuridad había sido James. Diana se preguntó cómo habría sido su vida si no hubiera renunciado a él para salvar su matrimonio. Si no hubiese abierto ninguna grieta en su amor. Pero nada de eso tenía cabida en la cinta, razón por la cual detuvo la grabación.

Había vuelto a tener ese sueño. En él no pasaba gran cosa. Una niña pequeña estaba sentada en un escalón de la escalera de piedra que conducía hasta una gran mansión y se agarraba con fuerza a la barandilla. A la niña le tendían una mano para ayudarla a levantarse. ¿La agarraría? ¿O la mano se retiraría, como había soñado la última vez?

¿Podría ser que fuese la mano de James? ¿La ayudaría a levantarse? ¿Recompondría los pedazos de su corazón?

Diana negó con la cabeza entre risas al recordar la cantidad de veces que había marcado su número y había colgado deprisa. En una ocasión dejó que sonara hasta que él lo contestó. Esa voz... evocó los preciosos recuerdos que compartía con él.

Por Dios, ¿qué estaba haciendo? Seguro que James no quería volver a saber nada de ella.

Así que colgó.

Además, ¿y si Carlos cumplía su advertencia?

El teléfono sonó, ella descolgó y James dijo: «¿Sabes lo que se siente cuando echas tanto de menos a alguien que crees poder morir?».

Entonces Diana lo supo: nadie la separaría de ese hombre. Carlos no podría amenazarla...

Se oyeron voces en el pasillo que sacaron a Diana de sus recuerdos.

—Muchas gracias por dar tan deprisa con un jarrón.

Carolyn. ¿Es que ya eran las doce? Había perdido por completo la noción del tiempo...

Se apresuró a esconder la grabadora entre los cojines del sofá. Después enfiló el pasillo, pasó por delante de su despacho, las paredes de color azul claro con un delicado estampado, abrió la puerta y se vio frente a un exuberante ramo de rosas. Carolyn levantó la barbilla y sonrió por encima de las vivas flores.

—Rosas para la rosa de Inglaterra.

Diana se rio y pestañeó para ahuyentar las lágrimas. Sencillamente era demasiado sentimental para este mundo. Que Carolyn le regalase rosas era una broma que compartían desde hacía años. Antes incluso de que se prometiera con Carlos, un periódico la había llamado en una ocasión «la rosa de Inglaterra», y desde entonces Carolyn le llevaba un ramo siempre que iba a verla.

—Tu mayordomo ha tenido la amabilidad de proporcionarme un jarrón.

Diana dio las gracias a Carolyn y también a Harold, y después dijo con una sonrisa inocente:

—Tenemos que hablar de cosas de chicas.

—Entiendo. —El mayordomo hizo una reverencia y se retiró.

—En realidad, soy yo la que debería regalarte flores a ti —dijo Diana a su amiga después de dejar el florero en la mesa—. Debería poner el mundo entero a tus pies.

Carolyn le restó importancia con un gesto.

—Bah, bobadas. Ni lo menciones. Cuando me llegue el turno y acabe hundida en la miseria, tú estarás a mi lado.

—Siempre podrás contar conmigo —aseguró Diana, y abrazó con fuerza a su amiga—. Eres la mejor amiga que podría desear.

Además de James Colthurst, Carolyn era la única que sabía de la existencia de su libro de intimidades. También daría la cara junto con él, y su nombre se mencionaría como fuente. Diana nunca podría agradecérselo lo bastante a los dos.

Diana hundió la nariz en el ramo, aspiró el exquisito perfume de las rosas y las dispuso en el jarrón. Le encantaban las rosas. Flores de una belleza fascinante, pero con dolorosas espinas, eran una metáfora estupenda de su vida.

—¿Has terminado por hoy? —preguntó Carolyn mientras tomaba una fresa del cuenco y la bañaba en la nata recién puesta.

—¿Te refieres a si he contestado a las preguntas de Noah? —Carolyn también conocía el nombre falso que Diana había dado a Andrew Morton—. Me acaba de venir una cosa a la cabeza. —Sacó la grabadora de entre los cojines y se sentó con su amiga—. ¿Te importa si grabo una cosita?

—Claro que no. —Satisfecha, Carolyn tomó otra fresa y se retrepó—. Si estoy yo aquí, así al menos nadie pensará que hablas sola.

Diana empezó a grabar:

—Antes me odiaba con toda el alma. Creía que no era lo bastante buena. Pensaba que no era lo bastante buena para Carlos, que no era una buena madre, ni una buena princesa... Las dudas no cesaban. Y una y otra vez pensaba: pero si tienes que ser feliz. Tienes todo lo que se puede desear mientras que en el otro extremo del mundo la gente muere de hambre. A pesar de todo no conseguía ser feliz. —Reparó en el ramo de rosas—. Era como si viviese en un jardín repleto de rosas, pero solo pudiera ver las espinas.

Carolyn puso una mano sobre la de Diana.

—La gente creía que me iba bien porque en las fotos siempre aparezco sonriendo. Querían ver una princesa de cuento que convertía en oro todo cuanto tocaba y sus preocupaciones quedarían olvidadas de golpe y porrazo. No se daban cuenta de que esa mujer a la que creían ver se crucificaba por dentro porque estaba segura de fracasar en todo. Los amigos de mi marido opinaban que era inestable emocionalmente y que estaba enferma. Que deberían ingresarme en algún centro para que me recuperase. Mi mera existencia casi resultaba embarazosa. Dentro del sistema se me trataba como si fuese una marginada excéntrica, como si estuviera loca, e incluso yo misma acabé teniendo la sensación de no estar del todo bien de la cabeza. Gracias a Dios ahora creo que no pasa nada por ser distinto a los demás.

Una cosa más y habría terminado por ese día. Poco a poco iba siendo hora de salir de la cueva oscura, comerse los *scones* con Carolyn y reír juntas de los viejos tiempos en Coleherne Court.

—He tardado mucho en entender algo decisivo —añadió—. Cuando una se siente mal, sufre, muere de añoranza, está enfadada o confusa, esa una no es débil. Está viva. Por tanto, ser humana no es difícil porque una haga las cosas mal; es difícil por hacerlas bien. He renunciado a la idea de que alguna vez fue fácil. Pero eso no significa que la vida no pueda ser maravillosa. Es brutal y bella. La vida es brutalmente bella si una quiere que lo sea.

# 49

*1989*

Las once menos tres minutos. Diana dejó el Jaguar en el estacionamiento, que era de esos en los que una no querría estar sola por la noche. Pero resultaba práctico, se encontraba cerca del colegio de los dos niños. Los cubos de basura estaban a rebosar. No muy lejos había un sofá raído. Se oía el murmullo lejano de la autopista. Olía como si la mayoría de los conductores parara allí únicamente para aliviarse. Diana subió la ventanilla, aunque hacía calor. Un corzo apareció en la linde del bosque. Durante unos instantes ambos se miraron, antes de que el animal corriera a refugiarse en la espesura. A Diana se le pasó por la cabeza la absurda idea de ir tras él y escapar. Ser libre.

Apoyó la frente en el volante. ¿Cómo habían podido llegar tan lejos las cosas? Desde la tremenda pelea en Highgrove, Carlos y ella solo se veían cuando era inevitable. ¿Qué sería de ellos ahora? Diana no se dejaría intimidar por él, de ese modo solo conseguiría estar a su merced. Pero ¿y si Carlos cumplía su amenaza y la marcaba a fuego públicamente como adúltera? La prensa la despedazaría. Y para Guillermo y Enrique sería espantoso enterarse de esa manera de hasta qué punto estaba acabado el matrimonio de sus padres. Diana debía evitar eso a toda costa.

Sacó el teléfono celular de la bolsa y llamó a James.

—Ahora mismo estoy en un estacionamiento, esperando a Carlos —le contó—. El colegio de Enrique y Guillermo está de celebración, hay un festival deportivo, y Carlos y yo haremos de matrimonio feliz. Y para que nadie sospeche nada, llegaremos en coche juntos en lugar de separados. Es un auténtico suplicio... Qué harta estoy de tener que fingir constantemente.

—Te creo, mi amor. Quizá te consuele saber que pensaré en ti todo el día —contestó James para tratar de animarla—. Casi me vuelvo loco cuando veo todas esas fotos tuyas en los periódicos y las revistas. Las veo y pienso: «Dios, ojalá pudiera estar contigo».

—¿Cuántas fotos han sido hoy? —preguntó ella.

—Cuatro o cinco.

—Y siempre sonrío en todas, ¿verdad que sí?

—Siempre. Estás... —Hizo una breve pausa—. Dime, ¿tú también oyes ese crepitar en la línea?

—Sí, es el servicio secreto —contestó Diana, e hizo un gesto con la mano para restarle importancia que James, naturalmente, no pudo ver—. Soy una POW, ¿sabes? Todos los demás lo traducen como «*princess of Wales*», pero yo estoy convencida de que en realidad significa «*prisoner of war*», una prisionera de guerra.

James se rio.

—Me gusta tu sentido del humor.

Ya eran las once y cuatro minutos. Una limusina negra entró en el estacionamiento.

—Acaba de llegar Carlos —informó—. Estaré a su lado, pero mentalmente contigo. —Colgó y metió el teléfono en la bolsa.

Respirar hondo de nuevo. Diana se puso los lentes de sol, agarró la bolsa del asiento de al lado y se bajó del coche para acomodarse en la parte trasera de la limusina.

Carlos no se dignó mirarla. Tenía la cara vuelta ostensiblemente hacia el otro lado, hacia la ventanilla de cristal polarizado.

Que hiciera como si no estuviese era lo peor. Como si hubiera dejado de existir para él.

—Me alegro de que hayas podido reservar unas horas en tu agenda para asistir a un acto escolar de tus hijos —observó ella. Carlos no dijo nada—. ¿Es que ya no nos hablamos?

—¿Para qué? —La repulsión que vio reflejada en sus ojos fue como una bofetada—. Si siempre acabamos discutiendo.

Diana apoyó las manos a ambos lados en el asiento de piel. «Respira hondo».

—Está bien, lo siento. No nos peleemos como principiantes y caigamos en viejos patrones. Prometo no volver a reaccionar dejándome llevar por las emociones si tú prometes escucharme. Hemos vivido bastantes cosas juntos para que al menos nos guardemos respeto. —Hizo una pausa, y al ver que Carlos no decía nada, dedujo que estaba de acuerdo—. Tus hijos llevan mucho tiempo con ganas de que llegara este día. Sé que las fiestas escolares te parecen una pérdida de tiempo, pero...

—No ha pasado ni un minuto y ya me estás haciendo reproches. Pues sí, no es que me entusiasme precisamente estar rodeado de un montón de madres que dan gritos de júbilo mientras ven a sus hijos corriendo metidos en sacos. Hay cosas más importantes en este mundo que requieren mi atención, pero eso es algo que tú no entiendes. Por eso propongo que dejemos la conversación aquí y ahora.

«Piensa en algo bonito —se dijo Diana—. En la vez que Carlos hizo de jorobado de Notre Dame para Guillermo y Enrique, y todos se murieron de risa».

El festival deportivo se celebraba en el Richmond Athletics Club. Naturalmente la prensa ya estaba allí, pero Diana tampoco permitiría que le aguase la fiesta. El colegio Wetherby había hecho un gran esfuerzo: la tribuna estaba adornada con guirnaldas hechas por ellos mismos y había un puesto de pasteles y sándwiches, y otro de limonada casera. Diana vio a Enrique y Guillermo entre los niños. Fue deprisa hacia ellos, los estrechó contra sí, los besó y los abrazó. Olían tan bien. Y ¿cómo era posible que al parecer crecieran de semana en semana?

—Los he echado mucho de menos —afirmó Diana.

Carlos les dio unas palmaditas en la espalda a ambos.

—Hola, hijos. ¿Ya han calentado?

¿Por qué no era capaz de abrazar sin más a sus hijos o al menos darles unas palabras de aliento? Por su parte les dio otro abrazo.

—Lo van a hacer genial, estoy segura.

El director del centro, un caballero alto y elegante, la saludó amablemente. Hizo una reverencia y rozó con un beso la mano de Diana.

—Este año también hay una carrera de madres. Un pequeño esprint de doscientos metros —contó con orgullo—. Pan comido para usted, con lo deportista que es. Mi mujer lee esas revistas en las que aparece usted tan a menudo y está muy bien informada de su programa deportivo. —Le guiñó un ojo—. ¿Qué me dice? ¿Me permite que la inscriba?

De un tiempo a esa parte los tabloides habían publicado algunas fotografías suyas en las que salía de un gimnasio con pantalón corto, tenis y sudadera holgada. Seguro que esa ropa informal no era del agrado de algunos miembros de la familia, pero qué se le iba a hacer.

—Me parece perfecto —repuso ella alegremente.

También Carlos sonrió, pero apretando los dientes con tanta fuerza que tenía la mandíbula en tensión. No hizo falta que Diana le preguntase qué pasaba: él no quería que participara en la carrera. Seguro que contravenía cincuenta puntos distintos del protocolo, especialmente el de «No divertirse». Pero seguro que Enrique y Guillermo estarían entusiasmados si vieran a su madre correr como un rayo por el césped. Se sentía más en forma que nunca, a fin de cuentas entrenaba casi a diario. Seguro que Carlos se sorprendería si llegaba en primer lugar a la meta.

«¿Significa esto que te sigue importando obtener su reconocimiento? ¿De cualquier forma, por banal que sea?»

Desechó esos pensamientos. Lo único que ella quería era divertirse.

Enrique y Guillermo desaparecieron en el vestuario con sus compañeros. Carlos hablaba con uno de esos padres que siempre intimidaban un poco a Diana, porque incluso de lejos se veía que llevaban escrito en la frente que se consideraban especialmente inteligentes y triunfadores. Fue a buscar un vaso de la rica y refrescante limonada y decidió unirse a las demás madres, pero se vio superada, ya que al parecer había dos grupos: por un lado estaban las madres que se mantenían apartadas o se habían resguardado dentro, en el guardarropa. Todas ellas eran algo robustas y tenían un gusto en el vestir más bien fuera de lo común. Por otro estaban las madres que parecían brillar a la luz del sol. Todas ellas eran prácticamente iguales: moño perfecto, falda conservadora, blusa blanca con saco de punto o chamarra y collar de perlas. Estaban delgadísimas, más bien eran un tanto huesudas, aunque seguro que todos los domingos cocinaban un bizcocho de lo más jugoso para su familia sin tan siquiera necesitar la receta. Ese día llevaban bajo el brazo sujetapapeles con importantes listas y se encargaban de cometidos de responsabilidad: recaudar fondos o vigilar a los alumnos. Parecían de la clase de madres capaces de hacer preciosas trenzas a sus hijas, de adecuar siempre su horario a sus hijos y su marido. La clase de madres que siempre lo anteponían todo a ellas. Como si demostraran su amor extinguiéndose. Y la que más se apagaba era la que más quería a su familia. ¿Con qué peso cargaban a sus hijas siendo el vivo ejemplo de que una mujer debía mutar en semejante madre mártir?

Y ¿a quiénes se uniría Diana, que con su falda de verano ligera y desenfadada y su informal suéter una talla mayor de lo normal no quería encajar en ninguno de los dos grupos?

Mientras seguía debatiéndose, una de las madres con sujetapapeles anunció que el festival estaba a punto de empezar. Antes de asegurarse un buen sitio entre los asistentes, Diana quería desear suerte a sus hijos una última vez. Guillermo seguía con sus amigos. Diana lo saludó con la mano y sonrió al ver a los chicos, todos con pantalones de deporte blancos cortos y muy nerviosos. Pero ¿dónde estaba Enrique?

—Ken, ¿ha visto a Enrique? —preguntó a su guardaespaldas, que como siempre la seguía discretamente.

—No. Puede que esté aún en el vestidor.

«No pasa nada», se dijo ella intentando tranquilizarse. Pero Enrique era hijo del sucesor al trono. Diana siempre estaba preocupada por sus hijos: ¿y si alguien secuestraba a Guillermo o a Enrique y les hacía algo?

—Antes lo he visto hablando con el príncipe de Gales —añadió Ken.

¡Oh, no! Carlos tenía el tacto de un martillo, como bien sabía ella por la parte que le tocaba. Probablemente hubiera presionado más aún al pequeño y Enrique se hubiese retirado...

—Voy a buscarlo —decidió Diana.

Por suerte no tardó mucho en encontrarlo. Estaba en el vestidor, hundido en uno de los bancos de madera. Al ver a su madre, el niño se retiró las lágrimas de las mejillas con las manos.

—Hola, mi pequeño deportista. —Se sentó con él y le acarició el suave cabello—. ¿Cómo es que no estás fuera con los demás?

—Papá está enfadado —adujo Enrique abatido.

—Y ¿por qué está enfadado papá?

—Porque quieres participar en la carrera de madres. Dice que de esa forma contravienes otra vez el protocolo.

—No te preocupes, papá no está enfadado por eso. Solo está un poco nervioso porque hoy es su gran día. No tienes por qué llorar.

El pequeño la miró con los ojos humedecidos.

—¿Yo también estoy histérico?

«¡¿Cómo?!»

—Pues claro que no, tesoro. ¿Quién ha dicho eso?

—Papá. Siempre que lloras dice que ya estás otra vez histérica.

Diana abrazó a su hijo.

—No pasa nada por estar triste, eso no quiere decir que uno esté histérico. —Diana estaba que trinaba por dentro. Carlos se había lucido a base de bien.

En ese momento Diana fue consciente de algo decisivo: no podía proteger a sus hijos. Ellos se enteraban de lo que les pasaba a sus padres. Pero, a decir verdad, si era sincera consigo misma, tampoco era algo de lo que se hubiese dado cuenta ese día. Ya había pensado algo parecido cuando Carlos se enfadó tanto porque el labrador de James arrancó algunas de sus queridas plantas acuáticas. Guillermo tenía lágrimas en los ojos de lo mucho que le había afectado que sus padres discutieran. Y pese a todo ella no había logrado salir de sus espirales: sus espirales de abrigar esperanza, no hacer caso, tragar y volver a abrigar esperanza.

Pero los niños no solo se enteraban de lo que pasaba entre sus padres, sino que además aprendían de ellos. Qué idea más espantosa, que dentro de veinte años sus dos maravillosos hijos llamaran histéricas a sus novias. Su madre siempre sonreía, aunque estuviera profundamente triste, y Diana hoy tenía esa misma sonrisa, aunque estuviera profundamente triste. Ay, y antes se había atrevido a criticar para sus adentros a las otras madres por el mensaje que transmitían a sus hijos con su convencional estilo de vestir. ¿Quién le había dado vela en ese entierro?

¿Qué podía hacer? Por primera vez se permitió pensar en separarse de Carlos. Pero la sola idea hizo que todo en ella se rebelara. «¿Por qué? ¿Tanto miedo le tienes al cambio? ¿O en el fondo crees que no saldrás adelante sin él y que estando divorciada serás expulsada de la alta sociedad?»

—Ahora vamos a salir tú y yo ahí fuera y nos lo vamos a pasar bien, ¿entendido? —dijo a Enrique.

—Pero papá dice que las carreras de sacos no son un deporte.

Cómo no. Para él solo eran deportes el polo y el surf y cosas trepidantes por el estilo. A veces Diana se preguntaba qué tenía en la cabeza ese hombre.

—Tengo miedo de decepcionar a papá —farfulló Enrique con la cabeza gacha.

—Está bien, escúchame bien. Cuando tengas que elegir entre decepcionar a alguien o decepcionarte a ti mismo, tu obligación será decepcionar a la otra persona. Por desgracia, hay que decepcionar a los demás. A lo largo de toda tu vida te verás obligado a decepcionar a muchas personas para ser fiel a ti mismo.

Por su parte había tardado mucho tiempo en entender eso. Difícilmente podía evitar a sus hijos todas las instrucciones, los prejuicios y las reglas del protocolo que les impondrían, pero sí les podía enseñar que no se olvidaran de ellos mismos en el proceso y que tuvieran el valor de luchar por cumplir sus propios deseos y sueños.

—Venga, vamos a pasárnoslo bomba. —Le ofreció la mano para que la chocara—. ¿Hecho?

Tras un breve titubeo, Enrique chocó los cinco. Sus pecosas mejillas se elevaron en una sonrisa.

—¡Hecho!

Cuando empezó la carrera, Diana animó a Enrique a voz en grito. A su lado, Carlos daba la impresión de querer que se lo tragara la tierra, pero a ella le daba lo mismo. Enrique se rio en la carrera de sacos, y eso era lo único que contaba. Su suave cabello pelirrojo bailaba con cada salto y hasta el sinfín de pecas parecía saltar también.

—Y ahora ha llegado el momento de que las madres se sitúen en la línea de salida —anunció el director mediante la megafonía, su voz resonando en el césped.

Diana se quitó deprisa los flats y se sumó a las demás madres en la salida. Notó la hierba gratamente fresca bajo sus pies descalzos. El pulso se le aceleró. Después se escuchó el pistoletazo de salida y ella salió corriendo a toda velocidad. Poco antes de llegar a la cinta que señalizaba el final del recorrido, sus piernas metieron una marcha más y Diana se quitó de encima a las demás madres y llegó a la meta antes que ellas. Se escucharon gritos de júbilo. Luego llegaron las otras madres, jadeantes. Todas se rieron y se abrazaron. Fue un momento estupendo. Enrique y Guillermo no podían estar más entusiasmados. Ella los besó a los dos y a continuación agarró una botella de agua de una mesa. Sus ojos buscaron a Carlos: conversaba de nuevo con el otro padre. No se había enterado de que había ganado.

Le dolían las rodillas, estaba sin aliento... y de aquello no había salido nada. Sí, sus hijos estaban orgullosos de ella, y eso era algo muy valioso. Pero no era lo que más le importaba a ella.

De pronto recordó las palabras de Fergie: «A la larga rebelarse es bastante agotador. Al fin y al cabo, rebelarse y adaptarse tienen la misma raíz: ambas cosas son una reacción a las normas que marcan otros».

Fergie tenía razón. Que siguiera haciendo frente a Carlos y al protocolo no quería decir que fuese una mujer libre. Debía forjarse una existencia propia desde el principio. Solo entonces sería libre.

# 50

La bulimia empezó cuando tenía diecinueve años. Desesperada, Diana vivía según el modelo que le habían inculcado los medios, la industria de la belleza y la sociedad: el cuerpo de la mujer valía menos que el de un hombre. Las mujeres jóvenes y guapas, a su vez, valían más que las viejas y gordas. Una ecuación simple. Durante mucho tiempo ni siquiera había sido consciente de que vivía siguiendo ese modelo. El festival deportivo se lo había vuelto a demostrar. Si quería ser válida como mujer, si quería que la tuviesen en cuenta, a ser posible debería renunciar durante toda su vida al azúcar, a los hidratos y al alcohol. Ese orden no escrito era el aire que respiraba a diario, el aire que había respirado desde que era pequeña. Empezando por su madre, que siempre que podía recalcaba lo largas y esbeltas que eran sus piernas, como si eso fuera todo lo que tenía que ofrecer Frances; pasando por su padre, que solo contrataba a niñeras guapas y gráciles, desde luego no porque tuviesen las mejores calificaciones; y terminando por Carlos, que dijo de ella que estaba rellenita; a decir verdad, terminando incluso por el país entero, que desde el principio solo le había dispensado tanta atención porque era guapa, formal y encantadora.

Vivir conforme a esas reglas fue fácil. Dejar de sentir odio por sí misma fue mucho más difícil. Sobre todo en una sociedad tan superficial y enferma. Era un proceso casi tan complicado y doloroso como sudar el veneno que uno ya llevaba dentro. Pero, por suerte, y sin duda era una gran suerte, para entonces ella había comprendido que su cuerpo no era un objeto al que se pudiera juzgar. Su cuerpo estaba hecho para bailar, para relajarse, para aprender, para luchar por la justicia y hacer el bien en este mundo. Estaba hecho para amar. A ese respecto no había ninguna excepción. Todos los cuerpos de este mundo, ya fuesen de mujer o de hombre, gordos o delgados, altos o bajos, tenían el mismo valor único.

Que por fin lo supiera no significaba que aún no tuviese veneno dentro. Varias veces al día sus pensamientos giraban en torno a su cuerpo: ¿le hacían los jeans el trasero gordo? ¿Se podía permitir comer chocolate con sus hijos mientras veía la televisión aunque el día anterior no hubiese podido sacar tiempo para hacer deporte? Seguía subiéndose a la báscula cada dos días. Seguía hojeando revistas para asegurarse de que salía bien en las fotos. Seguía comparándose con otras mujeres. El veneno estaba no solo en su sangre, sino en sus genes. Probablemente nunca lograra expulsarlo por completo, pero quizá pudiera conseguir que generaciones futuras de mujeres no se vieran sometidas a la misma presión. Para que no tuviesen que luchar como ella para amar su cuerpo.

Sin embargo, los momentos en los que se debatía consigo misma eran cada vez menos frecuentes. Solo tras una discusión fuerte con Carlos se metía en la cocina, se atiborraba de comida y después vomitaba. Cada vez más a menudo renunciaba al maquillaje, sobre todo cuando iba a hacer deporte. Era una sensación de lo más liberadora que le importase un bledo lo que opinaran los demás de la ropa que llevaba. Cuando la reina madre comentó discretamente en una ocasión que los pantalones cortos, las sudaderas y los tenis con calcetines altos no eran el atuendo adecuado para que la princesa de Gales se mostrara en público, ella contestó: «Tú te pones lo que quieres y yo me pongo lo que quiero».

Con eso quedó zanjado el tema para Diana.

El suyo era un buen cuerpo, que le prestaba un servicio maravilloso. Sudaba con ella en países lejanos con temperaturas tropicales. Soportaba su peso cuando se ponía tacones altos. No se dejaba avasallar por hombres con traje gris. Había traído al mundo a dos hijos estupendos. Había superado altibajos con ella. De manera que también ella debía ser buena con su cuerpo. Y es que también era un cuerpo amado tal y como era. Por sus amigos. Y por James.

Todo eso se le pasó por la cabeza mientras se hallaba en Highgrove, acostada en el camastro junto a la piscina, feliz y contenta, con su flamante bikini nuevo de un rojo vivo. Se estaba cargando de la energía del sol. James llegaría de un momento a otro y ella le diría que estaba lista para separarse de Carlos.

Paul anunció su presencia. En cuanto se hubo ido el mayordomo, Diana le echó los brazos al cuello, lo besó en la frente, en la nariz, en las mejillas y finalmente en la boca.

—Hace un día estupendo, ¿no crees? —Le sirvió un vaso de la limonada que estaba lista en la mesa.

—Pues sí. —Él se sentó en el banco, bajo la sombrilla.

Diana había admirado su rostro lo bastante a menudo para saber ver en él cualquier emoción, por pequeña que fuese. Y por eso se dio cuenta de que algo lo afligía. Le dio tiempo. Se sentó a su lado. El silencio era tal que incluso se oía el suave golpeteo del agua cuando el aire empujaba las minúsculas ondas contra el borde de la piscina.

—¿Quieres hablar de lo que te preocupa? —se atrevió a preguntarle al cabo de un rato—. Porque te pasa algo, lo noto.

Tras un vacilar, James repuso:

—Solo me pregunto qué va a ser de nosotros. ¿Quieres seguir deshaciendo la cama cada mañana en la habitación de invitados para que las recamareras piensen que he dormido allí? ¿Quieres seguir invitando siempre a personas que nos encubran, como a Hazel, tu dama de compañía, o a Carolyn, para que mis visitas no levanten demasiadas sospechas? Incluso aquí, en Highgrove, nos observan constantemente. Hay dispositivos de seguridad por todas partes, una valla electrificada rodea la finca, una caseta donde agentes de policía están pendientes de las cámaras, que incluso están repartidas por el jardín. Nunca estaremos a solas de verdad, sin que nadie nos moleste. Esta no es una relación seria.

—Todo eso va a terminar —aseguró ella—. Por fin estoy preparada. No permitiré que Carlos me siga reprimiendo. Estoy lista para separarme de él.

James se levantó del banco, con expresión casi de susto. Volteó la cabeza, se pasó una mano por el pelo y después la miró de nuevo:

—Diana, no lo dirás en serio.

—Completamente —contestó ella con seguridad—. Quiero ser libre de una vez por todas. Quiero estar contigo.

—Probablemente seas la mujer más famosa del mundo entero. La prensa se te echará encima. Aparte de que la reina no permitirá que se separen. Un divorcio del sucesor al trono haría tambalear los cimientos de la monarquía. Y el sistema tampoco permitiría nunca que te quedaras con Guillermo y Enrique. —Abrió los brazos y los dejó caer de nuevo—. Y ¿cómo quieres vivir con el sueldo de un capitán? Gastas más dinero en zapatos de lo que yo gano en un año. —Había hablado dejándose llevar por la ira.

—Cariño, tranquilízate. Sabes de sobra que, con Enrique y Guillermo, el divorcio para mí no es una opción. No quiero hacerlos sufrir.

—Perdona, solo quería ser realista.

—Encontraremos la manera. Dime que me quieres, es lo único que cuenta.

—Pues claro que te quiero.

—La buena noticia es... —para darle emoción, Diana le echó los brazos al cuello y sonrió porque sabía más que él— que he consultado a mi astróloga sobre esta infeliz situación, y ella opina que acabaré encontrando el modo de librarme del sistema. Signifique lo que signifique.

James tomó aire con fuerza y lo expulsó.

—Es solo... —Volvió la cabeza. ¿Tenía miedo de que los estuviesen espiando? ¿O la estaba evitando?

Diana le dio un momento y dijo.

—Pero hay algo más que me tienes que decir.

—Sí.

Ahí estaba de nuevo, el puño frío como el hielo que le estrujaba el corazón.

—Me quieres dejar.

—No...

—Entonces ¿qué es?

Ella lo miró como si su vida dependiese de lo que contestara.

—Me trasladan a Alemania —repuso James.

Diana se mareó. Se había olvidado de respirar.

—¿Cómo? ¿Por qué?

—Soy militar, Diana.

—¿Durante cuánto tiempo?

—Dos años.

—¡Dos años! —Ella negó con la cabeza—. Diles que no es posible.

—No tengo elección. Es una gran oportunidad. Tendré mi propio destacamento, mi propia unidad de carros de combate. Debo ir. Y quiero ir. Aunque se me parta el corazón por no poder estar contigo.

—No... Haré valer mis contactos. Hablaré con el teniente general sir Airy, el comandante de tu división de la guardia real, y le diré que...

Él le puso las manos en los hombros.

—Diana... Es mi trabajo. Un trabajo que amo.

Ella se enfadó, apenas podía contenerse.

—A todas luces más que a mí. Dime, ¿alguna vez me has querido de verdad? ¿O para ti solo he sido una conquista con la que fanfarronear con tus compañeros?

—Basta.

—... un agradable pasatiempo... —Le dio con los puños en el pecho, pero, naturalmente, el sinvergüenza era mucho más fuerte que ella.

Le sujetó los brazos.

—Sabes lo mucho que significas para mí.

Diana dio rienda suelta a años de frustración, rabia, decepción, miedo y odio a sí misma. Era incapaz de ser objetiva.

—Pues no, no lo sé, James. Porque no es la primera vez que escucho esa frase. Son muchas las personas que me importan que me han roto el corazón. Mi madre se fue. Mi padre se quedó mirando de brazos cruzados mientras el mal bicho de Raine apartaba cada vez más a sus hijos de él. Mis suegros me evitan. Y mi marido...

Él la agarró con más fuerza.

—Diana, yo te idolatro. Te adoro. Pero debo ir.

El puño que le atenazaba el corazón se cerró.

—Confiaba en ti —logró decir ella con voz ahogada.

—Y puedes seguir confiando. Podemos escribirnos y llamarnos por teléfono.

—Pero no es lo mismo. Me prometiste que nunca me dejarías sola...

Ahí estaba de nuevo, esa angustia insoportable e inevitable de perder todo lo bueno: la confianza, los sueños, la salud, las relaciones, a las personas. No volvería a querer a ningún hombre. Siempre acababa sufriendo.

—Diana, es mi deber, y nadie mejor que tú debería entenderlo. Desde que era pequeño mi sueño siempre fue hacer carrera en el ejército.

Inhalar. Exhalar. Inhalar. Exhalar.

—Claro que lo entiendo, James —afirmó ella al cabo—. Y solo te deseo lo mejor, de corazón. Pero eras el puerto en el que me sentía segura, y ahora vuelvo a estar sola.

La mirada que él le dedicó fue como un abrazo. Un abrazo de despedida.

—No me necesitas —aseguró James—. Eres una de las mujeres más fuertes que conozco. Ojalá pudieras verte como yo te veo. Estás más radiante que nunca, con la piel morena, el cuerpo en forma. Irradias fuerza y energía. Ya no eres la jovencita a la que conocí, has llegado muy lejos. Y leeré en los periódicos noticias sobre ti y me preguntaré cómo pude ser tan tonto para dejar escapar a una mujer como tú.

# 51

*1990*

Fue un día de Navidad como de cuento.

La familia real se había reunido en Sandringham House para celebrar la Nochebuena. A Diana le gustaba la amable casa de campo con las paredes pintadas de color claro y las altas ventanas. En la casa entera se respiraba un delicioso olor a galletitas recién horneadas. Las sirvientas correteaban como elfos de la Navidad para dar los últimos toques a la decoración a base de ramas de abeto, muérdago y estrellas de paja. En el gran salón, donde también se alzaba el abeto magníficamente adornado, sonaba suavemente *El cascanueces*, de Chaikovski. En realidad, todo era perfecto y, aun así, Diana estaba que echaba chispas. Solo haciendo un esfuerzo supremo consiguió esbozar una sonrisa. Hizo estrellas de papel con Enrique y Guillermo, y las pegó con celo en los cristales de las ventanas de la cocina. Incluso ayudó Carlos. Cuando, una vez más, este no pudo evitar dar rienda suelta a su amor al teatro e imitar a Papá Noel con voz grave y paso indolente, todos se desternillaron, y durante un rato la ira que sentía Diana se desvaneció.

Por la tarde la familia entera se había sentado a tomar ponche navideño y hablar de carreras de caballos. Delante tenían montones de pastas. Todos estaban contentos, ¿y ella? A ella la anegaba esa ira insalvable.

Se disculpó aduciendo que le gustaría retirarse un rato.

«¿Qué le pasa esta vez?», oyó que preguntaba la reina madre.

Sí, ¿qué le pasaba? Y ¿cómo sobreviviría a esa noche sin estallar?

Se refugió en la cocina, como cuando era pequeña. Para Diana el olor a comida significaba que alguien se preocupaba por ella y quería su bien. A excepción del cocinero y un aprendiz, en la cocina no había nadie, la mayoría del personal ya se había ido a casa para celebrar la Navidad en familia.

—¿Por casualidad tendría unas natillas para mí? —se atrevió a preguntar Diana—. ¿O algo por el estilo?

El cocinero hizo una respetuosa reverencia.

—Naturalmente, alteza. ¿Podría ofrecerle pudin de sémola que sobró del desayuno?

—Suena de maravilla.

Lo cierto era que a Diana le habría gustado hablar un poco con los dos, pero el cocinero echó al aprendiz de la cocina.

—Tómese su tiempo —dijo, y cerró la puerta al salir. Probablemente pensara que quería estar sola. O se atenía escrupulosamente al protocolo, que prohibía el contacto estrecho entre el personal y un miembro de la familia real.

Diana se acercó a la ventana y probó una cucharada de pudin con canela, pero la sensación de bienestar que ansiaba no llegó. Dejó el cuenquito en la encimera y cruzó los brazos como si tuviese que mantenerse unida. «Compórtate». ¿Había vuelto a llegar a ese punto? ¿Qué sería lo siguiente? ¿Recaería y se atiborraría de comida para vomitarla a continuación? ¿Cuándo tendría el valor de romper de una vez por todas ese círculo vicioso?

Durante la última media hora la nevada había arreciado. Todo era muy confuso. Los copos venían de abajo, de arriba, de todas partes. La carretera que llevaba al castillo apenas se distinguía ya. Diana debería subir a su habitación a cambiarse de ropa. Debería quitarse los jeans y el suéter de cachemira y ponerse un vestido de noche solemne. Debería unirse a Margo, Ana, Andrés, Eduardo, Carlos, Felipe e Isabel y sonreír para la foto familiar anual.

Pero le repugnaba profundamente... No podía. Sencillamente no podía.

La puerta se abrió y entró Felipe, que echó un vistazo a la cocina con interés. Tenía el mismo porte que Carlos. Era ridículo lo poco que se soportaban, aun siendo tan parecidos en muchas cosas.

—Por increíble que pueda parecer, nunca había estado en ninguna de las cocinas de nuestros palacios. Esto es, por así decirlo, como un estreno para mí. —Con ello al menos logró arrancarle una pequeña sonrisa a Diana—. Quería darte la bienvenida después del viaje que hicieron juntos a Indonesia en noviembre —dijo después—. La prensa hizo eco de tu visita a un hospital de Sitanala.

—Sí, fui a ver a pacientes de lepra —replicó Diana—. Sé que algunos periódicos desaprobaron esa visita porque es muy peligroso tener contacto con enfermos de lepra, pero me informé bien antes. Y es importante que se dedique más atención a este asunto. En general, me gustaría consolidar mis compromisos solidarios.

Felipe enarcó la ceja derecha.

—¿Un paso hacia la independencia?

—Yo lo veo más bien como un paso hacia mí misma.

Felipe la escudriñó con interés, como si intentara leerle el pensamiento. Después fue hacia ella, se echó hacia delante y dijo en voz baja, como si quisiera confiarle un secreto:

—Aunque no me creas, sé lo difícil que es entrar en esta familia y en todo lo que va unido a ella. Al principio todos estos palaciegos arrogantes me miraban por encima del hombro e incluso se burlaban de mí. ¿Se puede saber qué es? ¿Alemán? ¿Griego? ¿Danés?

Las raíces de Felipe se situaban en las familias reales de Grecia y Dinamarca. Su madre, Alicia de Battenberg, era alemana y su padre, Andrés de Grecia, era oriundo de la casa real alemana de Schleswig-Holstein-Sonderburg-Glücksburg, una rama de la casa Oldenburg que estaba emparentada con dinastías griegas, danesas y noruegas, así como con la familia imperial rusa Románov. Eso era todo cuanto Diana sabía de él.

—Mi madre era una enferma mental —confesó él inesperadamente—. No podía distinguir la fantasía de la realidad y tuvo que ser internada. Eso fue después de que, debido a un golpe de Estado, tuviéramos que abandonar Grecia e ir a Francia. Lo que significó que mi padre vivía con una amante en Montecarlo y mi madre conmigo y mis cuatro hermanas, mayores que yo, en París. La separación supuso un duro golpe para ella.

—Y ¿por qué me cuentas todo esto? —preguntó Diana.

—Porque entiendo la situación en que te encuentras mejor de lo que crees. Yo también me sentí un marginado durante mucho tiempo tras los muros del palacio. —Le dedicó una mirada enérgica y a continuación esbozó una media sonrisa—. Quizá te ayude saber que todos pensamos que Carlos está loco por preferir a Camilla antes que a ti. Antes o después entrará en razón.

—Antes tus palabras me habrían halagado —admitió ella—, pero ahora ya no doy importancia a cumplidos de este tipo.

La mirada de Felipe se ensombreció. No estaba acostumbrado a que lo rechazaran.

—Dices que no eres feliz, pero entonces ¿por qué te veo radiante en todas las fotos? A decir verdad, deberías estar agradecida por que tu marido renunciara a su amante al menos al principio. Solo que entonces no lo supiste apreciar.

—¡¿Debería estarle agradecida por eso?! —espetó Diana airada. Le habría gustado gritar sin más. Pero tenía que tranquilizarse. «Inhalar. Exhalar». A fin de cuentas delante tenía al príncipe consorte—. Sabes bien que luché por Carlos. Fue él quien me apartó de su lado, una y otra vez. Él mismo me ha dicho que nunca quiso este matrimonio. Yo fui el cordero al que llevaron al matadero.

—Y ahora eres la futura reina de Inglaterra.

Diana se llevó una mano a la acalorada frente.

—¿Y si ya no estoy dispuesta a aceptar en silencio su aventura y sus accesos de ira?

—Pues tendrás que adaptarte por las buenas o por las malas. ¿Qué otra cosa quieres hacer?

Diana tomó aire y contestó:

—En ese caso no me queda más remedio que poner fin a este matrimonio.

Durante un momento reinó el silencio. Después Felipe dijo:

—Yo que tú no lo haría. Podría terminar mal. Ninguna mujer deja la casa de Windsor con la cabeza sobre los hombros. —Levantó el mentón y la miró—. Y ahora te sugiero que subas a tu habitación, te pongas un vestido bonito, sonrías y bajes con nosotros. Y olvidaré que hemos mantenido esta conversación.

Olvidar. Reprimir. Tragar. Y así una y otra vez.

Algo se rebeló en ella. Felipe intentaba explicarle algo que su razón, al parecer, se negaba a aceptar. ¿Por qué?

«Porque tienes miedo de la verdad».

Subió la escalera con cansancio para ir a su habitación, se metió en el cuarto de baño, se apoyó en el lavabo, cerró los ojos y se tranquilizó. Después escuchó la voz de su interior. Y de pronto ahí estaba, la verdad, tras la ira sorda que la asaltaba. Y la verdad era que estaba enfadada consigo misma.

Sí, Carlos tenía una aventura desde hacía años. Nadie de esa familia se interesaba por ella. Pero era ella la que día tras día decidía que todo siguiera igual. De forma que la pregunta no era cómo podían hacerle eso Carlos, Isabel y Felipe. La pregunta era cómo podía hacerse eso a sí misma.

Bien. Pero y ahora ¿qué?

Felipe lo había hecho oficial: si Diana pedía el divorcio, sería su final.

Pero ¿y si a los demás no les quedaba más remedio que entender por fin? ¿Si Diana los obligaba a enfrentarse a la cruda verdad, y ya puestos a todo lo que la apesadumbraba? ¿De un modo que no pudiesen ignorar? No quería desatar su ira, solo quería apelar a su comprensión y su conciencia.

Un grito de socorro alto y claro.

Diana descolgó de la percha el vestido de seda, se lo puso y se miró una última vez en el espejo. Sonrió.

Escasas semanas después la situación se agravó.

Diana estaba a punto de escribir una carta cuando Patrick la abordó. Su postura era tensa; su expresión, consternada.

—Alteza, me temo que tengo malas noticias.

Diana dejó la estilográfica sobre el papel, cruzó las piernas y entrelazó las manos en la mesa, preparándose por dentro para lo peor.

—Dispare, Patrick.

—Un desconocido va hablando por ahí de cierta cinta magnetofónica. Al parecer en ella hay grabada una llamada telefónica de usted —contó—. Una llamada con un... —El hombre carraspeó—. Un buen amigo. James Hewitt.

Respirar.

Era sumamente difícil mantener la cabeza despejada cuando uno se precipitaba a un abismo profundo.

—¿Se sabe... se sabe quién ha grabado la llamada?

—Bueno... —Patrick movió la cabeza de un lado a otro—. Se barajan distintas teorías. Dicen que dos radioaficionados andaban jugueteando con detectores de frecuencias GSM y captaron por casualidad su llamada. Una entre más de doscientos millones.

Es decir, algo sumamente improbable.

—Según otra teoría...

La voz de Patrick pasaba cada vez más a un segundo plano mientras su propia voz se dejaba oír con fuerza. «Está claro quién anda detrás: Carlos».

«Ha cumplido su amenaza y ha encontrado la manera de acabar contigo. Le pasará la cinta a la prensa y para todo el mundo tú serás la adúltera. En caso de divorcio, la gente se pondrá de su parte mientras a ti te despellejan viva».

¿O acaso era Felipe el que estaba detrás? También él la había amenazado después de que ella le insinuara que estaba planteando divorciarse.

El estómago se le revolvió.

—Alteza —Patrick la sacó de sus pensamientos—. ¿Hay algo en esa conversación que pudiera ser delicado para usted y para su reputación como princesa de Gales?

—Naturalmente. —Se levantó de la silla de un salto. Cuántas veces se había desahogado con James por teléfono cuando algún miembro de esa familia la había vuelto a sacar de quicio. Le había jurado amor eterno. La existencia de esa cinta equivalía a caminar por un campo de minas: un paso en falso, un movimiento en falso y todo a su alrededor volaría por los aires. Tenía mucho calor, como si le hubiese subido la fiebre—. ¿Se sabe también cuándo se pondrá esa cinta en manos de la prensa?

—No. Quizá tengamos suerte y el asunto se pueda silenciar. A fin de cuentas se cometió un delito contra usted al escucharla. Pero tal vez solo estén esperando el momento adecuado para publicarla.

Y ese momento llegaría cuando ella estuviese ya debilitada, puesto que con la publicación de la cinta la doblegarían. Un material tan explosivo no se desperdiciaba así como así, de lo contrario acababa perdiendo su efecto. ¿Había iniciado el sistema una campaña para hundirla? La gente la responsabilizaría del fracaso de su matrimonio si seguía callando lo que tenía que soportar de Carlos. De ese modo ella sería la que abandonaba a su marido. Le pasaría lo mismo que a su madre.

De manera que tenía que ser más rápida.

Ya después de hablar con Felipe había tomado una decisión.

Ahora había llegado el momento de llevarla a la práctica.

Desenmascararía de una vez la hipocresía de su matrimonio, y antes de que lo hiciera Carlos.

Estaba a punto de romper el mayor tabú de la casa real.

Estaba dispuesta a hablar.

# 52

*1992*

Ese día terminaría lo que empezó.

Ese día diría la última palabra a la grabadora.

La última palabra... A decir verdad, eso era algo que casi siempre había tenido Carlos. Pero su marido se vería obligado a leer su libro de intimidades. No podría seguir ocultando lo que le había hecho.

¿O acaso declararía que se había vuelto completamente loca y haría que la ingresaran?

La última palabra... Y eso que todavía tenía mucho que decir. Carlos era una persona compleja, y ella también. La situación entera era compleja. Pero el tiempo apremiaba.

James Colthurst estaba en el sofá, delante tenía sándwiches, limonada y fruta fresca. Diana notaba que la estaba observando. Miraba por la ventana los jardines privados del palacio de Kensington; en una mano sostenía la grabadora. James daba golpecitos con los pies, lo cual la ponía nerviosa. Era más consciente que nunca de todas las fotografías familiares enmarcadas, que descansaban en la mesa redonda de madera de cerezo y en las estanterías. Fotos de días felices.

—¿Te encuentras bien? —se atrevió a preguntar James con tino.

—Sí, es solo... Una sensación extraña. Hay tantas cosas que decir, tantas cosas de las que me gustaría librarme, y al mismo tiempo... —Exhaló con fuerza—. Al fin y al cabo de quien hablo es de mi familia, ¿entiendes?

—Pero has intentado muchas veces hablar con ellos —le recordó él—. Y no te han querido escuchar. No lo olvides. Con este libro tendrán que escucharte de una vez por todas.

Diana asintió, sumida en sus pensamientos.

Ella misma era la clave de su libertad, a esas alturas lo tenía claro. Nadie más podría ayudarla a salir de la jaula en la que estaba encerrada. Tenía que atreverse a dar ese paso ella sola.

Pero ¿era lo bastante valiente para abrir el cerrojo de la jaula?

¿Se atrevería a salir para mostrarle al mundo su verdadero yo?

¿O era mejor que se echara atrás?

«No olvides que lo más probable es que Carlos haya mandado escuchar tus llamadas de teléfono y, de ese modo, tenga en sus manos material explosivo». Confiaba en que el libro evitase que la tildaran de adúltera. Si las personas conocieran su historia, sabrían lo mucho que había sufrido ella durante esos últimos años. De ese modo no podrían condenarla por buscar calor y amor, ¿no?

Diana acarició con cuidado una de las rosas que Carolyn le había llevado hacía unos días. Dos pétalos se desprendieron y cayeron en la mesa.

—¿Quieres que te haga preguntas? —se ofreció James. A veces eso ayudaba a Diana a superarse cuando dudaba como ahora.

—No, gracias. —Tomó aire y puso en marcha la grabadora—. Entre Fergie y Andrés las cosas cada vez iban peor —empezó a contar—. A principios de año por fin anunciaron oficialmente que se separaban. Fergie se vio «eximida de todas sus obligaciones para con la casa real», así lo llamaron. Solo era otra forma de decir que no se la quería volver a ver en el palacio y que a partir de ese momento su nombre estaba en la lista roja. El hecho de que Andrés hubiera tenido su parte de culpa en el fracaso de ese matrimonio no le interesaba a nadie. Debido a la separación, Fergie perdió la protección de la casa real, algo que le vino como anillo al dedo a la prensa sensacionalista. La prensa amarilla se la comió literalmente viva. He intentado apoyarla en la medida de lo posible, pero el 29 de marzo murió mi padre.

Las lágrimas se le saltaron al recordar el día. Se sintió como una niña pequeña que de pronto era consciente de que estaba completamente sola en este mundo. Dos días después Charles, su hermano pequeño, echó de Althorp House a Raine, poniendo mucha atención en que no se llevara ni una sola cosa. «¿Qué he hecho yo para merecer esto?», había preguntado Raine llorando. Y Charles contestó: «Durante años intentaste separarnos de nuestro padre».

A Diana le temblaba ligeramente la voz cuando continuó. Demasiadas emociones: pena, miedo, vergüenza, cargo de conciencia. Para entonces la ira que sentía se iba apagando poco a poco, como si las grabaciones fuesen una válvula de escape.

—El infierno por el que tuvo que pasar Fergie también fue una advertencia para mí. Comprendí que no me podría separar de Carlos así como así. A partir de ese momento, cada paso tenía que estar muy bien pensado, de lo contrario jugaría en favor de Carlos. De manera que me decidí a contar mi historia. Mi verdadera historia.

—¿Tienes algún deseo para el futuro? —quiso saber James.

—Si pudiera permitirme algún deseo para el futuro, sería normalidad. Me encanta que todo sea lo más normal posible. Ir por la acera sin que nadie me mire me resulta de lo más emocionante. ¿Por lo demás? Bueno, tengo mucho que hacer y el tiempo es oro. En cualquier caso, sé que algún día tendré lo que siempre he deseado. Sé que encontraré la felicidad.

Paró la grabadora. La grabación terminó. Había dicho la última palabra.

Se miraron.

James observó:

—Bueno, pues ya está.

Diana asintió.

—Sí. Con esto Noah podrá terminar el libro que está escribiendo sobre mí.

Guardaron un momento de respetuoso silencio y después James se rio y negó con la cabeza.

—Parece increíble que no nos hayan descubierto. Llevamos jugando al escondite desde el verano pasado. —De pronto recuperó la seriedad—. ¿De verdad quieres pasar por esto? ¿No tienes miedo?

—Pues claro. Tengo un miedo cerval, pero al mismo tiempo cuento los días que faltan para que se publique el libro de Noah. Solo estamos en febrero y me figuro que la cosa irá para largo. Probablemente se publique en verano.

—Ese libro podría costarte todo cuanto tienes —le advirtió James.

—Es algo de lo que he sido consciente desde el principio.

—Eres muy valiente.

Diana esbozó una sonrisa triste.

—No soy valiente, no tengo elección. Pero tú sí la tenías, así que te doy las gracias de corazón. Sin tu ayuda jamás habría podido dar este paso.

Su pecho se hinchó.

—Y ahora ¿qué vas a hacer?

—Ahora empezaré a construir mi vida. —Sintió que a sus labios afloraba una sonrisa.

Ella misma era la clave de su felicidad.

Saldría de su jaula y le diría al mundo: «Esta soy yo. Esta es su Diana».

Ese día tal vez hubiera dicho la última palabra a la grabadora, pero de ese modo había sentado las bases de una nueva historia.

# 53

Hacía unos doce años Diana estaba sentada con sus amigas en el sofá de su casa, en Coleherne Court, viendo las noticias, algo que por aquel entonces era muy poco común para las tres. Y es que informaban nada menos que de su príncipe azul y su visita a la India. Comían gusanitos de cacahuate y gomitas, brindaban con sidra y admiraban entre risitas a Carlos, que hablaba maravillas del increíble país y en particular del Taj Mahal. «Brutal —pensó Diana aquel día—, ahí está ese hombre increíble delante de ese monumento increíble diciendo esa frase increíble: "Algún día visitaré el Taj Mahal con la mujer a la que ame"».

«Y esa mujer serás tú», afirmó Carolyn chillando, y obligó a Diana a colocarse junto a la televisión como si ya estuviese allí con Carlos. Y después Diana hizo como si saludara a la prensa y adorase a su marido.

Poco a poco el recuerdo se fue desvaneciendo y la belleza del Taj Mahal la golpeó con toda su fuerza. Una joya de la arquitectura. El monumento a un gran amor. Una de las siete nuevas maravillas del mundo.

Ahora, nada menos que doce años después, Diana estaba precisamente allí donde Carlos quería estar con su gran amor, como declaró en su día.

Pero a su lado no había nadie.

«La India es muy grande y el tiempo limitado —adujo el secretario privado de Carlos cuando hablaron de su inminente viaje a la India—. Por eso el príncipe de Gales propone que se dividan y recorran el país por separado para proceder con la mayor eficiencia posible».

Carlos jugaba con su alianza de boda. La miraba y luego apartaba la vista.

Tras ella se oía el clic de las cámaras, pero Diana todavía no estaba preparada para voltearse hacia los periodistas. Le encantaba el conjunto que llevaba ese día, por sus preciosos e intensos colores. Seguro que quedaría estupendo en las fotografías, delante del luminoso monumento. El saco era de un rojo chillón y la falda de un malva intenso.

Acababa de amanecer. El sol naciente arrancaba destellos de un rojo anaranjado a las cúpulas con forma de cebolla del increíble monumento de mármol blanco. Era como si viniesen directamente del cielo. El agua de los canales alargados en los jardines circundantes irradiaba una luz cobriza. La construcción era preciosa. Y pese a todo verla la entristeció.

«"Una lágrima de mármol en la mejilla del tiempo" —le había contado momentos antes su guía en inglés—. Así describió Rabindranath Tagore, uno de los poetas y filósofos indios más importantes, el Taj Mahal. Este edificio es mucho más que un ejemplo de construcción suntuosa, ya que narra la historia de un gran amor. En el año 1632, obedeciendo a los deseos del emperador mogol Shah Jahan, se erigió en recuerdo de su esposa, la bella Mumtaz Mahal. Taj es una abreviatura de Mumtaz, que murió un año antes, al dar a luz al decimocuarto hijo del emperador. Este le prometió no casarse con ninguna otra mujer y levantar un mausoleo que le recordara eternamente a ella. Por eso el Taj Mahal es no solo el monumento fúnebre más bello del mundo, sino también el símbolo del amor absoluto».

A pesar de la triste historia —o probablemente debido a ella—, cada año infinidad de personas acudía a admirar el monumento.

El mausoleo decía «Solo estamos de paso en este mundo. Siéntate un rato y olvídate de todo. Deja que tu vida ejerza influencia en ti».

Le sorprendió constatar que echaba de menos a Carlos. Ni ella misma se entendía. Le había hecho tanto daño... Pero también había echado raíces tan profundas en su corazón que probablemente muriese si intentaba arrancarlo. Era su primer gran amor. El hombre con el que se había casado. El padre de sus hijos. Si era sincera, sabía que en ella seguía existiendo la romántica chica de dieciséis años que confiaba en que su historia tuviese un final feliz, de cuento de hadas.

—Diana, ¿dónde está el príncipe Carlos? —preguntó de pronto un periodista desde el otro lado del estrecho canal de agua que los separaba—. Dentro de tres días es San Valentín.

Todavía no estaba lista para responder a las preguntas de los reporteros. Carlos prefería apoyar las exportaciones británicas en Delhi a estar con ella.

Carlos estaba firmemente convencido de que, sin él a su lado, Diana fracasaría antes o después. De que, al igual que Fergie, caería en el barato sector de la publicidad para mantenerse a flote. Pero estaba equivocado. Muy pronto la gente conocería su verdadera historia. Sincera. Desgarrada. Cuando estuviese lista la releería y quizá cambiase alguna que otra cosa.

—¿Le gusta el monumento al amor? —quiso saber un segundo periodista.

—Ha sido una experiencia sanadora —respondió ella—. Sumamente sanadora.

Miró por última vez el Taj Mahal para asimilar la belleza y el dolor que destilaba. Era un recuerdo de lo increíblemente bella y lo increíblemente brutal que podía ser la vida.

Diana no se hundiría.

Estaba dispuesta a prenderle fuego a su vida para renacer de las cenizas con más fuerza que nunca.

Se volteó hacia los periodistas.

Su rostro reflejaba todo el sufrimiento, pero también toda la belleza de su vida. El mundo no podría apartar la vista de ella.

# 54

Era un espléndido día de verano de junio. El sol entraba sesgado por la ventana. Diana veía bailotear en la luz matutina el polvo que había levantado la recamarera con el plumero. Una segunda recamarera cambiaba la ropa de cama mientras tarareaba alegremente. El delicioso olor de las sábanas limpias y planchadas se extendía por la habitación, y a él se sumaba el aroma a café recién hecho que la invitaba a desayunar. Oía cantar a los pájaros. El tráfico lejano de la ciudad. La vida.

Su vida terminaría pronto.

O al menos tenía esa sensación.

Diana estaba en su vestidor, delante del espejo, pensando: «Conque este es el aspecto que tiene uno cuando está a punto de hacer descarrilar toda su vida». Estaba pálida. Llevaba escrito en la frente: «Culpable».

Ese día aparecería en *The Sunday Times* el primer fragmento de *Diana: su verdadera historia*, el libro de Andrew Morton. «Diana, empujada por el "insensible" Carlos a cometer cinco intentos de suicidio», rezaba el titular en la portada. Y, debajo: «El drama conyugal que vive hace enfermar a la princesa. Diana afirma que no será reina». Sonaba muy duro. Ojalá hubiese podido ejercer alguna influencia en los titulares, pero el *Sunday Times* había insistido en formular el sensacionalista artículo de manera igualmente sensacionalista.

Imaginó la furgoneta que llevaba la prensa diaria al palacio de Kensington. El conductor, que, con una mirada ávida de sensaciones, llamaba la atención de los pajes sobre la portada. «Se van a quedar con la boca abierta, eso seguro».

Imaginó a Patrick abriendo el periódico, leyendo el título y teniendo que sentarse apresuradamente.

Imaginó los diarios camino del departamento de prensa del palacio de Buckingham. Los empleados leyendo el titular de refilón, mirándose los unos a los otros presas del pánico; después, de pronto, el ajetreo. Alerta roja.

Imaginó a Isabel a punto de desayunar, esperando a que le llevasen el *Sunday Times* con una taza de Earl Grey en una bandeja de plata. Con intención de beber un sorbo de té mientras leía los titulares, la taza cayéndosele de la mano de golpe, haciéndose añicos.

Imaginó a Margo, permitiéndose un whisky del susto. A Felipe, echando humo. A la reina madre, sin respiración. A Ana, arqueando las cejas: «¿Acaso no les advertí que Diana causaría problemas?».

E imaginó a Carlos, que todavía estaba en la regadera, enjabonándose con su varonil y aromático gel, sin sospechar lo que le esperaba dentro de un momento, en el desayuno.

Diana se miró a los ojos: «Si cedes, si confiesas la verdad, que estás tras este libro de intimidades, que has sido la fuente de Andrew Morton, todo habrá terminado para ti».

«A lo largo de todos estos años has aprendido a dominarte, así que hoy, por última vez, también podrás hacerlo».

Bajó la escalera. Con cada paso que daba era como si fuese camino de su hundimiento.

Los invitados, un agradable matrimonio apellidado Lyle, ya estaban sentados a la opípara mesa. Diana les dio los buenos días. Se sentó. ¿Cómo iba a ser capaz de probar bocado?

Aun así, tenía que comer algo, de lo contrario levantaría sospechas.

Allí estaba, el *Sunday Times*, en el otro extremo de la mesa. Junto al plato de Carlos.

El matrimonio lo sabía. No cabía la menor duda, viendo cómo estaban de acobardados. Tenían cara de querer estar lejos, muy lejos de allí.

El señor Lyle daba la impresión de estar buscando un tema de conversación desesperadamente.

—¿Ha dormido bien? —consiguió preguntar al cabo.

—Estupendamente —contestó ella.

Entonces llegó el momento.

Carlos entró en el comedor. Se miró las mancuernillas de la camisa. Dio los buenos días a todo el mundo. Diana se estremeció cuando le puso una mano en el hombro al pasar. Pero esa ternura solo era fingida.

A partir de ese día la hipocresía de su matrimonio quedaría desenmascarada de una vez por todas.

Diana clavó la vista en el yogur con fruta fresca que tenía delante, pese a lo cual vio perfectamente que Carlos se llevaba el té a la boca mientras miraba de reojo el *Sunday Times* y, acto seguido, sin dar un sorbo, dejaba la taza en el plato. Agarraba el periódico. Leía los titulares...

Diana oía el tictac del reloj.

Oía los latidos de su corazón.

La adrenalina le corría por la sangre.

Se hallaba en caída libre.

Carlos leyó que su mujer padecía bulimia.

Leyó que había llevado a cabo varios intentos de suicidio, aunque fuesen poco entusiastas.

Y leyó que él tenía una aventura con Camilla Parker-Bowles desde hacía años.

Carlos dejó el periódico junto al plato y relajó las manos, que tenía apretadas en puños. En la frente le latía una vena abultada.

Se volteó hacia el matrimonio Lyle e incluso logró fingir una sonrisa afable.

—Si nos disculpan un momento. Tengo que hablar a solas con mi esposa. —Después dijo a Diana—: Querida, ¿te importaría venir un momento?

Diana se levantó. Notó el sabor a sangre en la boca: a todas luces se había estado mordiendo la lengua durante todo ese tiempo.

Nada más salir de la habitación, él la agarró del brazo.

—¡¿Cómo te atreves?!

—No tengo nada ver con eso —le mintió a la cara. Parecía desesperada—. Me he quedado de una pieza, igual que tú. Habrán sido mis amigos más íntimos a los que se les habrá ido la lengua, es la única explicación que se me ocurre. Carolyn, James Colthurst...

—¡No me mientas! —bramó él con tanta furia que a su lado el jarrón de la cómoda tembló—. Eres tú quien habla en estas líneas.

A Diana las lágrimas le corrían por la cara.

—Como si tú supieras cómo hablo yo. Como si alguna vez me hubieras escuchado.

Hecho una furia, Carlos recorría el pasillo arriba y abajo.

—¡Como si alguien me hubiese escuchado a mí alguna vez! En este sistema nosotros no somos relevantes. Aquí todo gira única y exclusivamente en torno al portador de la corona.

Durante un instante Diana creyó que se volvería a romper algo, ya fuera el jarrón o una de las valiosas figuras de porcelana o una de las sillas, pero cuando Carlos se volteó hacia ella los ojos le brillaban, humedecidos.

—De modo que crees que soy insensible, ¿no? Pues créeme, Diana, tengo sentimientos. Solo que por lo visto no se me da bien mostrarlos. Pero hay una cosa que te puedo decir con certeza: hoy se han herido, y mucho, mis sentimientos. Me han herido como nunca.

En un primer momento Diana había confiado en que ese día fuese como un golpe liberador, pero ahora, en realidad, se sentía mezquina.

## 55

Una semana después tuvo que enfrentarse a Isabel y Felipe. El viento silbaba con fuerza alrededor de los altos muros que rodeaban el castillo de Windsor. Por lo demás, reinaba un silencio glacial. Diana pensó que el silencio también podía ser un método de tortura. Todo el mundo en esa habitación estaba en contra de ella: Isabel, Felipe, Carlos. Era una sensación aterradora.

Felipe estaba sentado frente a ella, la mirada imperturbable que le dirigía era cortante a más no poder. ¿Intentaba leerle el pensamiento? ¿Intimidarla? ¿Creía que rompería a llorar y confesaría? Diana tenía ganas de llorar, pero era más que consciente de que debía mantenerse fuerte. Cuántas veces había practicado delante del espejo: «No tengo nada que ver con ese libro. No tengo nada que ver con ese libro. No tengo nada que ver con ese libro».

La reina estaba junto a la ventana, abatida y seria. El día anterior se había publicado en el *Sunday Times* el segundo fragmento del libro de Andrew Morton.

—«Hice todo lo que pude» —dijo Isabel citando el titular, y se volteó hacia ellos.

Diana metió las manos entre las rodillas.

El silencio se había roto y Felipe echaba chispas.

—Has creado un monstruo —reprendió a Diana—. Por eso este libro es tan devastador para nuestra familia, porque da alas a un periodismo sensacionalista que ha empezado contigo. Que legitima las prácticas de la prensa amarilla de acechar, husmear, revolver en la basura y, si es necesario, publicar medias verdades. Da carta blanca para que nos acosen con menos escrúpulos que nunca. Y te diré una cosa: a quien más afectará es a ti. Esa jauría se abalanzará sobre ti, porque su chica glamurosa les ha permitido asomarse a su vida privada.

—No tengo nada que ver con ese libro. —Bien, lo dijo de manera convincente.

Sin embargo, Felipe ni siquiera la escuchó.

—La infidelidad es una falta disculpable; hablar de más con la prensa no.

Carlos no decía nada.

Isabel tenía la frente surcada de profundas arrugas.

—Si Diana dice que no tiene nada que ver con ese libro, tenemos que creerle —afirmó con resolución.

Un rayo de esperanza.

—Es la verdad. No me gustaría romper con mi familia. Pero eso no cambia el hecho de que Andrew Morton esté en lo cierto cuando afirma que me siento profundamente triste y que nuestro matrimonio está acabado. Aun así, no quiero el divorcio. Solo deseo gozar de más libertad.

—¿Libertad? —repitió Felipe riendo—. A partir de ahora la prensa aún se te echará más encima.

—Ya basta. —Diana nunca había visto tan enfadada a Isabel. Todas las miradas estaban puestas en la reina, que dijo—: He crecido en un palacio de cristal, sin enterarme gran cosa de lo que sucede en el mundo. Solo me prepararon para ser reina algún día. Cuando fui madre, quise ofrecer a mis hijos la posibilidad de saber cómo vive la gente ahí fuera. Quería que disfrutaran de más libertad de la que tuvimos mi hermana y yo con su edad. Como es natural, nunca fueron tan libres como las personas comunes y corrientes, pero por lo menos pudieron ver cómo era la vida ahí fuera. Mi intención era buena, pero cometí un error decisivo. Carlos, Ana, Andrés y Eduardo, todos ustedes le han tomado gusto. —Incluso el movimiento de su mano era claro e inequívoco: abarcaba no solo el castillo, sino también los privilegios y las ventajas de una vida palaciega—. No han aprendido a renunciar, a corregirse y a poner su vida al servicio de la monarquía.

—Pero... —empezó a decir Carlos.

—Tú tampoco, Carlos. Y este drama por el que ahora tenemos que pagar el pato es la consecuencia. —Hizo una pausa—. El *Daily Telegraph* formula en un editorial la pregunta de si la monarquía tiene futuro. La confianza que las personas tienen en nosotros se desmorona. Hasta ahora el único que sabía que me estaba planteando retirarme poco a poco era Felipe.

De pronto Carlos tenía el cuerpo entero en tensión. ¡Eso era lo que llevaba esperando años!

—Pero tengo la sensación de que me las tengo que ver con un puñado de hijos inmaduros y egoístas —prosiguió Isabel—. Por eso seguiré llevando la corona todo el tiempo que me sea posible.

Diana se quedó helada. ¿Qué había hecho? Había hecho pedazos el sueño de Carlos.

Oyó que Isabel decía:

—Propongo que, de momento, se separen seis meses a modo de prueba. Después ya veremos.

Nada más salir de la sala de recepciones de la reina, la mirada de desprecio que le dirigió Carlos le dolió como una bofetada.

—Lo vas a lamentar amargamente.

En su departamento del palacio de Kensington todo se le vino encima. Diana se sentía sucia.

Cuando su mayordomo la hizo pasar, Carolyn encontró a Diana llorosa y desesperada. Iba de un lado a otro del salón, sintiendo bajo sus pies los pedazos de todo su mundo.

—Soy tan miserable.

—Ven, vamos a sentarnos —sugirió Carolyn. Tras dejar la bolsa y la chamarra en el sillón, se sentó en el sofá y dio unas palmaditas a su lado.

Allí Diana se desahogó.

—¿Y si Carlos tiene razón? ¿Y si todos se apartan de mí?

—No lo harán. Oficialmente no tienes nada que ver con ese libro y tú eres la primera escandalizada, porque a todas luces han sido amigos tuyos los que han hablado.

—Tendrías que haber visto la mirada de Carlos. Lo sabe. Sospecha que yo estoy detrás de esto. ¿Y si ahora todos me odian? Me quedaré completamente sola.

—No estás sola —replicó Carolyn. Su voz tenía el mismo efecto tranquilizador que un baño de espuma o una infusión de manzanilla con miel—. Nunca estarás sola. Nos tienes a mí, a tus maravillosos hijos y a tus hermanos.

—Aun así. ¿Cómo he podido ser tan egoísta...?

—¿Cómo han reaccionado Guillermo y Enrique al saber lo del libro?

—Solo saben que se ha publicado un libro sobre mí, pero no lo que pone. Por suerte en el internado están protegidos y no se enteran de todo lo que dice la prensa sensacionalista. Pero antes o después seguro que averiguarán algo. —Diana enterró el rostro en las manos—. Soy una madre espantosa, egoísta.

—No es verdad. Eres una madre estupenda —aseguró Carolyn—. ¿Qué van a hacer ahora, Carlos y tú?

—Viviremos separados, pero de momento durante un periodo de prueba. Él hará sus planes y yo los míos.

—Entonces su separación no será oficial aún.

—No. Y tampoco quiero el divorcio. No les quiero hacer eso a Enrique y Guillermo. En su día yo sufrí lo indecible con la batalla que libraron mis padres por el divorcio. Yo solo quiero... más libertad.

—Y que no te quieras divorciar... —Carolyn puso una mano sobre la de Diana—. ¿Podría deberse a que sigues queriendo a Carlos?

¿Seguía queriendo a Carlos? Sí, claro. Era el padre de sus hijos. El héroe de sus sueños infantiles.

—Probablemente parezca una locura, después de todas las cosas que nos hemos hecho Carlos y yo, pero lo amo. Precisamente por todo lo que hemos sufrido juntos. Porque ello hace que estemos fuertemente unidos. Y sé que en lo más profundo de su ser él siente lo mismo.

Y tenía que admitir que, de las personas que con más vehemencia la rechazaban a una, era de quienes se esperaba obtener más desesperadamente reconocimiento y amor. Una paradoja de la naturaleza, como diría Carlos. Una paradoja terrible y dolorosa.

—Y ¿estás segura de que no estás enamorada de la idea de amarlo? Eres una romántica sin remedio, Di.

—Nuestra historia es sumamente compleja y, por tanto, difícil de entender. Es algo muy especial.

—¿De veras? —planteó Carolyn—. O, en el fondo, ¿no es como tantas otras historias de amor en las que la mujer ama a un hombre, pero el hombre ama a otra?

Las palabras de su amiga le dolieron. Diana llevaba mucho tiempo aferrada a la idea de que su amor por Carlos era algo muy especial. Y aunque la cabeza le hubiese dicho a menudo que esa idea no le hacía bien y únicamente le impedía separarse de Carlos de una vez por todas, su corazón seguía asiéndola con fuerza. Carolyn tenía razón: era una romántica sin remedio.

Le llamó la atención que su amiga llevara unos jeans desteñidos y un suéter con manchas de jitomate. Era evidente que lo había dejado todo para ir corriendo con ella cuando la llamó. Estaba muy agradecida por tener una amiga como Carolyn en su vida. Una amiga a la que era como si conociese de toda la vida y que lo sabía todo de ella. Una amiga que la apoyaba y, cuando era necesario, adoptaba una postura crítica con ella.

—No lo sé —admitió entre lágrimas—. Todo es tan confuso...

Llamaron a la puerta.

—Ahora no. —Pese a ello, la puerta se abrió—. He dicho que...

—Pensé que quizá pudiera interesarle —la interrumpió Patrick lo más educadamente posible. Se hizo a un lado y tres lacayos entraron en el salón con carritos llenos de cartas y ramos de flores.

—¿Qué es esto? —inquirió Diana.

—Correo para usted. Y solo es una mínima parte de lo que ha llegado a la oficina de prensa. Así que, si quiere más, ya sabe. —Hizo una reverencia y se retiró con los lacayos.

Diana se limpió la cara con el dorso de las manos. ¿Y si la gente pensaba lo mismo que Carlos? ¿Y si intuían que ella estaba detrás de la publicación de esa biografía? ¿Y si en las cartas ponía que era una traidora? ¿Que había apuñalado por la espalda a su familia? O ¿y si la gente rechazaba todos los detalles íntimos que se podían leer en el libro, como la bulimia y la depresión que había padecido? ¿Y si le habían escrito que lo que tenía que hacer era dominarse, que no era digna de ser una princesa?

Carolyn se levantó del sofá y agarró una carta al azar, rasgó el sobre y la leyó por encima.

—«Gracias a usted por fin he reunido la fuerza necesaria para ponerme en manos de un psicólogo...» —leyó en voz alta—. Mira, qué cosa tan estupenda has puesto en marcha.

—¿Te lo estás inventando? —preguntó apocada Diana.

—Lo pone aquí bien clarito. —Carolyn escogió otra carta—. «Mi hija también padece bulimia. Llevo mucho tiempo sin saber qué es lo que le preocupa, pero, por fin, gracias a usted, entiendo lo que le pasa. La presión a la que está sometida». —Tomó una tercera—. «Por favor, no permita que nadie la doblegue, ni su marido, ni la casa real, ni la prensa. La admiro por su coraje y por tener la valentía de ser diferente y seguir los dictados de su corazón...».

—Valentía... —repitió Diana en voz baja—. No me siento valiente. Me siento culpable.

Carolyn se sentó de nuevo a su lado, la miró y dijo:

—Oficialmente, sin embargo, no tienes la culpa de nada, y eso es lo bueno del caso. Y te has atrevido a dar un paso de gigante al confiar la verdad a Andrew Morton y no seguir haciendo de princesa de cuento de hadas. Di, has sido fiel a ti misma, y eso tiene mucho valor.

—Pero al hacerlo decepciono a tanta gente...

—A veces es lo que tiene ser valiente. Pese a todo, por eso no hay que dejar nunca de confiar en el instinto, aunque se pueda decepcionar a otros con las decisiones que se toman. Ser valiente significa decidir por una misma cuando llega el momento de la verdad. Y al publicar tu historia has decidido por ti misma.

Esas fueron las primeras palabras que calaron de verdad en Diana.

—Mira para cuántas mujeres te has convertido en un modelo con *Diana: su verdadera historia*. A fin de cuentas, toda mujer sabe que la gente intenta manipular la opinión que otros tienen de una. Que una intenta desesperadamente presentarse mejor. Has roto el círculo vicioso. —Carolyn continuó—: Las mujeres decidimos muy pocas veces lo que nos conviene. Pero ¿cómo vamos a salirnos alguna vez del camino que se nos ha marcado si no escuchamos lo que nos dice nuestra intuición, nuestra voz interior? En lugar de hacer eso preferimos dejarnos guiar por otras personas y escuchar la opinión de otros. Con este libro has vuelto a encontrar tu camino. Te has atrevido a dar ese paso porque eres capaz de imaginar una vida mejor, más verdadera y bella. La vida que te mereces. Les has mostrado a las personas la verdadera Diana.

También eso le daba dolores de barriga.

—Pero ¿y si esa Diana no les gusta? —planteó.

—A la gente le gustas o no le gustas. Bueno, ¿y? —Carolyn se encogió de hombros—. Es mucho más importante la opinión que TÚ tienes de tu vida.

Las palabras de Carolyn tardaron un momento en hacer mella, pero después Diana asintió.

—Has sufrido tanto, Di —dijo Carolyn—. Y en el fondo sigues siendo la misma amiga maravillosa que conozco de antes. Solo que quizá una versión de ti misma con más experiencia, mejor, más fuerte y más inteligente. Eso es lo fantástico de la vida: que una crece. Aunque Carlos, la reina y, en fin, toda esta tribu han intentado doblegarte, nunca has dejado de ser tú misma. Y nunca dejarás de serlo. Y por eso nunca estarás sola, porque siempre te tendrás a ti misma. —Puso las manos en los hombros de Diana—. Has prendido fuego a la vida que has llevado hasta ahora, una vida que era falsa, para surgir fortalecida de las cenizas.

# 56

Percibió un sonido lejano... Un pitido... ¿Era su teléfono celular? Diana se retiró el antifaz y se lo puso en la frente. Aún estaba oscuro como boca de lobo. Se puso de lado y buscó a tientas la lámpara de la mesilla de noche, que por algún motivo no estaba en su sitio.

Claro que Diana no estaba en su casa, como pensó en un primer momento, sino en el castillo de Balmoral. Las vacaciones de verano anuales. No había forma de escapar a ellas, ni siquiera cuando una vivía separada de su marido.

El teléfono seguía sonando. Dios santo, ¿y si les había pasado algo a Guillermo o a Enrique? Ya se había levantado de la cama. Avanzó a ciegas, palpando, hacia la mesa. Acto seguido se dio con el dedo meñique contra la silla, soltó una imprecación y por fin encontró el celular.

—¿Sí?

Era Patrick.

—Alteza, disculpe que la moleste tan temprano, pero tengo una mala noticia. La cinta con la llamada telefónica entre usted y su... conocido... —dejó que la palabra quedara suspendida un instante en la habitación—... James Hewitt ha llegado a manos de la prensa. Todos los periódicos se están haciendo eco.

Ahora ya estaba completamente despierta.

—¿Es muy grave?

Lo era. Ahora el mundo estaba al tanto de la aventura que había mantenido con James. Era oficialmente una adúltera.

—Y ahora ¿qué hacemos?

—Si queremos salvar su reputación, a partir de ahora la regla número uno será: ni una palabra más con la prensa. Y la regla número dos: ningún amante más. Nada de sexo.

Ella clavó la vista en la oscuridad.

—Tendré que hacer de tripas corazón.

Diana colgó y enterró el rostro en las manos. Conque había salido a la luz. ¿Cómo reaccionaría Isabel? ¿O Felipe? Aunque ya sabían que a Diana la había unido algo más al capitán Hewitt que unas clases de equitación, era muy distinto que todos los medios hablaran de ello. Lo mejor sería no dejarse ver en todo el día. Pero antes o después tendría que enfrentarse a su familia.

El momento de la verdad llegó a mediodía, durante la barbacoa. Normalmente reinaba un ambiente festivo y relajado cuando Felipe se situaba detrás de las brasas con su delantal y les daba la vuelta a las salchichas mientras pasaban la ensalada de papa y *baguettes* recién salidas del horno. Ese día, sin embargo, reinaba un silencio casi absoluto. Tanto que se oía el chisporroteo cuando los jugos de la carne goteaban en las brasas. El humo se deslizó por delante de Diana e hizo que los ojos le escocieran. A los gaiteros, que solían tocar una o dos serenatas, los habían despachado.

—Me figuro que se han enterado —se atrevió a decir Diana pasado un rato—. Ahora todo el mundo sabe que yo también tuve una aventura.

Silencio.

Después Isabel repuso:

—No me explico cómo han podido descontrolarse así las cosas. —A lo largo de los últimos meses la soberana había envejecido visiblemente, y ese día posiblemente le salieran unas cuantas canas más.

—¡La que no se controla es ella! —espetó en el acto Carlos, que estaba sentado en el extremo opuesto de la mesa—. Quería salvar este matrimonio y me prometió fidelidad mientras me engañaba de nuevo a la primera de cambio.

—Si me hubieses dado un poco de amor, no habría tenido que buscarlo en otra parte —se defendió Diana.

¡Era una injusticia manifiesta! Carlos tenía una amante desde hacía años. Incluso Felipe había engañado a su mujer, según decían. ¿Por qué eso no lo mencionaba nadie?

Diana miró a Ana pidiendo ayuda. Al fin y al cabo, no hacía mucho que había pasado por el mismo infierno. Era profundamente infeliz en su matrimonio, pero nadie la quiso escuchar, todo el mundo miró hacia otro lado. Y eso que era una mujer joven, que tenía derecho a sentir amor y pasión.

Pero Ana no dijo nada.

¿Y Margo? A ella le habían arrebatado al amor de su vida, el que la hacía feliz, el que le hacía bien. Le habían recordado cuál era su responsabilidad y que sus deseos debían pasar a segundo plano. Al separarse de Peter Townsend, ella misma se había roto el corazón.

Pero Margo tampoco dijo nada.

¿Cómo habían podido permitir esas dos mujeres que les quitasen lo que era bueno para ellas, lo que ansiaba su corazón? Y ¿qué había hecho mal Diana? Su marido no la amaba, pero ella quería saber lo que era el amor. ¿Quién podía reprochárselo? ¿Acaso debía renunciar a la pasión y la cercanía humana durante toda su vida? El tiempo que había pasado con James la había hecho crecer. Se había sentido fuerte. Estaba rebosante de energía y había empleado esa fuerza recién adquirida en llamar la atención sobre el problema del sida. De ello solo habían salido cosas buenas, y sin embargo la miraban como si fuese una mala persona.

¿Por qué no intercedían por ella Margo o Ana, si ambas habían sufrido algo parecido? Habían obedecido las órdenes dictadas por otros y habían renunciado a su felicidad. Y ahora esas dos mujeres antes tan sedientas de vida se hallaban sentadas a la mesa amargadas; Margo bebía y fumaba demasiado, y Ana reaccionaba a todo con un comentario mordaz. Esa era la forma que tenían de tragarse la ira. Diana sentía el retumbar del trueno, esa fuerza primigenia que se rebelaba contra los sueños y los deseos reprimidos. Pero ellas guardaban silencio, porque les habían enseñado a callar. Porque les habían enseñado a sacrificarse. Incluso las habían convencido de que renunciar a lo que ansiaba su corazón tenía que ver con la responsabilidad. Y las mujeres que más reprimían sus necesidades, aquellas de las que quedaba lo menos posible, eran las que recibían el mayor de los halagos: «Es tan desinteresada». La esencia de la feminidad al parecer residía en sacrificarse por completo.

Sentada a la mesa, Diana negaba con la cabeza sin dar crédito.

—Nunca fue mi intención que la gente llegara a enterarse de esta aventura, pero así son las cosas. Pese a todo no me arrepiento de nada. Al contrario. ¿Tendría que haberme quedado cruzada de brazos viendo cómo me engaña mi marido? De haberlo hecho me habría destrozado. James me hizo bien. Gracias a la alegría de vivir que me regaló he logrado hacer muchas cosas. Y no olviden esto: yo quería este matrimonio más que cualquier otra cosa. Fue Carlos el que me mintió y me engañó desde el primer día. ¿Por qué deberían aplicarse distintas normas para él que para mí? ¿Porque es un hombre? ¿O el sucesor al trono? Un excelente sucesor al trono, que solo piensa en su propio bien.

A lo largo de esos últimos años había conocido a algunas mujeres de países y clases sociales muy dispares. Había hablado con ellas de sus anhelos, de sus deseos y sus sueños. Y había sido consciente de que ninguna quería nada revolucionario de la vida. Las mujeres no querían poder. No libraban guerras. Las mujeres querían...

Ser amadas de verdad.

Comer bien sin tener cargo de conciencia.

Sexo apasionado.

Mirarse en el espejo y sentirse satisfechas consigo mismas.

Ser independientes.

Sentirse vivas.

Tener éxito.

Nada de ello era malo. Todas esas mujeres deberían tener derecho a esas cosas. Esos deseos no perjudicaban a nadie, al contrario. Pero en lugar de conseguirlo, las mujeres renunciaban a su yo más profundo y lo reprimían. La manera más efectiva de controlar a las mujeres era conseguir que ellas mismas se controlaran.

Ella misma había caído en esa trampa. Se había atiborrado de comida para vomitarla a continuación. Había hecho dieta durante años para controlar su cuerpo. Cuando dejó de hacerlo y empezó a alimentarse y hacer deporte con normalidad, su cuerpo se convirtió en el que era en un principio. Un cuerpo bueno y bello. Su alma se sentía a gusto en ese envoltorio humano.

Poco a poco Diana había ido escapando al control que ejercía Carlos, y cuanto más libre e independiente de él era, más energía tenía. Y había invertido esa energía en ayudar a personas necesitadas. Se había opuesto al control del protocolo y había descubierto en ella la libertad y el valor para viajar a países lejanos en solitario. A ella no le importaba el poder, a fin de cuentas no quería ser reina. Todo lo que quería era hacer algo bueno en el mundo.

Las mujeres que no encajaban y confiaban en su instinto no eran malas. Al contrario. El mundo necesitaba más mujeres que prendieran fuego a la jaula en la que estaban encerradas.

Ardía. El castillo de Windsor estaba en llamas.

«El príncipe Andrés, que se encontraba con su madre en ese momento en el castillo, está coordinando la operación de rescate», informaba la presentadora en televisión.

Esa imagen. La figura menuda de la reina, con impermeable y botas de goma, delante del fantasmal reflejo rojo vivo. El fuego devoraba despiadadamente las habitaciones y aniquilaba ochocientos años de testimonios históricos. Diana, que seguía las noticias como embobada, se llevó una mano a la boca. Se creía que una cortina de la capilla se había prendido y había desatado el gran incendio, pero todavía no se sabía nada con certeza.

Pocos días después Isabel accedió a anunciar oficialmente que Carlos y ella se separaban. El 9 de diciembre el primer ministro John Major dio a conocer la noticia en la Cámara Baja. «Sus altezas reales, sin embargo, no tienen intención de divorciarse —afirmó—. Sus derechos constitucionales no se verán afectados».

Para Diana, concretamente, eso significaba que Carlos y ella cumplirían sus obligaciones públicas por separado. Y de vez en cuando se dejarían ver juntos en actos familiares y oficiales.

«Debo decir que este año ha sido lo que se conoce como *annus horribilis*», dijo Isabel a finales de año en su discurso en el Parlamento.

Diana compartía sus sentimientos. Era el año en que todo parecía desmoronarse.

Pero, aunque malo y doloroso, también era necesario. De las ruinas construirían algo nuevo. Y, poco a poco, se forjarían relaciones sinceras y bellas. Ahora quizá no se dejara sentir aún, pero sus hijos lo tendrían más fácil que ella. Tal vez tuvieran la oportunidad de cumplir sus obligaciones reales y, además, vivir una vida libre, con relaciones amorosas auténticas.

## 57

*1993*

Era evidente que Carlos no quería perder el tiempo y ya había empezado a borrarla de su vida. El precioso mobiliario tapizado con indiana que Diana había elegido para Highgrove salió volando. Lo cierto es que ella pensaba que a Carlos le agradaba su gusto, pero a todas luces prefería los muebles de palo de rosa y caoba macizos. La casa de campo ya tenía un olor muy distinto. Y ese olor decía: «Este ya no es tu sitio».

Diana quitó de la pared del salón una fotografía enmarcada de dos bailarines de ballet. La imagen captaba de manera artística un momento muy íntimo de la pareja. No podía parar de contemplarla. Esa mirada apasionada de los dos, el lenguaje corporal, la tensión que existía entre ellos...

Estaba metiendo la fotografía en una caja cuando entraron dos lacayos para sacar el bonito sofá al que tanto cariño le tenía Diana. Tenía un estampado de rosas, crisantemos y delicadas hojas e invitaba a llegar a casa y descansar. Ya habían levantado la pieza cuando uno de ellos dijo a modo de disculpa:

—El príncipe de Gales ha...

—Sé que se lo ha indicado así mi marido. —Diana les regaló una sonrisa comprensiva. A fin de cuentas solo cumplían con su obligación.

¿Le estaba permitido llevarse la foto en la que Guillermo y Enrique jugaban alegremente en la piscina? ¿O la foto del primer día de colegio de Enrique? ¿O la fotografía de familia? Carlos, Guillermo, Enrique y ella sonreían felices y contentos a la cámara. Su familia.

Tantos años. Tantos recuerdos.

Antes de que se echara a llorar, las metió en la caja sin más. Echó un último vistazo a su alrededor. Ni siquiera se podía llevar el precioso servicio de té con delicadas flores del armario, aunque lo había elegido ella. Estrictamente hablando incluso sus vestidos eran propiedad de la Corona. Y también los dos departamentos del palacio de Kensington donde le estaba permitido seguir viviendo pertenecían a la reina. A decir verdad, ella prácticamente no tenía nada. Ni siquiera contaba con joyas de la familia, ya que estas eran de su hermano, el heredero de Althorp House. Mientras Carlos y ella no se divorciaran, podría disponer de los ingresos del ducado de Cornualles. Solo que, por desgracia, los controlaba Carlos. Seguro que, en ese sentido, acabarían teniendo problemas.

Su hermana Sarah la estaba esperando fuera, apoyada en el Jaguar de Diana, que tampoco le pertenecía. Se sentía ligera, casi ingrávida, pero no para bien, sino de una manera que le daba miedo. Como si fuese un árbol sin raíces al que derribaría con facilidad la siguiente ráfaga de viento que se levantara.

Podían retirarle incluso el tratamiento de «alteza real». No hacía mucho Felipe la había amenazado con ello, cuando una vez más se había dejado llevar por la ira. «Como no te comportes, hija, te quitamos el título».

Eso sería un desastre. A fin de cuentas, ese título le garantizaba no solo algunas ventajas, sino también atención pública, influencia y respeto. Sin su título, Fergie se veía obligada a soportar alguna que otra burla a su costa. Y los *paparazzi* tampoco tenían ya ningún escrúpulo. Recientemente habían publicado unas fotografías suyas en las que se le veía con el pecho al descubierto. La habían estado acechando durante unas vacaciones en Francia. En la instantánea, su asesor financiero texano le chupaba el pulgar. Había sido espantoso. Fergie intentaba mantenerse a flote económicamente siendo la imagen de los productos adelgazantes Weight Watchers, de marcas de porcelana y de compresas.

Hacía muchísimo frío. A Diana se le helaba el aliento en el aire.

—No mires atrás —le advirtió Sarah.

Demasiado tarde. Diana se había parado y había volteado la cabeza para ver la que en su día había sido su segunda casa. Cómo había odiado a veces Highgrove. Pero todos los momentos en los que se había encerrado en su habitación para desahogarse llorando habían desaparecido como por arte de magia. Se vio haciendo muñecos de nieve con Guillermo y Enrique en el jardín en invierno. Oyó su feliz risa infantil. Saboreó los labios de Carlos cuando la besó en medio de la colorida pradera estival llena de flores, entre amapolas rojas, margaritas blancas, acianos azules y francesillas amarillas.

¿La amaba en ese momento? ¿O pensaba en Camilla mientras sus labios rozaban los de ella?

El recuerdo se desvaneció y en su lugar vio los árboles que rodeaban la propiedad, y en esa estación del año estaban desnudos y eran nudosos.

«Date la vuelta. Sigue andando. Acaba con esto».

—¡Mami! —Guillermo estaba en la puerta principal, abierta. Enrique miraba al frente, agarrado con fuerza del chaleco de lana de su hermano. Su pequeño había estado alerta toda la mañana, como antes, cuando tenía miedo de irse a dormir porque en la oscuridad acechaban monstruos y él estaría completamente solo en su cama.

La caja que llevaba de pronto era pesada como el plomo, aunque dentro apenas había nada. Despedirse de sus hijos había sido espantoso, y eso que ni siquiera era una despedida de verdad. Podía verlos cuando quisiera. Salvo los días festivos, ya que la reina insistía en que los niños los pasaran con la familia real. Por lo demás Guillermo y Enrique, cuando salieran del internado para pasar el fin de semana, seguro que preferirían estar con ella en el palacio de Kensington, ¿no?

Corrieron con ella. Guillermo le llevó una tablilla de chocolate.

—Para que no estés tan triste.

A ella se le hizo un nudo en la garganta. Dejó la caja en el suelo y abrazó con fuerza a sus hijos. No podía hablar. Ellos percibirían en su voz las lágrimas que intentaba reprimir desesperadamente.

La reina podía quedarse con toda su ropa, todas sus joyas, incluso con la casa, pero ella jamás permitiría que la separase de sus hijos. Si Isabel lo intentaba, ella lucharía como una leona.

Les dio un último beso a los dos, metió la caja en el maletero y se sentó al volante.

—Y ¿estás segura de que ha sido una decisión acertada renunciar a la protección policial? —preguntó Sarah.

Para entonces las hermanas tenían más contacto. A Diana le daba fuerzas. Le recordaba cuáles eran sus raíces.

Ella asintió con determinación. No se fiaba de la policía y estaba harta de tener siempre la sensación de ser espiada. Quería poder pasear libremente por la acera, sin estar rodeada de una horda de agentes uniformados que registraban la zona con máxima concentración. Solo cuando Guillermo y Enrique estuviesen con ella recurriría a la protección policial. Por lo demás confiaría en su guardaespaldas.

Quería un comienzo nuevo. Radical.

Unos días después, mientras desayunaba, leyó un artículo sobre Nepal. Más concretamente sobre los numerosos enfermos de lepra que había en el país. Hacía cuatro años, durante su viaje a Indonesia con Carlos, ya había ido sola a un hospital en el que se enfrentó por primera vez a esa enfermedad infecciosa. Sin embargo, ese artículo mencionaba que a los leprosos se les expulsaba de la sociedad. Que su familia a menudo los obligaba a abandonar su casa para vivir apartados en el bosque.

La soledad, la desesperación que sentían esas personas se sentía físicamente. Diana vio fotografías de mujeres y hombres e incluso de algunos niños que no tenían dedos, manos o piernas. De pronto se sintió completamente exhausta. Como si se hubiera quedado sin energía. Tenía la sensación de que en el mundo no había ninguna esperanza. Se echó a dormir, no estaba en condiciones de hacer nada más.

Al día siguiente se levantó a las cinco de la mañana. Encendida de entusiasmo.

Llamó a Patrick. Su secretario privado contestó el teléfono adormilado.

—Patrick —dijo—. Quiero hacer algo de una vez por todas. Quiero ayudar a las personas. Quiero...

—Pero si ya lo hace —musitó él.

—Debemos ir a Nepal. —Le habló de los enfermos de lepra a los que marginaban.

—De acuerdo —repuso él exhalando un suspiro—. Pero deje que primero me tome un café.

Diana ya no se podía dormir, así que se bañó, se vistió y se dirigió al palacio de St. James.

Esa mañana, cuando entró en la sala donde trabajaban sus cuatro colaboradores, rebosaba energía. Le dio la bolsa a Clara y la chamarra a John y, subida en sus tacones altos, fue directo a su despacho. Ya en la puerta se volteó hacia ellos:

—Chicas y chicos, prepárense para un cambio de rumbo.

En comparación con el despacho de Carlos, el suyo no era ni la mitad de grande. Antes ello la hacía enfadar para sus adentros, como la hacía enfadar todo lo que tenía que ver con Carlos. Ahora se encogía de hombros. Había hecho pintar las paredes de un tono claro y había cambiado los cursis paisajes por fotografías enmarcadas de ella misma. Fotografías que captaban los momentos en los que se había sentido fuerte y segura de sí misma. Quería que esas imágenes le recordaran lo que tenía dentro. Que tenía que sentirse orgullosa de sí misma y no hacerse de menos continuamente. Su despacho ahora era un puesto de mando.

Estaba abriendo la ventana cuando Patrick llamó a la puerta.

—Patrick, perdone por haberlo llamado tan temprano —se disculpó—, pero no podía esperar ni un segundo más. Lo digo en serio. Quiero hacer mucho más de lo que he hecho hasta ahora. Y me gustaría someterme a un cambio de imagen. Se acabó el glamur, se acabaron las descripciones detalladas de la ropa que llevo. Nos centraremos en mi labor benéfica como princesa de Gales. Mi objetivo es ser una representante internacional del Reino Unido. —Lo miró—. ¿Puedo contar con usted?

En los labios de Patrick asomó una sonrisa de orgullo.

—Naturalmente, alteza.

Diana exhaló un suspiro de satisfacción. Ya no había ni rastro del agotador desasosiego que había arrastrado durante tanto tiempo. Ni del peligroso bullir que sentía en su interior. Un aire fresco entró de la calle. El perfume de la libertad.

## 58

Diana se secó discretamente el sudor de la frente con el dorso de la mano. Ese calor... Imaginó que en ese momento en Inglaterra estaría lloviendo, las gotas estallando en las calles, el aire frío y puro. Sin embargo allí, en la pequeña aldea nepalí a la que acababa de llegar con Patrick tras un largo y accidentado viaje en *jeep*, el bochorno era tal que tenía el pantalón largo y la blusa pegados al cuerpo. A su alrededor zumbaban moscas. Gallinas y cabras dormían a sus pies. Olía a lodo, animales, sudor y especias fuertes.

El recorrido por ese paisaje pintoresco, con sus difuminadas elevaciones y depresiones de campos de mostaza y arroz, había sido impresionante, pero después llegó la conmoción. Delante de las simples chozas de lodo había sentadas personas a las que les faltaban dedos o el antebrazo entero. Otras tenían manchas blancas en las extremidades o el rostro completamente desfigurado.

—Casi todas las personas que viven aquí tienen lepra y se han visto expulsadas de la sociedad por ello —contó Jannik, que trabajaba para la misión que se había hecho cargo del pueblo. Hacía dos años el joven suizo se había tropezado con la aldea cuando viajaba por el país y había decidido quedarse a ayudar—. En Nepal la enfermedad se considera mal karma, un castigo por las malas acciones de una vida anterior. Este pueblo es un gueto, si se quiere decir así.

—Terrible —repuso Diana.

Jannik asintió.

—Antes, cuando aún no existía nuestra misión, los enfermos solo recibían tratamiento si acudían a un hospital especial. El que no tenía medios o fuerzas a menudo moría de septicemia por las heridas abiertas. La lepra afecta a la piel, al sistema nervioso y excepcionalmente también a otros órganos. La parálisis aparece sobre todo en los músculos de las manos y los pies. Como las extremidades están entumecidas, los enfermos se hacen daño sin darse cuenta. Por eso se producen inflamaciones crónicas y esas discapacidades tan características de la lepra. Los pies y las manos se atrofian o han de ser amputados.

—Pongámonos manos a la obra —decidió Diana mientras se remangaba la blusa.

En una de las chozas había una señora tendida sobre vistosas mantas. Tenía la mano derecha mutilada. El calor se acumulaba en el bajo techo. La mujer sonrió a Diana. Apenas tenía dientes. Diana se agachó delante de ella. En la pared había una imagen en papel de Visnú, una deidad del hinduismo. Era el dios de la preservación y del universo y se le representaba sonriendo con una flor de loto.

La experiencia había enseñado a Diana que la verdadera cercanía se creaba con el contacto. Diana puso una mano en el brazo a la mujer. Sintió su piel áspera. También tenía afectada la pierna derecha, según constató Diana.

Ver, oír, oler y sentir todo aquello le resultaba abrumador, pero Diana se quedó donde estaba. Jannik y Patrick se hallaban a la puerta de la choza, dándole espacio y tiempo con la señora.

Solo cuando uno de los periodistas habló a la cámara recordó Diana que con ellos había ido a la aldea un segundo *jeep* con un puñado de periodistas que la acompañaban en su viaje por Nepal.

—La temperatura es de unos sofocantes treinta y cinco grados —informaba el hombre con la entonación típica de un periodista— y, a pesar de ello, la princesa se muestra infatigable. No vacila en agarrar las manos nudosas y deformes de los pacientes y en acariciarle el brazo a una enferma.

—Princesa Diana, da la impresión de que cada vez está más volcada en su papel de benefactora —comentó otro periodista echando a perder el momento de cercanía que ella acababa de crear con la mujer—. ¿Por qué se ocupa de cosas tan terribles como la lepra o el sida? ¿Intenta superar a su marido, del que vive separada?

Era increíble. Volteó la cabeza para mirar al hombre, sin soltar la mano de la señora.

—Quiero ayudar a las personas —afirmó con énfasis—. Viniendo aquí confío en poder llamar la atención sobre esta enfermedad. Muchos de los afectados se ven expulsados de la sociedad, y eso que el riesgo de contagio es mínimo si el contacto con los enfermos no es prolongado.

Sonrió a su vez a la señora, que tan agradecida estaba por el trato.

«Quiero ayudar a las personas». Sí, eso era lo que quería. A toda costa. Pero tras su compromiso había algo más, y el reportero lo había intuido.

La mujer puso su mano en la de Diana y le dirigió una mirada suplicante. Y Diana se liberó por dentro y se abandonó a todo lo que estaba sintiendo. Se entregó por completo a ese momento, un momento de dolor, melancolía, añoranza, ternura, pero también de amor. Había entrado en ese lugar rebosante de sufrimiento y muerte, y de pronto ese lugar resultó ser la vida misma. Estaba allí, con esa mujer, pero en cierto modo estaba también con todas las personas que estaban enfermas y padecían en este mundo, estaba con todos los que alguna vez habían sufrido, amado y perdido.

Diana no quería volver a estar únicamente bien. Quería estar agotada, atemorizada y sobrepasada. Quería estar sobrecogida, depresiva y aburrida o nerviosa. Quería estar rebosante de asombro y respeto, entusiasmada y radiante de felicidad. Y quería sentir ese dolor en el pecho. Sí, incluso eso era maravilloso, pues le decía que estaba viva.

# 59

*1994*

Era para jalarse de los pelos. ¡Tampoco pedía tanto! Solo quería hacer su trabajo y ayudar a las personas. Y también lo haría encantada en colaboración con la casa real. Carlos, en cambio, parecía hacer todo lo posible para dificultarle al máximo esa labor.

—¡El tono que te das! —exclamó Carlos mientras hacía con la mano un movimiento que abarcaba todas las fotografías de ella que había colgado en su despacho—. Es evidente que tu narcisismo va en aumento día tras día.

—Claro, narcisismo, pero si tú pones en tu despacho fotos tuyas jugando al polo es autoestima, ¿no? —espetó Diana—. Me siento orgullosa de mi trabajo, y estoy en mi derecho de estarlo.

—¿Qué trabajo? ¿Servir comida de un caldero de hierro a niños hambrientos en un campo de refugiados en Zimbabue? Eso también lo puedo hacer yo.

—No, porque tú prefieres malgastar tu energía perjudicándome a mí. Primero me niegas el derecho a utilizar el servicio aéreo de la Corona; bien, pues llego a un acuerdo con el fundador de la Virgin. Después se frustra mi viaje a África, que debía ir unido al éxito de Zimbabue. Igual que se malogra la misión de la Cruz Roja a Bangladés que tenía prevista. Sé que estás detrás de todo esto, Carlos. Quieres impedir a toda costa que te supere.

Ella ya intuía lo que respondería Carlos:

—Te pones en ridículo con esos reproches.

—¿Ah, sí? —Se plantó delante de él, lo cual lo hacía enfadar, ya que Diana era más alta, aunque él siempre lo negara—. En marzo, cuando quise expresar mis condolencias personalmente a los familiares después del atentado de Warrington, el palacio de Buckingham se opuso y, qué sorpresa, pronto te enviaron a ti a Warrington. Está claro que quieres acabar no solo con mi dicha personal, sino también con la profesional. —Respiró hondo. Esas peleas no eran más que una pérdida de tiempo y energía. Un tiempo y una energía que ambos podían emplear en hacer cosas mucho más importantes. ¿Qué le había aconsejado su acupunturista? Que en situaciones así hiciera unas cuantas respiraciones profundas para anclarse al presente. Después añadió—: Carlos, te lo pido por favor, autoriza mi viaje a Angola. La Cruz Roja me ha llamado la atención sobre lo mucho que el país sigue sufriendo las consecuencias de la guerra civil. Aún hay más de quince millones de minas terrestres, y eso que el país solo tiene doce millones de habitantes, y solo acaban de empezar a...

—Dependes de los ingresos del ducado de Cornualles —la interrumpió él—. Y ¿quién controla esos ingresos? Exactamente: yo. Lo que significa que en cuestiones económicas la última palabra siempre la tengo yo. Y esa palabra es «no». No irás a Angola. Y ahora, si me disculpas, tengo una cita.

—¿Ya está impaciente por verte? —no pudo evitar decir.

Y Carlos respondió:

—Aunque no sea de tu incumbencia, sí, Camilla y yo nos vemos con regularidad. Me entiende como ninguna otra persona. Y lo mejor es que los años de secretismo por fin han terminado. Gracias al libro de Morton todo el mundo sabe de nuestro amor y ello ha hecho que Andrew y Camilla por fin hayan decidido separarse.

Fue como si le clavara un cuchillo en el corazón.

—¿Se van a divorciar?

Carlos sonrió. Diana se estaba desangrando delante de él y él lo estaba disfrutando. Había ganado.

—Sí, y creo que debo darte las gracias por ello, aunque sigas negando tener algo que ver con el libro de Morton. Ahora ya no hay nada que se interponga en nuestro amor. —Y, agarrándola de los hombros, la hizo a un lado y la dejó sola.

Le dolía. Le causaba mucho dolor que ahora Carlos y Camilla tuvieran vía libre. ¡Y ella lo había hecho posible!

En su departamento del palacio de Kensington lanzó la bolsa al sofá. Tropezó con un peluche que estaba en el suelo: la querida foca de Enrique. Su mayordomo le preguntó si quería cenar algo.

«No, gracias. Ya se puede ir». Todo menos comer otra vez sola. A veces, cuando el personal se había marchado a casa y el palacio era el lugar más solitario del mundo, Diana bajaba a la cocina, se calentaba una lata de alubias y se preparaba dos panes tostados con mantequilla y comía viendo la televisión.

Se pellizcó el entrecejo. Tras quitarse los zapatos de tacón, se dejó caer en el sofá y se masajeó los pies. Reparó en la mesa redonda con el sinfín de fotografías enmarcadas, casi todas de sus dos ángeles. Solo eran las cinco y media, así que los niños aún disponían de un poco de tiempo hasta la hora de la cena. Diana fue al escritorio, que se hallaba delante de la alta estantería repleta de la más exquisita porcelana y más fotografías. Levantó el auricular, colgó y finalmente marcó el número del teléfono que estaba en la habitación de Guillermo y Enrique. Parecía increíble que también su pequeño estuviera ya en el internado Ludgrove, en Berkshire. Cómo pasaba el tiempo. Los dos crecían demasiado deprisa. El cable alcanzaba hasta el mirador, donde se acomodó entre los cojines de flores.

En cuanto oyó la voz de Guillermo se sintió mejor.

—Tesoro, ¿cómo te ha ido en el día?

—Hola, mamá —dijo Guillermo—. Hoy nos ha ido bien. Igual que ayer. Y antes de ayer. Y hace tres días.

Diana entendía perfectamente que a su hijo le resultara violento delante de sus amigos que su madre llamara tan a menudo. Tenía trece años, en cierto modo a esa edad todo era violento. Para colmo Guillermo y Enrique compartían habitación con otros cuatro chicos. Diana no se alargaría.

—¿Y Enrique? ¿Qué tal está tu hermano pequeño?

—También bien, mamá. De verdad.

—Está bien. Es solo que los echo mucho de menos.

—Y nosotros a ti. —Su tierno ángel—. ¿Pasarás la Navidad con nosotros?

—Por... por desgracia no. —Intentó parecer lo más animada posible. Cuando Fergie no recibió invitación a la fiesta de Navidad en Sandringham el primer año de su separación de Andrés, Diana consoló a su amiga. Fergie lloró desconsoladamente y Diana pensó en lo doloroso que debía de ser no poder ver el brillo en los ojos de sus propios hijos en Navidad. Pero era más doloroso aún, mucho más, de lo que pensaba—. Pero el día siguiente haremos algo juntos, te lo prometo.

—¿Es porque en Sandringham estaremos con los abuelos?

Y con Carlos. Y quizá también con Camilla.

—Ya saben que mamá tiene mucho que hacer —adujo eludiendo la pregunta.

—Y ¿qué vas a hacer en Navidad?

—No te preocupes. Pasaré una noche estupenda —mintió—. Bueno, tesoro, te llamo mañana. Que pases una buena noche, y saluda a tus amigos de mi parte.

Colgó antes de que su sensible Guillermo se diese cuenta de que estaba llorando.

## 60

—Aún no estaba listo para casarme —admitió Carlos—, pero me sugirieron que, al ser el sucesor al trono, asumiera de una vez mi responsabilidad y contrajese matrimonio.

—¿Ha sido siempre fiel a su esposa? —preguntó Jonathan Dimbleby, el presentador de la BBC.

—Sí, naturalmente —replicó Carlos—. Hasta que nuestro matrimonio, pese a los esfuerzos que hicimos ambos, fue insalvable.

A Diana le llegaron esas palabras hasta la médula. Una cosa era destruir definitivamente el sueño de cuento de hadas sobre el que había construido su vida, pero que con esa entrevista televisiva Carlos diese a entender al mundo entero —y a los hijos que tenían en común— que incluso los más tiernos inicios no habían sido sino un embuste, eso era algo completamente distinto.

Diana se abrazaba el vientre, sosteniéndose con fuerza.

—Apague la televisión, Patrick —pidió.

Este agarró el control y el espacio donde hacía unos instantes se veía a Carlos en la pantalla ahora era negro.

—Bueno, era de esperar que su esposo reaccionara de alguna manera al libro de Morton, aunque en mi opinión el paso que ha dado no es muy inteligente —afirmó él tratando de consolarla—. Carece de la agudeza, el carisma y el calor que requiere una entrevista televisiva. No llega a las personas.

También ella contaba con que antes o después Carlos se vengara de *Diana: su verdadera historia*. Lo conocía. Sabía de su orgullo y de su necesidad de dar su punto de vista y restablecer su honor.

—Posiblemente espere que, cuando conozca su historia, la gente lo quiera tanto como a la princesa de Gales —vaticinó Patrick—. Pero le puedo asegurar que esta entrevista es como tirar piedras contra su propio tejado. Ciertamente no es el primer miembro de la familia real que ha sido infiel, pero sí el primero que lo confiesa delante de veinticinco millones de súbditos.

Diana se enfadó, porque, después de tantos años, le seguía haciendo daño el afecto que Carlos sentía por Camilla. Se decía una y otra vez que tenía que cerrar ese capítulo de su vida. Carlos no era más que el padre de sus hijos, pero su corazón se negaba a hacer caso a su cabeza.

Su teléfono celular sonó y el corazón le dio un vuelco. Las manos le temblaban ligeramente cuando lo agarró. Desde que se habían separado en Highgrove Diana no había vuelto a saber nada de él.

—James... —Carraspeó. Tenía la voz ronca.

—Diana —dijo él—. ¿Tendrías tiempo para mí?

¡Sí, claro! No sabía que estaba en Londres. Dios, ¡estaba en la misma ciudad que ella!

«Tranquilízate».

Su cabeza le decía: «No puedes verlo. Su aventura salió a la luz no hace mucho. Si la prensa te sorprende con él, todo volverá a entrar en ebullición».

Sin embargo, su corazón se impuso:

—Sí, seguro que se puede hacer algo.

James propuso que dieran un paseo a solas por las afueras de Londres y quedaron para el día siguiente. Después colgaron y Diana empezó a contar las horas. Incluso por la noche.

Faltaban ocho horas para su encuentro. Diana se levantó para bañarse. Al verse en el espejo se asustó: tenía los ojos muy hinchados, el rostro ajado.

Aún quedaban seis horas. Diana intentó concentrarse leyendo el periódico, pero no era capaz.

Cuatro horas. Tenía una comida con la ministra de Desarrollo, la baronesa Lynda Chalker, pero apenas consiguió probar bocado.

Dos horas todavía. Y no tenía nada que ponerse.

Ya solo faltaban minutos. Por fin estaba en el coche. ¿Cómo saludaría a James? ¿Le daría dos besos? ¿Lo abrazaría? ¿De qué querría hablar con ella?

Su chofer se metió por un estrecho camino vecinal, donde estacionó el flamante y elegante Audi.

—¿Aquí? —preguntó.

—Sí, debe de ser aquí.

Había estado lloviendo toda la mañana y se respiraba un agradable aire limpio. Aunque el cielo seguía estando nublado, ella llevaba lentes de sol. Si los había seguido algún fotógrafo, los cristales polarizados al menos le brindarían cierta protección. Además, no quería que James leyera en el acto en sus ojos lo mucho que se alegraba de verlo. Permaneció sentada en el vehículo.

Un coche llegó y se detuvo junto a su Audi. Un Porsche blanco. James se bajó. A Diana se le aceleró el corazón.

Pasos. Las piedrecillas del camino crujieron. Él se acercó al Audi. Se abrió la puerta trasera. Y allí estaba él.

Fue como cuando se conocieron, en el palacio de Buckingham. Diana se quedó en blanco. Perdió el control, le dedicó una sonrisa radiante y dijo:

—James... Por fin.

Él se sentó a su lado y sonrió asimismo.

—Cuánto me alegro de verte.

Diana quería saber cómo le había ido esos últimos años. Habían pasado casi cinco desde la última vez que se habían visto. Una eternidad.

—Bueno. —James rio con escaso entusiasmo—. Probablemente hayas oído que ya no estoy en el ejército.

De pronto a ella le remordió la conciencia.

—¿Porque salió a la luz la relación que mantuvimos?

—No, el ejército ha despedido a más de un millar de hombres. Solo he tenido la mala suerte de ser uno de ellos. —De pronto recobró la seriedad—. Diana, debo contarte algo que probablemente no te guste. Pero no tienes por qué preocuparte. —Hizo una pausa que a punto estuvo de matarla. ¿Se había casado? ¿Había tenido hijos con otra mujer? ¿Estaba enfermo?—. A estas alturas no es ningún secreto que tuvimos una aventura —prosiguió—. Creo que ha llegado el momento de que el mundo sepa de una vez por todas cuál fue nuestra verdadera historia.

Conque era eso. Quería hablar de la relación que habían mantenido. Públicamente. Lo más probable era que se hubiese dejado comprar. Y ella confiaba en él...

Guardó silencio.

Él dijo:

—Espero que lo entiendas.

Diana siguió callada. No podía decir nada. Lo único que pensaba era: «No. ¡No, no, no! Tú no. No me apuñales por la espalda precisamente tú».

James añadió:

—Tú contaste tu historia en ese libro, yo tenía que vender la mía.

Diana no decía nada, estaba estupefacta.

—En mi libro no digo nada malo de ti, te lo prometo —le aseguró James. Y después agregó—: Lo siento.

A continuación se bajó, la miró una última vez por la ventanilla y se fue en su elegante Porsche blanco.

# 61

Era un suplicio permanente. Los *paparazzi* aguardaban en el palacio de Kensington con *walkie-talkies* y antenas direccionales para captar las conversaciones que Diana mantenía por el celular. Y cuando salía de la propiedad en su Audi, la perseguían en coches o en motos. Fuera donde fuese la acechaban. La cosa se puso tan fea que Guillermo y Enrique estaban completamente aterrorizados. La semana anterior su pequeño ni siquiera quiso ir al cine con ella a ver *Jurassic Park*, porque las hordas de fastidiosos periodistas le daban miedo.

Pero esa tarde Diana tenía que salir a toda costa. Estaba completamente confundida. James la había traicionado. ¿En quién podía confiar aún? Esa mañana incluso se había sorprendido pensando que su guardaespaldas, Ken Wharfe, la espiaba. Empezaba a estar paranoica.

Solo quería pasear un poco por Londres para distraerse. Comprarse unos jeans, quizá una blusa informal. ¿O tal vez un nuevo vestido de cóctel?

En la boutique de Christina Stambolian, una fantástica diseñadora griega, encontró el vestido perfecto: sencillo y negro, justo por encima de la rodilla, y le hacía una cintura de avispa. Pero ¡ese escote...! Con forma de corazón, espectacular.

Pagó sumamente satisfecha, se volteó... y la realidad la golpeó con crudeza. Por el escaparate vio que los *paparazzi* acechaban en la otra acera. En momentos como ese se arrepentía de haber renunciado a la protección policial. Respiró hondo, se puso los lentes de sol y salió. Pese a que llevaba tacones, caminaba a buen paso. Su coche no estaba lejos. Su guardaespaldas trató de mantener apartados a los molestos periodistas, pero no fue posible: eran demasiados.

—Diana, ¿qué pasa ahora con tu matrimonio?

—¿Qué tienes que decir de la entrevista que dio Carlos a la BBC y su confesión de haberte engañado durante años?

Algunos periodistas empezaron a correr a su lado, se situaron delante y levantaron las cámaras. Diana estaba acostumbrada a que le sacaran fotos, y por lo general siempre procuraba ser educada. Pero eso era demasiado. Se tapó el rostro con la bolsa.

—Oye, Di, ¿vuelve a haber un amante en tu vida?

—Actualmente no hay nadie en mi vida —contestó—. Y ahora déjenme en paz, por favor.

—Está bien, vamos. No nos ataques. Regálanos una sonrisa.

¿Qué estaba pasando? Tenía la sensación de que no le llegaba el aire. La adrenalina le corría por el cuerpo, la hacía ir más deprisa aún.

—Eh, zorra, no corras tanto.

¿Cómo? ¿La acababan de llamar «zorra»? Las lágrimas le rodaban por las mejillas. Le entró el pánico.

—Están convirtiendo mi vida en un infierno —exclamó, y echó a correr lo más rápido que pudo.

¡Por fin! Su coche. ¿Dónde estaban las malditas llaves? ¡Las tenía! Las manos le temblaban tanto que solo pudo abrir después de dos intentos. Se metió deprisa en el coche, cerró la puerta y se agarró con fuerza al volante.

Se llevó un susto de muerte cuando la puerta del asiento contiguo se abrió, pero solo era su guardaespaldas.

—Active el cierre centralizado —aconsejó—. No permita que la haga llorar algo así, es justo lo que quieren. Harían cualquier cosa por sacar fotos que puedan vender caro. No tienen escrúpulos.

Diana asintió. Cambiaron de sitio, porque ella no estaba en condiciones de conducir.

Cuando llegó a casa esa tarde se dejó caer al suelo nada más entrar y rompió a llorar desconsoladamente. ¿Qué pasaba en su vida? Todo era espantoso. Estaba sola y echaba muchísimo de menos a sus hijos. Ningún hombre la quería. Todo se le hacía cuesta arriba, y estaba atrapada en ese matrimonio, aunque Carlos la detestaba...

Al cabo de una hora aproximadamente se pasó las manos por la cara, embadurnando más todavía el rímel corrido. Consiguió levantarse del suelo y fue como pudo al cuarto de baño, donde se colocó delante del espejo. Se miró a los ojos y se buscó a sí misma. Quería asegurarse de que los ojos que veía en el espejo eran los de una mujer que aún se respetaba.

Había llegado la hora de la verdad. ¿Por qué seguía casada con Carlos? ¿De verdad era la mejor decisión para todos? ¿Incluida ella misma? ¿O quizá hubiese algo más detrás? ¿No era ese algo el miedo a estar sola?

«Quiero que Guillermo y Enrique estén bien. No quiero causarles el sufrimiento que me causó a mí el divorcio de mis padres».

Pero de ese modo ¿acaso no estaba cargando a sus dos hijos con un peso? ¿Y si acababan pensando que ellos eran el motivo por el que su madre era infeliz? Debía dejar de una vez de poner como disculpa a Guillermo y a Enrique para seguir siendo una cobarde. Le habían concedido una oportunidad para dar a su vida la forma que ella quería. Solo ella sabía cómo debía ser esa vida. Ni Isabel, ni Patrick, ni su madre o sus hermanas lo sabían.

Y no quería volver a sentirse sola en una relación o un matrimonio y hacer como si fuese amor.

Se despidió de la idea de que un matrimonio solo era bueno cuando la muerte separaba a los cónyuges, aunque uno de ellos estuviese muriendo en silencio en dicho matrimonio. En lugar de prometerse eternamente a otra persona con unos votos, decidió prometerse algo a sí misma: no volver a abandonarse.

No necesitaba a otra persona para sentirse completa o plena. Había nacido plena.

# 62

*1995*

La decisión que había tomado era firme.

Tal y como estaba no podía seguir, su situación era tan complicada que el siguiente paso que diese tenía que ser decisivo. En el más amplio sentido de la palabra. Estaba dispuesta a divorciarse, pero dejaría que fuese Carlos quien tomara la decisión. Si la palabra «divorcio» salía de su boca, la utilizarían contra ella. A fin de cuentas, ya lo había vivido con su madre. Felipe la había amenazado con desposeerla del título de alteza real. De ese modo había dejado claro que, en caso de divorcio, la lucha sería despiadada. La maquinaria de palacio se preparaba para borrarla del guion, si fuera necesario.

Aparte de eso, daba la impresión de que el único cometido que perseguía el equipo de Carlos en el palacio de St. James era imposibilitarle a ella que aspirase a desempeñar un papel independiente en la vida pública. Saboteaban todo cuanto fuese para ella un paso adelante hacia un futuro de éxito.

A ello había que añadir el libro de James Hewitt, que se había publicado en octubre del año anterior y había dañado su imagen pública. Al igual que antes, seguía hojeando a diario todos los periódicos y las revistas, y le había llamado la atención que algunos reportajes se centraban en «Diana, la adúltera». El agravio que le había sido inferido durante años parecía olvidado.

Era de lo más injusto. Y, por último, todavía estaba la espantosa camarilla de Highgrove que rodeaba a Camilla, que seguía extendiendo con empeño el rumor de que Diana no estaba bien de la cabeza. «Chiflada», como le gustaba decir a Camilla.

De manera que lo que tenía que hacer era restablecer su imagen: no estaba loca. Era una mujer que había sufrido. Que había mantenido la dignidad pese a lo mucho que la habían provocado y que en realidad nunca había querido el divorcio.

Y ¿qué mejor forma de conseguirlo que con una entrevista en la BBC que caería como una bomba? Había pensado mucho si era el paso correcto, y al final había escuchado su voz interior y preguntado a su instinto. Y la respuesta había sido: «Sí, hazlo. Pon punto final de una vez por todas».

Patrick siempre había tenido un buen olfato para sus estados de ánimo. Esa misma tarde, cuando Diana tomó la decisión, él llamó a su despacho en el palacio de St. James.

—Su majestad, la reina, y Felipe, el príncipe consorte, la invitan a mantener una conversación. Yo lo interpreto como un intento de acercamiento. Quizá sean conscientes de que, en comparación con el príncipe de Gales, usted conoce bien a la prensa y podría serle de utilidad a la familia real. Sería usted una baza para la organización Way Ahead Group.

La Way Ahead Group era una mesa redonda que había fundado Felipe para garantizar la supervivencia de la monarquía y elaborar una noción nueva de cara al siglo XXI. Y Diana conocía a los editores y jefes de redacción de todos los medios importantes. Igual que cuando era una mujer joven y soltera conocía a los corresponsales de la realeza que le seguían la pista.

—Decline la invitación —pidió Diana.

—Alteza —empezó Patrick, y Diana supo que tenía algo serio que decirle. Se sentó en su silla, entrelazó las manos en el escritorio y se dispuso a escucharlo—. Sabe que hago todo lo posible para que, en el mejor de los casos, se produzca una reconciliación entre la familia real y usted. Sería lo mejor para todos los interesados. Su matrimonio con el príncipe de Gales no debería degenerar en una guerra.

Su matrimonio había degenerado en una guerra hacía mucho tiempo, y ella quería ponerle fin a la situación.

Patrick se aclaró la garganta y prosiguió:

—He oído que a manos de su hermano han llegado extractos de cuentas que demuestran que se ha pagado a empleados del palacio para que la espíen a usted.

—Sí, mi hermano me lo ha contado.

—También me han informado de que se ha reunido usted con un periodista llamado Martin Bashir —afirmó Patrick—. Alteza, ¿tiene en mente algo que yo deba saber?

—No pasa nada, Patrick —contestó Diana intentando tranquilizarlo—. Confíe en mí.

—Princesa, recuerde el escándalo que se produjo cuando se publicó el libro de Morton. Conozco a Martin Bashir. Trabaja con medios deshonestos. Si usted estuviera dispuesta a concederle una entrevista, cerraría todas las puertas de la casa real que yo intento abrirle.

—Como si esas puertas hubieran estado abiertas para mí alguna vez —repuso ella entristecida.

Patrick parecía casi desesperado:

—Debe entender que, si lo hace, no habrá vuelta atrás. No podré hacer nada más por usted. En caso de divorcio, perderá todos los privilegios reales. Su título de alteza real. Quizá también su influencia.

—Pero ganaré lo más valioso que puede tener una mujer —replicó ella—: la libertad.

Las cámaras ya estaban montadas en su salón del palacio de Kensington. En el vestidor, sentada ante el tocador, Diana oía hablar a los colaboradores de la BBC de cuál era el mejor sitio para colocar los focos y cuánta luz haría falta, pues al fin y al cabo fuera ya había oscurecido. Tanto mejor, ello aportaría el toque dramático necesario.

El personal ya se había marchado. A seguridad le había comunicado que iba a llegar un nuevo equipo de música, de ahí las dos furgonetas cargadas con cajas. Solo que en las cajas no había ningún equipo de música, sino cámaras, focos y micrófonos. Y el señor amable de raíces paquistaníes que ocupaba el asiento del acompañante tampoco era un técnico, sino Martin Bashir, periodista de la BBC.

El día anterior había ido a ver a Enrique y Guillermo para hablar con ellos de la emisión de la entrevista. La pasarían al cabo de unas dos semanas. Guillermo reaccionó de manera especialmente sensible. Incluso tenía lágrimas en los ojos. Para entonces ya estudiaba en Eton College y desde entonces estaba más a merced aún de la prensa sensacionalista. Solo tenía que ir a un puesto de periódicos a comprar un chocolate para verse bombardeado por titulares sobre la guerra conyugal que libraban sus padres.

Pero confiaba en que todo eso terminara pronto.

Era 5 de noviembre, la noche de Guy Fawkes. Hogueras y fuegos artificiales rememoraban la conspiración de la pólvora del año 1605, un intento fallido de volar el Parlamento y al rey de Inglaterra. Así se sentía Diana, como si con esa entrevista fuese a hacer volar su vida entera.

No se puso polvo ni colorete. Lo importante no era estar especialmente guapa para la cámara. Lo importante era que las personas leyesen en sus ojos lo que había sufrido. Quería que viesen la verdad. Por eso utilizó únicamente lápiz de ojos negro, cosa que no hacía prácticamente nunca. Llevaba una falda negra, medias negras y una chamarra negra. La blusa era blanca.

La entrevista se emitiría en el horario de mayor audiencia, lo que significaba que alrededor de veintitrés millones de personas se sentarían delante de la pantalla para escuchar lo que Diana tenía que decir. De manera que todo cuanto saliera de ella debía ser perfecto. Diana sabía las preguntas que le esperaban. Desde hacía semanas pulía sus respuestas. Contempló la imagen que le devolvía el espejo y pronunció una última vez las frases que había preparado:

«El sistema del que entré a formar parte al casarme ha decidido que soy una fracasada».

«El enemigo, eso era el entorno de mi marido».

«Sí, adoraba a James Hewitt. Sí, estaba enamorada de él. Pero he sufrido una gran decepción».

«En nuestro matrimonio éramos tres».

«Me gustaría ser la reina de los corazones».

Respiró hondo una última vez, se levantó de la silla, se estiró la falda.

Martin Bashir estaba a punto de repasar de nuevo las preguntas cuando ella entró en el salón. Se levantó de un salto e hizo una reverencia.

Todo estaba listo. Las dos butacas delante de la chimenea. Al lado, la mesa de madera de cerezo con fotografías enmarcadas.

—¿Lista? —preguntó Bashir.

Diana asintió.

—Sí, estoy lista.

# 63

El momento de la verdad se acercaba.

La noche había caído sobre Londres.

Acababan de llegar de un acto benéfico para enfermos de cáncer. Con «acababan» se refería a su chofer; a Anne, su dama de compañía, y a un Patrick bastante tenso. Diana no se lo podía reprochar. Todo cuanto sabía su secretario privado era que ese día —mientras se veía obligado a beber champán y charlar de nimiedades— se estaba emitiendo una entrevista de su jefa con la BBC. Sobre el contenido de dicha entrevista Diana no había revelado nada. Patrick estaba impaciente por llegar de una vez al palacio de Kensington para ver la grabación.

Por su parte, Diana se hallaba sumida en el más absoluto caos de sentimientos. Tenía todos los músculos del cuerpo en tensión. Pero también sentía seguridad, orgullo, alivio y esperanza. Mientras la limusina se deslizaba por la oscuridad, ella se distraía vislumbrando casas de desconocidos. Era algo que le encantaba hacer en invierno. Cuando en la calle el tiempo era frío y desapacible, las personas se ponían cómodas en sus casas. Diana imaginaba la vida que tenían. Esa familia de ahí, por ejemplo, que se había reunido para cenar, ¿era feliz? O la parejita del piso de al lado, que en ese momento lavaba los platos en conjunto, ¿cuánto tiempo llevaba junta? ¿Cómo habría sido la vida de la propia Diana si estuviese al lado de ese joven secando los platos? ¿Tendría otro carácter o sería la misma Diana? O ¿su destino era casarse con Carlos? ¿La habrían llevado todos los caminos hasta él?

Preguntas y más preguntas.

Millones y millones de luces.

Millones y millones de personas.

La limusina se detuvo ante un semáforo en rojo. De la mayoría de las casas salía el juego de colores cambiante de una televisión. Toda Inglaterra había visto su entrevista esa noche. Posiblemente en casi todas las pantallas se hubiese visto su expresión humilde y triste. En las viviendas, en los bares, en la casa real. La BBC había anunciado la entrevista con bombo y platillo.

Una idea inquietante.

Llegaron al palacio de Kensington y pasaron por los dispositivos de seguridad. Apenas se hubo detenido el vehículo, Patrick se bajó y entró en el palacio con resolución. La entrevista grabada ya estaba puesta cuando Anne y Diana entraron en el departamento. Patrick estaba sentado en el sofá a oscuras, únicamente el rostro iluminado por la televisión. Anne se acomodó a su lado mientras Diana se mantuvo en segundo plano. Le costaba verse y oír su voz en televisión. Era demasiado crítica consigo misma.

«Creo con toda seguridad que hay algunas cosas que se podrían cambiar —decía la Diana de la pantalla—. De ese modo se podrían disipar las dudas que abriga la gente sobre la monarquía y distender una relación que a veces es complicada. Creo que ambas partes podrían ir de la mano en lugar de distanciarse».

Patrick enterró el rostro en las manos. Con esa frase Diana había derribado el puente que aún la unía a la monarquía, un puente que ya de por sí se tambaleaba.

«No quiero el divorcio —proseguía—, pero es evidente que necesitamos ser claros en lo tocante a una situación sobre la que se ha hablado mucho, en particular a lo largo de los tres últimos años. Todo lo que me gustaría decir al respecto es que estoy esperando a que mi esposo decida cómo han de continuar las cosas».

¿Cómo continuarían las cosas después de esa entrevista? ¿Accederían por fin Isabel y Carlos a que se divorciaran? Y, de ser así, ¿se le permitiría a ella seguir viviendo en el palacio de Kensington? ¿Conservaría el título de alteza real? A fin de cuentas, ese título le garantizaba la invitación a todos los actos oficiales y Diana gozaría del debido reconocimiento como madre del futuro rey.

Patrick apagó la televisión y se levantó del sofá. Cuando se volteó hacia ella, su mirada decía: «¿Qué ha hecho?».

La mirada de Diana era encendida. Decía: «He prendido fuego a mi vida para ser por fin la mujer que estaba destinada a ser».

# 64

*1996*

Diana estaba sentada en los jardines privados del palacio de Kensington, en la escalera de piedra que llevaba a la entrada. Se hallaba de cara al sol, que de vez en cuando asomaba entre las nubes de algodón. Aunque el palacio se encontraba en el centro de Londres, tras los muros de toba roja que rodeaban los jardines reinaban la calma y la seguridad.

Habían pasado siete meses desde que la BBC había emitido la entrevista. Ya al día siguiente Isabel le había hecho llegar una carta en la que decía: «Mi querida Diana: por el bien del país consiento en tu propuesta de divorciarte de Carlos con la mayor brevedad posible. Con cariño, mamá». «Ingeniosa», pensó Diana. Le querían cargar el muerto afirmando que había sido ella la que había pedido el divorcio. En el mismo tono sumamente amable, Diana contestó: «Mi querida mamá: tu propuesta me ha tomado completamente por sorpresa. No consiento en que el divorcio sea inmediato».

Era de la mayor importancia que quedase clara una cosa: la decisión de separarse no había salido de ella. Solo así estaría en la mejor situación para negociar.

A continuación todo fue yendo y viniendo durante meses. A todas luces la casa real pensaba que podría obligarla a someterse.

Pues no. Diana había demostrado lo testaruda y luchadora que podía ser. Finalmente, esa mañana todas las partes habían firmado el acuerdo de divorcio. Con las condiciones de Diana. Era una bonita y clara victoria. Aunque había perdido el título de alteza real, Diana podía seguir llamándose princesa de Gales. Además, conservaba una suma total de diecisiete millones de libras, cuatrocientas mil libras al año para su despacho, y podía seguir viviendo en el palacio de Kensington. Ese era su hogar y el de sus hijos.

Dentro de dos días, el 15 de julio, se declararía disuelto de manera oficial el matrimonio del siglo en una sala de Somerset House.

Diana era libre.

El mundo se abría ante ella.

Podía llamar al cirujano cardiotorácico paquistaní al que había conocido hacía unos días, el doctor Hasnat Khan. Habían coincidido en el hospital Royal Brompton, donde trabajaba. El marido de su amiga y acupunturista Oonagh Shanley-Toffolo se había sometido allí a una cirugía de *bypass* y había sufrido una hemorragia interna severa. Diana había acudido a apoyar a su amiga. Había salido un instante por café y cuando había vuelto se había encontrado a un médico en la habitación. El doctor estaba a punto de explicar algo, pero se detuvo cuando entró ella, la miró y sonrió. Y cada fibra del cuerpo de Diana dijo: «Este hombre podría hacerte bien».

No era especialmente atractivo, incluso tenía una barriguilla incipiente, pero sus ojos oscuros eran los más afectuosos e inteligentes que ella había visto en su vida. El color de su piel marcaba un maravilloso contraste con su bata blanca. Pero, sobre todo, a Diana le atrajo su carisma. Parecía tan sereno, con los pies tan en la tierra. Después le habló de un proyecto de ayuda a la infancia en Paquistán al que prestaba su apoyo. Un buen motivo para pedirle el número de teléfono. Así Diana también podría volcarse en Paquistán de inmediato. Él le apuntó el número en el vaso del café ya vacío de Diana. «Me tengo que ir, mis pacientes me esperan», adujo a continuación, y salió para seguir ocupándose de sus enfermos de corazón.

O podía tomarse unos días de vacaciones. Quizá incluso con Carolyn, si su familia podía prescindir de ella. Sería estupendo sentarse en un pequeño restaurante en Italia y probar todos los platos de la carta. Y lo mejor de todo era que no tenía que pedirle permiso a nadie. Era lo más embriagador y lo más revolucionario que podía hacer una mujer: hacer lo que le aconsejara su instinto, sin tener que pedir permiso. Bueno, a algunas personas claro que tenía que preguntar. A sus hijos, desde luego, o a su guardaespaldas y al fantástico equipo que la apoyaba lealmente. Y es que tenía la agenda repleta de importantes compromisos, viajes profesionales y actos benéficos. ¡Tenía tantos planes!

Por el momento, sin embargo, lo único que quería era quedarse sentada donde estaba y disfrutar de la tranquilidad. La tranquilidad que sentía en el corazón.

A veces casi no se podía creer lo mucho que había vivido ya, los muchos altibajos, aunque solo tenía treinta y seis años. Y no quería prescindir de nada.

Dejó vagar la mirada por los jardines: eran simétricos y en el centro se alzaba una fuente con surtidores.

Incluso las flores de los arriates se hallaban dispuestas por colores: aquí caléndulas anaranjadas, junto a ellas hortensias azules, un poco más allá pensamientos amarillos y tulipanes rosas. Y al final una exuberante arcada con rosas blancas.

Y de pronto en esa arcada estaba Carlos.

—Tu mayordomo, Paul, ha dicho que estabas en el jardín —observó.

—¿Has venido a llevarte más muebles? —preguntó ella.

—No. —Carlos se acercó a ella con parsimonia, con las manos a la espalda, como casi siempre.

—Entonces ¿por qué has venido?

Él tomó aire, se encogió de hombros y repuso:

—Para ser sincero, no lo sé muy bien.

Guardaron silencio y Diana lo observó como si fuese la última vez. Al ver a Carlos uno empezaba a creer en la reencarnación. En él habitaba un alma inmemorial, Diana estaba convencida de ello. Aunque llevaba una camisa azul claro informal que ella le había comprado en su día, verlo era como voltear la vista a otra época.

Su voz era quebradiza cuando dijo:

—Creo que no sé muy bien qué voy a hacer sin ti.

—Ay, Chulls —contestó Diana con suavidad mientras daba unas palmaditas en la piedra, a su lado. Él se sentó—. Te quería —dijo Diana—. De verdad. Con toda mi alma. Pero mi amor no te bastó nunca. Nunca me diste una oportunidad. —Carlos la miró y algo en él se tornó tierno y vulnerable—. ¿Sabes lo que más me duele? —continuó—. No saber qué habría sido de nosotros de no haberse interpuesto todas las obligaciones, el protocolo y Camilla. —Se quitó del dedo el anillo que él le regaló en su día: el sello del príncipe de Gales—. Si se nos hubiese permitido ser un matrimonio normal. De haber sido así, ¿habría tenido una oportunidad nuestro amor?

—Probablemente eso solo lo sepa el universo —replicó Carlos sumido en sus pensamientos.

—El día que concedimos nuestra primera entrevista juntos, el día que se anunció nuestro compromiso, dijiste del amor: «Lo que quiera que signifique eso». Yo sé lo que significa para mí. Pero y tú, ¿ya lo has averiguado?

—Creo que sí. —La miró y su expresión era afectuosa. Diana percibió el olor tan especial que emanaba, un olor a hogar, y supo que una parte de ella siempre amaría a ese hombre, por mucho que la hubiese hecho sufrir.

Lo besó en la mejilla e hizo ademán de devolverle el sello.

—Es tuyo —dijo él mientras se levantaba—. Fue un regalo que te hice.

Carlos le tendió la mano para ayudarla a levantarse, pero Diana se levantó sola. Le dio un abrazo de despedida y lo siguió con la mirada, deseándole de todo corazón que también él acabara siendo libre y feliz.

Diana paseó por los jardines, deambuló por delante de los coloridos arriates mientras pensaba en las distintas etapas, en las distintas personalidades que había vivido. Primero había sido la chica obediente e ingenua; de ahí había pasado a princesa de cuento de hadas, icono de la moda y *starlet* de la realeza, había llegado a sentirse medio muerta, se había convertido en una madre responsable y que profesaba un amor incondicional a sus hijos y finalmente en una rebelde. Ahora era una benefactora de éxito a escala internacional. Estar viva probablemente significara estar en constante cambio, redescubrirse, ir con los tiempos. La vida no era el cuento de hadas que ella había esperado durante mucho tiempo. Era una revolución. Si se vivía con valentía, la vida consistía en un sinfín de muertes y renacimientos. Lo importante no era seguir siendo siempre como era una, sino vivir aprovechando cada día, cada año, cada momento, cada relación, cada conversación y cada crisis para conocerse mejor, para ser más auténtico, para llegar a la propia esencia. Y es que lo bonito era que esa esencia siguiese siendo la misma. Su esencia era ser alguien que amaba incondicionalmente, y estaba orgullosa de ello.

Le vino a la cabeza una cita de Goethe que le había leído Carlos hacía mucho, mucho tiempo: «Todo lo que había vivido hasta ahora era tan solo un preludio, un compás de espera, tiempo pasado y tiempo perdido hasta que la conocí, hasta que la amé y la amé por completo y de verdad».

Habría sido mucho mejor si hubiese dicho: «Todo lo que había vivido hasta ahora era tan solo un preludio, un compás de espera, tiempo pasado y tiempo perdido hasta que ME conocí, hasta que ME amé y ME amé por completo y de verdad».

Se abandonaría al río de la vida, impaciente por ver adónde la llevaba, pero no se volvería a aferrar desesperadamente a una orilla. Tomaría todo cuanto ese mundo tuviera que ofrecerle, aunque a veces fuese doloroso. Pero ese era el precio del amor. Y estaba dispuesta a pagar ese precio.

# EPÍLOGO

El 31 de agosto de 1997 una noticia conmocionó al mundo entero: Diana, princesa de Gales, había perdido la vida en un trágico accidente de coche en un túnel de París. Dio comienzo una suerte de duelo de masas. Infinidad de personas acudieron en peregrinación al palacio de Kensington a dejar flores. Incluso hoy en día la pérdida de esta mujer radiante y afectuosa causa un profundo pesar a las personas. El 1 de julio de 2021, la princesa del pueblo habría cumplido sesenta años.

Diana era una mujer poco convencional y sentimental, que fue adorada como un icono de la cultura pop. En su momento probablemente fuese la mujer más famosa del mundo. No obstante, era mucho más que una princesa con una cara bonita. Tras su divorcio del príncipe Carlos, hizo todo cuanto estuvo en su poder para activar su carrera de embajadora de buena voluntad. Cómo olvidar su campaña en contra de las minas antipersona: en 1997, en Angola, delante de las cámaras, Diana abrazó a niños mutilados y caminó por un campo de minas en activo. Cuatro semanas antes de morir visitó en Bosnia a víctimas de las minas.

En el año 2017 le fue concedido póstumamente el Premio Legacy de la revista *Attitude* por su lucha por los derechos de los portadores de VIH y los enfermos de sida, premio que aceptó el príncipe Enrique, su hijo. En su discurso, el príncipe dijo de su madre: «Sentía la necesidad de iluminar con su luz a personas y problemas a los que no se solía prestar atención. Sabía que el sida era algo de lo que muchas personas preferían no saber nada y a las que les parecía algo que no tenía remedio».

Aunque esta novela está basada en hechos reales y el contexto es real, es preciso destacar que se trata de una narración ficticia de la historia de Diana. No todas las escenas que se relatan sucedieron así. Algunos acontecimientos probablemente fuesen distintos en la realidad o se han adaptado en beneficio de la novela. Asimismo, los diálogos son invención mía en su mayor parte.

Se han escrito infinidad de libros sobre los miembros de la realeza. Además de artículos de periódico, documentales y antiguas entrevistas, me he familiarizado con la vida de Diana y la familia real con las siguientes obras: *Diana. Die Biographie* [título original: *The Diana Chronicles*], de Tina Brown; *Prinz Charles. Ein aussergewöhnliches Leben: Die Geschichte des ewigen Thronfolgers* [título original: *Prince Charles*], de Sally Bedell Smith, y *Diana: su verdadera historia*, de Andrew Morton.

El libro de Morton se considera la biografía de más éxito de todos los tiempos, y también el mayor escándalo que ha vivido nunca la casa real británica. Como se narra en la presente novela, fue la propia Diana la que reveló los detalles más íntimos de su fracasado matrimonio y se los entregó al joven periodista en cintas grabadas a través de intermediarios.

En la actualidad circulan infinidad de leyendas y rumores sobre la vida y la muerte de Diana. Sin embargo, una cosa es segura: con su historia personal, la princesa de Gales cambió sustancialmente no solo la casa de Windsor y la percepción que esta tenía de sí misma, sino también la disposición de ánimo de numerosas personas que admiraban profundamente a esta mujer valerosa y fuerte.

Su valentía, su pasión y su fuerza también me han inspirado a mí, y por ese motivo me gustaría dar las gracias de todo corazón a la editorial Ullstein Verlag, así como a Wiebke Bolliger, mi fantástica lectora, que me han dado la oportunidad de escribir sobre este icono único. Confío en que mi novela haya sido para ustedes, queridos lectores, una lectura informativa, emocional y apasionante y sirva para que conozcan un poco mejor a la reina de los corazones.

Julie Heiland,
noviembre de 2021